KB270690

문학의 해석과 방법

문학의 해석과 방법

원용문 저

이회문화사

머리말

이 책은 본격적인 논문들을 모아서 엮은 것도 아니고 일정하게 체계를 세워 의도적으로 집필한 것도 아니다. 대부분이 청탁을 받아서 쓴 글들이지만 이 책을 엮기 위하여 새롭게 쓴 글들이 들어 있다. 그래서 이 책에는 다른 지면에 이미 발표했던 글들이 많이 있고, 또한 이 책의 내용을 충실하게 하기 위하여 다시 써넣은 글들도 있다는 사실이다. 특히 "문학연구는 이렇게 하는 것이다"라고 그 방법론을 제시 한 것은 없지만 이 책을 읽다 보면 자연적으로 문학연구 방법론을 터득할 수 있게끔 배려하였다. 그래서 "문학을 공부하는 방법"이니 "시조 창작법"이니 하는 항목들을 의도적으로 설정하였던 것이다. 어떻든 문학을 공부하려고 해도 엄두가 안 나서 주저하는 사람들에게 이 책은 좋은 길잡이가 되리라고 믿는다. 또 전공적 측면도 강조하여 교재로 활용하거나 학생들의 리포트 작성에 참고 자료로 활용할 수 있게 하였다. 또 이 책을 가지고 공부하는 사람들이 문학연구에 막힘이 없어야 된다는 점과 문학을 해석하고 공부하는 요령을 터득하라는 의미에서 책이름을 "문학의 해석과 방법"이라 하였음을 밝혀 둔다. 그 구성을 보면 제1부는 문학의 해석, 제2부는 작가 작품론으로 되어 있는데, 1부에서는 문학 일반론을 다루기도 하고, 작가나 작품에 대하여 새로운 해석을 시도하기도 하고, 기존 연구들을 정리하면서 그 시비를 가려 보기도 하였

다. 2부에서는 자유시와 시조집을 내는 분들의 청탁을 받아서 작품
해설을 한 글들과, 문학강좌나 문학강연의 특강을 맡아서 하느라고
강의한 내용들로 구성되었다.

이러한 의도와 취지 아래 이 책을 엮기는 했지만, 얼마나 독자들
의 기대에 부응할는지 자못 의문스럽다. 이처럼 그 결과가 의문시
되고 요즈음 불경기가 심화된 가운데서도 이 책의 출판을 기꺼이
허락해 준 以會文化社의 朴榮喜 사장님과 편집부의 李慶南 양에게
진심으로 감사드리면서 강호제현들의 질정을 기다린다.

1997년 7월 1일
구의서실에서 원용문 씀

차 례

제1부 문학의 해석

제2부 작가 작품론

제 1 부

·
·
·

문학의 해석

1. 시조 창작법

글짓기하는 방법에 왕도가 없듯이 시조 창작법에도 특별한 비법은 없다. 그래서 우선은 시조에 대해서 관심과 애정을 가져야 되고, 다음으로는 꾸준히 그리고 열심히 써 보는 수밖에 별도리가 없다는 것을 전제해 둔다. 그런 의미에서 그 옛날 중국의 당송팔대가의 한 사람인 歐陽修도 "爲文有三多 多讀 多作 多商量"이라 말했던 것으로 헤아려진다. 다시 말해서 많이 읽고 많이 지어 보고 많이 생각해 보라는 이야기다.

그런가 하면 20세기 초엽 증국의 문필가 胡適은 「文學改良蒭議」라는 글에서 글쓰는 기본자세에 대하여 다음과 같이 설명하였다. ①말하고자 하는 내용이 뚜렷할 것(須言之有物) ②옛사람의 말투를 흉내내지 말 것(不模倣古人) ③문법에 맞지 않는 글을 쓰지 말 것(須講求文法) ④부질없이 감상적인 글을 쓰지 말 것(不作無病之呻吟) ⑤화려하거나 상투적인 표현을 쓰지 말 것(務去爛調套語) ⑥문장의 형식미만 갖추려고 애쓰지 말 것(不講對句) ⑦남의 글을 인용하려 들지 말고 개성있는 자기 글을 쓸 것(不用典) ⑧비속한 표현

이라고 하여 무조건 피하려고 하지 말 것(不避俗語俗字)

胡適의 이러한 이야기는 글을 어느 정도 쓰는 사람이 좀더 좋은 글을 쓰려고 노력할 때 참고할 만한 내용들이다. 그러나 시조를 전혀 쓰지 않던 초보자가 그 시조를 쓰려면 어떻게 해야 될까. 시중에는 〈시조 창작법〉이라는 이름 아래 출간된 책들이 몇 권 있는데, 이것들을 보아도 특별한 비법을 가르쳐 주지 않는다. 역시 시조의 형식, 종류, 운율, 특성, 작품 해설 등을 나열해 놓는 것으로 만족하고 있다.

그래서 이 글에서는 우선 먼저 왜 시조를 공부하고 지어 봐야 되는지, 현대시조의 특성은 어떠한 것인지, 실제로 작품을 지으려면 어떤 점에 유의해야 되는지, 이러한 이론에 맞춰서 실제 작품을 한번 해설하고 감상해 보는 순서로 진행해 나가고자 한다.

첫째 그러면 왜 시조를 공부하고 우리들이 직접 시조 짓기를 해야 되는지 이 문제부터 논의해 보자. 오늘날 시, 시조, 수필, 희곡, 평론 등 다양한 형태의 문학 장르가 존재하지만, 이 중에서 과연 우리의 것, 우리 조상들이 직접 물려준 고유의 문학유산이라 할 만한 것에 시조 말고는 무엇이 있단 말인가? 또 외국인들이 "과연 당신네 나라에 당신네 문학이라 할 만한 것에 어떤 것이 있습니까"라고 묻는다면 누구나 이구동성으로 〈시조〉밖에 없다고 대답할 것이다. 이처럼 시조는 우리 조상들이 물려준 고유하고 전통적인 시형이라는 것 한 가지 이유만으로도 우리들은 이를 보존하고 계승하고 발전시켜야 한다는 명제가 주어진다고 본다.

어떻든 시조는 그 성격면에서 우리 민족의 겨레시요, 가장 오랜 생명력을 지닌 민족시가란 점을 높게 평가해야 될 것이다. 그것은 마치 영국에는 영시가 있고, 중국에는 한시가 있고, 일본에는 俳句

가 있어 그들 나라의 시가를 대표하고 있듯이, 우리 나라에는 시조
가 있어 우리의 시가문학을 대표하고 있는 것과 마찬가지이다. 또
다른 예를 들어보면 음악에는 국악이 있고, 미술에는 한국화가 있
고, 무용에는 고전 무용이 있고, 복장에는 한복이 있고, 음식에는
한식이 있고, 의약에는 한약이 있고, 주택에는 한옥이 있다면 문학
에서는 시조가 있어, 가장 오랜 생명력을 지닌 우리 고유의 문학
형태요, 전통시가임을 자랑하고 있는 것이다.

그러니 시조를 일부 전문인들에게만 맡겨서는 안되고 우리 국민
이면 누구나 시조의 본질을 파악하고 국민시조, 교양시조 한 수쯤
은 지을 수 있어야 된다고 생각한다.

둘째로 현대시조의 특성을 알아보아야겠는데, 그렇게 하자면 자
연적으로 고시조와 비교하면서 이야기할 수밖에 없다. ①고시조는
창의 문학이기 때문에 음악성이 있는데, 현대시조는 그 음악성이
제거되고 문학성만 강조된다는 점을 이해해야겠다. 다시 말해서 고
시조는 노래로 부르면서 전해져 왔는데, 현대시조는 노래로 부른다
는 것을 전제로 해서 지어지지 않았다는 것을 강조해 둔다. ②고시
조는 태반이 제목을 붙이지 않았고, 작자 연대 미상의 작품이 많은
데, 현대시조는 반드시 작품에 제목을 붙이며, 작자 연대가 확실하
다는 것도 고시조와 다른 점이다. 이처럼 고시조에 작자 연대 미상
의 작품이 많은 것은 그 노래를 짓는 사람이 투철한 작가 의식을
가지고 지은 작품이 적었다는 것, 출판인쇄 문화가 발달하지 못해
서 기록 보존이 잘 안 되었다는 점, 평민 작가들은 자신들의 이름
을 구태어 밝힐 필요성을 느끼지 않았다는 점, 사설시조는 욕설, 육
담, 외설적인 내용을 많이 투영시켰기 때문에 작자를 드러내기 꺼
려했다는 점, 노래로 부르다 보니 여러 사람의 공유의식이 강하고

개인의 창작품이라는 의식이 희박했을 것이라는 점 등이 작용하여 그러한 결과가 나왔다고 생각한다.

③고시조는 행 구분이나 장 구분을 무시하는데 비하여 현대시조는 3행, 6행, 7행 등 매우 자유로운 행 구분을 한다. 이러한 이유는 고시조는 노래로 전해졌다는 점에서 띄어쓰기나 시각적 효과를 염두에 두지 않아도 되지만, 현대시조는 눈으로 읽고 감상해야 되기 때문에 구배열이나 행배열, 띄어쓰기 등 시각적 효과를 극대화하는 방향으로 나갔던 데서 연유된 것이다.

④관념어나 허사부분이 실사로 바뀜. 관념어는 작자자신의 개성이 있는 창조적인 언어가 아니라 누구나 의례히 습관적으로 쓰다시피 된 말들을 가리킨다. 그러니까 삼강오륜이나 유교도덕적인 내용, 산수자연의 아름다움을 찬탄하는 내용들을 노래하다 보면 관념어를 나열하지 않을 수 없을 것이다. 또 허사부분은 시조 종장의 첫마디에 〈어즈버〉〈아희야〉〈두어라〉〈아마도〉〈엇지타〉 등의 감탄사를 주로 사용했던 예를 가리키는 것인데, 현대시조에서는 이러한 감탄사들을 제거하고 실감실정있는 실사들로 대치되었으니 고시조와는 크게 다른 점이라고 하겠다.

⑤모방답습이나 투어난조의 지양. 이것들은 고시조의 단점들을 지적한 것인데, 고시조는 작자의 개성이 드러나는 독창적인 작품을 쓴 것이 아니라, 그 어법, 말투, 분위기 등이 대동소이하여 모방답습했다는 비난을 면하기 어렵다. 또 버릇처럼 되어 버린 상투적인 말과 그러한 상투어를 주로 쓰다 보니 난조의 경향까지 띠게 되었는데, 현대시조에서는 이러한 모방답습이나 투어난조의 사용 등을 엄격히 규제하고 있다는 것을 인식해야 되겠다.

⑥중국고사나 인명 인용의 배제. 우리 고전문학은 시가든 소설이

든 중국을 배경으로 한 작품이 많고 중국의 유명한 문학 작품이나 경서들의 내용을 인용한 것이 많다. 이러한 경향은 조선시대 정치, 경제, 사회, 문화 등 각 방면에서 중국의 영향이 컸다는 것을 의미하고, 더구나 중국의 것이면 무엇이든지 좋다고 하는 모화사상이나 사대주의 사상에서 연유된 것으로 생각한다. 그러나 현대시조에서는 이러한 중국의 고사성어나 한자숙어는 물론 인명·지명 등도 인용하는 예가 없어졌으니, 시대의 변천이 문학 작품에 끼치는 영향이 얼마나 큰가를 그대로 실감케 해주었다.

⑦파격이나 변격 등이 더 심함. 시조는 정형시이기 때문에 그 형태나 모양새가 일정한 것이 특징이다. 그러나 우리 시조는 중국의 한시처럼 그 자수가 고정된 것은 아니고, 각 구절마다 한두 자씩의 가감을 허용하고 있다. 그래서 시조를 많은 사람들이 "定型而非定型" "非定型而定型"이라고 표현했던 것이다. 이처럼 형식의 융통성을 인정하다 보니 그것이 더 심해져서 파격시조가 나오고 아예 그 모양새가 이상해진 변격시조까지 등장하게 되었다.

그런데 고시조에서는 그래도 정형률을 지킨 것이 많아 파격이나 변격이 덜 심했는데, 현대시조에 이르러서는 그 파격이나 변격이 더욱 심해져서 시조인지 자유시인지 구분할 수 없는 작품들이 대량 생산되었다. 이것은 현대시조인들의 시조형식에 대한 몰이해가 주된 원인이고, 다음으로는 전통적인 시조 형식이 고루하다고 생각하면서 공연히 자유시 형식을 흉내내고, 자유시와 비슷하게 쓰면 좋은 작품으로 인정받는다는 착각과 오해에서 비롯된 것이다.

⑧현대시조는 엇시조라 할 만한 것이 별로 없음. 이것은 시조의 종류 문제와 관련되는데, 그 시조의 종류에는 평시조, 엇시조, 사설시조, 연시조, 연작시조 등이 있다. 여기서 평시조는 시조의 기본형

으로 초장 3.4.3.4 중장 3.4.3.4 종장 3.6.4.3의 음수율을 가진 형식을 말한다. 엇시조는 평시조에서 두 마디 즉 한 구절이 늘어난 것을 의미하고, 사설시조는 4마디 즉 한 장 이상이 늘어난 것을 이에 포함시킬 수 있다. 그러니까 기본형이 되는 평시조에서 한 구 정도가 늘어난 것은 엇시조라 할 수 있고, 한 장 정도가 늘어난 것은 사설시조라 할 수 있다는 이야기다. 그 다음 연시조는 현대 자유시의 연 개념과 같은 것인데, 3행으로 계속되는 시형에서 그 3행이 자유시의 연과 같은 구실을 하는 것을 의미한다. 그래서 3행으로 이루어진 한 개 연을 떼어 내어 독립시켰을 때는 완결된 작품이 못 되고, 그저 자유시에서의 한 연과 같은 구실을 하는 것으로 만족하게 된다.

그 다음 연작시조는 3행으로 이루어진 독립된 시조를 같은 주제 아래 계속해서 써 나가는 형식을 말한다. 예를 들면 송강 정철의 〈훈민가〉는 같은 주제 아래 16수를 써 나갔고, 고산 윤선도의 〈오우가〉는 같은 주제 아래 水·石·松·竹·月이라는 소주제를 달리하면서 6수의 작품을 이어서 써 나갔던 것이다. 그러니까 연시조와 연작시조는 상당히 비슷하면서도 그 차이점이 분명하니 이러한 차별성을 정확하게 인식하는 것이 필요하다고 생각된다. 어떻든 고시조에서는 엇시조라 할 만한 작품이 상당수 있는데, 현대시조에서는 그러한 작품도 없고 그 엇시조를 짓는 작가도 없으니 고시조와는 사뭇 다른 현상이라고 하겠다.

이제까지 현대시조와 고시조를 비교하면서 현대시조의 특성을 알아보았거니와, 그러면 실제로 작품을 지을 때에 어떤 점에 유의해야 되는지를 설명해 보고자 한다.

1. 시조는 정형시이다. 정형시이면서도 글자수의 가감을 어느 정도
까지 허용한다는 점에서 한시와는 다르다 그렇더라도 우선은 3
장6구12절로 되어 있는 시조의 형식적 특성에 대하여 정확하게
알아야 한다.
2. 시조의 율격면에서 음보율과 음수율에 대한 특성을 알고 반드시
지켜야 할 곳과 지키지 않고 가감할 수 있는 구절에 대해 알아
야 한다.
3. 그러한 형식적 특성을 맞추면서 자기가 쓰고 싶은 시상을 자연
스럽게 담아서 형식과 내용의 조화를 이루도록 해야 한다. 우선
은 형식에 맞게 글자수를 맞추어 써 보는 연습을 해보는 것도
한가지 방법이다.
4. 시조의 정형과 원리를 잘 인식해서 부단히 관심을 갖고 열심히
써 보는 것이 최상의 방책이다.
5. 현대시조에는 아주 훌륭한 작품들이 많이 있기 때문에 이것들을
찾아서 열심히 해석해 보고 그 표현기법을 익혀 두는 것도 좋은
방법이 된다.

한마디로 초보자는 시조의 형식을 바르게 알고 , 그 형식에 글자
수를 맞추어 써 보는 연습이 필요하다는 이야기다. 이러한 논리에
맞추어 다음에 인용한 작품을 논의해 보자

세상에 나쁜 놈들

세상에 나쁜 놈들 페루 인질범 뿐이던가
아가 동산 교주같은 그런 인간 쓰레기들
말끔히 쓸어버리는 청소기라도 있었으면.

사기꾼 많기로는 대한민국 으뜸 나라
만주땅 조선족의 아픈 가슴 더 울리는
좀도둑 혼줄 내주는 방망이라도 있었으면.

제 뜻에 따르지 않으면 적이라 치부하고
공갈 협박 갖은 회유 다 부리는 소인배들
이런 놈 숨통조르는 올개미라도 있었으면.   (원용문)

페루의 인질범들이 페루 주재 일본대사관에서 세계 여러 나라의 대사들을 인질로 잡아 놓고 갖은 포악한 행동을 자행해서 세계를 놀라게 하고 떠들썩하게 했던 일이 있었다. 지금은 페루 대통령의 치밀한 작전과 기습적인 행동 개시로 그 범인들을 일망타진하고 모든 인질들을 구출한 상태지만, 그 인질범들이야말로 천인공노할 범죄행위를 저지른 죄인들이라고 하겠다.

그러나 이처럼 나쁜 놈들이 어디 이 세상에 페루 인질범들 뿐이겠는가. 우리 나라에서도 아가동산의 교주같은 교활한 인간이 종교를 빙자하여 선량한 신자들을 협박하고 갈취했던 일이 얼마 전에 드러나서 전국민을 놀라게 하고 소름끼치게 했던 일이 기억에 생생하다. 그러니 이처럼 짐승만도 못한 인간 쓰레기들을 말끔히 쓸어버리는 청소기라도 있었으면 좋겠다고 생각하는 것은 당연한 이치가 아니겠는가. 나도 대한민국 국민의 한사람이지만, 우리 나라에는 도둑놈도 많고 사기꾼도 많다. 우리 나라가 교통사고 많은 것으로 세계 제일, 암환자 발생률 높은 것으로 세계 제일, 40대 남자 사망률이 세계 제일이라고 하지만, 사기꾼 많기로도 세계 제일이란 것은 공공연하게 알려진 사실이다. 이 사기꾼들이 국내에서만 활동을 한다면 조금은 덜 창피할 텐데, 만주에 가서 그곳 교포들인 조선족들을 상대로 사기행각을 벌이고, 그곳 사람들을 울리고 가슴 아프게 한다고 하니, 이러한 좀도둑들을 혼줄 내주는 방망이라도 있었으면 좋겠다고 하는 것은 대다수의 선량한 국민들의 바램일 것이다.

어디 그뿐인가. 우리 나라에는 정치꾼이나 깡패같은 인간들도 수두룩하니, 그들은 제 뜻에 따라 주지 않으면 무조건 적이라 치부한다. 이것은 자기들의 하는 일이 옳고 그름을 떠나서 무조건 순종하기를 바라고 만약에 그들의 하는 일이 옳지 못해서 동조해 주지 않으면 그날부터 적이라 치부하고 공갈협박 폭언 갖은 회유 별의별 생떼를 다부린다.

이러한 인간들은 불교에서 말하는 貪·嗔·痴 三毒에 물든 속물들이니, 이러한 三毒에 물든 인간들은 대부분이 소인배 중에서 최하의 소인배들인 것이다. 貪은 탐욕이 많기로 놀부보다 더한 놈들이고, 嗔은 툭하면 화를 내고 성을 잘 내서 그의 가슴 속에 화가 가득찬 놈들이고, 痴는 그 소인배의 생각이 옳지 못하고 틀렸는데도 착각해서 자기 생각만이 최선이요 최고라고 생각하는 어리석은 놈들을 가리킨다. 이러한 탐진치가 삼위일체되어 극대화된 모습을 보여주는 소인배들이 우리 나라에 많고, 범위를 좁혀서는 정치계에 많고, 그 정치계에서는 동서고금에 유례없는 독재자로 군림한다.

그러나 이러한 깡패같은 인간이 어찌 정치계에만 있겠는가. 교육계에도 많이 있으니, 이런 소인배들의 숨통을 조르는 올개미라도 있었으면 좋겠다는 것이 그들에게 협박공갈을 당하면서도 그 사실을 말하지 못하고 널리 알리지도 못하는 약한 자의 설움인 것이다.

이제까지 필자의 졸작품을 인용하면서 해석해 보았거니와 그저 시조형식에 글자수를 맞추어서 생각한 대로 느낀 대로 적어 본 것에 불과하다는 것을 예로 들어 보인 것이다. 시조 쓰기가 어렵다고 생각하는 분들에게 좋은 참고가 되기를 기대하면서 많은 분들이 시조에 대한 이해와 관심을 가져 주기 부탁드린다.

2. 사설시조 문제

국어국문학 사전을 보면 사설시조는 17세기에 이르러 나타났다고 생각되며, 18세기에 이르러 크게 성행하였고, 사설시조를 이룩한 주동적인 인물은 평민 가객들이라고 설명하였다. 발생 시기와 향유 계층을 밝힌 것인데, 지금까지 알려진 바로는 고시조 전체가 5,000여수, 이 중에서 사설시조는 그 10% 가량인 500여수 되고, 또 작자가 밝혀진 사설시조는 150여수 가량 되는 것으로 추산하고 있다. 이러한 사설시조에 대하여 선행 연구자들은 많은 관심을 가지고 연구하였으며, 그 연구 성과 또한 대단하다고 생각되나 구체적인 문제에 들어가서는 어느것 하나 제대로 정립된 이론이 없다는 것은 특이한 현상이라 아니할 수 없다.

다시 말해서 사설시즈의 발생 시기, 배경, 작가층, 주제 의식, 형태면 등 다양한 연구가 진행되었지만, 그에 따른 이론 또한 제각기 다르고 분분하여 어느 설을 따라야 할지 갈피를 잡을 수 없다는 이야기다. 이처럼 연구자마다 학설이 다르긴 하지만, 이미 정설화된 공통점 또한 찾아볼 수 있으니 이 문제에 대하여 최금희는 "사설시조에 나타난 작가의식과 미의식 연구"라는 논문에서 "사설시조의 내용은 서민적이라는 공통점을 가지고 있으며, 여기에 드러난 미의식은 희극미를 주로 하고 있다. 또 사설시조의 내용과 표현은 육감적, 호색적, 애정적, 염정적, 풍자적, 해학적, 개별적, 골계적 갈등 등이 중심을 이룬다"고 설명하였다. 이러한 논의들을 밑받침 삼아 이 글에서는 사설시조의 전반적 특징을 살펴보려는 것이고, 그러한 작업을 수행하기 위하여 명칭문제, 장르의 성격, 발생 시기, 형태면 등을 개괄적으로 살펴보고자 한다.

(1) 명칭 문제

우선 명칭면을 살펴보면 장시조라는 주장, 만횡청이라는 주장, 사설시조라는 주장 등 크게 3가지가 있다. 장시조설을 주장하는 이들은 평시조·엇시조·사설시조란 명칭은 시조창에서 쓰던 것을 그대로 끌어온 것이므로 창곡상의 명칭과 구분되는 문학 형태상 명칭으로 바꾸자는 이론을 제시하고 있다.

이 문제에 대하여 이태극은 "高晶玉님도 장시조라는 명칭을 그의 「古長時調選註」라는 책 제명에서 사용한 바 있고, 또 우리어문학회 편의 國文學槪論에서도 短型·中型·長型 時調라고 부른 바 있다"고 예증하였다. 長時調라는 명칭을 강력하게 주장한 이로 이태극을 들 수 있는데, 그는 「時調槪論」에서 "지금까지 항용 쓰여지고 있는 엇시조니 사설시조니 하는 명칭은 음악상의 용어로서 문학상의 명칭과 동일시 될 수는 없다. 문학상의 명칭으로 분류한 단시조·중시조·장시조는 그 형식면에서 字句數의 규정에 따라 나눈 것이요, 결코 음악상의 관련을 가지고 나눈 것은 아니다. 다음과 같은 실례를 보더라도 창곡상에서 부르는 엇시조니 사설시조니 하는 것은 그 자구상의 차이로 규정되는 것이 절대 아니요, 형식상에서는 단시조이면서 창곡상에서는 言弄·言樂·言編 등의 곡조로 부른다. 이것을 蔓橫淸流라고도 할 수 있다"고 설명하였다.

다음 蔓橫淸說을 주장하는 이들은 사설시조를 시조의 범주에서 독립시켜 다른 장르로 인정해야 한다는 주장이다. 즉 사설시조가 평시조의 破格變形으로 생겨난 것이 아니라, 조선 중기 이후부터 존속해 온 민간가요로부터 나왔으리라는 이야기다. 그런가 하면 이능우는 진간본 청구영언에 '만횡청류'라 한 것과 화원악보에 '만횡'이라 한 것이 사설시조를 가리키는 곡조명이라 하고, 사설시조를 '만횡청'으로 불러야 한다고 주장하였다.

또한 그는 사설시조를 시조의 일종이라 보는 견해에 반대 이유를 제시하였다. 그는 「고시가논고」라는 책에서 시조 첫 행 八八調와 종장 초구가 유사한 것은 이조 중엽 이후 모든 율문에서 두루 볼 수 있는 것이므로, 시조와 만횡청의 유기성을 입증하는 증거로 삼을 수 없다고 하였다. 이러한 견해에 대하여 辭說時調說을 주장하는 이들은 그 사설시조의 노랫갈이 사설로 되어 있으며, 시조의 특성인 3장 체계 및 종장의 초구 3음을 갖추고 있으므로 평시조와 구별하여 사설시조로 칭하자는 것이다.

지금까지의 논설들을 정리해 보면 사설시조의 명칭 문제에서 '만횡청설'은 별로 호응을 얻지 못했고, 다만 이것을 장시조라고 할 것이냐 사설시조라고 할 것이냐 하는 문제만이 남는다고 본다. 그러나 이것은 사설시조에만 국한된 문제가 아니고, 시조의 3가지 형태 전부를 놓고 이야기해야 마땅할 것이다.

시조의 명칭 문제는 이것을 평시조·엇시조·사설시조라고 해야 한다는 견해와 이와는 달리 단시조·중시조·장시조라고 해야 한다는 견해가 대립되어 있다. 후자를 주장하는 이들의 논조는 평시조·엇시조·사설시조라는 명칭이 음악에서 온 것이요 시조의 형태상 종류와는 무관한 것이니 그 명칭부터가 음악적인 냄새를 풍기지 않게 단시조·중시조·장시조라고 해야 한다는 견해이다. 이처럼 음악과의 결별을 선언하는 의미에서 명칭을 바꾸어야 한다는 데는 상당히 긍정적인 면을 지니고 있다.

그러나 3가지 형태로 되어 있는 시조의 종류가 단순히 그 길이에 의해서만 구분되고 다른 특성은 없는가 하는 점을 묻고 싶다. 제일 짧다고 해서 단시조, 그보다 조금 더 자수가 늘어났다고 해서 중시조, 평시조보다는 상당히 자수가 많이 늘어나 길어졌다고 해서 장시조라고 하는 논리는 그야말로 피상적이요 외형적으로 나타난 것만 중시해서 붙여진 이름이지 그 이외 아무것도 아니라는 이야기다.

평시조는 평시조 나름의 구조와 특성과 미학이 있고, 엇시조는 엇시조 나름의 구조와 특성과 미학이 있고, 사설시조 또한 다른 형태의 시조로는 흉내낼 수 없는 독특한 구조와 특성과 미학이 있기 때문에 이것들의 존재가치가 인정되는 것이지, 단순히 그 길이의 장단에 의해서 구분되고 그러한 사실이 그처럼 중요해서 명칭마저 바꾸어야 할 정도라면 엇시조와 사설시조의 존재의미는 상당히 퇴색하게 된다.

시조의 종류에서 글자수가 늘어났다 줄어들었다 하는 신축작용이 무슨 큰 의미가 있단 말인가. 자유시에서는 글자수나 행수가 늘어나거나 줄어드는데 대하여 아무런 의미를 부여하지 않는데, 왜 시조에서만 그것에 큰 의미를 부여해서 중시조니 장시조니 하는 형태를 새롭게 규정해야 된다는 것인지 이해가 안간다.

그러면 다음으로 사설시조의 의미에 대하여 생각해 보자. 이 사설시조는 음악 형태상 분류에서는 〈엮음〉에 해당된다. 〈엮음〉은 〈編〉으로서 시조에 있어서의 〈辭說〉〈주심〉〈拾〉과도 같은 것이다. 〈평〉과 〈엇〉과 〈사설〉은 자수의 많고 적음에 있는 것이 아니고, 음악 형태와 관계있는 것이다.(張師勛의 時調音樂論 참조) 그러니까 문학 형태상의 사설시조와 음악 형태상의 사설시조가 그 성격을 달리한다는 것은 재론을 요하지 않는다. 그러나 문학 형태상에서 장형인 사설시조는 문자 그대로 〈사설〉(노랫말)을 그 나름의 미학에 맞게 배열한 것이고, 또 사설이란 낱말 속에는 어떤 말이나 내용들을 길게 늘어놓는다는 의미가 들어 있다는 점도 상고돼야 할 것이다. 이처럼 사설시조란 명칭은 장형시조의 구조와 성격에 맞는 이름으로 간주되고, 그런 의미에서 많은 선학들이 〈장시조〉라는 말보다는 〈사설시조〉란 명칭을 즐겨 썼던 것으로 이해된다.

(2) 장르의 성격

사설시조의 본질이 무엇인가 하는 문제와 연관되는데, 사설시조는 시조라는 설과 사설시조는 시조가 아니라는 설 등 크게 두 가지로 나누어 볼 수 있다. 이에 대하여 사설시조는 자유시, 자유시의 모태, 시조와 가사의 중간 형태, 고려 때부터 별개의 장르로 생겼다는 설 등 다양한 이론이 난무하고 있다.

예술은 실로 그런 현실적인 매개가 계기가 되는 경우가 있을지라도 자유정신에 의하여 창조된다 사설시조는 자유정신의 소산으로 작가

의 주관세계가 표현된 것이다. ~ 중략 ~ 그만큼 사설시조의 자유시
적 전통을 구체적으로 흡수하면서 자연스럽게 발전시켰을 때 근대 이
후 우리의 자유시는 가능한 것이다. 물론 근대 이후 자유시는 사설시
조와는 표면상으로는 전혀 다른 형식인 것으로 보인다. 그러나 詩想
이 부여되어야만 틀이 이루어진다는 이유로 이미 정해진 운율과 형의
구조를 거부한다는 점에서 근대 이후의 시와 사설시조는 결국 동일한
형식체험으로 귀착된다.(朴喆熙 : 辭說時調의 構造와 그 背景)

박철희는 이 글을 쓸 때 "辭說時調는 自由詩다"라는 소제목을 붙
였는데, 그렇다면 1894년 갑오경장 이후 이 땅에 신체시가 발생하
고 근대 자유시가 들어오기 훨씬 이전에 우리 나라에서도 자유시가
있었다는 이야기인데, 이러한 주장을 믿고 따를 사람들이 과연 몇
명이나 될런지 의심스럽지 않을 수 없다.

위 글에서 박철희는 사설시조는 자유정신의 소산으로 작가의 주
관 세계가 표현되어서 자유시라고 했는데, 그렇다면 평시조는 작가
의 자유정신으로 창작되지 않고 무슨 억압에 의하여 창작되었으며,
평시조는 작가의 주관세계가 표현된 것이 아니고 객관세계만 표현
했다는 것인지 도무지 이해가 안간다.

그가 사설시조를 자유시로 보는 데는 "이미 정해진 운율과 형의
구조를 거부한다는 점에서 근대 이후의 시와 사설시조는 동일한 형
식 체험으로 귀착된다"는 것이고, 그래서 사설시조는 자유시거나 자
유시의 모태가 된다는 이야기인데, 박철회의 이러한 발언은 사설시
조의 뿌리는 한국이요 자유시의 뿌리는 서양이라는 사실을 망각한
데서 오는 오류라고 생각된다.

그래서 그들은 할 수 없이 여기에 時調의 典型을 破格하고 거기서

새로운 시형 하나를 파생시키니 그것이 곧 辭說時調라 하는 것이다. 사설시조는 시조에서 파생하였던 만큼 시조의 根本形틀인 初·中·終 三章은 변할 수 없었다. 그러나 時調에서는 各章이 엄격히 4구로 되어 있었던 것인데 이것은 여기에 자유로이 변할 수 있었다. 즉 四句가 五句 六句 혹은 十餘句가 될 수도 있었다. 그러나 대체로는 초장과 종장보다는 중장에 있어 변화가 많았으며, 또 초장 종장들 중에서는 종장에 보다는 초장에서 변화가 더 있을 수 있었다.(趙潤濟 : 韓國文學史)

관념의 질곡에서 구원받기를 갈망하던 당시의 시대적 요구는 실리적이고 과학적인 實事求是의 학풍에 매혹되지 않을 수 없었다. 이리하여 이 땅의 정신 생활면에 선풍적인 반향을 일으킨 이 실학사상은 시조문학에도 그 필연적인 전환을 가져오게 되었으니 이것이 곧 실학사상의 후광으로 등장한 사설시조였다. 즉 일부 비판적 유학도는 시조의 정형률을 깨고 새로운 가치관에 의해 사설시조를 창작하기에 이르렀던 것이다.(鄭炳昱 : 韓國古典詩歌論)

앞에 것은 조윤제의 「한국문학사」 뒤에 것은 정병욱의 「한국고전시가론」에서 인용한 것이다. 먼저 전자의 논설을 보면 조윤제는 사설시조는 시조의 典型을 파격하고 거기서 새로운 시형을 파생시킨 것이라 하였고, 시조의 기본 틀인 초·중·종 3장의 형식은 변할 수 없다고 하였다.

그리고 정병욱은 조선조 후기 이 땅에 들어온 실학사상의 영향으로 사설시조가 등장하였는데. 이것은 일부 비판적 유학도들에 의해서 정형률을 깨고 새로운 가치관에 의해서 만들어진 것이라고 하였다. 여기서 조윤제와 정병욱은 그 논조가 약간 다르긴 하지만 사설시조는 시조에서 파생되었다는 이론을 제시한 점에서는 동류적이라 할 수 있다.

歌辭는 長時調의 擴大요, 長時調는 歌辭의 縮小라 함을 증명하여 주는 實證인 것이다. 그러므로 初期에는 二大 代表的인 詩歌形式인 時調(短時調)와 歌辭와는 區分되어 創作되어 오던 것이, 어느 사이엔지 그 接線이 凝結되어서 그 中間存在인 長時調 形態를 産出하였던 것이다. 이것이 적어도 明宗代까지는 기어오를 수 있다고 본다. 이러한 출발을 한 長時調가 二大戰亂으로 平民文學의 진출과 그 형식상의 특징이 부합되는 바가 커서 그 발전에 더욱 박차를 가한 것만은 사실이다.(李泰極 : 時調槪論)

사설시조의 형태면을 살펴보면 거기에는 시조와 같은 요소도 함유되었고, 가사와 같은 요소도 함유되었다. 그래서 어떻게 보면 평시조와 비슷한 데가 있고, 또 달리 보면 가사와 비슷한 데가 있다고 생각된다. 이러한 중간자적 요소를 포착해서 이태극은 가사는 장시조의 확대요 장시조는 가사의 축소형이라고 했던 것이다. 즉 초기에는 시조와 가사가 별개로 독립적으로 지어졌는데, 어느 사이엔가 그 접선이 응결되어서 그 중간 존재인 장시조 형태가 산출되었다는 것이다. 이러한 이태극의 이론은 평시조의 요소와 가사의 요소를 절반씩 섞어서 새로이 장시조 형태를 만들어 냈다는 것이고, 그런 의미에서 사설시조는 단시조와 가사의 요소를 뒤섞어서 새롭게 만들어 낸 튀기로 보아야 한다는 것이다.

長時調나 短時調 즉 사설시조와 평시조는 다같이 형태적 요소가 고려가요에 혼용되어 있다. 別曲과 俗謠가 처음에는 각각의 형태상 독자성을 지니고 있었다. 그러나 후기에 이르면서 파격과 변조가 나타났고, 마침내 붕괴되는 과정을 거치면서 사설시조와 평시조 그리고 가사에로 그 패턴이 옮겨진 것으로 보여진다. 이 중 장시조는 형태적인 면에서 별곡 내용과 대상의 면에서 속요의 특성이 혼용되어 이루어진 것이라 할 수 있다. ~ 중략 ~ 그리고 麗謠에 이러한 類의 노래가 성행한 데는 그럴만한 시대·사회적 여건이 그 배경을 이루고 있고 속요와 장시조가 다같이 서민들에 의하여 불린 평민들의 소산이란 점을 감안할 때 장시조는 여요에 연원하여 독자적으로 발생된 시가 형태라 할 수 있다.(金濟鉉 : 時調歌辭論)

김제현의 이론은 단시조나 장시조나 그 형태적 요소가 고려가요 즉 별곡과 속요 가운데 있다는 것이고, 그 별곡과 속요가 붕괴되는 과정을 거치면서 사설시조와 평시조 그리고 가사에로 그 패턴이 옮겨졌다는 것이다.

그래서 고려속요 중에서 〈만전춘별사〉를 예로 들었고, 그 만전춘별사의 구성이 三場 六段으로 되어 있다는 것이고, 전체적 구성법은 시조와 장시조의 三章 구성과 같다고 하였다. 또 麗謠의 형태를 종합해 볼 때 4음절과 4음율은 그대로 시조·사설시조·가사의 음률기조를 이루며 句數律에 별반 제한을 보이지 않는 점은 가사와 사설시조에서 많이 찾아볼 수 있다고 하였다. 게다가 속요와 장시조가 다같이 서민들에 의해 불린 노래이기 때문에 장시조는 麗謠에 연원하여 독자적으로 발생한 時調形態라는 것이다.

한마디로 김제현의 이론은 사설시조가 고려가요에서 왔다는 것이고, 그래서 평시조에서 파생한 시조장르로 볼 수 없다는 것이며, 사설시조 자체가 독자적으로 발생한 시가 형태라는 것이다. 그렇다면 사설시조의 발생 시기가 고려말까지 거슬러 올라간다는 이야기인데, 고려말이나 조선 초기에 어떠한 사설시조 작품이 얼마만큼 많이 지어졌다는 것인지 이것을 증명할 수 있어야 할 것이다.

또한 고려가요에서 시조·사설시조·가사 등이 파생된 것처럼 이야기했는데, 어떤 시가장르가 발생할 때에 반드시 그 이전의 시가를 모태로 해서 발생한다는 근거도 없고 논리도 성립되지 않는다는 사실을 분명히 인식해야 될 것이다.

이제까지 사설시조는 자유시라는 설, 자유시의 모태라는 설, 시조에서 파생되었다는 설, 시조와 가사의 중간형태라는 설, 고려가요에 연원해서 독자적으로 발생했다는 설 등 다양한 이론들을 소개하면서 논의해 보았다. 그 결과 사설시조는 평시조보다 훨씬 후대에 발생했다는 점, 그 형태를 평시조와 같이 初·中·終 三章으로 나눌 수 있다는 점, 시조의 가객들이 평시조와 함께 사설시조도 시조창으로 노래했다는 점, 그 명칭이 시조와 같이 사설시조로 되어 있다는 점, 청구영언이나 해동가요 등 고시조집에 평시조와 아울러 사설시조도 함께 실려 있다는 점 등으로 미루어 볼 때, 사설시조는 평시조에서 파생된 시조의 하위장르이며, 시조형태의 한 종류이며, 평시조보다 좀더 자유로워진 시조의 발전적 형태라 정리할 수 있다.

(3) 발생 시기

사설시조가 언제 발생했느냐 하는 발생 시기 문제 또한 이견이 많아 어느 것이 정설인지 갈피를 잡을 수 없다. 고려시대, 조선 명종조, 선조조, 숙종조, 영정조조 등 그 학설이 분분하다. 그러면 먼저 고려시대 설부터 인용해 보자.

詩調 중에는 消極的·隱遁的도 아니요, 또한 興奮的도 아닌 感情을
가진 平和스럽고 悠暢한 감정을 가진 — 뿐 아니라 그 감정 중에는
일종의 독특한, 卑俗的이 아닌 諧謔을 가진 作風의 一大潮流가 있다.
나는 이것을 가리켜 高麗나 以前의 作風이며 그들의 生活의 表現이라
고 한다.(孫晋泰 : 詩調와 詩調에 表現된 朝鮮 사람)

손진태의 주장을 인용하였는데, 그는 〈時調〉라 표기하지 않고
〈詩調〉라 쓴 것부터가 잘못이다. 그리고 사설시조의 내용을 일컬어
卑俗的이 아닌 諧謔을 가진 作風의 一大潮流라고 했는데, 사설시조
는 비속적이면서 해학적이라고 해야지 비속적이 아니라고 한 것은
사설시조의 내용을 잘못 파악한데서 오는 오류라고 생각한다.

그리고 이러한 作風은 고려나 그 이전의 것이며 그들의 생활표현
이라고 했는데 그렇다면 사설시조의 형태가 고려시대나 그 이전부
터 존재했다는 것인데 그러한 이야기를 막연하게 할 것이 아니라
직접 작품의 예를 들어 증명해야 된다고 본다. 그밖에도 이러한 고
려시대 발생설을 주장한 이로는 김종·김제현 등이 있는데, 김제현
은 사설시조가 고려가요에 연원하여 독자적으로 발생된 시가 형태
라 하였다.

長時調形은 短時調形과 歌辭形이 兩大 장르로서 連綿히 展開되어져
오다가 그 中間型인 長時調形을 창안해 내게 되었는데, 그 時期는 아
마 明宗頃으로 치켜올릴 수도 있겠다.(李泰極 : 時調의 史的 硏究)

李泰極의 이론은 사설시조는 단시조형과 가사형이 연면히 전개되
어 오다가 그 중간형인 장시형을 창안해 내게 되었다는 것이다. 그
런데 그 장시조형을 창안해 낸 시기는 아마 조선조 명종 때쯤이 될

것이라 했는데, 여기에도 무슨 이론적 근거를 제시해 주거나 아니
면 명종 때의 사설시조 작가와 사설시조 작품을 예로 들어가면서
이러한 주장을 했으면 더욱 효과적이었을 것이다.

辭說時調는 近世의 문학이었지마는 그 연원은 실로 멀리 松江에 있
었던 것인데, 그때는 아직 존재는 하였지마는 하나의 形態文學으로서
그 가치를 발휘하지 못하였던 것이 近世 散文精神이 팽창하는데 따라
점점 그 가치가 인정되어 여기에 드디어 時代文學으로서 등장하였던
것이다.(趙潤濟 : 韓國文學史)

조윤제 설은 松江 때에 사설시조 작품이 존재하였다고 하였으니
그 발생 시기를 선조조로 본 것이고, 그 발달은 근세 산문정신이
팽창했던 영조 때쯤으로 잡았다고 보아야 한다. 이러한 이론은 현
실적으로 존재하고 확인되는 작가와 작품을 실례로 들어가면서 설
명한 것이니 상당한 타당성이 있다고 하겠다. 그런데 최동원은 그
의 「古時調研究」라는 책에서 "그 생성기는 위의 작가들의 生存年代
로 보아 宣祖朝 무렵은 확실하고, 혹은 明宗代로 거슬러 잡을 수도
있지 않을까 한다"고 해서 명종 때가 맞다는 것인지, 선조 때가 맞
다는 것인지 애매한 태도를 취하였다.

辭說時調의 源流는 그 相對的인 歌曲的인 制約 때문에 歌詞形式의
縮約과 短歌形式의 연장에서 구하여야겠으나 그 典型的인 예로 松江
의 〈將進酒辭〉를 들지 않을 수 없다. 이는 勸酒歌 形式을 빌어 人生
의 적나라한 측면, 享樂과 彼岸의 道家的 諦觀을 읊은 것이나, 松江
의 그 밖의 作品과 이 作品을 비교해 볼 때, 그 비약의 심함에 놀라
지 않을 수 없다. 그러므로 이미 松江 당시 이를 派生시킬 수 있는

形式的인 底流가 있었을 것이다.(金東旭 : 國文學槪說)

김동욱의 국문학 개설에 있는 내용을 소개했는데, 그 또한 사설시조 형태를 歌詞形式의 축약과 短歌形式의 연장에서 구하여야겠다고 했으니 李泰極의 학설과 같다고 하겠다. 사설시조 작품의 예에는 松江의 〈將進酒辭〉를 들었고, 松江 당시 이를 파생시킬 수 있는 저류가 있다고 하였으니, 김동욱은 사설시조의 발생을 선조조로 잡고 있는 것이다.

辭說時調의 발생은 異論이 있기는 하나, 壬丙 양란을 겪고난 후의 平民들의 자각과 實學思想의 대두로 인한 散文文學의 발흥에 편승한 것으로 肅·英祖에 와서 꽃을 피운 형식이다.(朴乙洙 : 韓國時調文學全史)

박을수는 임병양란 이후 평민들의 자각과 실학사상의 대두로 산문문학의 발흥에 편승해서 사설시조 형태가 생겨났다고 하였다. 그리고 그 발생 시기는 숙종이나 영조 때쯤으로 보아야 한다는 견해를 밝혔다. 그러나 정병욱의 「고전시가론」을 보면 정철의 사설시조 작품이 2편, 박인로의 작품이 1편 있다고 했는데, 이처럼 숙종 이전의 작가와 작품이 엄연히 존재했다면 이 문제를 어떻게 처리할 것인가 하는 견해부터 밝히고 숙·영조설을 주장해야 된다고 본다.

대체로 말하면 英正 以後 庶民階級이 자기네들의 生活感情을 담고서 從來의 兩班階級이 써 오던 平時調의 型을 개조한 것이다.(高晶玉 : 國語國文學要講)

고정옥의 이론은 사설시조의 발생 시기를 영정조 이후라고 훨씬 내려잡고 있다. 그 이유는 서민 계급들이 종래의 양반 계급이 써 오던 평시조형을 개조해서 새로운 시가 형태인 사설시조를 만들어 냈기 때문이라는 이야기다. 그렇다면 고정옥은 양반 사대부로서 사설시조 작품 남긴 분들을 인정하지 않겠다는 이야기인데, 현재까지 사설시조 작품을 남긴 분으로 알려진 정철, 박인로, 채유후, 이정보, 김화진, 김영, 익종 등 사대부 작가들을 무시해도 좋다는 것인지 이에 대한 분명한 해답이 있어야 될 것이다.

이제까지 사설시조의 형성시기를 연대기별로 알아보았다. 멀리는 고려 때부터 가깝게는 영정조까지 걸쳐 있으니 한 가지 학설이 보는 이의 견해에 따라 이렇게 달라져도 되는 것인지 의문이 간다. 그렇더라도 사설시조를 지은 작가가 있고 작품이 있으면, 그 작가가 생존했던 시기를 사설시조의 형성시기로 보는 것은 너무나 당연하다고 본다.

계열 I	정철	박인로	채유후	이정보	김화진	김영	익종	계
작품수	2	1	2	14	1	1	1	22
계열 II	김수장	김두성	임의직	김묵수	이정진	김민순		계
작품수	36	11	1	2	1	2		53

상기 도표는 정병욱의 「한국고전시가론」에서 인용한 것인데, 이러한 작품 현황을 보면 사설시조는 선조 때 정철에 의하여 지어지기 시작해서 조선왕조의 유학도들에 의하여 전승되어 오다가 영정조 이후 평민 가객들에 넘어가서 융성한 발전을 가져왔다고 볼 수 있다. 그렇기 때문에 이 사설시조의 형성시기 문제는 실증적 방법에 의하여 송강 정철이 생존하고 작품활동을 했던 선조조로 보는

것이 최선의 방법이라고 생각한다.

(4) 형태적 고찰

사설시조의 형식면을 알아보자는 이야기인데, 이것을 학자들마다 달리 이야기하지만 대동소이하다고 생각된다. 시조는 3장 형식으로 되어 있는 것이 특징인데, 사설시조 중에는 초·중·종 3장의 구별이 분명한 것도 있지만 그것이 분명치 않아 어디까지가 초장이고 어디까지가 중장인지 그 경계선이 애매모호한 작품들도 상당수 있다. 그렇더라도 사설시조의 개념을 이야기하는 사람들은 대체로 3장 형식으로 되어 있다는 것을 전제하고서 이야기를 시작하고 있다.

① 初·中·終章이 다 定型에서 音數律의 제한을 받지 않고 길게 지어진 作品을 辭說時調라 하며, 세 형식 중에서 가장 길므로 長形時調라고도 한다. 사설시조는 定型詩라기 보다는 散文的인 形式을 취하였다.(金起東 : 國文學槪論)

② 이것은 短時調의 규칙에서 어느 두 구 이상이 각각 그 자수가 十字 이상으로 벗어난 시조를 말한다. 이 破格句는 대개가 中章(제2행)의 一二句다. 물론 종장도 초장도 벗어나고 3장이 각각 다 벗어나는 수도 있다. 이 長時調는 창에서도 蔓橫淸流나 弄樂調로 부르는 것으로 歌詞나 雜歌에 가까워지는 傾向이 있다.(李泰極 : 時調槪論)

③ 初章·中章·終章에 두 구절 이상 또는 終章 初句라도 平時調 그것보다 十字 以上으로 되었다. 그러나 初章·終章이 너무 길어서는 아니된다.(李秉岐 : 國文學槪論)

④ 終章의 第1句를 제외한 어느 句節이나 하나만이 길어진 것을

中型時調 또는 엇시조라 하고, 두 句節 이상이 길어진 것을 長型時調 또는 辭說時調라고 한다.(鄭炳昱 : 時調文學事典)

⑤ 辭說時調는 初·中·終 三章의 句法이나 字數가 平時調와 같은 制限이 없고서 아주 自由스러운 것으로 語調도 純散文體로 된 것이다.(金鍾湜 : 時調槪論과 作詩法)

⑥ 장시조는 초·중·종장 가운데 어느 한 장이 8음보 이상 길어지거나 각 장이 모두 길어진 산문적 시형이다.(金濟鉉 : 時調歌辭論)

이제까지 사설시조의 형태 문제를 알아보기 위하여 6분의 학설을 인용해 보았다. 이들의 공통점은 사설시조도 3장 형식으로 구성되어 있다고 인식한 점이다. 그러나 그 구체적인 논의에 들어가서는 학자마다 의견이 달라 자수율로 규정하려는 사람이 제일 많았고, 그 다음에는 구절수나 음보수로 형태적인 규정을 시도하려는 이들이 있었다.

여기서 특히 문제되는 것은 자수율인데, 시조의 율격을 자수율이나 음수율로 보는 것은 동의하지만, 시조의 형태 규정을 자수율로 하려는 것은 이해가 안간다. 우리들이 시조의 종류를 알아낼 때에 그것이 평시조인지, 엇시조인지, 사설시조인지를 판별할 때에 일일이 글자수를 따져 가면서 확인하는 일이 거의 없는데. 왜 대부분의 학자들이 시조형식을 설명하면서 자수율을 염두에 두고 그것에 꿰어 맞추려 하는지 도무지 이해가 안간다.

그래서 필자는 시조형식을 설명하는데 있어서, 자수율 적용을 부정하고 그 대신 구수율 적용을 제창하는 바이다. 더 엄밀히 말하면 구절수로 시조형식을 설명하고 시조의 종류도 이러한 구절수에 의하여 설명하겠다는 이야기다. 그래서 필자는 평시조는 3장 6구 12절 이상이라 하였고. 엇시조는 3장 7구 14절 이상이라 정의한 바 있다. 마찬가지로 사설시조는 3장 8구 16절 이상의 장시 형태를 취한 시조를 일컫는 말이라 규정해 둔다.

3. 문학을 공부하는 방법

문학이란 무엇인가 하는 문제를 해결하기 위해서 시중에 범람하는 문학 입문서나 개론서들을 들여다 보아도 속시원하게 알려주는 책들이 없다 그렇다고 이런 책들을 안 읽을 수도 없고, 읽다 보면 외국 사람들의 학설을 잔뜩 늘어놓아 무슨 이야기를 하려는 것인지 갈피를 잡을 수 없다. 그래도 그 책들을 계속해서 읽노라면 이해가 되기는커녕 골치가 아프게 되고, 골치가 아프니까 읽던 책을 놓게 되고, 그 다음부터는 아예 문학은 어려운 것이라 생각하면서 멀리하게 된다.

더구나 오늘날은 최첨단 과학시대요 TV나 비디오 등 영상매체들이 발달해서 안방에 앉아 드라마나 음악을 즐길 수 있는 시대이기 때문에 문학의 소외 현상은 그 정도를 더해 가고 있다. 하여간에 문학을 공부하는 방법에는 두 가지 갈래로 나누어 생각할 수 있다.

첫째는 기왕에 나와 있는 작가나 작품에 대하여 이해하고 해석하고 연구해 보는 방법이요, 둘째는 자기 스스로 산문이든 운문이든 글을 써 보거나 작품을 지어 보는 방법이다. 전자는 학자라는 이름 아래 학술 논문을 써 보고 전공 저서를 내는 일이 되겠고, 후자는 시인이든 소설가이든 작가라는 이름 아래 문학 작품을 생산하는 일이 되겠다. 그런데 사람에 따라서는 학문을 연구하는 학자노릇만 하는 사람이 있고, 아니면 시·소설·수필 등을 쓰면서 작가 노릇만 하는 사람이 있고, 경우에 따라서는 이 두 가지 즉 학자와 작가를 겸해서 활동하는 사람들이 있다.

어떻든 연구자에게는 학문의 자유라는 것이 있다. 그리고 인문과학은 해답이 한가지가 아니라 여러 가지가 나올 수 있다. 이러한 융통성과 자유로움 때문에 국문학 분야는 원리론·작가론·작품론 할 것 없이 이야기하는 사람마다 제멋대로 지껄여 놓아서 어느 것이 정설이고 어느 것이 괴변인지 분간할 수 없는 지경에 이르렀다. 그래서 한 가지 문제나 대상을 놓고 해석하는 데도 천차만별로 달라지고, 이런 것들이 학설이라는 이름 아래 거침없이 발표되고, 아무런 여과장치 없이 독자들에게 그대로 전수된다. 그런데 여기에도 "악화가 양화를 구축한다"는 경제 논리가 적용되어 진리의 말씀들은 뒷전으로 밀려나고 괴변과 억설들만이 난무하면서 독자들에게 혼란을 조장하고 있다.

이러한 현상은 창작 분야라고 해서 하나도 다를 것이 없다. ○○협회 세미나라는 곳에 가보면 실제로 창작하는데 도움을 주는 이야기는 한마디도 없고, 그저 어려운 말들을 늘어놓으면서 뜬구름 잡는 이야기만 하고, 그래서 그 현장을 떠나올 때는 무슨 발표를 들었는지 기억에 남는 것이 한 가지도 없게 된다. 그야말로 시간과 돈만 낭비해 가면서 성대한 말잔치, 공허한 말장난을 하다마는 것이 문인 단체들의 세미나라고 하겠다.

그리고 무슨 문학 작품들이 그렇게 많이 쏟아져 나오는가. 각종 문예지나 월간지를 통해서 매월 발표되는 작품들, 그리고 개인 시집이나 창작집들을 통해서 매월 발표되는 작품들, 이것들을 헤아리려면 현기증이 날 정도이고, 그 숫자를 헤아린다는 것이 불가능할 정도로 문학 작품의 홍수시대를 맞이하고 있는 것이다.

물론 문학 작품이 많이 쏟아져 나온다는 것은 좋은 현상이다. 그러나 지나치게 많이 쏟아져 나오기 때문에 그 부작용 또한 크게 되고, 우리들이 대기오염 공해시대, 공장폐수 공해시대에 살게 되었듯이, 서적 출판물에 의한 문자 공해시대에 살게 된 것이다.

이처럼 부작용이 크다고 해서 우리들이 문학을 공부하지 않고, 문학 작품을 생산해 내지 않을 수 없다. 그 문학을 그만둔다는 것은 바로 우리 인간들이 자신들의 삶을 포기하는 것이나 다름없기 때문이다. 왜냐하면 문학은 인간들의 삶의 표현이요, 삶의 기록이요, 모든 사람들이 가치 있는 삶을 살 수 있도록 이끌어 주는 등불과 같은 구실을 하기 때문이다. 비록 의식주 문제처럼 생존권과 직결되지는 않는다 하더라도 적어도 기계가 아무 탈없이 잘 돌아가게 하는 윤활유 역할은 한다고 보기 때문이다. 그렇다면 과연 문학이란 무엇인가. 여기서는 연구자의 측면보다는 창작자의 측면에서 문학에 접근해 보려는 것이고, 그러한 전제 아래 문학을 공부하는 방법과 요령들을 설명해 보려고 한다.

(1) 문학이란 무엇인가

이 문제를 풀기 위하여 아득한 옛날부터 많은 사람들이 고민하고 노력해 왔지만 아직도 완전히 풀리지 않은 수수께끼로 남아 있다. 또 앞으로도 이 문제를 완전하게 해결할 수 있는 위대한 사람은 나오지 않으리라. 그것이 그처럼 어려울 수밖에 없는 것은 문학이라고 하는 실체가 눈에 보이지도 않고 귀에 들리지도 않고 손에 잡히지도 않는 허상 같은 존재이며, 그러면서도 그 문학은 우리들의 마음 속에 있고, 생각 속어 있고 생활 속에 있기 때문이다. 문학이 무엇인가 하는 문제는 사람이 무엇인가 하는 문제처럼 간단하게 대답하기 어려운 속성을 지니고 있다. 우리들은 언제나 사람들과 어울려 살고, 사람들 사이의 인간 관계를 중요시하고, 사람이란 말을 자주 사용하면서 살아가지만, 막상 〈사람〉에 대해서 설명해 달라면 올바르고 명쾌한 해답을 줄 사람은 별로 없다는 데서, 〈문학〉이 무엇인가 하는 문제와 〈사람〉이 무엇인가 하는 문제는 공통점을 지니고 있다 하겠다.

　이처럼 문학을 한마디로 정의할 수 없다는 것을 김대행 교수는 〈산행〉에 비유하여 설명하였다. "그 뒤로 오늘에 이르기까지 나는 끝없이 문학의 산을 오르는 산행을 즐기고 있을 따름이다. 문학의 산은 워낙 거대해서, 거기에는 높은 봉우리도 있고, 맑은 시냇물도 있으며, 나무 그늘도 있고, 바람 부는 모퉁이도 있는, 그야말로 천변만화를 스스로 지니고 있음을 알게 되었다." 문학의 정의를 간단하게 내릴 수 없다는 것을 설명하기 위하여 인용해 보았거니와 그렇더라도 문학이 무엇인가 하는 문제는 따져 보아야 하고, 그것을 따져 보기 위해서는 어쩔 수 없이 선행 연구자들이 어떻게 설명해 놓았는지 참고해 보지 않을 수 없다.

　이 문제에 대하여 朱子는 "詩書禮樂에 대한 학식이 있을 뿐만 아니라 그것을 言語로써 능히 표현할 수 있는 자를 文學이라 했다."는 것이고, 「三國志」에는 "初帝好文學以著述爲務"라고 되어 있다. 그런가 하면 Posnett은 "文學이란 산문이건 운문이건 간에 반성보다는 상상의 결과요, 교훈이나 실제적 효과보다는 될 수 있는 한 많은 국민에게 쾌락을 줌을 목적으로 하고, 특수한 知識이 아니라 일반적 지식에 호소하는 著述로 이루어진다."고 하였다.

또 Hudson은 문학의 정의를 "문학이란 근본적으로 언어의 매개물을 통한 인생의 표현이다"라 하였고, 최재서는 "문학은 가치 있는 인간적 경험의 기록이다"라고 하였다. 이처럼 제가들마다 달리 이야기하고 있지만 누구의 설은 맞고 누구의 설은 틀렸다고 말할 수 없지 않는가.

그리고 정완영은 시조의 형식을 설명하면서 "춘하추동 계절의 행이, 할머님의 물레잣던 손길, 늙은 농부의 도리깨 타작, 우리 어머님들의 다듬이 소리, 어깨춤도 절로 흥겹던 농악에 이르기까지 가만히 새겨 보고 새겨들으면 3장 6구 아닌 것이라고는 하나도 없다"고 하였다. 이것은 물론 시조에 대한 설명이지만, 좀더 확대시켜서 문학 전반에 적용하여도 그대로 들어맞는다고 본다.

왜냐하면 문학이란 우리 인간들과 동떨어진 것이 아니고, 우리들의 생활 자체가 문학이요, 생각한 것, 경험한 것, 느낀 것 등을 언어와 문자에 의하여 질서정연하게 적어 놓은 것이 문학이기 때문이다.

이러한 문학을 갈래 지우면 구비문학과 기록문학으로 나누기도 하고 운문과 산문으로 나누기도 한다. 문학은 언어 예술이기 때문에 구비문학도 문학으로 보아야지 문자에 의해 기록된 작품들만 문학이라 할 수는 없다. 그렇더라도 진정한 의미의 문학은 문자로 적어 놓은 것을 가리키는 것이니, 이러한 기록문학을 참다운 문학, 본격문학이라 불러도 무방할 것이다. 진정한 의미의 문학은 자국어를 적을 수 있는 문자에 의하여 형상화된 작품들로 한정시키는 것이 좋을 것이다.

또 운문과 산문으로 가르는데 말로 표현하되 거기에 리듬을 실어 노래하듯이 적어 나가면 운문이고, 그렇지 않고 자유스럽게 이야기하듯이 적어 나가면 산문이 된다. 그 옛날 원시인들은 함께 놀다가 흥이 나면 일어나서 어깨춤을 추면서 박자에 맞는 노래를 불렀을 텐데, 그것이 황조가와 같은 민요가 되었던 것이고 운문의 시초가 되었다.

또 손뼉을 쳐가면서 흥겹게 노래하지는 않더라도 밤새워 가면서 흥미진진하게 이야기들을 주고받았을 텐데, 그것이 단군신화와 같은 설화가 되었던 것이고 산문의 시초가 되었다. 그러니 문학을 어렵게 생각하지 말고, 바로 우리들 자신의 생활과 노래와 이야기들을 적어 놓은 것이 문학이라 생각하고, 그렇게 생각한다면 누구나 쉽게 접근할 수 있고 누구나 문학인이 될 수 있다는 것을 강조하면서 다음과 같이 정리해 둔다.

첫째 문학은 인간생활의 기록이다. 그 옛날 고대시가 · 향가 · 고려가요 · 시조 · 가사 · 고소설 심지어는 현대문학 작품에 이르기까지 그 모든 문학 작품은 인간의 생활을 기록해 놓은 것이다. 향가를 통해서는 신라인의 생활상을, 고려속요를 통해서는 고려인의 사상 감정을, 시조와 가사를 통해서는 조선인의 유장한 생활 태도를 감지할 수 있다는 점에서 문학은 인간생활 중에서 군더더기나 잡다한 것들을 빼내고 알리고 전해야 할 것들만 기록한 것이라 할 수 있다.

둘째 문학은 인간 역사의 기록이다. 과거 우리 인간들이 어떻게 살아왔나를 알기 위해서는 역사책을 보아야 한다. 이 역사책에는 집단과 개인들의 흥망성쇠가 기록되어 있고 후세인들에게 많은 교훈을 전해 준다. 마찬가지로 문학 작품 또한 그 시대시대의 인간생활의 모습을 기록해 놓았다는 점에서 한편의 역사책이라 할 수 있다. 사실 역사책에는 겉으로 드러난 사건들, 이미 객관화된 문제들만 기록한다는 한계점이 있지만, 문학은 그 시대 사람들의 생각과 느낌까지 표현해 놓는다는 점에서 인간들의 주관세계 즉 그 내면세계까지 정확하게 저술한 역사책이라 할 수 있다.

셋째 문학은 인간들의 경험과 상상의 세계를 그린 것이다. 이것은 시·소설·수필·희곡 할 것 없이 모든 장르에 해당되는데, 인간이 직접 경험한 것들을 그려 놓았기 때문에 그것을 읽는 사람들은 누구나 그 내용을 긍정적으로 받아들이고 실제의 사실들을 재연해 놓았다고 생각하는 것이다. 그뿐만 아니라 인간이 직접 경험할 수 없는 수중세계·용궁세계·천상세계·신선세계·귀신세계까지 그려서 상상력을 확대시키고 꿈과 이상 세계에 접근할 수 있는 무한한 가능성을 제시해 준다.

또 미래 세계에 대한 예언자적 역할도 하는 것이니, 예를 들면 홍길동전에서의 적서 차별 철폐에 대한 주장은 그 당시는 받아들일 수 없는 반사회적인 것이라 인식되었지만, 4백여년이 지난 현재는 그대로 실현되어 만민평등 사상이 자리잡게 되었고, 춘향전에서의 이도령과 성춘향의 자유 연애 사상은 반상제도와 남존여비 사상에 의하여 부정되었지만, 2백여년이 지난 현재는 당연지사로 인식되어서 실천되고 있으니, 문학은 이처럼 미래 세계에 대한 예언자적 구실을 한다는 데에 커다란 의미가 있는 것이다.

넷째 문학은 인생의 교과서이다. 교과서는 학생들을 가르쳐 주고 깨우쳐 주는 교재이다. 그래서 모든 지식과 교양을 교과서를 통해서 배우는 것이다. 마찬가지로 문학 작품에는 영웅의 일생에서부터 평서민에 이르기까지의 모든 삶과 거기서 발생하는 성공담이나 실패담, 또는 희극적인 사건에서 비극적인 사건에 이르기까지 모든 것이 진솔하게 기술되어 있으니, 인간들은 이러한 작품들을 통해서 인생을 배우고 교양과 지식을 쌓게 된다. 그러니 문학 작품이야말로 인생 공부를 하는데 가장 적절한 교재라 아니할 수 없다.

다섯째 문학은 언어문자예술이다. 모든 예술은 표현에 의하여 만들어지는 것이고, 그 표현 매체가 무엇이냐에 따라서 분야가 달라진다. 예를 들면 음악은 소리, 미술은 색채와 선, 무용은 선율, 조각은 쇠·나무·돌, 건축은 건축자재들이 있어 예술적 표현을 하듯이, 문학은 말로서 이루어지고 그 말을 적을 수 있는 문자로써 기술하게 된다.

그러니 언어와 문자 이외의 것을 사용해서 문학 작품을 이루려 하는 사람들은 특이한 발상을 한다는 미명 아래 괴상한 몸짓하는 것을 그만두어야 한다. 또 문학은 문학을 하는 전문가만이 할 수 있다는 자긍심 아래 저도 모르고 남도 모르는 말을 잔뜩 늘어놓고 무슨 위대한 작업이나 한 것처럼 우쭐대는 행위는 그만두어야 한다.

(2) 공부하는 방법과 요령

전항에서 문학이 무엇인가 하는 문제를 진지하게 논의하였다. 제가들의 학설을 인용해서 이해를 돕기도 하고 필자 나름대로 문학의 실체를 규명하기 위하여 몇 가지 정의를 내려보았다. 그렇더라도 문학의 본체에는 접근하지도 못하고 그 변두리와 언저리만 맴돌다가 그만둔 느낌이다. 문학의 본질을 따져 보는 문제는 평생 동안 전념해도 만족스러운 결과를 얻어내기가 어려운 것이니, 그 문제는 잠시 접어 두고 문학을 어떻게 공부하는 것이 좋은가 하는 문제를 논의해 보고자 한다.

여기서 문학을 공부한다는 이야기는 운문이 되었든 산문이 되었든 글을 써 보겠다는 이야기고, 그것도 문예 작품을 써 보겠다는 이야기로 전제하고서 그 방법론을 찾아보자는 것이다. 그런데 문학과 유사한 용어로 문예라는 말이 사용되고 있다. 원래 創作 또는 詩作이라는 의미를 가지나, 문학이라는 말의 다의성에서 일어나는 의미의 혼란을 피하기 위하여 이 말이 사용된다. 즉 문학이 순수예술 작품 이외의 언어적 문서까지 가리키는데 반하여, 문예는 언어를 매재로 한 예술적 문학만을 가리키기 때문이다. 따라서 미적·창조적 언어 예술만을 가리키므로 문학의 가장 좁은 의미와 일치한다고 하겠다.(문덕수·신상철 공저 : 文學一般의 理解 참조)

그러니 이 글에서 이야기하는 문학의 정의는 적어도 미적·창조적인 언어 예술을 가리키는 문예 작품을 의미하는 것으로 한정한다. 문학을 공부하는 방법 즉 작품을 잘 쓸 수 있는 비결은 특별히 존재하지 않는 것으로 알려졌다. 그래서 옛날부터 글을 잘 쓰려면 ①남의 글을 많이 읽어보고 ②실제로 많이 지어 보고 ③많이 생각해 보라는 비법 아닌 비법이 그대로 전수되고 있다. 그러나 이것은 너무나 막연하고 포괄적이어서 글을 쓰려는 사람들에게 직접적으로 피부에 와서 닿는 것이 없다. 그래서 필자는 좀더 구체적으로 다음과 같은 방안을 제시해 본다.

첫째 문학에 대하여 관심을 가지는 일이다. 세상만사 중에 사람들이 관심을 갖지 않았는데 저절로 이루어졌다는 작품이나 물건이 어디 있는가. 하다못해 연필 한 개, 노트 한 권, 심지어는 책걸상에 이르기까지 모두가 사람들의 편의를 위하여 관심을 갖고 만들었기에 이루어진 것이다.

또 우리 인간들의 직업 중에 의사·판사·교수하는 것들이 저절로 굴러 들어온 것은 없고 모두가 그 직종에 종사하는 사람들이 관심을 갖고 노력했기에 이루어 낸 것이다. 문학의 경우도 마찬가지다. 좋은 작품을 쓰고자 하는 사람들은 문학에 지대한 관심을 갖고 노력하는 길밖에 도리가 없다. 호랑이 새끼를 잡으려면 위험하지만 호랑이 굴에 들어가야 하고, 좋은 글을 쓰려고 하면 우선 먼저 문학에 관심을 갖고, 문학을 자주 접하고, 문학과 부딪쳐 보는 일이 선결 과제이다. 대부분의 사람들은 이런 이야기들을 한다. 글쓰는 재주는 선천적으로 타고나야 한다고…….

물론 일리 있는 이야기요 좋은 말이다. 선천적으로 글쓰는 재주를 타고났다면 금상첨화이니 얼마나 좋겠는가. 그러나 현재 문학활동을 하는 수천명 되는 사람들이 모두 선천적으로 글쓰는 재주를 타고났다고 단언할 수는 없지 않는가.

그 중에 단 몇 퍼센트만이 선천적으로 글쓰는 재주를 타고나서 문명을 날리는 것이고 나머지 분들은 그야말로 문학에 지대한 관심을 갖고 각고의 노력을 한 사람들이라고 할 수 있겠다. 그러니 먼저 문학에 관심을 가져 달라고 부탁드리는 것이고, 만약에 그처럼 관심을 많이 가졌다면 이미 문학의 길에 입문한 것이나 다름없다는 것을 공언해 둔다.

둘째는 문학 작품을 많이 읽는 일이다. 처음에는 운문이든 산문이든 가리지 않고 많이 읽어야 한다. 시·소설·수필·희곡 등 장르를 구분하지 않고 많이 읽어야 한다. 그렇게 하면 마침내는 자기의 취미와 적성이 운문에 있는지 산문에 있는지 발견하게 된다. 시·소설·수필·희곡 등 어느 장르에 있는지 발견하게 되고, 시 중에서도 자유시에 있는지 정형시에 있는지 자기의 취향에 따라서 맞는 분야를 선택해서 읽게 된다.

시가 맞으면 시만 찾아서 읽고 소설이 맞으면 소설만 찾아서 읽어보라. 그 맞는 분야를 찾아서 계속해 읽다 보면 그 중에서도 소월의 시, 윤동주의 시, 서정주의 시 등 구체적으로 누구의 시를 더 좋아하는가를 판가름하게 된다. 아예 자유시가 아니라 시조가 자기 적성에 맞는다는 것을 알게 되는 사람도 있을 것이다.

그러면 여기서 필자의 경험담 한 가지를 소개해 보고자 한다. 필자는 1960년 대 초반 대학 시절에 국문학과를 다녔다. 학교를 다니다가 군입대를 하였고 제대한 다음에는 기계적으로 복학하였다. 그리고는 교육과정에 제시된 과목들을 이수하면서 해가 바뀜에 따라 상급학년으로 올라가게 된 것이다.

물론 현대문학 강의를 들었고, 시론·시조론 등의 강의를 들었지만 도무지 알 수 없는 것이 시에 대한 해석이었다. 그 당시 현대문학이나 자유문학에 발표되는 시를 이해할 수 없었고, 일주일에 한 번 발간되는 대학신문에 발표되는 재학생들의 시작품도 무슨 소리인지 알 수 없었다.

그래서 이런 생각을 해보았던 것이다. 내가 다른 학과도 아니고 국문학과를 다니고, 그것도 상급학년에 이르렀는데 현대시 한 편 읽고 그것을 제대로 이해하지 못한다면 국문학과생 자격이 없는 거라고. 그렇다고 어디 가서 시 강의를 별도로 들을 수도 없었고, 시인 중에 나를 인도해 줄 만한 분도 없었고, 그 당시 시 해석법이라는 책이 나와서 나를 인도해 주지도 않았다.

그래서 생각한 것이 무조건 시를 읽는 방법. 대학신문에 발표되는 모든 시들을 스크랩해서 따로 모아 놓고 시간만 나면 그것을 읽었다. 별도로 시 노트를 만들어 놓고 이 책 저 책에서 시를 발견하면 베껴 가면서 읽었다. 이해가 가면 가는 대로 이해가 안가면 안가는 대로 무턱대고 읽어 댔다. 어떤 작품은 읽기만 한 것이 아니라 송두리째 외워 버렸다.

그렇게 1년쯤 반복하니까 시에 대해서 눈이 떠지고, 시를 알게 되고, 시를 해석하고 감상할 수 있게 되었던 것이다.

셋째는 각 장르의 구조와 원리를 파악하는 일이다. 시·소설·수필·희곡 할 것 없이 각 장르는 그 나름대로의 구조와 원리와 미학이 있다. 그러나 이것은 어렵게 표현한 것이고 더 쉽게 말하면 각 장르의 형식적 특성을 파악해야 된다는 것이다. 앞에서 이야기한 대로 문학 작품을 열심히 읽다 보면 자기 취향에 맞는 장르를 선택하게 되고, 그 장르를 열심히 읽다 보면 그 장르의 형식적 특성과 구조적 원리를 자연스럽게 파악하게 된다. 이때 기왕에 나와 있는 시해설서나 시론 등을 읽어보던 훨씬 도움이 될 것이다. 형식적 특성이나 구조적 원리까지 파악할 정도가 되면 웬만한 시는 모두 해석할 수 있게 되고, 따라서 작품의 우열을 따질 수 있게 되고, 그 작품들의 맛과 멋과 재미까지 함께 느끼면서 읽는 과정을 거치게 된다. 또한 자기 자신도 그런 작품을 써 보고 싶다는 생각을 가지게 된다.

넷째는 모방습작의 단계를 거친다. 현재 아무리 명성을 떨치고 좋은 작품을 쓰는 작가나 시인이라 하더라도 애초에 이런 모방습작의 단계를 안거친 사람은 없다는 것을 알아야 한다. 밥을 먹을 때 첫술에 배부를 수 없듯이 모든 문학인은 문학에 입문하면서 모방습작의 단계를 거치지 않을 수 없다. 다만 개인적 역량과 재질 여하와 노력 여하에 따라서 그 기간이 짧으나 기냐의 문제는 다를 수 있지만, 문학인은 누구나 이 단계를 거치게 되어 있다는 이야기다.

처음에는 남의 작품을 모방해서 쓸 수밖에 없지 않겠는가. 그렇게 모방해서 계속 쓰다 보면 차츰차츰 작품의 형태가 완성되어 가고, 의미있는 작품을 쓰게 되고 자기 나름의 개성과 독창성을 투영시킨 작품을 쓰는 단계까지 이르게 된다.

다섯째는 사사하는 사람이나 문단 선배에게 보이면서 작품평을 받아야 한다. 습작 기간은 길수록 좋고 습작한 작품은 많을수록 좋다. 습작하는 과정에 밤을 꼬박 새우는 일도 있고, 써 놓은 작품이 시원찮아서 찢어 버리는 경우가 생기게 된다. 그리고 자기가 새로 쓴 작품과 기성문인의 작품을 비교하면서 자기 자신의 어디가 부족한지를 빨리 파악해야 한다.

그러나 혼자서 계속 쓰다 보면 그것이 잘된 작품인지 못된 작품인지 구분하지 못하는 경우가 생기게 된다. 자기는 최선을 다해서 썼고 이만하면 됐다고 생각했는데 막상 내놓으면 좋은 소리를 못듣는 것이 작품 공부의 어려움이요 난관이다. 그러니 습작을 많이 해야 되고 습작하면서 사사하는 스승이나 문단 선배에게 보여서 작품평을 받는다면 문학 공부의 발전 속도는 훨씬 빨라질 것이다.

마지막으로 자신감을 갖고 홀로서기를 해야 한다. 언제까지나 모방답습하고 남에게 의지하고 우왕좌왕할 수만은 없지 않겠는가. 이제는 자기 나름의 형태 구조와 운율미와 어법과 독특한 수사 기법을 구사하면서 작품을 쓰고 홀로서기를 해야 한다. 다시 말해서 아무도 흉내낼 수 없는 자기 나름의 개성과 독창성과 그러면서도 보편성과 조화되어 있는 그런 작품을 만들어 내야 한다는 것이다. 그 다음은 계속해서 매진하고 노력하고 애정과 정성을 바친다면 사계의 전문가가 되리라 확신하고, 아울러 마음의 수양까지 게을리 하지 않는다면 양식있는 작가로 성장할 수 있다는 것을 부언해둔다.

4. 황조가의 민요적 성격

翩翩黃鳥	펄펄 나는 저 꾀꼬리
雌雄相依	암수 서로 어울리는데
念我之獨	외로울사 이 내몸은
誰其與歸	그 누구와 함께 돌아갈꼬

이 노래는 「삼국사기」 고구려 본기 제1 유리왕 3년 조에 그 배경 설화와 함께 한역가로 전해져 온다. 배경설화의 내용을 보면 유리왕 3년 10월에 왕비 송씨가 돌아가셨는데, 왕은 그 이후 두 여자를 계실로 맞아들였다. 한 여자는 골천 사람의 딸 禾姬이고 다른 한 여자는 중국 한나라 사람의 딸 雉姬이다.

이 두 여인은 사랑 싸움을 하느라고 자주 다투므로 왕은 凉谷의 동쪽과 서쪽에 궁전을 지어서 각각 살게 했다. 한 번은 왕이 기산 지방으로 사냥을 나갔다가 7일 동안 돌아오지 않았는데, 그 사이에 두 여자는 크게 다퉜고, 화희는 치희에게 "너는 한나라 집안의 비첩으로 왜그리 무례함이 심하냐"고 꾸짖었다. 이에 치희는 부끄러움과 한스러움을 참지 못하여 자기 나라로 돌아가 버렸다.

왕은 이 소식을 듣고 말을 채찍질하여 쫓아갔으나 치희는 대단히 노여워하면서 돌아오지 않았다. 왕은 일찍이 나무 아래서 쉬고 있었는데, 그때 꾀꼬리들이 모여들면서 정답게 노니는 것을 보고 느낌이 있어 이 노래를 불렀다.

이러한 내용들을 참고해 보면 이 노래를 지은 작자는 유리왕이고, 그 지은 시기는 나뭇잎이 무성하고 꾀꼬리가 노니는 여름철이고, 그 지은 연대는 유리왕 3년 이후가 되고, 그 내용은 유리왕이 아내 잃은 슬픔에서 지었다고 하니 애정의 갈등 문제를 주제로 하고 있다. 그런데 문제는 이 황조가에 대하여 여러 학자들의 견해가 일치하지 못하고 여러 가지 이설이 있어서 갈피를 잡을 수 없다는 점이다.

첫째는 작자 문제인데 이 노래의 지은이를 삼국사기의 기록대로 유리왕으로 보아야 한다는 설과, 그 다음은 작자 연대 미상의 서정적 가요로 보아야 한다는 설 등이 대립되어 있다는 점이다. 전자를 주장하는 이들은 삼국사기의 기록을 그대로 믿자는 관점이면서 지금까지 학계의 통설처럼 되어 왔고, 후자를 주장하는 이들은 유리왕은 신화적 인물인데, 그러한 신화적 인물이 어떻게 서정적인 창작시를 제작할 수 있느냐는 의문을 제기 하였다.

이 문제에 대하여 정병욱은 프랑스의 시경 연구가인 그라네의 설을 인용하면서 다음과 같이 이야기하였다. 우선 이 노래는 치희를 잃은 유리왕의 외로움을 나타낸 것이 아니라는 것을 전제하고, 「시경」의 가요들은 계절적인 제례의식에서 무용이나 창가의 경쟁에서 즉흥적으로 불리어진 것이라 전제하고, 연애가의 경쟁은 많은 사람들이 참집하는 계절적인 제례의식이나 다른 종류의 경쟁이 행하여

질 때에 개최된다는 것을 전제하고서 이야기했다. 「위지동이전」을
보면 "男女群聚歌舞"라는 기록이 있는데, 이것이 그라네가 말하는
성적인 의례도 포함되어 있다는 것이다.

그래서 이 황조가는 거절당한 남자의 애절한 求愛曲이란 것이고,
제례의식 중에서 남녀가 배우자를 선정하는 기회에 불려진 사랑의
노래라는 것이고, 그렇기 때문에 작자 연대 미상의 서정적인 가요
한토막이 후에 한문으로 번역되어 고구려 유리왕의 설화 속에 끼어
든 것이라고 하였다.

두 번째는 장르의 성격 문제인데 이에 대하여는 서정시, 서사시,
민요라는 설 등 여러 가지 견해가 있다. 장덕순은 그의 「국문학 통
론」에서 이 작품을 국문학사상 최초의 서정시라 하였고, 정병욱은
제작 연대를 확정할 수 없는 고대의 서정적인 가요라고 하였다. 이
에 대하여 이능우는 그의 「古詩歌論攷」에서 서사 시가로 다루었다
는 것이고, 그 이유를 ①禾姬·雉姬의 이름은 다분히 토템적인 명
칭으로 생각할 수 있고, ②유리왕의 태자 책봉에 따른 설화가 영웅
담적인 서사구조를 띠고 있으며, ③이 노래의 창작 당시가 고구려
부족 국가의 성립 시기인 만큼 집단적인 서사 시가 시대임을 들고
서 문학사적으로 서사 시가에 속한다고 하였다.(金承璨의 古代詩歌
參照)

그런가 하면 김무헌은 이 작품은 어느 개인의 창작이 아니라 고
구려 민중들이 오랜 세월 여기저기서 불러온 농촌과 산간의 노래라
고 하였다. 지금 남아있는 노동요 가운데 모내기 소리에는 남녀의
진솔한 사랑의 소리가 많다고 하면서 이 노래의 성격을 민요라고
하였다.

셋째는 禾姬와 雉姬를 단순한 설화 속의 등장인물로 보지 않고

고구려 부족연맹 사회의 발전 과정을 보여주는 史實로 취급하고 있다는 점이다. 이 문제에 대하여 金承璨은 그의 「韓國上古文學論」에서 다음과 같이 이야기하였다.

"雉姬와 禾姬의 문제에 있어서도, 그들의 이름이 하나는 수렵의 대상인 꿩에서 따오고 다른 하나는 농경물의 대상인 벼에서 따온 것은 곧 그 食物이 그들의 주식물이었기 때문에 설화 속에 인격화하여 투영한 것이 아닌가 한다. 그런데 설화에 雉姬가 禾姬와의 애정 싸움에서 실패하고 자기 부족에게로 돌아감은 고구려의 초기 부족연맹 사회가 수렵 위주의 경제 생활 상태에서 농경 위주의 생산경제 생활 상태로 발전하고 전이되어 가던 과정을 설화에 반영한 것이라 추정한다. 즉 二女繼室說話는 고구려 부족 국가의 발전 과정을 반영한 것으로 주몽과 유리왕대가 수렵 경제 생활 체제로부터 농경 생산경제 생활 체제로 발전되어 가던 시기임을 보여준 것이다."

이 밖에도 權寧徹은 「黃鳥歌新研究」라는 논문에서 이 노래에 나오는 연정의 대상이 雉姬가 아니고 먼저 서거한 松氏라고 하였다. 그 이유는 배경설화에 보면 "王嘗息樹下見黃鳥飛集乃感而歌曰"이라는 구절이 있는데, 여기서 嘗字는 일찍이의 뜻으로 雉姬亡歸 이전의 시간을 기리키며 松氏가 서거했을 때의 외로움을 노래한 것으로 보아야한다는 것이다.

이처럼 제시된 문제점들을 해결하려면 「삼국사기」 고구려 본기의 기록들을 그대로 믿을 것이냐. 믿지 않고 자유롭게 논리를 전개해 나갈 것이냐하는 태도부터 정해야 한다. 그 전해오는 기록들을 자세히 살펴보면 백퍼센트 그대로 믿기에는 무엇인가 석연치 않은 점이 있다. 우선 먼저 이 글에 등장하는 주인공들을 보면 남주인공에 유리왕, 여주인공에 화희와 치희가 있다. 또 이 글에서 왕비 송씨, 두 궁전을 지음, 왕이 기산으로 사냥을 나감 등의 어구들을 보면 틀림없이 유리왕의 사실과 결부되었다는 생각을 갖게 한다.

그런데 왕비되는 두 여인이 사랑 싸움을 한 점, 다투었다고 제 고향으로 돌아가버린 점, 왕이 찾아갔을 때에 노여워하면서 함께 돌아오지 않은 점 등은 일반 서민 가정의 여염집 여자들이나 할 수 있는 행위이지 궁중에 사는 임금의 부인들로서는 그러한 행동을 취할 수 없다. 또 한가지는 유리왕의 태도인데, 부인이 도망갔다고 해서 일반 남자들처럼 직접 찾아나선 행위나, 거절 당하고 돌아오면서 감상적인 노래를 부른 점 등은 절대 권위를 자랑하는 왕으로서는 취할 수 없는 태도이다.

많은 논의자들이 유리왕은 신화적인 인물이라 하였고, 그 신화적인 인물은 절대 권위를 지닌 존재라고 하는 점에서 이 설화의 남주인공이 취한 태도와는 맞지 않는다. 그런 점에서 이 황조가를 유리왕이 지었다고 하는 설은 신빙성이 없기 때문에 재고되어야 한다.

다음은 이 작품이 서정시인가 서사시인가 민요인가 하는 문제이다. 이러한 장르 구분은 배경설화 가지고 따질 문제가 아니라 노래 자체의 내용 가지고 따질 문제이다. 그런 점에서 이 노래는 고대 서정가요로 보아야겠고, 그것도 어느 한 개인의 창작시가 아니라면 고구려 민중들 사이에서 즐겨 부르던 민요라고 보는 것이 타당하다. 그 다음에 문제되었던 것이 禾姬와 雉姬라는 이름이 그냥 붙인 주인공들의 이름이 아니고, 雉姬는 수렵의 대상인 꿩에서 따오고 禾姬는 농경물의 대상인 벼에서 따온 것이라고 하면서 전자는 수렵경제 생활 체제를 상징하고 후자는 농경 생산경제 생활 체제를 상징한다고 해석한 점이다.

그러나 두 여인의 이름에 禾字와 雉字를 쓴 것은 우연의 일치이지 의도적으로 상징법을 써서 나타낸 것이라 볼 수는 없다. 왜냐하면 우리 나라 고대설화에 나오는 인물들의 이름들이 대부분 상징법을 써서 작명한 것이라는 확증이 있어야 하는데, 다른 것들은 그렇지 않고 오로지 황조가 설화만 상징법을 써서 이름을 지었다고하는 것은 설득력이 없기 때문이다. 마지막 문제는 "王嘗息樹下"에서 嘗字가 "雉姬憖恨亡歸" 그 이전의 사건까지 거슬러 올라가서 한정한다고 보는 견해인데, 이것은 한문문장을 해석해 본 경험이 없는 사람의 무지를 드러낸 것이라 보아야지, 여기에 현혹될 필요는 없다고 본다.

5. 서동요의 배경 설화

"제30대 무왕의 이름은 장이다. 그 어머니는 홀로 되어 서울 남쪽 못가에 집을 짓고 살았는데, 못 속의 용과 관계하여 장을 낳았던 것이다. 어릴 때 이름은 서동으로 재주와 도량이 커서 헤아리기 어려웠다. 항상 마를 캐다가 파는 것으로 생업을 삼았으므로 사람들이 서동이라고 이름을 지었다. 신라 진평왕의 셋째 공주 선화가 뛰어나게 아름답다는 말을 듣고는 머리를 깎고 서울로 가서 마을 아이들에게 마를 먹이니 이내 아이들이 친해져 그를 따르게 되었다.

이에 동요를 지어 아이들을 꾀어서 부르게 하니 그것은 이러하다. ~ 동요생략 ~ 동요가 서울에 가득 퍼져서 대궐 안에까지 들리니 백관들이 임금에게 심히 간해서 공주를 먼 곳으로 귀양보내게 하여 장차 떠나려 하는데 왕후는 순금 한말을 주어 노자로 쓰게 했다.

공주가 장차 귀양 처에 도착하려는데 도중에 서동이 나와 공주에게 절하면서 모시고 가겠다고 했다. 그가 어디서 왔는지는 알지 못했지만 그저 우연히 믿고 좋아하매 서동은 그를 따라가며 잠통했다. 그런 뒤에 서동의 이름을 알았고 동요가 맞은 것도 알았다.

함께 백제로 와서 모후가 준 금을 꺼내 놓고 살아 나갈 계획을 세우려 하자 서동이 크게 웃고 말했다. 「이게 무엇이요」 공주가 말했다. 「이것은 황금이니 백년의 부를 누릴 것입니다.」「나는 어릴 때부터 마를 캐던 곳에 황금을 흙더미처럼 쌓아 두었소」공주는 이 말을 듣고 크게 놀라면서 말했다. 「그것은 천하의 가장 큰 보배니 그대는 지금 그 금이 있는 곳을 아시면 그것을 우리 부모님이 계신 대궐로 보내는 것이 어떻겠습니까?」「좋소이다.」

이에 금을 모아 산더미처럼 쌓아 놓고 용화산 사자사의 지명법사에게 가서 이것을 실어 보낼 방법을 물으니 법사가 말한다. 「내가 신통한 힘으로 보낼 터이니 금을 이리로 가져 오시오」이리하여 공주가 부모에게 보내는 편지와 함께 금을 사자사 앞에 갖다 놓았다. 법사는 신통한 힘으로 하룻밤 동안에 그 금을 신라 궁중으로 보냈다. 진평왕은 그 신비스런 변화를 이상히 여겨 더욱 서동을 존경했으며, 항상 편지를 보내어 안부를 물었다. 서동이 이로부터 인심을 얻어서 드디어 왕위에 올랐다."

서동요는 「삼국유사」 권 2 무왕조에 그 배경설화가 함께 전해오는 향가이다. 작자는 서동 또는 백제 무왕, 지은 연대는 신라 진평왕 때로 현존 향가 중에는 가장 오래된 작품으로 알려졌다. 다른 작품도 마찬가지지만 서동요에 대한 연구는 많은 학자들에 의하여 활발하게 전개되었으며, 그만큼 작품의 해독이나 해석문제, 배경설화의 사실성 여부 등에 대한 이견이 많았다. 여기에 그 배경설화를 장황하게 인용해 보았거니와 그 무왕조 기록에 대하여는 다음과 같은 연구 경향이 있다.(尹榮玉의 「薯童謠」 참조)

1. 史實로 해석 : 武王, 東城王, 武寧王, 元曉
2. 寺刹緣起譚으로 해석 : 미륵사 창건 전설, 왕흥사 창사기
3. 說話로 해석 : 불교적인 설화, 서민들의 꿈을 모두 성취시켜 주는 요원한 이야기. Hero-story

이러한 연구 경향이 있는데, 제일 큰 쟁점은 서동요가 창작가요인가 민요인가 하는 점, 원문 해독에 있어서 학자마다 의견을 달리하는 점, 서동의 정체가 과연 무엇인가 하는 점 등이 논란의 대상이 되었다.

그러나 이 글에서는 이 모든 문제를 함께 다룰 수 없으므로 세 번째 서동의 정체가 무엇인가 하는 점에 한해서 논의를 진행해 나가고자 한다. 이 문제 또한 배경설화를 역사의 설화화로 볼 것이냐 설화의 역사화로 볼 것이냐에 따라서 큰 차이가 나타난다. 첫째로 서동을 백제의 무왕으로 보자는 견해. 이것은 배경설화의 내용을 그대로 믿고 따르자는 주장이다. 삼국유사의 편자인 일연은 서동 설화를 백제의 무왕에 얽힌 이야기로 해석했는데, 이대로 받아들인 학자는 小倉進平, 梁柱東, 趙潤齊, 金俊榮, 金思燁, 高裕燮, 黃壽永, 洪思容 등으로 대부분 초기의 향가 연구자와 그 뒤의 많은 연구자들이 이에 동조하였다.

이들은 일연의 기록을 그대로 믿어 이 설화를 역사적으로 실재했던 사건으로, 서동은 바로 무왕의 아명으로 보고 있다. 이 견해는 무비판적으로 서동과 선화공주 사이의 연애담을 그대로 역사적 문맥으로 해석하여 학계의 일반적 견해로 정착되었다.(安大會의 「薯童謠」 참즈) 이러한 무왕설에 대하여 이의를 제기한 이가 있으니, 이병도는 사학도의 입장에서 서동 설화와 역사적 사실과를 대비하여 설화 속의 〈武王〉은 〈東城王〉이라 하였다.

十五年 春三月 王遣使新羅請婚, 新羅王以伊湌比智女歸之

(三國史記, 百濟本紀 東城王 15年條)

十五年 春三月 百濟王牟大 遣使請婚 王以伊伐湌比智女送之

(三國史記, 新羅本紀 炤知麻立干 15年條)

「백제본기」에서는 東城王이 사신을 신라에 보내서 청혼하였다는 것이고, 「신라본기」에는 百濟王 牟大가 사신을 보내서 청혼하였다는 것인데, 여기서 牟大는 東城王의 諱라는 점에서 동일 인물이라고 하겠다. 그 동성왕이 청혼하였을 때 신라왕은 이찬 比智의 딸을 보내서 결혼시켰다고 하니, 만약에 薯童을 東城王이라 본다면 선화공주는 比智女라고 보아야겠다.

또 동성왕의 휘 〈牟大〉가 그 발음상 〈薯童〉(맛둥)이 末通과 근사하다고 하면서 그 연관 관계를 추정하였다.(李丙燾 : 薯童說話에 대한 新考察) 이처럼 백제 왕실과 신라 조정 사이의 국혼 관계를 역사상에서 찾아 서동 설화에 대입시킨다면 〈薯童〉을 〈東城王〉이라 볼 수도 있다는 생각이 들지만, 그렇다면 사기 기록에서 시집 보낸 여자를 〈比智女〉라 하지 말고 〈善花公主〉라 했어야 맞다는 생각이 든다. 그 다음 薯童을 武寧王이라 본 이는 史在東인데, 그는 이 기록을 설화가 역사화된 것으로 간주하고 다음과 같이 논의하였다.

"周知하는 바와 같이, 古文獻 특히 三國史記나 三國遺事 등 東洋史書의 表記例에 따르면 武康王은 바로 虎寧王이 됨을 직관할 수 있다. 武는 바로 虎로 忌諱 代用할 수 있고, 이와 같은 원리에 따라 康은 寧으로 돌려 쓸 수 있기 때문이다. 그러니까 武康王은 즉 虎寧王으로서 바로 武寧王이라고 볼 수 있는 것이다. 따라서 여기 薯童의 표면에 나타난 역사적 인물은 武寧王이라 하는 편이 오히려 타당하리라고 직관할 수 있는 것이다."[1]

「三國遺事」卷 二 〈武王〉條를 보면 그 원문 앞에 "武王古本作武康

---

1) 史在東, 薯童說話研究, 池憲英 先生 華甲紀念 論叢, 湖西文化社, 1971, p.904.

非也 百濟無武康"이란 기록이 있는데, 사재동은 이 기록에 근거하여 〈薯童〉을 武寧王이라 하였다. 더구나 武寧王은 東城王의 뒤를 이어 서기 501년에 즉위한 사실이 있으니 이러한 추정은 가능하다고 본다. 그러나 그 武寧王이 신라 어느 임금의 딸이나 조정 대신의 딸과 결혼했다는 사실이 없으니 이 또한 추정에 불과할 뿐이다. 그런데 백제의 〈武王〉은 실제로 서기 6백년에 등극한 사실이 있고, 이름도 璋으로 나오고, 그 당시 王興寺를 창건한 사실도 있으니, 一然이 遺事을 편찬하면서 〈武康王〉이라 전해오는 것을 〈武王〉이라 고친 것도 무리는 아니라고 본다. 마지막으로 〈서동〉은 〈원효〉라는 설에 대하여 살펴보자.

이 문제에 대하여 김선기는 "향가의 새로운 풀이"라는 글에서 동성왕이 서동요의 작자로 보는데는 여러 가지 무리가 있다고 하면서 그 不可說을 다음과 같이 제시하였다.2)

1. 동성왕은 이름이 무깐이나 마깐인데 맏둥과는 맞지않고
2. 동성왕이 머리 깎고 중이 될 수 없고
3. 서동요는 활 잘 쏘는 사람보다 글 잘 짓는 이어야 할텐데 동성왕이 노리를 잘 지었다는 이야기가 없고
4. 무왕이 장가들었다고 보는 빈이나 비디(比智)의 딸이 선화공주인지 증거를 델 도리조차 없고
5. 서동요는 노래의 된 품으로 보아 신라 노래요 백제 노래 같지 않고
6. 화랑도 이전에 생긴 노래 같지도 않고
7. 뿌따 가르침이 들어오기 전에 노래가 그렇게 퍼져서 노래로 궁금에 퍼뜨리게 될 만큼 된 것도 같지 않고
8. 신라 나라가 경제적으로 즘 넉넉하여 진 것은 사기의 다음 기록으로 보아 지증왕 이후로 본다.

---

2) 金善棋, 쑈뚱노래(薯童謠), 現代文學 통권 제151호

김선기는 이처럼 반론을 펴면서 ①원효의 어릴적 이름은 誓幢, 무왕의 어릴적 이름은 薯童 ②원효는 중이니까 머리를 깎았을 것, 무왕은 剃髮來京師로 머리 깎은 것 곧 중임을 알 것 ③원효는 瑤石宮寡公主가 상대자이고 서동은 진평왕의 셋째 공주 선화가 상대자인 점 등 모두 8가지 비슷한 사항을 들어 〈서동요〉의 작자는 원효라고 하였다.

이제까지 薯童說話에 나오는 〈서동〉의 정체를 역사적 사실로 인정해서 〈武王〉〈東城王〉〈武寧王〉〈元曉〉 등으로 본 견해를 간단하게 살펴보았다. 그런데 이러한 견해에 선뜻 동의할 수 없는 것은 그 설화의 내용이 비현실적인 허구로 이루어진 것이요, 실제로 있었던 사건과는 무관하다는 점을 들 수 있다.

다시 말해서 전개되는 서사의 내용이 모두 허구인데, 어떻게 해서 그 등장 인물은 실제로 존재했던 역사적 인물로 볼 수 있느냐 하는 물음이다. 다만 이 설화를 엮은이가 사실성과 재미를 부여하기 위해서 그 설화의 주인공들을 역사상의 실존 인물로 대치시킨데 불과하다. 〈眞平王〉〈善花公主〉〈武王〉 등은 실제로 역사상의 인물들이다. 그러나 진평왕과 무왕 당시 양국 간에 국혼을 할 정도로 두 나라 사이의 친선 관계가 유지되었던 것은 아니다.

오히려 그와는 반대로 양국 간에 끊임없는 싸움이 계속되었으니, 605년 즉 진평왕 27년 8월에는 신라가 백제의 동부를 침입했고, 611년 동왕 33년 10월에는 백제가 신라의 가잠성을 공취했고, 616년 동왕 38년 10월에는 백제가 신라의 모산성을 침입했고, 618년 동왕 40년에는 신라가 백제를 쳐서 가잠성을 회복했고, 623년 동왕 45년에는 백제가 신라의 늑노현을 침입했고, 624년 동왕 46년에는 백제가 신라의 速含 등 6성을 공취했고, 626년 동왕 48년에는 백제가 신라의 주제성을 공격했고, 627년 동왕 49년에는 백제가 신라 서북 쪽의 2성을 공취했고, 628년 동왕 50년에는 백제가 신라의 가잠성을 공격했다.

　이처럼 두 나라 관계가 악화될 대로 악화되었는데, 어떻게 신라의 진평왕이 백제의 무왕을 사위로 맞아들일 수 있었겠는가. 두 나라 사이의 국혼이란 역사상에서는 불가능한 일이요 설화의 세계에서나 가능한 이야기다. 따라서 〈서동〉이 후에 백제의 〈무왕〉이 되었다고 하는 그 무왕은 설화상의 가공 인물이요, 일연이 〈武康王〉을 〈武王〉이라 고쳐 놓은 것은 잘못이고, 또 다시 전설적인 인물 〈武康王〉으로 환원시켜 놓아야 마땅하다고 본다.

6. 문학은 문학인만의 전유물은 아님

문학에 관심 있는 사람들은 누구나 "문학이란 도대체 무엇인가"하는 물음에 직면해 보았을 것이다. 그래서 「문학개론」이나 「문예창작법」같은 책을 떠들어 보고 그 문학의 본질에 접근하려는 노력을 해보았을 것이다. 그런 책들을 참고해 보면 모방론, 실용론, 표현론이란 용어가 나오고, 중국의 것으로는 「시경」이나 「문심조룡」이야기가 나오고, 서양의 것으로는 플라톤의 「공화국」이나 아리스토텔레스의 「시학」이야기가 나와서 보는 이들을 어리둥절하게 한다. 예를 들어 처음부터 "詩三百一言而蔽之曰思無邪"라는 공자의 말씀을 인용해 가면서 이야기한다면 사람들은 문학을 가깝게 하려다가도 그만 겁을 집어먹고 물러서게 될 것이다.

그리고 문학의 기원에 대한 제가들의 학설을 살펴보면 아리스토텔레스는 모방 충돌설, 칸트는 유희 충동설, 허드슨은 자기 과시설, 다윈은 흡인 본능설을 주장했는데, 이 문제도 그렇게 어려운 말들을 사용해 가면서 설명할 필요는 없다고 본다.

문학에는 구비문학과 기록문학 또는 유동 문학과 고정 문학으로 나누어 생각할 수 있다. 전자는 우리말을 기록할 수 있는 문자가 생기기 이전의 구전문학을 말하고 후자는 문자의 발생으로 인하여 그것들을 눈으로 볼 수 있겠금 적어 놓은 기록문학들을 말한다.

문학이란 아득한 옛날 우리 인류가 이 지구상에 존재하기 시작하면서부터 인류의 역사와 함께 문학의 역사도 시작되었을 것이다. 흔히 문학의 갈래를 크게 운문과 산문으로 나누는데, 운문은 가락이 있는 글을 말하고 산문은 가락이 없이 그저 자유롭게 서술해 나간 글을 말한다. 그래서 그 옛날 우리 선인들은 비록 문명이 발달하지 못하고 원시시대를 살아가면서도 흥이 나거나 신바람이 나면 어깨춤을 춰 가면서 노래했을 것이고, 때로는 조용하게 앉아서 눈동자를 반짝거리면서 재미있고 구수한 이야기들을 엮어 나갔을 것이다. 이러한 노랫말이나 이야기들은 문자가 생기기 이전에는 어쩔 수 없이 입에서 입으로 전달되었던 것이고, 그 입에서 입으로 전달된 문학을 우리들은 구전문학 또는 구비문학이라고 했던 것이다.

똑같이 입에서 입으로 전달되었더라도 그 말에 리듬을 실어서 노래하면 민요가 되었던 것이고, 그렇지 않고 구수하게 스토리를 엮어 나가면 신화나 설화가 되었던 것이다. 그러니까 운문의 효시는 민요요 산문의 효시는 신화라고 할 수 있겠다. 그래서 우리 국문학으로 말하면 민요를 시발점으로 해서는 상대 가요, 향가, 고속가, 경기체가, 시조, 가사, 신체시, 현대시 등으로 발전했던 것이고, 신화를 시발점으로 해서는 삼국 시대의 여러 가지 산문, 고려 시대의 가전체 문학, 조선 시대의 고소설, 개화기의 신소설 그 이후 현대소설로의 이행 발전을 가져왔던 것이다.

그렇다면 문학이란 도대체 무엇을 말하는 것인가? 어떤 사람은 대학에 들어와서 문학을 공부한답시고 강의를 듣고 책을 읽어도 문학은 역시 안개 저편에 있는 魔의 산이었다고 술회한 적이 있다. 그처럼 문학의 본질은 알 수 없고 미묘한 존재라는 이야기가 된다. 이러한 문학의 정의에 대하여 제가들의 설을 인용해 보면, 포즈넷은 "문학이란 산문과 시를 막론하고 반성보다는 오히려 상상의 결과로서 교훈이나 실제적 효과보다 될 수 있는 한 많은 쾌락을 주는 것을 목적으로 하고 또한 특수한 지식이 아니라 일반적 지식에 호소하는 저술을 말한다"라고 했다.

그리고 헌트는 "문학이란 상상과 감정 그리고 취미를 통해 사상이 담겨진 표현이며, 더욱이 그것은 모든 사람에게 쉽게 이해되고 또 흥미를 끌 수 있는 비전문적 형식으로 표현된 것이다"라고 했다. 또 문학과 유사한 용어로 〈문예〉라는 말이 있는데, 이것은 〈창작〉 또는 〈시작〉이란 의미를 가진다. 문학이란 말은 너무 광범위하고 다의적으로 쓰이기 때문에 그 의미의 혼란을 피하기 위하여 〈문예〉란 말이 사용되었다. 즉 문학이 순수 예술 작품 이외의 언어적 문서까지 가리키는데 반하여, 문예는 언어를 매체로 한 예술적 문학만을 가리키기 때문이다.

이러한 정의야 어떻든 간에 보통 문학이라고 하면 언어를 매체로 하여 인간의 사상, 감정, 체험 등을 예술적으로 형상화시킨 작품을 말한다고 개념 규정을 하고 있다. 이것을 좀더 쉽게 이야기하면 자연의 섭리와 인간의 생활을 노래하듯이 써 놓으면 시나 시조가 되는 것이고, 그것을 이야기하듯이 써 나가면 수필이나 소설이 된다고 설명할 수 있다.

그렇다면 문학을 자신과는 아무런 관계가 없는 문학인의 전유물이라고 생각할 필요가 어디 있는가? 전문 문필가가 아니더라도 누구든지 자연의 섭리나 인간 생활에 대하여 노래하듯이 글을 쓸 수 있고, 또는 이야기하듯이 글을 쓸 수도 있지 않겠는가.

그래서 김대행 교수는 「문학이란 무엇인가」라는 저서에서 "예전에는 논밭에서 일하는 농부들이 다 시인이었으며, 배를 타고 고기잡이하던 어부들 또한 시인이었고, 호롱불 밑에서 옛날 이야기를 들려주던 할머니, 할아버지들이 다 소설가였음을 누가 감히 부인하겠는가"라고 설파하기에 이르렀다.

그렇게 본다면 이 세상에 문학가 안될 사람이 어디 있겠는가. 우리 인간은 모두 갑남을녀 할 것 없이 누구나 문학가가 될 수 있다. 우리 속담에 "호랑이를 잡으려면 호랑이 굴에 들어가야 한다"는 격언이 있지 않는가. 마찬가지로 문학가가 되려면 그 문학을 사랑하고 친근하게 지내고 생활화하는 방법밖에 없다. 그것은 문학책을 항상 곁에 두고 반복해서 읽고 생각하고 고민해 보라는 이야기와 같다.

7. 정서의 정과정곡

현전하는 고려가요 중에서 〈정과정곡〉은 작자가 분명하게 전해 오는 유일한 작품으로 알려졌다. 이 노래의 창작 동기는 「고려사」에 나와 있는 그대로 고려 의종 때 사람 鄭敍가 東萊配所에서 임금을 그리워하면서 자신의 결백을 주장하고 잃었던 사랑을 회복해 보자는 의도에서 지어졌다.

그렇더라도 이 작품에 대하여는 그 해석상의 이견도 많고, 작품의 제작 시기, 작품의 형식 문제 등에서 여러 가지 이설이 설왕설래 하지만, 그것들을 모두 논의 할 수는 없고 다만 이 작품을 많은 사람들이 "忠臣戀主之詞"라고 한 점만을 문제삼고자 한다.

다시 말해서 "충신연주지사"로 평가받으려면 그 작자가 역사상의 실존 인물로 〈충신〉의 칭호를 듣는 사람이어야 하고, 동시에 그 작품의 내용도 〈연주지사〉나 〈연군시〉로서 손색이 없어야 한다는 점을 강조하고 싶다는 이야기다. 그러면 〈정과정곡〉의 작자인 정서가 과연 고려 의종 때의 〈충신〉인지 아닌지 그 점부터 따져 보는 것이 순서에 맞을 것 같다.

정서는 인종·의종 시대의 인물로 그의 古名은 嗣文이며, 호를
瓜亭이라 하였다. 그는 동래 정씨의 시조 鄭之遠의 5세손으로 그의
증조 때부터 큰 벼슬을 대대로 한 명문가의 집안에서 성장했다. 그
의 부친 鄭沆은 仁宗에게 크게 사랑을 받아 벼슬이 禮部尙書에 이
르렀고, 그리고 鄭敍 자신은 벼슬이 內侍郎中에 이르렀다. 뿐만 아
니라 그의 처형은 仁宗의 비로 공예태후가 되었으며, 태후의 아들
가운데는 장남이 毅宗, 3남이 明宗, 5남이 神宗이 되었다. 따라서
인종은 鄭叙와 동서간이며, 의종, 명종, 신종 등은 그의 이질이 된
다. 그러나 仁宗이 승하하고 의종이 즉위하면서부터 권신들의 참소
를 받게 되었고, 그 결과 의종 5년(1151년)에 그의 고향 동래로
귀양가게 되었다.

그것은 정서가 인종의 뒤를 이어 즉위한 의종과 친한 인물이 아
니라, 의종 자신보다는 어머니의 사랑을 더 받고 있는 동생 大寧侯
와 더 친한 인물로 지목되었기 때문이다.

그래서 의종의 미움을 받아 동래로 유배된 정서는 텃밭에 오이를
심고 그 밭 가운데 외닥을 짓고 소일하면서 自號를 〈瓜亭〉이라 했
던 것이다. 이 작품 〈정과정곡〉은 정서가 동래에서 귀양살이 할 때
에 〈의종〉을 그리워하면서 그 옛날처럼 사랑해 주고 높은 벼슬자리
도 달라고 애원하면서 부른 노래다. 노래 가운데 "내가 임을 그리워
하여 울고 다니더니" "즉어서 넋이라도 임과 함께 지내고 싶습니다"
"임이 나를 벌써 잊으셨습니까" "임이시여, 마음을 돌려 다시 사랑해
주소서" 라는 내용이 있는 것을 보면, 이 작품은 너무나도 간곡한
〈연주지사〉요 〈연군시〉임에는 틀림없다.

그러나 정서가 과연 충신이란 말인가? 임금이 귀양을 보내니까
"나는 아무 죄도 없고 결백하니 귀양에서 풀어 주고 그 옛날처럼 다

시 사랑해 주십시오" 라고 애원하는 노래 한편 지어 부른 것이 〈충신〉소리를 듣게 되었다면, 이 세상에 충신이 너무 많고 지천이라서 주체 할 수 가 없을 것이다.

비근한 예를 들면 얼마 전에 타계한 노산 이은상은 그의 시조를 보나 수필을 보나 〈조국〉이란 단어를 빼면 글이 안될 정도로 〈조국〉이란 단어를 수없이 되풀이하면서 나라사랑 정신을 고취하는 작품만을 써댔는데, 그처럼 〈애국시〉와 〈애국수필〉을 많이 쓴 노산에게 〈애국자〉라는 칭호를 붙여 줄 수 있단 말인가? 만약에 연군시 한편을 쓴 정서를 〈충신〉이라 한다면, 그보다 훨씬 많은 〈애국시〉와 〈애국수필〉을 쓴 노산 이은상도 〈애국자〉라는 칭호를 붙여 주었어야 마땅할 것이다.

그러니 〈애국자〉라는 칭호를 아무한테나 함부로 붙여 줄 수 없듯이, 〈충신〉이라는 칭호도 아무한테나 함부로 붙여 주지 말자고 제안하고 싶다. 하기야 사립대학 등록금 인상 반대 투쟁을 하다가 어쩌다가 재수 없어서 죽은 학생에게 〈열사〉라는 칭호를 붙여 주는 것이 현실이고 보면, 옛날 절실한 연군시를 한편을 써서 유명해진 정서에게 〈충신〉이란 칭호를 붙여 준다고 해서 하등의 잘못이 없지 않겠느냐는 생각도 해보았다.

8. 고산 윤선도의 새옹지마

고산 윤선도는 우리 古典詩歌의 제1인자요 時調를 잘 쓰는 時調詩人이라고 알고 있지만, 막상 그에 대해서 이야기해 보라면 해남 연동의 유물관에 그의 유품들이 많다는 것과 만년에 은둔 생활을 했던 보길도의 경치가 아름답다는 이야기 외에는 더 이상 자세한 내력을 아는 사람들은 많지 않다. 그래서 이 글에서는 그의 생애와 업적들을 알아보고 그 교훈적 의미를 되새겨 보고자 한다.

고산은 1587년(선조20) 음력 6월 22일 한성의 연화방에서 출생하였다. 이곳은 오늘날의 서울 종로구 연지동에 해당된다. 선생의 자는 約而 호는 孤山 도는 海翁이라 하였는데, 해남 윤씨의 시조 存富로부터 16세손이다. 그는 어려서부터 타고난 성품이 특이하고 총명하기 이를 데 없었다고 한다. 생김새가 고상하고 기상이 엄숙하여 보는 사람마다 그가 보통이 아님을 알았다는 것이다.

그가 觀察使 惟幾의 앞으로 양자를 들어간 것은 여덟살 때였다. 처음에는 이 사실을 즐거워하지 않았으나, 나중에는 倫儀와 宗事의 막중함을 깨닫고 養父를 섬기는데 온갖 정성을 기울였다. 그가 공부한 과정과 시험에 합격한 내력을 보면 11세 때에는 山寺에 가서 학업에 열중하였고, 17세 때에는 進士 初試에 합격하였고, 20세 때에는 승보시에 장원급제하였다.

그후 뒤늦게 40세 때에는 別試初試에 급제하고 鳳林大君과 麟坪大君의 사부가 되어 그의 일생 중 가장 화려한 황금시대가 열리게 되었다. 그래서 여러 관직을 역임하게 되었는데, 그 중요한 것들만 들어보면 50대 이전에는 工曹佐郎, 戶曹正郎, 司僕寺僉正, 漢城府尹, 關西京試官, 世子侍講院文學, 星山縣監 등을 역임하였다. 그리고 60대 중반에 와서 成均館司藝, 禮曹參議, 僉知中樞府事, 工曹參議 등을 역임하였다.

이처럼 여러 관직을 두루 역임했지만, 議政府와 六曹의 책임자 자리에는 임명되지 못하였으니 그것은 윤선도가 당시의 집권 여당인 西人에 속하지 못하고 만년 야당인 南人에 속해 있었기 때문이다. 그래서 당쟁에 휘말려서 30대 초반, 50대 초반, 70대 초반 등 3번에 걸쳐서 도합 18년간의 유배 생활을 하게 된 것이다. 이러한 유배 생활 기간 외에는 중앙 정계에 진출할 수 없으니까 주로 해남 남쪽에 있는 금쇄동이나 현재 완도군에 속하는 보길도에 숨어살면서 유유자적하는 생활을 하였다.

이제까지 주로 윤선도의 생애에 대하여 언급해 보았거니와, 그의 진면목은 이러한 정치적 삶에 있는 것이 아니라 그가 남긴 문학적 업적에서 찾아야 할 것이다.

그가 남긴 작품들은 주로 〈고산유고〉에 실려 있는데, 한시가 260여 편, 시조가 〈어부사시사〉를 포함해서 75편, 기타 다수의 산문 등이 전하고 있다. 이러한 작품들의 내용을 고찰해 보면 주로 자연애 의식, 자연미 탐구 정신이 함축된 작품들로 구성되었는데, 그것은 바로 고산의 생애와 밀접하게 관련된다고 보아진다. 국토의 변방에서 유배 생활을 할 때나 은둔 생활을 할 때 주로 많은 작품들을 썼는데, 그러한 변두리 산간 지방에서 특별히 할 일이 무엇이 있겠는가? 밥 먹고 나서는 할 일이 없으니까 글이나 썼던 것이고, 그것도 시간적 여유를 가지고 갈고 다듬어서 쓰니까 불후의 명작을 남기게 되었던 것이다.

게다가 고산은 음악에 소질이 있고 음악을 좋아하고 악기도 잘 다루어서 우리말 노래를 지어 불렀던 것이니, 그것들이 오늘날 그 유명한 고산의 시조 작품들이 되었던 것이다. 그러니 인간 만사 새옹지마라고나 할까? 고산이 살던 시대는 서인의 집권 시대라 남인인 고산은 벼슬자리에 나갈 기회가 상대적으로 적었고, 그래서 산야에 묻혀서 남들이 알아주지 않는 언문 노래를 지어 불렀는데, 그것이 3백년이 지난 지금에는 세상이 바뀌어서 일약 우리 나라 문학사에서 제일 가는 시인으로 대접받게 되었으니 인간 만사 새옹지마라는 말은 바로 고산 윤선도의 경우를 두고 일컫는 말 같다.

9. 丁茶山 詩文選 書評

우리 나라 문학 유산 가운데는 국문으로 기록된 것들보다는 한문으로 기록된 것들이 훨씬 더 많다. 그 중에서 국문으로 기록된 자료들은 그에 대한 발굴, 정리, 연구하는 작업이 어느 정도 완성 단계에 다다랐다고 본다. 그러나 한문으로 기록된 그 방대한 양의 자료들은 아직도 황무지 상태로 남겨져 누군가의 개척의 손길을 기다리고 있는 실정이다.

다시 말해서 우리 선인들의 그 많은 개인 문집들은 미발굴된 것도 많고, 발굴된 자료라 하더라도 이를 정리하고 번역하고 체계화시키는 작업이 초보 단계에 불과하다는 것이다. 오늘날 우리들이 한문학을 배우며 연구하려는 목적은 정지상·이제현의 시나, 허균·박지원의 산문과 같은 작품을 생산해 보겠다는 뜻은 아니다.

이가원 교수가 그의 「한국 한문학사」에서 밝힌 바와 같이 다만 유구 수천 년을 써 내려오는 도중에 실로 汗牛·充揀의 著籍이 남아 있어서, 우리의 邦故와 祖懿를 올바르게 인식 또는 연구하려면, 이에 대하여 과학적 방법으로써 정리·결산하여 그 崇高한 思想과

豊裕한 資源을 잘 이어받아서 새로운 민족 문화 건설에 이바지하려는데 있는 것이다.

그런 점에서 이번에 김지용 교수가 번역하고 주해한 「丁茶山詩文選」은 근래에 보기 드문 역저라고 생각된다. 다 아시다시피 정약용은 조선조 말의 정치가요 대학자요 문인으로 그는 문장과 경학에 뛰어났으며, 수원성을 쌓을 때는 起重架說에 의한 滑車轆轤를 만들어 과학적인 기술을 이용하기도 하였다.

순조 임금 때인 1801년 천주교 박해를 위한 신유사옥이 일어났을 때는 정약종, 정약전 등과 함께 체포되어 형 약종은 杖死되고, 약전은 흑산도로, 약용 자신은 강진으로 귀양가는 사건이 벌어지게 되었다. 그는 강진에서 19년간 독서와 저술에 힘썼으니 그의 대부분의 저서는 이 적소에서 완성되었던 것이다.

정약용은 사상적으로 유형원과 이익의 주류를 계승하며, 기반은 중국의 유교 주의에 두고, 周禮的인 제도와 이념을 끝까지 잡고 있었으나 다분히 陽明學的인 데로 기울어졌다. 뿐만 아니라 그는 율곡의 주자학적 실천 윤티와 홍대용·박지원·박제가 등 북학파들이 생각한 바를 흡수하였다. 이렇게 종합화하는 집대성의 의욕은 그의 이기론에 있어서 퇴계와 율곡의 학설을 합성하는 데에서도 나타났다. 여기에 더하여 그는 서학의 사상과 과학기술을 포섭하면서 실학 사상을 집대성한 인믈로 부각되었던 것이다.

그의 저술들은 그 전고를 살피기가 불가능할 정도로 다양하며 방대하다고 하겠다. 〈毛詩講議〉〈梅氏書平〉〈尙書古訓〉〈經世遺表〉〈牧民心書〉 등을 예로 들 수 있지만, 그 밖에도 일일이 열거하기가 번거러울 정도로 많은 저서들을 남겼다. 그래서 爲堂 鄭寅普 같은 이는 "선생 1인에 대한 고구는 곧 조선사의 연구요, 조선 근세 사상의 연구요, 조선 심혼의 명예 내지 전 조선 성쇠존망에 대한 연구"라고까지 평가했던 것으로 생각된다.

또 연암 박지원을 〈利用厚生派〉라고 한다면 다산 정약용은 〈經世致用派〉라고 하는 이도 있다. 일설에 의하면 그가 남긴 한시 작품이 2469편이나 된다는 통계자료를 제시한 이도 있다. 이처럼 여러 가지 측면에서 조선 후기를 대표할 만한 인물, 정약용의 작품들을 한 군데 모아 그것들을 알기 쉽게 번역하고 해석해 놓은 책 〈丁茶山詩文選〉이 金智勇 교수에 의하여 출간되었다고 하는 것은 참으로 경하할 만한 일로 기록된다.

그것은 정다산의 시문이 우리에게 교양적 양식을 주고, 사랑할 줄 아는 큰 정열을 일깨워 주며, 세상을 보는 눈을 뜨게 하며, 무엇이 옳은 지의 판단력을 가지게 하는 때문이다.(丁茶山詩文選의 序詞 참조) 또 김교수는 이 책의 서문에서 "지난 번 「丁茶山詩文選」에서는 詩 33편과 散文 47편을 번역하여 수록하였는데, 이번 이 「丁茶山詩文選」에서는 詩 200편과 散文 73편을 다듬고 보충하여 번역 수록 한다"라고 밝힌 바 있다.

이제 이 책의 내용들을 그 수록 순서에 의하여 살펴보면 다음과 같다. 제1부는 시편 제2부는 산문 편으로 되어 있는데, 시편에서는 〈懷東嶽〉 이외 200편 가량의 한시가 실려 있는 것이다. 그 체제를 보면 먼저 작품 원문을 소개하였고, 다음에는 우리말로 알기 쉽도록 번역해 놓았으며, 그 다음에는 번역만 가지고는 이해가 안가는 부분에 대하여 자세한 해설과 어구에 대한 주석을 달아 놓았다. 특히 외국 문학에 대한 번역은 제2의 창작이란 말이 있듯이, 본 「丁茶山詩文選」에 번역된 작품들은 김교수 자신의 창작품이라 해도 과언이 아니다. 그 시어들을 다듬는 문제, 표현 기교, 이미지 구사,

산뜻한 문장 서술 등이 역자의 창작품이라 할 만큼 문학성을 발휘해 놓았다고 생각된다.

또 이 시편들의 말미에는 작품의 창작 연대 및 창작할 당시의 나이, 창작한 장소 등을 밝혀 놓아 이것을 읽는 이들의 이해를 도왔고, 아울러 그 순서도 유년 시절부터 노년기까지 창작 연대순으로 배열해 놓아 작품의 형태면, 작가 의식의 변천 과정 등을 한눈에 살펴볼 수 있도록 세심한 주의를 기울였다. 제2부 산문 편에는 ① 策文 ②議 ③疏 ④箚子 ⑤原 ⑥論 ⑦辨 ⑧序 ⑨記 ⑩跋 ⑪傳 ⑫贈言 ⑬書 등의 순서로 짜여져 있어서 다양한 형태의 글들을 접할 수 있었다.

이 산문편 역시 다산이 쓴 한문으로 된 원문을 먼저 소개하고, 다음에는 역자의 번역문이 실려 있고, 그 다음에는 어려운 어구에 대한 출전을 밝히고 아울러 주석을 달아 놓는 순서로 되어 있었다. 총 73편 가량 실려 있는데, 이 역시 원문을 안 보고 번역문 만을 본다면 역자의 창작품이라 생각될 만큼 새로운 모습으로 변용 되어 나타났던 것이다. 요컨대 茶山의 주체성을 강조한 經學의 저술들과 恤民愛國의 정치 경제서들(經世遺表·欽欽心書·牧民心書) 그리고 科學的 著書들은 그가 靑壯年期에 觀照하고 지어 온 詩文의 결정체가 되었다고 하겠다.

따라서 茶山의 詩文들은 위에 열거한 여러 방면의 저술들을 시 형태나 산문 형태를 빌어 대변해 준 것으로 보아진다. 茶山이 가장 우려했던 것은 軍政弊, 吏弊, 還穀弊 등 〈三政의 弊〉였고, 科弊 또한 대단히 걱정했던 사항으로 당시의 정치 상황 아래서는 구제 불능이라고 생각했던 것이다. 그것이 바로 사회를 개혁하고 제도를 광정해야 된다고 주장했던 커다란 이유가 되겠고, 여기에 실린 詩

文들은 주로 이와 같은 작품들을 추려서 詩 200편 散文 73편을 번역하여 수록한 것으로 이해된다.

이 책의 발간으로 말미암아 우리들과는 관계가 없다고 생각되어 멀리서 바라보기만 했던 다산 문학을 가까이서 접할 수 있게 되었고, 후학들이 다산 문학을 본격적으로 연구할 수 있는 기틀을 마련해 주었고, 그리고 이 책을 통하여 번역문학의 진수를 깨닫게 해준 것은 커다란 수확이라고 생각된다. 아울러 현재의 정책 수립자들에게는 바른 정치, 개혁 정치, 민본 정치를 해야 한다는 커다란 교훈을 줄 수 있을 것으로 생각된다. 무려 20여년에 걸쳐서 장장 800여 페이지에 달하는 거작「丁茶山詩文選」을 출간하는 김교수에게 마음 속으로 경하하고, 이 책이 많은 독자들 한테 읽혀져서 어지러운 우리 사회를 정화시켜 주는 구실을 다한다면 더 이상 바랄 것이 없겠다.

10. 문학 작품과 인간성 문제

　문학 공부를 하려면 작가론이나 작품론 중 어느 한 분야를 선택하게 되고, 그 중에서도 작가론은 집중적으로 사람에 대한 이야기를 하게 된다. 작가론에서 다루는 것은 시대 배경, 가계와 생애, 문학 사상, 문학론이나 문학관, 작품 세계 등 주로 작가의 전기적 측면이 강조된다.

　문학 작품과 인간과의 관계를 논의하자면 다음과 같은 3가지 경우가 발생하게 된다. ①작품은 훌륭하고 높게 평가받는데 그 작가의 인품이나 행동이 시원찮거나 많은 사람들에게 비난을 받는 경우, ②작품은 그저 평범해서 많은 사람들에게 칭송되지 않지만, 그 작가의 인품과 학덕이 높아서 존경받게 되는 경우, ③작품면으로 보아도 훌륭해서 많은 사람들이 칭송하고, 그의 인격면 또한 훌륭해서 많은 사람들이 우러러보고 존경하는 경우. 우리 고전문학에서 ①의 예로는 교산 허균 ②의 예로는 퇴계 이황 ③의 예로는 고산 윤선도를 대표적 인물로 들고 싶다.

　먼저 ①의 경우에 해당하는 「홍길동전」의 작가 허균에 대하여 살펴보자. 그의 생애는 자신의 능력이나 가문의 배경으로 보아 순탄한 출세의 길이 보장되었음에도 불구하고 자기 시대에 정면으로 도전한 반역의 생애를 살다간 사람이다. 그의 문학적 업적으로는 최초의 국문소설로 알려진 「홍길동전」과 「남궁선생전」 등 5편의 전기문과 그 밖에 많은 양의 한시가 전해 오고 있다.

그러나 시인이나 비평가로서의 재질은 탁월성을 인정받았지만, 그의 인격과 행동면에서는 극단적인 비난과 공격을 받았던 인물이기에 ①의 예에 해당하는 작가로 간주했다. 이능우 같은 분은 허균을 일러 소인배 중의 소인이라고 혹평했을 정도다.

②의 경우 이황은 판서, 대제학 등의 관직을 역임했고, 마음의 안정을 얻고자 심성을 가다듬어 도학의 근본을 밝히는데 전념했던 시인이며 학자라고 하겠다. 그의 문학적 업적으로는 국문 시조 「도산십이곡」과 상당량의 한시와 성리학에 관련된 논문, 기타 잡문 등 상당히 많은 양의 저술을 했다. 퇴계는 성리학의 대가로서 우리 나라뿐만 아니라 세계적인 대학자로 알려졌고, 그의 학덕과 인물은 옛날이나 지금이나 많은 사람들의 칭송을 한 몸에 받고 있다.

그러나 퇴계에 대한 고금 사람들의 존경도나 유명도에 비하여 그의 문학 작품을 두고 칭송하는 이는 별로 없는 것 같다. 우리 국문학사에서 겨우 〈도산십이곡〉 정도가 사람들의 입에 오르내리는 정도인데, 그것도 그 작품이 우수작이라는 이야기는 아니고, 그저 그런 작품이 있다고 소개하는데 그치고 있으니, 위의 예에서 ②에 해당하는 인물로 간주된다.

다음은 ③의 예에 해당하는 고산 윤선도에 대하여 생각해 보자. 그는 인조와 효종 때의 인물로 시인, 학자, 정치가 등 3분야에 대하여 명성을 떨쳤다. 그의 문학적 업적으로는 「어부사시사」 40수를 포함하여 시조 75수와 한시 260여 편과 기타 논설 및 산문 등이 있어 양적인 면에서도 대단한 작가다. 한편 질적인 면에서도 그의 작품은 격조를 높이고 표현의 묘미를 개척해 사대부 시조의 절정을 보여주었다. 그래서 단가인 시조의 제일인자는 고산 윤선도요 장가인 가사의 제일인자는 송강 정철이라고 추앙을 받는 형편이다.

또 그의 생애를 보면 누구보다도 곧고 바른 생활을 몸소 실천했던 인물이니, 85세의 생애를 사는 동안 직언을 서슴치 않다가 3번의 유배 생활을 하는 등 결코 순탄치 않은 일생을 살다간 사람이다. 한마디로 윤선도는 문학 작품면이나 학덕면이나 인간적인 면에서 최고의 영예와 대우를 받는 조선 시대의 정상급 문인이라고 하겠다. 그러나 윤선도의 경우도 반대파의 입장에서 전개한 인물론을 보면 아주 흉악하고 비열해서 더불어 상종할 사람이 못 된다고 조선왕조실록에 기록되었으니, 사람에 대한 정확한 평가를 내리기가 얼마나 지난한가를 실감하게 된다.

하기야 문학자는 아니지만 중국의 모택동에 대해서도 최근의 뉴욕 타임스는 다음과 같이 그의 사생활을 소개했다. 「모택동은 형편없이 이기적인 폭군이었으며 호색광이었다. 그리고 그의 주변에는 주은래를 비롯해 모두가 아첨꾼들만 있었다」라고, 하여간에 우리 주위에는 남의 문학 행사에 와서 축하는 못해 줄망정, 뒤에서 재나 뿌리고 훼방놓는 사람들이 있으니, 그의 작품과 인격면에서 최고의 영예를 획득했던 윤고산 선생이 다시금 존경스럽다는 것을 재삼 강조해 둔다.

11. 좋은 수필과 인간

오늘날은 가위 수필문학 시대라 일컬을 만큼 많은 양의 수필집이 발간되고 있다. 뿐만 아니라 「한국수필」, 「수필문학」, 「월간 에세이」, 「수필공원」, 「현대수필」, 「창작수필」, 「수필과 비평」 등 수필 전문지에 의해서 발표되는 수필의 양은 그 통계조차 내기 어려울 정도가 되었다. 소설과 시도 다른 시대보다는 많이 생산되고 있지만 그 양적인 팽창면에서 수필 장르를 능가하기는 어렵다고 생각된다.

왜냐하면 소설이나 시는 반드시 그 분야의 전문인에 의해서 창작되고 있지만, 수필은 수필가들만의 영역일 수 없고 이 시대 모든 사람들이 가장 애용하는 대중화된 문학 장르가 되었기 때문이다. 예를 들면 문필가를 비롯한 지식층에서는 자신의 전문 분야의 저서 이외에 그 전문가다운 취향을 살려서 쓴 수필집 1권쯤 내는 것은 예사롭게 되었고, 그 밖에도 각계각층의 사람들이 '수필집', '수상집', '회고록', '자서전', '기행집' 등의 저서를 내는 것은 거의 일반화·대중화되었기 때문이다.

그러나 이처럼 방대한 양의 수필이 창작되고 있지만 그 질적인 수준을 보면 신변잡기류의 수준을 벗어나지 못한 잡문투성이가 대다수를 차지하고 있다. 정말로 좋은 수필이어서 항상 책상머리에 두고 읽고 또 읽으면서 감상할 만한 작품은 손으로 꼽을 정도의 극소수에 불과하다. 이처럼 수필의 양적 팽창에 대하여 질적인 수준이 따라가지 못하는 근본 원인은 어디에 있는가? 이 문제에 대한 정목일 선생의 견해를 들어보면 다음과 같다.

"물질 풍요 시대를 맞아 오히려 정신 빈곤을 나타내고 있으며 문장력과 정보력의 향상은 괄목할 만한 상태지만 인격 함양과 인간 관계에서 우러나는 품성과 삶의 미학은 오히려 예전보다 뒤떨어진다는 점이 수필의 양적 팽창에 비해 질적 향상이 이뤄지지 않는 근본적인 이유가 된다."

"좋은 수필의 요건으로 내세우는 심오한 사상, 고결한 인품, 따뜻한 인간미, 폭넓은 체험, 인생 미학과 멋, 그리고 자기 수양과 이웃에 대한 사랑 등은 공동체 사회의 인간 관계에서 모두가 추구하는 지향점이며 덕목이다."

"지금은 극단적인 개인주의적 삶에 길들여져 가고 있으며 컴퓨터 문명 속에서 많은 인간 관계를 필요로 하지 않는 삶을 살고 있다. 따라서 인격, 인품, 인간미 등 공동체 사회의 덕목들이 빛을 잃어 가는 대신 개성, 정보성, 다양성이 부각되고 있는 상태다."

"인간이 어떤 삶을 살더라도 불변의 가치인 진실, 인격, 사랑, 인생 미학이 없다면 어떻게 아름답고 가치 있는 삶과 인생이랄 수 있겠는가?"

정목일 선생의 인생론과 수필론을 장황하게 인용했는데 이것들은 이 시대 우리 사회의 현실과 문학에 대하여 너무나 정확한 진단을 하고 정곡을 꿰뚫었다고 생각된다. 좀더 자세히 이야기하면 내가 하고 싶었던 이야기를 나는 미처 해내지 못했는데, 정목일 선생이 속시원하게 대신 이야기해 주었다고 생각되었던 것이다. 때문에 나는 정목일 선생의 이런 귀한 명언을 일과성 독서로 끝내지 않고 두고두고 읽고 음미하면서 내 자신의 문학 수업에 좋은 덕목으로 삼기 위하여 일부러 장황하게 인용하였다.

사실 우리 수필문학에서 필요한 요건은 심오한 사상, 고결한 인품, 따뜻한 인간미, 폭넓은 체험, 자기 수양과 이웃에 대한 사랑 등을 진실되고 일관성 있게 함축하는 일이다. 그러기 위해서는 우리 인간들이 추구하는 불변의 가치인 진실, 인격, 사랑, 인생의 미학 등을 함양하기 위한 글쓰는 이 나름대로의 자기 수양이 선행되어야 할 것이다. 그렇지 않고서는 제 아무리 많은 저서를 내고 제 아무리 많은 수필 작품을 썼다 하더라도 그것은 상업주의에 편승한 극단적인 에고(ego)적 삶의 소산이란 것을 알아야 한다. 남을 이해하고 감싸주고 관용을 베풀어야 하는 것은 인지상정인데, 그것을 모르고 유아독존적으로 사는 사람은 제 아무리 많은 글을 쓰고 저서를 냈다 하더라도 그것은 한낱 공허한 메아리요, 거짓말을 잔뜩 늘어놓은 휴지에 불과하다는 것을 알아야 한다.

그런 점에서 "글은 곧 그 사람이다."라고 하는 선인들의 말씀을 되새기게 되었고, 다시 한 번 좋은 사람 착한 사람이 되기 위한 수양과 덕목을 배워야겠다고 생각하였다.

12. 효의 개념과 의미

효를 사전적 의미로 해석하면 자녀가 부모에 대하여 경애의 감정에 토대를 두고 행하는 행위라고 되어 있다. 이러한 행위는 동서고금을 막론하고 존재하는 것으로 중국 고유의 것으로만 보기는 어렵다. 왜냐하면 신라 때의 청소년 수련 단체인 화랑들의 세속오계를 보면 〈事親以孝〉라는 항목이 들어 있기 때문이다.

효의 의미는 본래 자녀들이 살아 계신 부모를 위하여 해야 할 도덕을 의미함에는 변함이 없으나, 중국인들에게는 이것이 종교화하여 사후의 영원을 바라고, 자손이 조상의 제사를 끊이지 않게 하도록 요구하고 있다. 조상의 제사는 招魂을 의미하며, 사후에도 현세에 돌아올 수 있다고 믿기에 조상에 대한 제사가 효의 하나가 된다. 또한 이 제사를 행하는 주체는 자손이기 때문에 자손의 존재가 필요하며, 따라서 자손 특히 남자 아이를 낳는 것이 효의 하나가 된다.

그래서 옛날이나 지금이나 동양에서는 남아 선호사상이 팽배하게 되었다고 생각한다. 이러한 〈효〉의 의미에 대하여 옛 문헌을 찾아

보면 〈시전〉에서는 "아버지가 나를 낳으시고 어머니가 나를 기르시니 아아 애닯고 슬프도다. 어버이시여 나를 낳아 기르시느라고 애쓰시고 수고하셨도다. 그 깊은 은혜를 갚고자 하여도 넓은 하늘과 같아서 다함이 없도다."라고 하였다.

그런가 하면 공자께서는 "효자가 어버이를 섬기는 것은 기거함에는 그 공경을 다하고, 봉양함에는 그 즐거움을 다하고, 병이 들었을 때에는 그 근심을 다하고, 초상을 맞을 때는 그 슬픔을 다하고, 제사를 지낼 때에는 그 엄숙함을 다할 것이니라."라고 하였다. 그리고 태공이 말하기를 "내 자신이 어버이에게 효도하면 내 자식이 또한 나에게 효도한다. 내가 어버이에게 효도하지 않는다면 자식이 어찌 나에게 효도할 것인가"라고 하였다.

이제까지는 중국 선현들이 〈효〉에 대하여 하신 말씀을 예로 들어 보았거니와, 그 중국의 영향을 받아 유교 이념에 철저했던 우리의 선인들 또한 이와 다르지 않다는 것을 조선 시대 중기 노계 박인로의 시조에서 찾아볼 수 있다.

> 아비는 나으시고 어미는 치웁시니
> 昊天罔極이라 갑흘길이 어려우니
> 大舜의 終身誠孝도 못다한가 ㅎ노라
>
> 〈父子有親. 1〉

삼강오륜은 유교의 이념을 대표하는 덕목이다. 그 삼강오륜 중에서도 맨 처음에 나오는 것이 〈부자유친〉이니, 그만큼 부자간의 천륜 관계를 중시한 것이라고 하겠다. 노계는 바로 그 〈부자유친〉 항목을 시조 형식에 담았던 것이며, 그것도 같은 주제를 가지고 5작품이나 쓰는 열성을 보였던 것이다.

노계는 유년 시절 대자연의 품속에 안겨 산야의 뻐꾸기를 벗삼아 노닐면서 대시인의 꿈을 키워 나갔다고 한다. 그가 만년에 전원에 묻혀 살면서 그 유명한 노계 가사 7편을 짓고 시조 60여 수를 창작한 것도 이러한 유년 시절의 정서적 생활이 밑받침되어 나타난 결과이리라.

위 작품에서 초장은 〈父生母育之恩〉에 대해서 노래했고, 중장은 호천망극이라 즉 넓은 하늘과 같이 끝이 없어서 갚을 길이 없다는 것이고, 종장에서는 종신토록 정성과 효도를 다했던 순임금도 그 은혜 갚기를 못다하고 말았다는 이야기다. 이처럼 부모에게 효도하라는 내용이나 부모에게 은혜를 갚으라는 이야기는 삼강오륜이라고 하는 구호를 내세울 것도 없이 누구나 실천해야 할 덕목이란 것을 너무나 잘 안다. 그처럼 잘 아는 사실이면서도 그것을 실천하는 이는 극히 드물고, 대부분이 차일피일하다가 세월만 보내게 되고, 심지어는 불효로 일관하는 사람들까지 생기에 되어 사회적 물의를 빚고 있는 상태다.

부모에게 효도해야 된다는 명제는 유교의 이념이기 이전에 사람들이 살아가는 보편적인 진리다. 그래서 송강 정철 같은 이도 "아바님 날 나흐시고 어마님 날 기르시니/ 두분곳 아니시면 이몸이 사라실가/ 하눌 그튼 그업순 은덕을 어디다혀 갑수오리"라고 노계보다도 먼저 이와 같은 노래를 불렀던 것이다. 이처럼 선인들이 노래한 내용 그대로 우리들은 정성을 다하여 이 〈효성〉이라고 하는 덕목을 실천해야 되겠다.

그런데 요즈음 젊은이들에게 효도하라는 말을 강조하면 이것을 귀담아 듣고 실천하려는 젊은이들이 적으니 문제가 아닌가? 더구나 그것을 구시대적 낡은 사고라고 생각하면서 의식적으로 외면하는 이들이 많으니 심각한 문제라 아니할 수 없다. 그러나 나라에 충성하고 부모에 효도하라는 이 충효 사상은 세상이 아무리 변하고 시대가 아무리 흘러가도 변할 수 없는 인간 생활의 보편적 진리라는 것을 알아야겠다.

그리고 그 효도라는 것을 너무 어렵고 힘든 것이라고 생각할 필요는 없다고 본다. 그저 부모님을 정성스럽게 모시고 부모님에게 근심 걱정 안 끼쳐 드리고 마음 편안하게 해 드리면 그것을 효도라고 할 수 있는 것이다. 여기다가 한가지 추가한다면 부모님을 대할 때 부드러운 얼굴 모습을 하고 부모님이 말씀하시면 이에 순종하고 따르는 것이 효도라고 생각한다.

또 모든 사람들이 자기 자식은 끔찍이 사랑하고 정성스럽게 보살피는 데 그 자식 사랑의 십분의 일만 부모님 모시는 데 바친다면 효자 소리를 들을 수 있는 것이다. 우리들은 내 자식들이 자신에게 효도해 주기를 바라지 않겠는가? 앞에서 인용한 태공의 말씀대로 내가 어버이에게 효도하지 않는다면 그 자식들 또한 나에게 효도할 리가 없다.

그런 의미에서 〈孝〉라고 하는 것은 남을 위해서 하는 일이 아니고, 자기 자신을 위해서 해야 하는 실천 도덕이란 것을 알아야겠다. 여기에 사족을 붙인다면 이 세상에 효도하는 사람들은 모두가 복 받고 잘 살아가는데, 불효하는 이들은 벌을 받고 못살게 되는 경우를 너무 많이 보았으니, 부모님에 대한 효도는 결국 자기 자신을 위하는 하나의 방법이란 것을 강조해 두면서 강호제현들의 실천을 간곡하게 부탁드리는 바이다.

13. 우계 성혼의 생애와 교우 관계

(1) 생애와 활동

　우계 성혼은 1535년에서 1598년까지 생존했던 조선 시대 선조 때의 인물로 정치, 철학, 교육, 사상, 문학 등 다방면에 뛰어난 업적을 남겼던 분으로 기억된다. 그의 諱는 渾이고, 字는 浩源 호는 牛溪 또는 默庵이다. 牛溪는 1535년 6월 25일 서울의 順和坊에서 태어났는데, 父는 聽松 成守琛이며 母는 判官 尹士元의 딸로 坡平 尹氏였다. 그러면 아버지 成守琛은 어떠한 분인가?

　아버지 守琛은 1493년(성종 24) 2월 서울에서 태어났다. 그는 어려서부터 뜻이 크고 재기가 絶倫해서 陶化할 수 있는 신분을 맡을 만하다고 하였다. 그러나 그가 學問이 익어 가고 식견이 높아 갈 즈음에는 세상이 쇠미해지고 道가 무너져서 인심이 사나와지고 나라에는 善政이 행해지지 않고 風俗이 경박해졌다.

　이에 成守琛 先生은 세상의 영화와 명리를 구하지 않고 조용하게 지내면서 性理의 깊은 뜻이나 탐구하고 善이나 지키면서 살아가리라고 마음먹었던 것이다.

그래서 선생은 지금의 서울 상업고등학교 자리인 白岳山 아래 松林 사이에 서원을 짓고 〈聽松〉이라 하였다. 그곳에서 守琛은 성현의 책을 외는 것을 즐거움으로 삼고 벼슬길에 나아가는 문제에 대하여는 일체 관심을 두지 아니하였다.

아버지 守琛은 자기가 사는 집을 〈聽松堂〉이라 했고, 자신의 호를 〈聽松〉이라 했으니, 우선 먼저 그 〈청송〉의 의미에 대하여 살펴보자. 堂을 에워싸고 있는 것이 모두 소나무이니 그 빛깔은 볼 만하고 그 절개는 가히 숭상할 만하다. 그러나 빛깔은 푸른 색에 머물러 있고, 그 절개는 고초에 머물러 있다. 그 소리는 일정하지 않아서 빗소리 같기도 하고 바람소리 같기도 하고 서리가 내리는 소리 같기도 하며 눈이 내리는 소리 같기도 하다. 이 소리들이 서로 돌아가면서 운율을 내는데 밤이나 낮이나 추울 때나 더울 때나 그치질 않았고, 成守琛 先生은 이처럼 아름다운 자연의 소리 즉 솔바람 소리를 사시사철 들으면서 살게 되니 자신의 堂號를 聽松이라 했던 것이다.

成守琛 先生은 이 聽松堂에서 51년 동안 살았는데 이사를 해야 할 계기가 찾아왔던 것이다. 아우 守瑛이 경기도 積城縣監으로 자리를 옮기자 선생은 처가가 있는 坡山의 牛溪에 집을 짓고 이사를 하였는데, 그것은 적성과 파산이 이웃 고을이라 서로 자주 왕래할 수 있는 利點도 있었기 때문이다. 成守琛 선생은 牛溪에 있을 때 친구인 領議政 尙震의 천거로 內資寺主簿 禮山縣監 등으로 불렀으나 나아가지 않았고 1564년(명종 19) 坡山에서 72세를 일기로 생을 마치었다.

이러한 가정 사정으로 해서 牛溪 또한 坡山으로 移居하게 되었는데 그때가 바로 선생의 나이 10세 때였다. 그 10세 때부터 부친 聽松에게서 글공부를 배웠고, 15세 때는 經史를 널리 통하고 文辭도 훌륭하게 지을 수 있었다.

17세가 되어서는 生員進士의 兩場初試에 모두 합격하였으나 그는 科業을 사절하고 오직 性理의 學問에만 전심키로 하였다. 같은 해 겨울 聽松의 명령으로 休庵 白仁傑에게 가서 尙書를 배우게 되었고, 20세가 되어서는 같은 고을에 살았던 栗谷 李珥와 알게 되면서 平生道義之交를 맺게 되었다.

33세 무렵에는 高峰 奇大升에게 聽松墓誌를 지어 달라고 부탁한 바 있으며, 34세 때는 典牲署參奉에 제수 되었다. 36세 때는 積城縣監에 제수 되었으며, 37세 봄에는 〈書室儀〉를 지어 여러 제자들에게 보여주었다.

그리고 38세 때는 栗谷 李珥와 9차례에 걸친 서신 왕래를 통하여 四端七情說과 理氣論을 변론하였다. 42세 10월에는 持平을 제수 받고 사직소를 올렸는데, 牛溪는 도가 행하여지지 않는다고 생각하면 언제고 벼슬자리에서 물러났다.

45세 2월에는 持平, 宗廟署今, 4월에는 長興庫主簿, 7월에는 廣興倉主簿, 8월에는 典牲署主簿가 되었다. 47세 되던 해 宣祖 14년 정월에는 宗廟署令으로 부름을 받았고, 2월에는 思政殿에 등대하여 학문, 정치, 민정 문제에 대하여 자신의 견해를 개진하였다. 50세 (1584년) 2월에는 乞骸疏를 올렸으나 윤허하지 않았는데, 이러한 임금의 부름과 牛溪의 사직소는 그후에도 계속되었던 것이다.

따라서 牛溪는 본의 아니게 벼슬자리가 높아져 있었고, 그 벼슬자리를 마음대로 벗어날 수조차 없었던 것이다. 그 이후 생을 마칠 때까지도 同知中樞府事, 吏曹參判, 纂集聽堂上, 大司憲, 右參贊 등의 직을 맡았으나 그 직에 오래 머무르지 않고 그만두기를 간청하였다.

특히 59세 때 정월에는 大司憲을 제수 받고 병으로 그만두었는데 도로 右參贊이 되었다는 것이며 癸酉日에는 大駕가 定州로 돌아왔으나 병으로 따라가지 못했다는 기록이 있다. 60세 때는 李僉知 海壽에게 편지를 보냈다는 기록이 있고 62세 때는 李參議 海壽에게 편지를 보냈다는 기록이 있고 1598년에는 64세를 일기로 지병이 악화되어 세상을 마치었다.

(2) 교우 관계

成渾은 학자요 사상가이기 때문에 많은 사람들을 널리 접촉하면서 교유관계를 가졌던 것 같지는 않다. 그의 학문도 부친 성수침의 學問을 이어받은 것으로 되어 있어 특별히 師事했던 스승이 많았다고 생각되지는 않는다. 그래서 17세 무렵에나 休庵 白仁傑에게 尙書를 배우게 되었는데 그는 靜庵 趙光祖의 문하였다. 白先生이 獻納으로 유배되었다가 석방되어 坡州莊村에 살게 되었는데, 그때 아버지 聽松의 명령에 따라 尙書를 배우게 되었다고 전한다.

20세 무렵에는 栗谷 李珥를 알게 되었는데 牛溪는 坡州에 살고 栗谷은 長湍에 살았다는 것이다. 서로간의 거리가 20여 리밖에 안 되므로 특별히 친하게 되었고 道學의 벗이 되었다는 것이다.

33세 가을에는 退溪 李滉을 京邸로 찾아가서 뵈었다. 牛溪는 退溪 先生을 존모하여 올바른 法門이라 하면서 늘 학자에게 이르기를 '소위 平平存在 略略收拾이라는 말이 바로 이 心法에 대한 요령이다' 라고 했었다. 그밖에도 牛溪는 趙重峯, 宋雲長, 崔永慶, 鄭仁弘, 成

大器, 趙汝式, 吳允謙, 黃愼, 朴思庵, 鄭澈, 朴汝龍, 金長生, 李海壽, 尹斗壽 등과 폭넓은 교유를 하였다. 그러나 그 중에서도 가장 절친했던 사이는 栗谷 李珥와 松江 鄭澈이 아니었던가 생각된다.

특히 牛溪가 38세 되던 해는 栗谷과 9차에 걸친 서신 왕래를 하였는데, 牛溪 先生 年譜를 보면 다음과 같이 기록되었다.

① 先生은 退溪와 高峯이 변론한 理氣에 따라 栗谷에게 묻기를 「朱子가 이른 人心道心. 或生或原이라는 말에 이미 主理·主氣의 구분이 있다. 이로 본다면 퇴계가 이른 四端理發·七情氣發이란 말은 너무 지나치지 않겠는가」하니, 栗谷이 답하기를 「發하는 것은 氣이고 發하게 하는 것은 理이다. 性과 情사이에 한 氣發理乘이라는 道가 있을 뿐이므로 四端七情, 人心道心이 모두가 氣發理乘인 것이다」라고 하였다. 長書로 왕복하면서 의문점을 변론한 것은 前賢들의 발견하지 못한 바를 발견한 말이 많았는데 편지는 모두 9편이었다.(成牛溪思想研究論叢 467쪽 참조)

② 51세(1585년) 때 3월에는 栗谷 묘소에 가서 참배하였다. 선생이 宋雲長에게 부친 편지에 "내가 집으로 돌아온지 半年이 되었어도 아직껏 栗谷의 묘소에 못 가본 것은 늘 召命이 계시기 때문입니다. 지난 달 그믐날에 찾아가 한바탕 울었습니다. 묵은 풀과 쓸쓸한 연기로 世上과 동떨어져 아무것도 모르고 길이 누워 잠자고 있으니, 죽지 않은 우리들이 볼 때는 이것이 좋다고 하겠습니다."라고 하였다.(成牛溪思想研究論叢 501쪽 참조)

인용문 ①은 牛溪가 栗谷과 교유하면서 四端七情說과 理氣論에 대하여 변론한 것이고, ②는 牛溪가 宋雲長에게 보낸 편지 내용 가운데 栗谷의 묘소를 다녀왔다는 사실을 기록한 것이다. 얼마나 절친한 사이였으면 9차례에 걸쳐서 서신을 왕래하고 더구나 栗谷의 묘소까지 찾아가서 한바탕 울었다는 이야기를 할 수 있겠는가. 두 분 사이의 교분이 어떠했나를 미루어 짐작케 해준다. 다음은 松江 鄭澈과의 교유문제를 기록을 통하여 알아보자.

① 56세 9월에는 鄭左相 澈에게 편지하였다. 이 편지는 遺集에 보이는데 그대략에 "崔某가 죽었다는 말을 들으니 슬픔과 탄식을 견딜 수 없습니다. 이 사람은 某年에 와서, 조금 잘못이 있고 또 그 본분을 제대로 지키지 못하긴 했으나 고상한 선비임에는 틀림없습니다. 실제로 범한 죄가 없었다면 조정에서 용서해 주는 것이 옳은 일이었는데, 憲府의 논박이 다시 일어나자 또 두 번째 구금되어 결국 옥중에서 죽었다 하니, 이런 일이 여럿의 人心을 복종시킬 수 있겠습니까" 라고 하였다.(上揭書 508쪽 참조)

② 57세 7월에는 鄭松江 澈을 謫所로 전송하였다. 李山海, 李弘老 등이 서로 결합하여 화를 일으키고 洪汝諄 등이 臺論을 주장하여 한 시대의 士類를 일망타진하였다. 이때 松江은 江界로 귀양가게 되었으므로 선생은 臨津까지 나아가 작별하였다. 이때 임금은 適嗣가 없어서 信城君을 아들로 들여 세우려고 했었는데 조정 의론을 모두 光海君에게 마음을 두었다.(上揭書 511쪽 참조)

인용문 ①에는 牛溪가 松江 鄭澈에게 편지하였다는 사실이 밝혀졌다. 그 편지 내용은 역모 사실로 인하여 崔永慶이 옥중에서 죽는 것은 안타깝다는 것이고, 牛溪는 또 최영경의 사람 됨됨이에 대하여 "永慶의 사람됨을 따진다면 이런 역모에는 범하지 않았을 것이다. 어찌 의심스럽게 여길 수 있겠는가"라고 하였다. 이처럼 역모 사실로 죽은 崔永慶을 옹호하는 내용으로 편지를 보냈으니, 그야말로 송강 정철과는 비밀이 없을 정도로 속엣말을 다하였다고 본다. ②는 牛溪가 57세 때 松江이 江界로 유배가는데 임진강까지 나가서 전송하였다는 내용이다. 귀양가는 친구를 위하여 임진 나루터까지 나가서 전송한다는 것은 두 분의 관계가 보통 수준이 아님을 그대로 증명해 준다. 그래서 松江 鄭澈도 牛溪 成渾을 위하여 다음과 같은 시조를 지었다고 생각한다.

재 너머 成勸農 집의 술닉닷 말 어제 듯고
누은 쇼 발로 박차 언치노하 지즐 트고
아히야 네 勸農 겨시닉 鄭 座首 왓다ᄒᆞ여라

〈鄭澈〉

이 작품은 술을 좋아하는 鄭座首가 成勸農의 집에 술먹으러 가는 장면을 노래한 것이다. 好酒家인 정좌수가 자기 벗인 성권농 집에 술을 먹으러 가는데, 술이 익었다는 말을 듣고 누운 소를 발로 박차고 언치를 놓아 눌러 탔다는 말을 써서, 신바람이 난 座首의 興겨운 심정을 잘 나타내었다.(朴晟義의 松江, 蘆溪, 孤山의 詩歌文學 참조) 여기서 成勸農은 牛溪 成渾을 가리키고 鄭座首는 松江 鄭澈을 가리킨다. 이 작품의 작자 정송강은 위 작품의 초장에서 재 너머 成牛溪의 집에 술익었다는 말을 어제 들었다고 하였다. 그 松江은 그의 사설시조 장진주사를 보나, 그의 가사 작품과 시조 작품을 보나 술을 좋아한다는 것은 능히 짐작되는 바다.

그 好酒家가 술 익었다는 말을 듣고 그냥 앉아 있을 수만은 없지 않는가. 그래서 누운 소를 발로 박차고 언치를 놓아 지즐타고 찾아간다는 것이 중장의 내용이다. 이 중장에는 松江의 흥겨워 하는 모습이 역력히 드러났는데, 말을 타고 가는 것이 아니라 소를 타고 찾아간다는 데에 묘미가 있고 풍류가 있어 뵌다. 종장에서는 "아해야, 네 勸農 계시냐 鄭座首 왔다 하여라"라고 했는데, 이러한 말투는 절친한 친구 사이가 아니고서는 쓸 수 없는 語法이다. 松江과 牛溪 두분 사이의 우정이 보통의 친구가 아니라 생사를 초월한 동지적 관계라는 것을 실증시켜 주는 대목이라고 생각한다.

14. 고전문학의 전통과 흐름

한국 전통 문화는 문학뿐만 아니라 음악, 미술, 역사, 지리, 민속 등 여러 갈래가 여기에 해당한다. 그러나 그 모든 부문을 한꺼번에 통털어서 이야기한다는 것은 불가능한 일이고, 그래서 이 글에서는 문학 분야에만 한정하여 논의를 진행해 나가고자 한다.

그러면 문학이라 무엇인가? 문학이란 한마디로 규정하기 매우 어려운 낱말이기는 하지만, 이제까지 문학 연구가들의 대체적인 의견은, 그것이 인간의 이성이나 悟性에 호소하기 보다는 감정이나 정서에 호소하는 언어로써 이루어진 예술이라고 정의하는데 아무런 이론이 없었다.

그리고 문학의 내용은 사실의 재현이 아니라, 허구적인 창작이요 그 표현은 글을 포함한 언어로써 이루어진다고 생각해 왔다. 우리는 문학이 지닌 이러한 특성을 '문예성'이라 부를 수 있을 것이다. 다시 말하면 문예성이라는 어휘 속에는 인간의 사상과 감정을 나타낸 것, 사실적인 것이 아니라 허구적인 것, 오락성을 띠는 경향이 많은 것이라는 의미를 내포하고 있다.

그런데 지난 날까지는 '문학'을 문자 그대로 '文의 學' 즉 글로써 이루어진 작품 및 그것에 대한 연구로 한정시키려는 태도가 있었다. 가령 과거 동양에서는 글로 된 學藝를 지칭하는 술어로써 문학이란 낱말을 사용하였던 것이다. 그리하여 문학 속에는 오늘날 우리가 말하는 문학뿐만 아니라 역사나 철학 따위도 포함되어 있었다. 동양에서 넓은 의미의 문학으로부터 역사와 철학이 독립되고, 문학이 비로소 현대적 의미로 축소된 시기는 얼마 되지 않는다.

이처럼 문학이란 단어가 가진 외형적인 의미에도 불구하고, 문학의 실상은 글보다는 말에 의해 주로 창작되고 전승되어 왔다는데 문제점이 있다. 더구나 방대한 공간·장구한 시간에 걸쳐 생성, 전승되어 온 말로된 문학은 말할 것도 없고, 인류가 산출해 낸 기록 작품들의 대부분이 말로된 문학을 기록한 것에 지나지 않는다는 점을 고려한다면, 문학의 범주를 글로 된 문학에만 한정시킬 수 없음은 더욱 분명해진다.

그러니까 문학은 문자를 갖지 못한 대부분의 민중들 사이에도 엄연히 존재해 왔다는 사실을 인식해야 될 것이다. 과거 중요한 문학 작품의 일부는 문자를 갖지 못한 사람들에 의해 이루어졌고, 읽거나 쓰지 못하는 사람들에 의해서 전승되었다는 이야기다. 뿐만 아니라 이 지구상에는 문자를 갖지 못하고 문학 행위를 듣고 기억하며 보고 모방하는 것에만 의존하는 사람들이 상당수 있다.

또한 비록 문자 소유 계층이라 할지라도 그들의 문학 행위가 구비 전승에 원천을 두고 이루어지는 경우가 적지 않았음을 간과해서는 안될 것이다. 구비문학 또는 구전문학이란, 문자로 기록되어 전해지는 문학의 대칭어로서, 입에서 입으로 전해지는 문학이란 뜻이다. '구전'이 입으로 전해진다는 뜻의 낱말임은 새삼 들출 필요조차 없겠으나 '구비'란 무슨 뜻인가 하면 '입 속의 비석(口中碑)'을 이름이다. 비석이란 오랫동안 멸해지지 않는 것이니 따라서 구비란 사람의 입을 통하여 영원히 계속된다는 뜻이다.

한마디로 문학은 언어 예술이다. 그렇기 때문에 문학 작품을 말로서 쓰지 않고 괴상한 그림을 그려 넣거나 음악의 부호 같은 것을 작품 속에 집어넣거나, 삼각형이나 사각형 따위의 수학책에 나오는 도형을 그려 넣는 일은 삼가야 할 것이다. 이처럼 문학은 말로써 이루어지기 때문에 문자가 생기기 이전의 구비문학도 인정해야 된다는 것이고, 그런 점에서 문학은 크게 구비문학과 기록문학으로 나누어 생각해 볼 수 있다.

또 우리의 역사는 문자가 없었던 시절이 많았기 때문에 한문으로 이루어진 한문 문학, 한자를 빌어다가 우리말을 표기한 차자 문학, 훈민정음 반포 이후에 우리 문자로 기록된 국문 문학 등으로 나누어 볼 수도 있다. 또 상고 시대로 거슬러 올라가면 우리 선조들은 평소에 歌舞를 즐겨 했다는 기록이 나온다. 부족적 제의를 행한 뒤에 반드시 가무를 했다는 것이다. 이들 가무는 두말할 것 없이 歌舞樂으로서 음악·시가·무용이 혼연일체가 되어 있는 원시종합예술체이어서 오늘날처럼 문학이 분화 독립되지 않았다는 사실도 인식해야 될 것이다.

문학은 산문과 운문으로 크게 나누어 생각하는 것이 동서양의 공통된 현상이다. 리듬이 없으면 산문, 리듬이 있으면 운문이라고 한다. 그러니까 재미있게 말로 엮어 나가면 산문, 흥이 나서 어깨춤도 춰 가면서 장단맞춰 노래하면 운문이 되었던 것이다. 그 산문의 시발점이 신화, 전설, 민담이요 운문의 시발점이 민요라고 해야겠고, 이것들은 우리 문학의 시조이면서 원류라고 할 수 있는 것이다.

(1) 전통의 개념과 고전문학

공무도하가의 문제점에 대하여 생각하기 이전에 우선 〈전통〉의 의미에 대하여 생각해 보자. 그 전통에 대해서 조연현은 「문학과 그 주변」이란 글에서 다음과 같이 이야기하였다.

"普通 傳統이라고 하면 여러 가지 성질로 그리고 여러 가지 각도에서 해석될 수 있다. 그것은 전통이라는 개념이 그만치 複雜한 성질을 띠우고 있을 뿐만 아니라 많은 여러 가지 문제를 제공해 주고 있기 때문이다. 一般的으로 전통은 전승되어진 것, 혹은 전승되어져 가는 것을 말한다. 그러나 이 경우의 전승은 遺物이 전승되어지는 것과는 그 개념적 성질을 달리한다. 그것은 遺物은 一定한 可視的 형태를 통한 전승인데 비하여 傳統은 不可視的인 狀況을 통한 전승이기 때문이다. 즉 전자가 객관적, 직접적, 고정적, 소멸적, 물질적인 형태의 것이라면, 후자는 주관적, 간접적, 변용적, 불멸적, 정신적인 형태의 것이다."

조연현의 설명을 빌리면 전통은 전승되어지는 것, 전승되어져 가는 것인데, 유물과는 다르다고 했다. 그러면서 주관적, 간접적, 변용적, 불멸적, 정신적 형태의 것이라는 이야기다. 또 한 가지 어려운 점은 우리들이 전통과 인습을 구별하지 못한다는 점이다. 전통은 물론 역사적으로 형성되는 것이므로 그 역사적 경과에 있어 자연히 因襲과는 피와 살의 관계에 있는 것이 사실이다.

그러나 전통은 인습과는 엄격히 구별되야 한다. 인습은 역사의 代謝機能에 있어 부패한 자로 버려질 운명에 있고, 또 버려야 할 것이지만 전통은 새로운 생명의 원천으로서 좋은 뜻으로 살려서 이

어받아야 할 풍습이요, 방법이요. 눈인 것이다.

전통은 역사적으로 생성된 살아 있는 과거지만 그것은 과거를 위해서가 아니라 도리어 현실의 가치관과 미래의 전망을 위해서만 의의가 있는 것이다. 한마디로 전통이란 우리 조상들이 물려 준 유산 중에서 보전하고 계승해야 할 가치가 있는 것들이고, 반대로 인습이란 조상들이 물려 준 유산들 중에서 빨리 버리고 청산해야 할 과제들이다.

내가 누구인가를 정확하게 알기 위해서는 내 조상 즉 족보를 바로 알아야 하듯이, 한국 문학을 정확하게 이해하기 위해서는 우선 먼저 우리의 고전문학을 이해해야 한다. 고전문학은 우리 조상들이 물려준 훌륭한 문화유산이요 전통 문학이다. 그 고전문학의 바른 이해를 통해서 우리 문학을 바르게 이해하고 발전시켜 나가는 계기를 마련해야 되겠다.

(2) 공무도하가의 문제점

公無渡河	임이여 그 물을 거너지마오
公竟渡河	임은 마침내 강물을 건너다가
墮河而死	물속에 빠져 돌아가셨으니
當奈公何	임이여 나는 어쩌란 말이오

이 노래는 우리 나라 문헌에 전해온 것이 아니라 중국의 晉나라 崔豹가 지은 「古今注」라는 책에 전해오다가 훨씬 후대에 와서 우리 나라 문헌에 정착되었기 때문에 그 국적 문제가 가장 큰 시비거리로 등장하였다. 심지어 대만 쪽에서는 자기들 교과서에 이 노래를

실어 학생들에게 가르친다고 하니 문제가 심각하지 않을 수 없다. 좀더 구체적으로 알아보면 子高는 아침 일찍 일어나서 나룻배를 청소하고 있었다. 그런데 白首狂夫 한 사람이 머리를 풀어 헤치고 술병을 들고 급류를 타면서 강물을 건너고 있었다.

그리고 그 뒤에는 아내가 쫓아오면서 강물을 건너지 말라고 했으나 미치지 못했다. 드디어 물에 빠져 죽으니 이에 공후를 끌어 당기며 악기를 치면서 공무도하가를 지어 불렀다. 그 노래 소리는 너무 처량해서 슬펐고 노래를 마치자 아내마저 몸을 던져 빠져 죽었다.

子高는 집으로 돌아와서 그 소리를 아내 여옥에게 이야기해 주었고, 여옥은 이것을 슬퍼하면서 공후를 당겨서 그 소리를 그대로 본떠서 노래하였다. 그래서 이 노래를 듣는 사람들은 눈물을 흘리거나 울음을 터뜨리지 않는 사람이 없었다. 여옥은 이웃집에 사는 여자 여용에게 이 노래를 가르쳐 주고 노래 이름을 공후인이라 하였다.

배경설화의 이러한 내용들을 살펴보면 이 노래의 지은이는 白首狂夫의 아내라 할 수 있고, 지은 시기는 중국의 진나라 최표가 생존했던 시기로 거슬러 올라가고, 그 주제는 남녀간의 갈등 문제를 다룬 것으로서 임을 잃은 슬픔을 노래한 것이라 할 수 있다.

그렇더라도 이 노래에는 몇가지 異論이 있으니 그 첫째는 이 노래가 한국의 것이냐 중국의 것이냐 하는 문제이고, 둘째는 그 지은이가 백수광부의 아내인가 곽리자고의 아내 여옥인가 하는 문제이고, 셋째는 白首狂夫와 그 아내의 정체가 무엇인가 하는 문제이다. 그러면 먼저 이 노래의 국적 문제를 논의한 제가의 설부터 인용해 보자.

① 이 노래는 晋武帝時에 중국인들의 民歌 정리 작업 중 채록된 相和歌의 하나로서, 그 지리적 배경이 되는 조선은 한반도가 아니라 중국땅 直隷省內의 朝鮮縣을 지칭하는 것이므로, 이는 마땅히 중국 고인의 시가로 돌려주어야 한다.(崔信浩, 箜篌引異攷, 서울大 東亞文化研究所)

② 箜篌引說話에 나오는 「霍里子高」라는 姓名을 「霍 마을에 사는 사공」, 「霍 마을에서 온 沙工」 등으로 풀이하여 霍 마을은 直隷省內의 屬縣의 명칭이기 때문에 箜篌引은 우리의 것이 아니라 중국 고인의 노래이다.(張德順, 韓國文學史, 同和文化社)

이 公無渡河歌가 중국의 문헌에 전해오고, 조선이란 지명도 중국땅 직예성 내에 있다 하고, 또 霍 마을아 직예성 내의 속현이라 하니, 이런 이야기를 들으면 이것이 중국의 노래라는데 의심을 가질 수 없다. 그것이 훨씬 후대에 내려와서 「海東繹史」「靑丘詩抄」「大東詩選」「熱河日記」 등 우리 나라 문헌에 전재되었다고 하니 어찌된 영문인지 모르겠다.

이 문제에 대하여 梁在淵 교수는 "이 노래의 제작 연대는 서기 3세기 후반경이다. 그리고 이 노래는 민요였던 것이 후한 영제 때에 중국인에 의하여 한역되었다"고 하였고, 徐首生 교수는 "공후인은 조선에서 한문으로 정착되어 중국으로 유입된 가요"라 하였다. 그런가 하면 金承璨 교수도 "기원후 2~3세기에 만들어진 노래이되, 처음 조선어 불리어지다가 중국으로 유입되어 저쪽의 문헌에 정착되었다고 보아야 한다."고 진술하였다.

배경설화를 보면 "朝鮮津卒 霍里子高"라는 말이 나오는데, 여기에 나오는 조선을 구태어 중국 직예성 내의 속현으로 해석할 필요는 없다고 생각되고, 또 그 한역가를 보아도 우리 나라의 고대시가

〈黃鳥歌〉나 〈龜旨歌〉와 동일한 형태를 취하였고, 일부 학자들 외에는 대부분의 학자들이 이 〈공무도하가〉를 우리 나라 노래로 보고 있으니, 이 작품은 일단 우리 나라 노래로 간주해야 마땅하다고 본다. 또한 공후라는 명칭이 晉武帝時 荀勖에 의하여 정리된 相和歌中에 箜篌引, 商引, 徵引 등의 분류가 있다고 하니, 그 공후인의 유입 연대가 정확하게 밝혀진다면 이 노래의 국적 문제를 해결하는데 많은 도움이 될 것이다.

하여간에 이 노래는 일단 우리 나라에서 불려지다가 한역되었고, 그 한역가가 중국에까지 유입되었는데, 중국 쪽에서는 그 기록이 잘 보존되었고 우리 쪽에서는 전해오는 도중에 망실되었던 것이 아닌가 생각된다. 여기에 부언하면 상고시대에 불리었던 노래들이 후대로 내려오면서 망실된 노래는 이 공무도하가 이외에도 상당수 있을 것으로 추정해 볼 수 있다.

그 다음은 이 작품의 지은이가 백수광부의 처인가 곽리자고의 처 여옥인가 하는 점을 생각해 보자.

또 이 작품을 당시 우리의 문화 수준으로 보아 후대인의 擬作 또는 僞作일 가능성이 높다는 견해도 있다. 이 문제에 대하여 양재연 교수는 "공무도하가의 원작자는 여옥이 아니라 백수광부의 아내로 봄이 옳다"라고 하였고, 서수생 교수는 한문 정착 연대는 한사군 이후부터 전한 말까지로 본다면서 "원작자는 백수광부의 처이며, 정착시킨 이가 여옥"이라고 하였다.

지은이를 白首狂夫의 妻로 보면 노래 이름을 公無渡河歌라 하고, 지은이를 여옥으로 보면 노래 이름을 공후인이라 해야 한다. 그런데 이 작자 문제는 배경설화의 내용을 면밀히 검토하고서 가부를 정해야 한다. 백수광부의 아내를 밑받침해 주는 말에는 "作公無渡河

之歌 聲甚悽愴 曲終"이란 구절이 있고, 여옥을 밑받침해 주는 말에는 "玉傷之引箜篌而寫其聲"이란 구절이 있다. 전자에는 분명히 지었다는 뜻의 〈作〉이라는 말이 나오고, 후자에는 베꼈다는 뜻의 〈寫〉라는 말이 나오지 않는가. 그러니 이 노래의 지은이는 白首狂夫의 아내로 보아야 하고, 따라서 노래 이름도 "公無渡河歌"라고 하는 것이 맞다고 생각된다.

끝으로 백수광부와 그 아내의 정체가 무엇인가 하는 문제를 생각해 보자. 정병욱은 이 작품을 상징적으로 해석해서 백수광부를 생사를 초월한 존재 곧 비인간적인 존재 즉 神을 의미한다고 하였다. 狂夫라 한 것은 "희랍의 디오니소스나 로마의 박쿠스는 같은 酒神이고, 그 주신의 거동에는 광소와 광란이 부수되게 마련이니, 이야기의 주인공 백수광부는 다름 아닌 酒神을 의미한다"고 하였다.

정병욱은 그 아내의 인물 됨됨이도 상징적으로 해석해서 "백수광부의 처는 강물의 요정인 님프에 해당한다"고 보았다. 그녀가 님프이기 때문에 음악을 잘하였고, 남편의 죽음을 당하여 슬픈 마음을 노래로 표현했으며, 악신인 그의 아내는 언제나 공후를 끼고 다녔다는 해석을 하였다.

그런가 하면 김학성은 백수광부의 〈白首〉가 알타이어족에서 〈박수〔覡〕〉에 해당한다고 보고 入神狀態에 있는 미숙련 巫夫라고 하였다. 이처럼 특이한 해석을 시도한 것은 흥미있는 일이기는 하나, 배경설화는 그것과 함께 존재하는 노래에 대한 이해를 돕기 위해서 산문으로 해설한 것이기 때문에, 여기에 또 상징법을 써서 더 어렵게 표현하지는 않았을 것이라 사료된다.

그런 점에서 이 작품에 등장한 白首狂夫는 평범한 한 사나이요, 그 아내 또한 평범한 아녀자이지 그 이상도 이하도 아니라고 생각한다. 왜냐하면 남편이 물에 빠져 죽으려 하면 그것을 쫓아가면서 말리러 드는 것은 아내의 도리이고, 그 남편이 물에 빠져 죽었을 때 女必從夫 사상에 의하여 남편을 따라 죽는 것은 그옛날 우리 선인들의 관습이었다. 여기에다 색안경을 쓰고서 색다른 해설을 시도하는 것은 이 작품의 본질을 흐리려는 의도 외에 아무것도 아니라고 생각한다.

그런 점에서 그 백수광부는 제3자의 눈에 이성을 잃고 행동하기 때문에 미친 사람으로 보였을 뿐이지 실제로 미친 사람은 아니란 사실을 알아야한다. 그러면서도 석연치 않은 점은 그 나이 많은 늙은 남편이 왜 물에 빠져죽으려 했는지, 그런 사람이 무엇 때문에 술병을 들고 나왔는지 이해가 안간다. 물론 너무나 속상하는 일이 있으니까 술을 퍼마셨고, 그래도 속시원하게 풀리지 않으니까 먹던 술병을 들고서 강물로 뛰어들었다고 생각해 볼 수도 있다.

그 아내 또한 석연치 않은 점은 죽으로 가는 남편을 뒤따라 오면서 무슨 겨를에 공후라는 악기를 들고 나왔으며, 남편이 죽은 마당에 무슨 경황이 있어서 노래를 지어 불렀다는 것인지 이해가 안간다. 그렇더라도 이 작품은 文學史上 첫 번째의 여성 작품이란 점, 그것이 고려 때의 〈서경별곡〉이나 〈가시리〉에 이어져서 別離文學의 맥락 관계를 짚어볼 수 있게 해준다는 점에서 대단한 의미가 있다고 본다.

(3) 獻花歌의 牽牛老翁

聖德王 때에 純貞公이 江陵太守로 부임하는 도중에 바닷가에서 점심을 먹었다. 그 옆에는 돌봉우리가 병풍과 같이 바다를 두르고 있어

높이가 천길이나 되는데, 그 위에 철쭉꽃이 만발하여 있었다. 公의 부인 水路가 이것을 보더니 좌우의 사람들에게 말했다. 「꽃을 꺾어다가 내게 줄 사람은 없는가」 그러나 從者들은 「거기는 사람이 갈 수 없는 곳입니다」하고 아무도 나서지 못한다. 이때 암소를 끌고 곁을 지나가던 늙은이 하나가 있었는데 夫人의 말을 듣고는 그 꽃을 꺾어 歌詞까지 지어서 바쳤다. 그러나 그 늙은이가 어떤 사람인지 알 수가 없었다.

그 뒤 편하게 이틀을 가다가 또 臨海亭에서 점심을 먹게 되었는데 갑자기 바다에서 龍이 나타나더니 夫人을 끌고 바닷 속으로 들어갔다. 公이 땅에 넘어지면서 발을 굴렀으나 어찌할 수가 없었다. 또한 노인이 나타나더니 말한다. 「옛사람의 말에 여러 사람의 말은 쇠도 녹인다고 했습니다. 이제 바다 속의 용인들 어찌 여러 사람의 입을 두려워하지 않겠습니까. 마땅히 경내의 백성들을 모아 노래를 지어 부르면서 지팡이로 강언덕을 치면 夫人을 만나 볼 수가 있을 것입니다.」 공이 그대로 하였더니 龍이 夫人을 모시고 나와 도로 바치었다. 公은 바다 속에 들어갔던 일을 夫人에게 물으니 부인이 말한다. 「七寶宮殿에 음식은 맛있고 향기롭고 깨끗한 것이 人間의 煙火가 아니었습니다.」 夫人의 옷에서 나는 이상한 향기는 이 세상의 것이 아니었다. 水路夫人은 아름다운 용모가 세상에 뛰어나 깊은 산이나 큰 못을 지날 때마다 여러 神物에게 붙들리었다.[1]

「삼국유사」 권 2 수로부인조에 있는 배경설화 전문을 인용하였다. 이 작품 헌화가는 노래 자체에 대한 해석도 이견이 있지만, 그보다는 배경설화에 대한 이견이 더 많다. 이 헌화가에 대한 문제는 ①꽃을 꺾어 바친 시기의 문제(실제로 꽃을 꺾어 바친 것은 아니라고 하는 설도 있음) ②배경설화에서의 견우노옹의 존재 ③水路夫人

---

1) 李民樹 譯, 「三國遺事」(乙酉文化社, 1990), pp.123~124.

의 존재 ④꽃이 갖는 상징적 의미 등이 미해결의 과제로 남아있다. 그런데 이 글에서는 이 모든 문제를 한꺼번에 논의하려는 것이 아니고, 다만 〈견우노옹〉의 정체가 무엇인지 그 문제 하나만 생각해 보는 기회를 갖고자 한다.

그 노옹에 대하여 배경설화에는 〈老翁牽牸牛而過者〉라 되어있고, 〈其翁不知何許人也〉라 되어있고, 그리고 이틀 후에 다시 나타난 노인에 〈又有一老人告曰〉이란 말로 표현되었다. 이처럼 어떤 위기에 봉착했을 때마다 정체불명의 노인이 나타나서 문제를 해결해 주는 것이 노인의 특징이다.

그러면 이 老翁을 제가들은 어떻게 생각했는지 먼저 金鍾雨의 주장을 예로 들어보겠다.

"그는 마침 소를 몰고 가던 老人이었다 하는데, 佛家에서는 禪僧을 가리켜 牧牛子라고도 하며, 그들이 修道하는 거처를 尋牛堂이라고도 한다. 즉 마음의 소를 먹이는 사람이요 마음의 소를 찾는 집이란 뜻이다. 여기에 登場한 老人은 牽牛하는 老翁이니, 多年間 잃었던 自己의 心牛를 붙들어 그 소의 고삐를 잡은 老人이다. 다시 말하면 本來도 淸淨한 自己의 心性을 大悟하고 그 얻은 바 소의 잔등에 몸을 싣고서 은은히 들려오는 피리 소리에 맞추어서 自己 法悅을 즐기면서 그립던 本家鄕으로 돌아가는 雲水의 行客이요 禪僧인가 한다."2)

김종우는 견우노옹을 禪僧이라 보았는데, 그 선승이 미모의 여인인 水路를 보자 남성으로서의 심적 동요를 일으켰다고 하였다. 그러면서 몸은 비록 老境에 들었지만 소년 시절에 躑躅花를 꺾던 추억, 산으로 들로 오르내리던 청춘 시절의 환상, 이 老翁은 그러한

---

2) 金鍾雨, 「鄕歌文學研究」(二友出版社, 1978), p.31.

시절 그 靑春을 못내 회상하는 신라의 修行者요 禪僧이라 하였다. 불가에서는 禪僧을 가리켜 牧牛子라 하고 그들이 수도하는 집을 尋牛堂이라 한다는데, 천길 절벽 위에 있는 철쭉꽃을 꺾어다 바치면서 헌화가를 부른 노인도 암소를 끌고 지나갔다는 점에 착안하여 禪僧이라 보는 것은 어느 정도 타당성이 있다고 생각한다.

수로부인의 아름다움(아담)을 사랑하여 한 노인— 여기 늙은이란 세속의 노인이 아니라 신선을 가리킨다.—이 꽃을 꺾어 바쳤다는 이야기다……. 또 그가 끌고 있는 소는 암소였다.— 牸牛는 곧 암소다. 그런데 검정암소 곧 '谷神不死 是謂玄牝'이라 하여 불멸영생의 상징물이다. 또 '至虛至卑 故謂之玄牝'이라 하였으니 바로 道敎의 생각이다. 여기 늙은이는 예사 늙은이가 아니요 신선이 분명하다.3)

김선기는 노옹을 신선이라 하였다. 그런데 그 노옹이 끌고 가던 암소는 검정암소라는 것이고, 검정암소는 '谷神不死 是謂玄牝'이라 하여 불멸영생의 상징물로 볼 수 있다는 이야기다. 여기서 〈谷神〉이란 골짜기의 빈곳 곧 玄妙한 도를 일컫는 말이다. 〈玄牝〉에서 〈玄〉은 그 작용이 미묘하고 심오한 것을 말하고 〈牝〉은 암컷이 새끼를 낳듯이 道가 만물을 낸다는 뜻이다. 그래서 〈玄牝〉이란 만물을 생성하는 道를 가리킨다. 이러한 연유로 검정암소는 도교를 상징한다는 것이고 그 암소를 끌고 가는 노인은 신선이란 것이 김선기의 설명이다.

동양 사람의 神觀은 곧 노옹이다 라는 상상과 통한다는 점을 근거로 제시하면서 일단 神的 인물로 간주하였다. 神이면서도 農神인 이

---

3) 金善琪, 「꽃받틴 노래」(現代文學 153호)

유로는 그가 〈소〉를 끌고 있었다는 점을 감안하여 소는 곧 農神의 「타는 자리」 또는 「從者」임을 파악하였다.4)

김선기는 노옹을 신신이라 하였고 황재남은 인용문에서처럼 農神이라 하였다. 노옹을 농신이라 본 점은 그가 소를 끌고 갔었다는 사실을 중시한 것이다. 神에는 山神이 있고, 水神이 있고, 바람을 관장하는 風神이 있다고 한다면 농사를 관장하는 農神도 있을 것이다. 그러나 이 헌화가와 배경설화는 농업과는 전혀 상관없는 일이요, 아름다운 水路夫人이 높은 절벽 위에 있는 아름다운 철쭉꽃을 갖고 싶어하는 사연이 이 헌화가의 창작 동기라는 것을 염두에 두어야 할 것이다. 그런데 이 아름답고 안타까운 장면에 농신이 왜 나타나야 한다는 것인지 설명할 방법이 없다.

우리는 여기서 꽃을 탐하는 耽美的인 美女 水路夫人과 암소를 끌고 가는 頑惡한 頑夫인 老翁을 대립시켜 볼 수 있을 것이다. 水路의 美에 취해 그 완악함을 버리는 頑夫의 변모, 이것은 곧 新羅人의 美意識을 말해 주는 것 같다. 一然이 말한 "水路姿容絶代 每經過深山大澤 屢被神物掠攬"이란 것도 文字의 껍질을 벗기고 볼 때 여기서 신라시대의 탐미적인 생활 태도를 찾아볼 수 있을 것이다. 이렇게 볼 때 이 頑夫인 老翁은 지체높은 水路夫人의 美에 醉해 결국 신라의 기사로 변모해간 것이다. 이때 노옹이 수작한 것이 詩로 남았다. 그것이 바로 헌화가이며 이 〈헌화가〉는 신라 騎士의 愛情을 표출한 애정의 서정시다.5)

---

4) 황재남, 삼국유사 수로부인조 산문기록의 분석, 어문학보 제4집, 강원대 국어교육과, 1979, p.56.
5) 尹榮玉, 「新羅詩歌의 硏究」(螢雪出版社, 1985), p.171.

헌화가는 신라 기사의 애정을 표출한 서정시라는 것이 윤영옥의 견해이다. 그러니까 견우노옹의 정체는 頑夫인 老翁이 新羅의 騎士로 변모한 것이라는 이야기다. 그의 설명을 더 들어보면 老翁은 老父나 老叟를 의미한다는 것이고 "老翁牽牸牛而過者"한 암소를 끌고 지나가던 늙은이를 의미한다는 것이다. 바로 그 미천한 地方 村老가 水路夫人의 미에 취해 신라의 기사로 변모해 갔다는 것이다.

이제까지 논의한 바를 보면 헌화가의 배경설화에 나오는 老翁에 대하여 논의자들마다 제각기 다르게 이야기한다는 사실을 알게 되었다. 그야말로 장님 코끼리 만지듯 한다는 이야기는 이런 경우를 두고 생겨난 격언일 것이다.

다시 한 번 정리해 보면 김종우는 禪僧, 김선기는 神仙, 황재남은 農神, 윤영옥은 騎士라 하였는데, 이밖에도 윤경수는 巫覡이라 하였다. 그러나 이 문제를 해결하기 위해서는 배경설화에 "非人跡所到皆辭不能 傍有老翁牽牸牛而過者 ~ 中略 ~ 其翁不知何許人也"라는 구절에 주목해야 될 것이다. 그 철쭉꽃이 만개한 절벽은 바닷가에 병풍을 둘러친 것처럼 높게 솟아있고 그 높이가 천길이나 된다고 하였다. 그러니 사람의 발길이 닿지 않는 곳이요 바로 그런 절벽 위에 올라가서 꽃을 꺾어온다는 것은 누구든지 불가능할 수밖에 없는 것이다. 이러한 상황을 一然은 '皆辭不能'이라 하였다.

그런데 그 노인은 牸牛 즉 암소를 끌고가고 있었고, '不知何許人也'란 말을 보면 어떤 사람인지 정체를 알 수 없는 노인이었다. 여기서 소를 몰고 갔다는 이야기는 주변 마을에 사는 농부이거나 佛家에서 말하는 '尋牛' 즉 '心牛'로 보아야 하는데 삼국유사의 편찬 의도에 따른 다면 後者일 가능성이 높다고 하겠다. 十牛圖(尋牛圖)는 글자 그대로 소를 찾는다는 뜻이다. 사실상 소를 찾는 형식으로 그려져 있는데, 廓庵和尙의 〈十牛圖〉는 ①尋牛 ②見跡 ③見牛 ④得牛 ⑤牧牛 ⑥騎牛歸家 ⑦忘牛存人 ⑧人牛俱忘 ⑨返本還原 ⑩入廛垂手의 열가지 단계로 구분 설명했기 때문에 흔히 〈십우도〉 혹은 〈심우도〉라 불리는 것이다.6) 이 十牛圖는 우리의 본래 면목을 소에 비유하여, 소를 찾고 얻는 순서와 이미 얻은 뒤에 주의할 점을 설명한 것인데, 견우노옹이 끌고가던 소도 불교에서 소를 찾는데 비유한 그러한 〈牸牛〉로 보아야 할 것이다.

그러면 그 암소를 끌고가던 견우노옹의 정체는 무엇인가? 그는 모든 사람들이 해낼 수 없는 일을 해냈고, 수로부인이 철쭉꽃을 보고서 갖고 싶어하는 안타까운 모습을 목격하고는 그 문제를 해결해 주었고, 또 이틀 후에 수로부인이 바다 용에게 잡혀갔을 때 그 해결방법을 가르쳐 주었다. 이런 일을 능히 해낼 수 있는 사람은 위로는 부처를 따르고 아래로는 중생을 인도하여 부처의 버금가는 존재로 알려진 〈불보살〉 밖에는 없다고 생각한다.

불교에서는 佛이 되기 전의 수행자에 대하여 그 行의 深淺程度에 따라 聲聞, 緣覺, 菩薩로 구분하고, 이들 三者를 비언하되 聲聞은 羊車와 같고 緣覺은 鹿車와 같고 菩薩은 牛車와 같다 하여 三乘이라 한다. 이 중에 牛車에 비유한 보살은 "菩提薩陀"의 약어로서 번역하여 "覺有情"이라 하며, 그 뜻은 "上求菩提(正覺)하고 下化衆生한다"는 것이다. 즉 菩薩은 아직 佛의 지위에 까지는 미치지 못하나, 능히 중생을 교화할 만한 역량과 자격을 갖춘 자를 말하는 것이다.7)

다시 말해서 보살이란 큰 마음을 내어 불도에 들어오고, 4홍서원

---

6) 金光淳, 獻花歌, 「鄕歌文學論」(새문사, 1986), p.274.
7) 金鍾雨, 前場書, p.31.

을 내어 6바라밀을 수행하며, 위로는 보리를 구하고 아래로는 일체
중생을 교화하여 3아승기 백겁의 긴 세월에 自利・利他의 행을 닦
으며, 51位의 수양 계단을 지나 佛果를 증득한 이를 일컫는 말이
다. 이러한 보살의 의미를 생각해 보면 헌화가 설화에 나오는 견우
노옹이야말로 일체 중생을 교화하고 제도한다는 차원에서 그처럼
어려운 일을 해내고 어려운 문제를 해결해 낼 수 있다고 본다. 따
라서 필자는 그 견우노옹의 존재를 보살의 화신이라 주장하면서
〈헌화가〉는 그 보살 정신을 구현한 작품이라고 단언하는 바이다.

(4) 井邑詞의 해석 문제

둘하 노피곰 도ᄃ샤
어긔야 머리곰 비취오시라
어긔야 어강됴리
아으 다롱디리

즌져재 녀러신고요
어긔야 즌 ᄃ를 드ᄃ욜셰라
어긔야 어강됴리

어느이다 노코시라
어긔야 내가논디 졈그롤셰라
어긔야 어강됴리
아으 다롱디리

이 노래에는 "新羅・百濟・高句麗之樂 高麗並用之 編之樂譜故附著

于此 詞皆俚語"라는 기록이 있어 백제 때부터 전승되어온 민간의 노래로 보고 있다. 그 형성 연대는 자세치 않으나 고려와 조선을 거쳐 「악학궤범」에 실리게 되었으며, 백제의 노래로서는 가사가 전하는 유일한 작품이 되었다. 그러면서도 국문으로 기록된 작품 중에서는 가장 오래된 것으로 알려진 夫婦愛文學의 佳作이라 할 수 있다.

이 노래는 문헌에 〈詞皆俚語〉〈鄕人喜樂〉이라고 적혀있으니, 그 당시에도 널리 유포되었던 사실을 알 수 있으며, 고려와 조선을 거쳐오는 동안에 궁중으로 들어가서 舞鼓와 함께 궁중악으로 연주되었다. 특히 조선에 와서는 大晦日에 宮中儺禮 후에 거행되던 '鶴蓮花臺 處容舞合設'에서 處容舞・鳳凰吟・三眞勺과 함께 연주되었다.

고려 때 사용된 三國俗樂은 「高麗史, 樂志 二」에 간단히 해설되었는데, 그 중 백제의 歌名에는 「禪雲山・無等山・方等山・井邑・智異山」 등이 있어, 이 井邑詞도 백제 때부터 전해오는 노래로 간주한다.(金亨奎 : 古歌謠註釋 參照)

이 노래에 대하여는 高麗史 樂志에 다음과 같은 기록이 전한다.

"정읍은 전주의 속현인데, 그 현사람이 행상을 떠나서 오래도록 돌아오지 않았다. 그 아내가 산 위에 올라가 멀리 남편 있는 곳을 바라보며, 그 남편이 밤에 다니다가 해를 입게 될까 두려워했다. 그래서 진흙 구덩이에 빠지는 것에 비유하여 노래를 불렀고, 세상에 전하는 바에 의하면 그 고개 위에 망부석이 세워져 있다."

이러한 기록에 의하면 지은 연대는 백제 때이고, 지은이는 행상인의 처라고 할 수 있다. 그러나 이 노래는 五百年 동안이나 고려 사람들의 입에서 불리워지다가 조선조에 와서야 처음으로 문자화되어 정착된 것이므로, 이를 아득한 옛날의 백제가요로 볼 수 없다고 하여 일반적으로 고려가요에 포함시키고 있는 실정이다.(全圭泰 : 高麗俗謠의 硏究 參照) 이러한 과정을 거쳐 정읍사는 악학궤범에 채록되어 조선 악장의 하나로 블리어졌던 것이고, 그후 중종 때에 이르러 淫詞라는 지목을 받으면서 폐지되었다.

다음 노래의 형식은 前腔·後腔·過篇의 3聯으로 되어 있고, 매 연은 2구로 되어 있으며 3聯 6句 형식을 취하고 있다. 또 각 구의 자수는 일정치 않으나 대개 3음 또는 4음으로 되어 있어 이것을 시조의 3장 6구와 비교하여, 시조의 형식이 이 정읍사에서 유래된 것처럼 이야기하는 사람도 있다. 그러나 정읍사의 3聯 6句 형식과 시조의 3章 6句 형식은 전연 별개의 것이니 시조의 연원을 이 작품에서 찾는 다는 것은 어불성설이라고 하겠다.

그 다음은 이 노래의 내용을 살펴보자. 제1연에서는 "달님이시여, 높이높이 돋으시어 멀리멀리 비춰주십시오"라고 했다. 이 구절은 마치 〈원왕생가〉의 "둘하 디데/ 西方ᄭ장 가샤리고/ 無量大佛前에/ 닏 곰다가 숣고샤서"라는 앞부분을 연상케한다. 원왕생가에서는 〈달〉이 광덕과 아미타불 사이를 매개해 주지만, 이 정읍사에서는 달이 행상인의 아내와 그 남편 사이를 연결해 주고 있는 것이다.

여기서 〈어긔야〉는 악률에 맞추는 무의미한 사설로 보기도 하고, 힘을 돋구는 감탄사로서 노를 저을 때나 집일을 할 때 지르는 〈어긔야〉 또는 〈어긔야챠〉라는 말과 동일하게 보기도 한다. 〈어강됴리〉 또한 調律音으로서 아무 뜻없이 내는 소리 즉 여음이나 후렴구 등으로 보고 있다. "아으 다롱디리"에서 〈아으〉는 감탄사로 보고, 〈다롱디리〉는 〈어강됴리〉 등과 같이 조율음으로서 아무 뜻없이 내는 소리로 보고 있다.

어떻든 〈달〉은 우리의 옛 선인들이 소원성취의 대상으로 삼았다.

그래서 정월 대보름에 달님에게 빌기도 하고 추석 한가위 때 달님에게 빌기도 하였다. 그 달님에게 남편이 있는 곳까지 멀리멀리 비춰달라고 애원했던 것이다.

제2연에서는 "시장에 가 계신가요, 진쿠렁을 밟으실까 두렵습니다"라고 되어 있다. 그런데 이 부분에서는 〈全〉자가 문제인데, 〈後腔全〉이라하여 악조명으로 보는 견해와 〈全〉을 전주의 약칭으로 보아서 〈全져재〉 즉 全州市場으로 보는 견해가 있다. 이 문제에 대하여는 박병채의 「高麗歌謠의 語釋 硏究」라는 책에서 인용하는 것으로 대신하고자 한다.

"「全져재」의 「全」을 「全州」의 약칭으로 보는 것은 井邑詞가 백제의 가요라는 점에서 우연적인 일치를 가져온데 불과하다. 더욱이 「全州」라는 명칭은 백제가 망한지 100餘年이 지난 신라 경덕왕 16년에 개명된 명칭으로 백제 시대의 가요라는 점에서 당시의 지명과 부합되는 것도 아니다. 가령 정읍사가 경덕광 이후 불리어진 백제 지방의 가요라 하더라도 노래의 형식이나 표기법에서 볼 때 「全」을 「져재」에 붙여 「全州」의 약칭으로 볼 수는 없다. 井邑詞의 구성 형식을 보면 제1연 「前腔」과 제3연의 「過篇・全善調」에서는 모두 「小葉 아으 다롱디리」라는 「小葉」이 있는데 제2연 「後腔」에서는 이것이 붙어 있지 않다."

박병채의 논설을 장황하게 인용하였거니와 제2연도 "後腔/ 小葉 아으 다롱디리"로 되어있어야 할 텐데, 歌唱의 음악적 효과를 위함인지 後腔에서는 小葉이 제거되었다고 하였다. 그래서 後腔은 완전하다는 뜻의 全字를 붙여서 「後腔全」이라 보아야 한다는 것이다. 이러한 설명으로 보아서도 〈全져재〉라는 말은 성립 안 되고, 또 노래의 내용을 보면 그야말로 어딘지 알 수 없는 먼 지방으로 남편이 출타했다는 것을 미루어 짐작케 한다. "둘하 노피곰 도드샤/ 머리곰 비취오시라"라고 한 것은 자아와 대상이 상당히 떨어져 있음을 의미하는 것이지, 전주나 정읍이나 지척에 있는 가까운 거리인데, 거기에 있는 대상을 두고 그러한 표현을 하지 않았을 것이라는 이야기다. 제3연에서는 "어느 것이나 다 놓으십시요/ 나의 임이 가는 길에 절물까 두렵습니다"라고 하였다. 즉 가지고 있는 모든 것을 놓아버리라는 이야기가 되겠고, 그렇게 하지 않으면 날이 저문 다음에 위해를 맞게 되지 않을까 두려워서 한 말로 이해된다.

마지막 연에 대하여 이러한 해석을 했지만, 이 구절은 보는 이에 따라 여러 가지로 해석되고 있다. 특히 "어느이다 노코시라"에 대하여는 ①어쩌다 마음 놓으시리라(이병기) ②어느 것이든지 다 그만 두시오(장지영) ③어느 것이나 다 놓고 오시라(이종출) ④어느 곳에든지 놓고 계셔지라(김사엽) ⑤어느 곳에든지 旅舍를 찾아들어 行商짐을 놓고 계셔지라(양주동) 등 다양한 해석이 이루어졌다. 그리고 "내가논더 점그롤셰라"에 대하여 전규태는 "내는 〈나〉의 준말일 뿐만 아니라 「나의 남편·님」까지 은연중에 속에 간작한 말"이라고 하였다.

이제까지 나름대로의 작품 해석을 시도해 보았거니와, 이 작품의 특징은 ①순연한 우리말을 사용하여 노래부른 점 ②행상 나간 남편의 안위를 걱정하는 여심이 담긴 부부애 문학이란 점 ③한글로 표기된 노래 중에는 국문학사상 가장 오래된 작품이란 점 ④만약에 이것이 백제 가요라면 백제의 것으로는 유일하게 가사가 전하는 작품이란 점 ⑤한국인의 전통적 정서인 한과 기다림을 노래한 작품이란 점 등을 열거할 수 있겠다. 따라서 이 작품의 의의 및 가치 또한 바로 이러한 특징에서 찾아야 한다고 생각된다.

(5) 마무리

문학은 우리 인류가 이 지구상에 출현하면서부터 존재했을 것으로 추정된다. 아주 먼 상고 시대에는 기록할 만한 문자가 없어서 구비 전승 또는 노래하는 방법으로 전파되고 계승되었던 것이다. 그래서 산문 형식으로 전한 것이 설화가 되었고, 운문 형식으로 전한 것이 민요가 되었다. 문학이란 우리 생활과 동떨어진 것이 아니고 우리의 삶 자체요 삶의 표현인 것이다.

다시 말해서 고전문학은 우리 조상들의 생활과 감정이 표현된 것이고, 현대문학은 오늘날 우리들의 생활과 사상 감정이 표출된 것이다. 그렇기 때문에 문학 작품을 읽게 되면 많은 교훈을 얻게 되어 교육적 의미가 크다고 하겠다. 아울러 독자들에게 많을 감흥과 재미를 주게 되니, 문학 작품을 읽는다고 하는 것은 재미있게 사는 한가지 방법을 실천한다는 의미가 된다.

이제 이 글에서는 우리 문학의 변천사를 한눈에 파악할 수 있도록, 상고 시대 작품으로는 〈공무도하가〉를, 신라 시대의 작품으로는 〈헌화가〉를, 고려 시대의 작품으로는 〈정읍사〉를 살펴보았다. 그 결과 상고 시대에는 민요형에 가까운 4구체 형식이 발달하였고, 신라 시대에는 4구체·8구체·10구체 등의 향가가 발달하였고, 고려 시대에는 조금은 자유분방한 애정문학이 그 시대에 풍미하였음을 확인할 수 있었다.

어떻든 그 많은 고전문학을 짧은 시간에 다 다룰 수는 없어서 본 고에서는 각 시대별로 각기 그 형태를 달리하는 작품들을 임의로

선정하여 살펴보았던 것이다. 그 결과 ①공무도하가는 우리 나라 첫 번째의 여성문학이란 점, 그것이 고려 때의 〈서경별곡〉이나 〈가시리〉에 이어져서 별리문학의 맥락 관계를 짚어 볼 수 있게 해준다고 논의하였다. ②헌화가는 견우노옹의 존재와 수로부인의 존재에 대하여 그 해석상의 이견이 많은데, 특히 견우노옹의 정체 문제는 학자들의 견해가 분분하였다. 禪僧·神仙·農神·騎士·巫覡 등 여러 가지 이설이 있었으나 필자는 그 견우노옹이 어려운 문제를 손쉽게 해결한다는 점에서 일체 중생을 교화하고 제도한다는 자비정신을 구현한 菩薩이라 하였다. ③정읍사에서는 순연한 우리말을 사용하여 노래부른 점, 행상나간 남편의 안위를 걱정하는 여심이 담긴 부부애 문학이란 점, 한글로 표기된 노래 중에는 국문학 사상 가장 오래된 작품이란 점 등을 살펴보았다.

15. 고전문학 속의 한자의 역할

한자는 우리의 국문자가 생기기 이전이나 생긴 이후나 할 것 없이 우리 민족의 문자 생활에 지대한 영향을 끼쳤다. 우리들이 정치, 경제, 문화적으로 중국의 영향 하에 있을 때는 한자로 문자생활을 영위했고, 일본의 지배 하에 있을 때는 일본 문자를 사용했고, 미국의 영향 하에 있을 때는 영어나 영문자를 상당히 우대하는 정책을 펴 왔다. 그러니까 이 땅에 어느 나라 정치 권력이 군림하느냐에 따라 그 문자 생활의 양상 마저도 달라지게 되었던 것이다. 특히 중국의 한자는 1446년 훈민정음이 반포되기 이전까지는 완전히 우리의 문자생활을 대행해 왔고, 훈민정음 반포 이후에도 그 위세는 꺾이지 않아 한자로 된 글은 진서라 대접을 받고, 국문자로 된 것은 언문이라 폄하했던 것이다. 그러면 이러한 중국 문자 즉 한자가 어느 시대에 들어왔을까?

「箕子率中國五千人 入朝鮮 其詩書 禮樂 醫藥 卜筮 皆從而往 敎而 詩書 使知中國禮樂之制」

라 하였는 바, 이것은 明太祖의 第十六子인 涵虛子의 설이었다. 이 설을 그대로 믿을 수는 없으나 箕子가 우리 반도까지는 들어오지 않았다 하더라도 古朝鮮이던 만주 지역에는 들어왔을 가능성이 높다고 하겠다.

그 다음 燕人 衛滿이 東來하여 건국하면서부터, 중국인에 의하여 한문이 들어오게 되었을 것이며, 우선 지배층부터 한문을 습득하게 되었을 것이다. 그 보급이야말로 文字없는 그 시대에 있어서 급속도로 이루어졌을 것이다. 내려와 漢이 우리 나라를 점령하고, 漢四郡을 설치하면서 부터는 중국의 고도로 발달한 漢文化가 들어와, 우리 나라의 固有文化에 지대한 영향을 주었을 것이다. 한사군이 폐지되고 高句麗, 百濟, 新羅 등 三國이 건립되면서 부터는 漢文을 가지고 國家的인 表記文字로서 專用하고 모든 文籍을 한문으로 表記하게 되었으며, 支配階級은 대부분 한문을 習得하였던 것이다. 「三國史記」 高句麗 本紀 第八嬰陽王 十一年(A.D. 600년)조에

國初始用文字 時有人記事一百卷 名曰留記 至是 刪修.

라 한 것을 보아, 고구려에서는 건국 초기부터 漢文을 사용하기 시작했음을 알 수 있고, 또 「三國史記」의 高句麗 本紀 小獸林王 二年(A.D. 372)조에

立太學 敎育子弟

라 한 것으로 보아, 고구려에서는 4世紀 後半期로 들어오면서 학교교육을 통하여 지배층의 자제들에게 한문을 습득시켰음도 알 수 있

다. 그리고 百濟에서는 古爾王 五年(A.D. 285)에 博士 王仁으로 하여금 論語와 千字文 같은 漢書를 일본에 전달·학습케 하였고, 近肖古王 三十年(A.D. 375)에는 高興이 百濟書記를 찬술하였다고 한다. 또 신라에서는 眞興王 六年(A.D. 545)에 거칠부 등이 국사를 편찬하였다는 내용이 전하고 있다.

(1) 구지가의 배경 설화와 한역시

龜何龜何　　　거북아 거북아
首其現也　　　머리를 나타내어라
若不現也　　　만약에 머리를 내어놓지 않으면
燔灼而喫也　　불에 구워서 먹겠다

이 노래는 「삼국유사」 권 제2 기이편 가락국기조에 그 배경설화인 건국신화와 함께 전해지고 있다. 그 노래 명칭은 〈구지가〉〈구지곡〉〈영신군가〉 등으로 불리어지며 한역시 형태로 전해온다. 설화의 내용을 보면 後漢 世祖 光武帝 建武 18年 壬寅 3월 禊浴의 날에 그들이 살고 있는 마을 북쪽에 구지봉이 있었는데 수상한 소리로 부르고 있었다. 마을 사람 2, 3백명이 그곳에 모이니 어디선가 사람의 소리는 들리나, 그 모습을 숨기고 있었다. 그 소리를 나타내어 말하기를 "이곳에 사람이 있느냐 없느냐" 하였고, 구간 등이 이르기를 "우리들이 있습니다"라고 하였다.

또 말하기를 "내가 있는 곳이 어디쯤이냐"라 하였고, 마을 사람들이 대답하여 말하기를 "구지입니다"라고 하였다. 또 말하기를, "皇天이 나에게 명령한 바는 이곳을 다스리되 나라를 새로이 열고 임금이 되라 하였기로 내려왔다. 너희들은 모름지기 봉우리 꼭대기에 있는 흙을 파 모으면서 이러한 노래를 불러라. ~ 노래 생략 ~ 그리고 뛰면서 춤을 추면 곧 대왕을 맞이하게 될 것이다." 그래서 구간 등은 함께 기뻐하고 들뛰면서 춤추었다.1)

얼마 되지 않아서 하늘을 우러러 바라보니 붉은 줄이 하늘로부터 드리워져 땅에 닿았다. 그 줄 밑을 찾아가 보니 붉은 보자기 속에 金合子가 있는 것을 발견하였다. 열어서 보니 황금알 6개가 있었는데 둥근 모양이 해와 같이 생겼다. 여러 사람들이 모두 놀라와 하면서 기뻐하고 다함께 몸을 굽혀 백번을 절하였다.

이러한 설화 내용을 그찰해 보면 이 작품이 지어진 시기는 후한 세조 광무제 건무 18년이고, 지어진 장소는 김해지방의 구지봉이고, 지은이는 구지봉 옆에 사는 마을 사람들이고, 그 주제는 신의 하강을 통해서 새 임금을 맞이하는 노래라고 보아야겠다.

그런데 이 노래도 연구자마다 의견을 달리해서 어느 것이 맞고 어느 것이 틀리는지 갈피를 잡을 수 없다. 그렇다고 그 모든 학설들이 다 맞는다고 이야기할 수도 없지 않는가. 특히 의견이 분분한 것은 노래 자체에 대한 해석 문제이다. 〈거북〉〈머리〉〈불〉 등이 무엇을 상징하느냐가 논란거리이다. 다음은 배경설화의 구조와 "須掘峰頂撮土"의 의미가 무엇인가 하는 점이다.

그리고는 이 노래의 성격 문제인데 서사시라는 설, 노동요라는

---

1) 「後漢世祖 光武帝 建武十八年 壬寅三月 禊浴之日 所居北龜旨 有殊常聲氣呼喚 衆庶二三百人 集會於此 有如人音 隱其形 而發其音曰 此有人否 九干等云 吾徒在 又曰 吾所在爲何 對云 龜旨也 又曰 皇天所以命我者 御是處惟新家邦 爲君后爲玆故降矣 你等須掘峰頂 撮土歌之云 龜何龜何 首其現也 若不現也 燔灼而喫也 以之蹈舞 則是迎大王 歡喜踴躍之也 九干等 如其言 咸忻而歌舞云云」

설, 주가라는 설 등이 혼재해 있다. 그러면 첫째 문제를 해결하기 위하여 제가들의 학설부터 소개해 보자. 박지홍은 "구지가 연구"라는 논문에서 龜를 神으로 보아 〈검〉이라 해독하고 잡귀를 쫓는 주문이라 하였다. 김열규는 〈龜〉를 〈희생〉으로 보면서, 이 노래는 영신제의 절차 중에서 가장 중추가 되는 희생무용에서 불려진 것이라 하였다. 그 다음 김학성의 견해는 좀 장황하기 때문에 직접 인용해 보고자 한다.

"여기서 거북을 상징어로 봐서 안된다면 무엇을 의미하는지가 설명되어야 한다. 고대 사회의 제의에서 볼 때 이는 아무래도 해변을 낀 가락국의 토템으로 보아야 할 것이다. W.R.Smith에 의하면 토템 동물을 신으로 추앙하는 집단은 그들과 토템과는 같은 피를 가졌으며, 그들 집단을 창조한 육신의 조상으로 생각할 뿐만 아니라 이러한 토템 신은 신성화된 그들 집단 자체로 의식되었다고 한다. 이러한 관점에서 본다면 거북 토템 집단인 가락국인이 지금 막 출생하려는 영아를 가리켜 거북이라 호칭하고 그렇게 관념하는 것은 조금도 추상적이거나 상징적인 표현이 되지 않을 것이다."2)

김학성은 이처럼 〈거북〉을 가락국인의 토템이라 보았으니 더 이상의 설명을 부연하지는 않겠다. 그런데 정병욱은 "거북의 목을 나타내라"는 말은 곧 신령스러운 생명의 근원을 나타내라는 뜻이 된다면서, 이 노래의 제작 계기는 원시 사회에 있어서 여성이 남성을 유혹하는 수단이었고, 거북이의 목은 남자의 성기를 은유한 것이라 보았다. 이러한 정병욱 설을 그대로 믿는다면 거북의 목은 남자의

---

2) 金學成, 上代詩歌의 美意識 類型體系, 「古典詩歌論」(새문사, 1984), pp.93 ~94

성기를 은유한 것이니 거북은 바로 남자를 지칭한 것이라 본 것이다. 또 노래의 원문을 보면 "首其現也"라고 되어서 머리라는 뜻의 〈首〉자이지 목이라는 뜻의 〈頸〉자가 아님을 분명히 해야겠다. 그런데 김학성은 이 노래를 迎神祭儀이자 出産祭儀라는 이중적 의미가 있는 것으로 보고, 〈龜首〉를 군주의 상징적 표현으로 보는 견해는 받아들일 수 없다고 하였다.

문면 그대로 "거북이 너의 머리를 나타내라"는 뜻이고, 즉 신체의 다른 곳을 나타내지 말고 두부를 속히 나타내라는 강제 명령이란 것이다. 그 다음은 〈불〉의 의미에 대하여 제가들의 견해를 알아보자. 정병욱은 이 문제를 바슐라르의 학설을 인용하면서 다음과 같이 설명하였다. 〈燔灼〉이란 불의 이미지는 곧 원시인들의 격렬한 욕정이 깃든 여자 성기의 은유라는 것이다.

따라서 구지가의 성립은 신성한 건국신화 이전으로 올라가 원시인들의 성욕에 대한 강렬하고도 소박한 표현으로 보아야 한다는 것이다. 그 다음 김학성은 이 문제에 대하여 그의 〈상대시가의 미의식 유형체계〉라는 논문에서 다음과 같이 이야기하였다.

"거북 토템 집단인 가락국인이 지금 막 출생하려는 嬰兒를 가리켜 거북이라 호칭하고, 그렇게 관념하는 것은 조금도 추상적이거나 상징적인 표현이 되지 않을 것이다. 그러면 '若不現也 燔灼而喫也'는 무엇을 뜻하는가. 이는 어디까지나 가정법이다. 실제로 불에 굽는 행위를 말하는 것이 아니라 만약 출산 시에 頭部부터 나타내지 않고 逆産이 되어 출생이 불가능하게 되면 그들의 소망이 허사가 되므로 장차 군왕이 될 영아(首露)의 정상 출산을 비는 열망의 극한적 표현으로 보아야 할 것이다."3)

---

3) 上揭書, p.74.

이러한 김학성의 이론대로 라면 〈구지가〉는 出産의 노래, 애기 낳는 노래로 봐야 할텐데, 이것을 믿고 따를 자가 과연 몇 명이나 될는지 의심스럽다. 이 작품에서 거북은 거북 형상을 하고 있는 구지봉이나 구지봉의 산신을 일컫는 말이다. 아울러 〈首露〉의 의미는 머리, 우두머리, 군왕의 뜻으로 볼 수 있으니 우리들을 통치할 임금님을 내놓으라는 이야기가 되고, 따라서 이 노래의 이름을 〈迎神君歌〉라고도 하는 것은 타당하다고 본다.

또 〈燔灼而喫也〉는 일종의 위협적인 언사로서, 거북이는 불에 구워 먹겠다는 말을 가장 두렵게 받아들일 것이니, "首其現也"라고 하는 소망이 반드시 이루어지기를 비는 마음에서 이러한 협박성 발언을 한 것으로 보아야 한다.

다음은 배경설화의 구조 문제인데 김승찬은 가락국 시조 탄강신화는 고대 金官지방의 구지봉에서 구간에 의해 행해지던 口述相關物로서 그 제의의 차례는 ①神託儀式 ②龜卜儀式 ③登極儀式의 3단계로 이루어졌다고 했다. 그런가 하면 金炳旭은 그의 〈韓國詩歌와 呪詞〉라는 논문에서 "首露伝承은 하나의 祭儀에 口述相關物이다. 그 구조는 神託, 迎神, 神의 강림으로 된다. 구지가는 神託에 해당된다. 이것은 신이 가르쳐 준 신의 노래다"라고 하였다. 하여간에 이 구지가가 신의 노래인지 아닌지는 단언할 수 없지만 그 설화의 구조가 神託, 迎神, 神의 강림 순으로 되었다는 이론은 상당히 설득력 있다.

그 다음으로 어려운 문제가 "掘峰頂撮土"의 해석이다. 이에 대해서 박지홍은 가래질 타작질을 시늉한 농부의 동작을 그린 것이라 하였고, 허영순은 神祠가 있는 신앙의 중심지에서 제의를 베풀기 위해 神壇을 모으는 작업이라고 하였다. 황패강은 龜社會의 제사에서 나타낸 토템의 擬作態를 보인 dromena라 하였고, 정병욱은 집단가무의 양상을 기술한 것이라고 하였다. 변덕진은 거북의 산란 과정을 모의한 것이라 하였고, 김종우는 神君을 맞이하기 위한 제단의 형성 과정을 형상화한 것이라 하였다.

그런가 하면 김승찬은 영신의식을 가질 때 탄강신이 정좌할 神座를 만드는 과정의 서술로 보았그, 김병욱은 신의 강림지의 整地인 동시에 새로운 우주의 창조에 대한 예행적 행동이라고 하였다. 이러한 제가들의 견해로 미루어 블 때 구지봉의 정상은 성스러운 장소이고, 그 성소의 흙을 파서 도은다고 하는 것은 신군을 맞이하기 위한 제단을 형성하기 우한 작업 과정을 그렇게 기술한 것으로 이해된다.

마지막으로 이 노래의 성격 둔제인데 서사시, 주가, 노동요 등 다양한 학설이 혼재해 있다. 장덕순은 이 구지가를 국문학 사상 유일무이의 서사시라고 하면서, 서사시는 개인의 창작이 아닌 민중의 것이며, 주관적이 아닌 객관적인 것이고, 목적의식이 강한 것을 특징으로 삼는다 하였다. 조 김병욱은 "주술의 핵심인 주사는 의도한 바를 환기, 서술, 명령한다. 이것은 언어를 통하여 대상과 교응관계를 가질 수 있다는 확신에서다"라고 하면서, 구지가를 주가로 보았다. 이러한 논리들에 밑받침하면 구지가는 서사시이면서 주가로 보아야 한다. 그러나 노동요라고 하는 것은 설득력이 없고, 다만 이 노래가 민중들이 부르고 민중들의 노래라는 점에서 그냥 민요라고 하는 것이 마땅하다고 생각된다.

(2) 찬기파랑가의 해독 문제

열오 이치매
咽嗚 爾處米.

낟호얀   드리
露曉邪隱 月羅理.

힌 구룸 조추 쩌간   안△히
白 雲音 逐于 浮去隱 安支下.

새 파른   믌기여히
沙是八陵隱 汀理也中.

耆郎의   즈시 이사슈라
耆郎矣 皃史 是史藪耶.

이로나릿   작별아희
逸烏川理叱 磧惡希.

郎여   디니△다샤온
郎也 持以支如賜烏隱.

ᄆᄉ매 ᄀᆺ 홀   좇ᄂᆞ아져
 心未 際叱肹 逐內良齊.

아야 자시ㅅ 가자 놉 호
阿邪 栢史叱 枝次 高支好.

서리 모둘ᄂᆞ올   花判여
雪是 毛冬乃乎尸 花判也.

直 譯

약하여 시달리매

나타난 달이

흰 구름 좇아 떠 간 안에

耆郎의 모습이 있노라

새파란 물가에

銀河水의 물가 자갈에

郎이 지니시옵던

마음의 끝까지 따르고자
아--잣나무 가지가 높아도
서리를 모르는 (바와 같은)花郞이여

　通 釋
약하여 시달리매(백성들이나 花主의 統率下에 있는 花郞徒들이)
나타난 달이(耆婆郞의 出現을 달이 나타남에 비유)
흰 구름 좇아 떠 간 속에('白雲'은 淸白 高尙한 人物의 象徵)
耆郞의 面目이 있노라(耆郞의 精神을 엿볼 수 있다는 뜻)
새파란 물가에서(純潔 無涯함에 비유)
또 銀河水의 물자갈에 반짝이는 슬기, 많은 理想을 銀河의 별과 물가
　의 자갈에 비유)
郞이 지니시옵던(耆郞의 抱負와 憂國心)
마음의 끝까지 따르고자(그 도두를 따르고 싶다는 뜻)
아--잣나무 가지가 높아도
서리를 모르는 바와 같은 花郞이여.

　金俊榮의 「鄕歌文學」이란 저서를 보면 위와 같이 해독하고 직역
하고 통석을 해놓았다. 우리들이 향가를 공부할 때에 제일 먼저 직
면하는 어려움이 각 작품을 학자들마다 다르게 해독해 놓았다는 점
이다. 小倉進平과 梁柱東이 향가 해독을 시도한 이래 그 뒤 사람들
은 앞에 해독한 것보다는 더 잘해야 하고 또 다르게 해야 한다는
강박 관념 때문에 앞 뒤 문맥이 안맞게 풀이해 놓은 것들이 너무
많다. 똑같은 작품인데도 5사람의 해독을 보면 서로 달라서 5가지
작품이 되고 10사람이 해독하면 10가지 작품으로 다르게 되는 어
처구니 없는 형태는 더 이상 도풀이 되지 않았으면 좋겠다.
　이러한 향가 해독은 먼저 어학자들의 소임으로 문법이나 통사 관

계에 이상이 없어야 되겠지만 문학자들의 검증을 거치는 일도 반드시 이루어져야할 과정이라고 본다. 그러한 과정의 일환으로 김준영의 해독을 살펴보자.

제1구에 대하여는 小倉進平이 '열치매'라고 해독하였고, 梁柱東, 池憲英 등이 그와 궤를 같이 하였으며, 金俊榮은 '열오이치매'로, 徐在克은 '목메치매'로, 金完鎭은 '늦겨곰 브라매' 등으로 각각 달리 해독하였다.1) 그러니까 김준영은 '咽嗚爾處米'를 '열오 이치매'로 해독하였고, 그 '열오 이치매'는 '弱해 시달린다' 또는 '弱해 괴롭다'는 의미라고 하였다. 그리고 이 말은 특권자나 외적에게 百姓들이나 花郎徒들이 무력해서 시달린다는 뜻이라고 하였다. 이렇게 약하여 시달리매 〈달〉이 나타났다는 것이고, 그 〈달〉은 기파랑의 출현을 비유한 것이라 하였다.

이 노래 〈찬기파랑가〉는 신라 경덕왕 때 忠談師가 지었는데, 그 경덕왕 당시 백성들이나 화랑도들이 어느 특권층이나 외적들에게 크게 핍박받고 시달렸다는 역사적 사실이 증명되지 않는 한 김준영의 이러한 해독은 무의미한 것이 되고 만다. 또 그렇게 핍박받고 시달려서 〈달〉이 나타나듯 〈기파랑〉이 나타났다면 그러한 고난을 기파랑이 나서고 앞장 서서 해결해 준다는 내용으로 그 다음 단락이 이어져야 김준영의 해독은 설득력을 얻게 된다.

제2구는 '낟호얀 두리'라 해독하였고, 그것은 나타난 달이란 뜻이고, 기파랑의 출현을 달이 나타남에 비유한 것이라 하였다. 이 부분을 양주동은 '나토얀 두리'라 해독하였고 대부분의 학자들도 그 軌를 같이하였는데, 김완진은 제2구를 '이슬블간 두라리'라고 해독하였다.

---

1) 華鏡古典文學硏究會 編, 「鄕歌文學硏究」(一志社, 1993), p.429.

　제3구는 '흰구롬 조추 떠간 안△히'라 해독하였고, 그 뜻은 '흰구름을 좇아 떠간 속에'라 하였다. 여기서 흰구름은 儒家들이 隱士나 高尙한 사람의 상징으로 쓰는 '白雲'의 뜻이라고 하였다.

　이때 문제되는 것은 기파랑 자신이 淸白高尙한 인물이요 모든 사람들이 우러러보는 훌륭한 존재인데, 그가 무엇 때문에 도탄에 빠진 중생들을 구제하지 않고, 흰구름(고상한 인물)을 좇아간다는 것인지 이해가 안간다. 그리고 '安支下'를 '안에'라 해석했는데, 그렇다면 그 '안에' 무엇이 있다는 말이 나와야지, 어떻게 '새파란 물가에서'란 말이 이어질 수 있다는 것인지 어법상 맞지 않는다고 본다. 김준영은 이 부분을 '흰구름을 좇아 떠간 속에 기랑의 면목이 있다'라고 풀이했는데, 그것은 위 작품의 제4구와 제5구가 순서상 서로 뒤바뀌었다고 보아서 그렇게 해석하였다.

　제4구는 '새파른 믌기여히'라 해독하였고, 그 뜻은 '새파란 물가에서'이며 純潔無涯함에 비유된다고 하였다. 그리고 김준영은 이 부분에 대하여 "위 4句와 다음 5句는 遺事에 실을 때 서로 바뀐 것 같다. 그것은 10구체 향가의 前 8句는 예외없이 前 4句 後 4句로 4句씩 단락이 지어지는데, 이 노래에 한하여 앞 5句로 단락되고 그에 後 3句로 연결되었다는 것이 형식상 어긋나고, 또 4·5句를 서로 바꾸어 놓아도 歌意上 아무 결함이 없다."2)라고 하였다.

　김준영은 '새파란 물가에서'란 시행이 순결무애함에 비유된다고 하였는데, 그것이 기파랑의 인품을 이야기하는 것인지, 다른 사람의 인품이 그렇게 순결무애하다는 것인지 분명하게 밝혔어야 한다. 또 이부분도 해독상의 차이가 있으니 양주동은 '새파론 나리여히'라 하였고, 김완진은 '몰이 가론 믈서리여히'라 하였다.

---

2) 金俊榮, 「鄕歌文學」(螢雪出版社, 1983), p.116.

제5구는 '耆郎의 즈시 이사슈사'라 해독하였고, 그 뜻은 '기랑의 면목이 있노라'라는 것이며, 이 구절을 통해서는 기랑의 정신면을 엿볼 수 있다고 하였다. 그리고 '즈시'는 '얼굴'이라는 말 외에 모습, 모양, 면목, 체면 등의 뜻이 있다 하였고, '이사슈라'에서 '슈라'는 감탄절인 종결어미라고 하였다. 이 부분에 대한 다른 사람들의 해독을 보면 양주동은 '耆郎이 즈싀 이슈라' 서재극은 '耆郎이 즈시 시슈라' 김완진은 '耆郎이 즈싀올시 수프리야'라고 해독하였다.

제6구는 '이로나릿 작별아희'라 해독하였고, 그 뜻은 '또 은하수의 물자갈에'라 하였고, 이 구절은 반짝이는 슬기, 많은 이상을 은하의 별과 물가의 자갈에 비유하였다고 하였다. 여기서 특이한 것은 양주동은 '逸烏'에 대하여 '이로'(自此)라 하면서 'ㄹ'반입이 생겨 근고문헌이 모두 '일로'로 되었다 했는데, 김준영은 '逸烏川理叱'을 '이로나리'로 해독하고 銀河의 純粹語라고 본 점이다. 이에 대하여 曺平煥은 "이는 忠談이 매년 重三重九之日에 慶州 南山 三花嶺 미륵세존께 茶供養을 하였다는 점으로 미루어 보아 그가 경주 지방에 상주했던 것이 거의 확실시되므로, 경주 일원의 지명을 조사하여 逸烏川이 있으면 고유명사로 해독을 시도해 보아도 무방하겠거니와, 없을 경우 연유자리 토씨만 동반한 대명사로 처리하는 것이 옳다"3)고 하였다.

제7구는 '郎여 디니△다샤온'이라 해독하였고, 그 뜻은 '郎이 지니시옵던'이며 耆郎의 포부와 憂國心을 나타낸다고 하였다. 이 부분에 대하여 양주동은 '郎이 다니다샤온'이라 해독하였고 김완진은 '郎이여 디니더시온'이라 해독하였는데, 그 뜻풀이는 학자들 간에 이견이 없는 것으로 안다.

---

3) 華鏡古典文學硏究會 編, 前揭書, p.430.

제8구는 'ᄆᅀᆞ매 ᄀᆞᆺ흘 좇ᄂᆞ아져'라 해독하였고, 그 뜻은 '마음의 끝까지 따르고자'라 하였다. 그 모두를 따르고 싶다는 뜻이라는 이야기다. 이에 대하여 양주동은 'ᄆᅀ미 ᄀᆞᆺ홀 좇누아져'라 해독하였고, 지헌영도 'ᄆᅀ미 ᄀᆞᆺ홀 좇누아져'라 하였고, 김완진은 'ᄆᅀ미 ᄀᆞᆺ술 좇ᄂᆞ라져'라 하였다. 이처럼 해독은 약간씩 다르게 했지만 그 뜻풀이는 별차이가 없는 것으로 안다.

제9구는 '아야 자시ᄉ가자 놉호'라 해독하였고, 그 뜻풀이는 '아--잣나무 가지가 높아도'라고 하였다. 이 부분에 대하여 小倉進平은 '阿耶 잣ᄉ가지 놉하'로, 양주동은 '아으 잣ᄉ가지 노파'로 김완진은 '아야 자싯가지 노포'로 해독하겼는데, 그 뜻풀이는 별차이가 없는 것으로 안다.

제10구는 '서리 모들ᄂᆞ올 花判여'라 해독하였고, 그 뜻풀이는 '서리를 모르는 바와 같은 花郎이여'라고 하였다. 이에 대하여 양주동은 '서리 몯누올 花判여'로, 지헌영은 '서리 모ᄃᆞ누올 불한여'로, 김완진은 '누니 모들 두폴 곳가리여'라고 해독하였다. 김완진의 설명을 보면 '雪是'는 '누니'라는 것이고 '乃乎尸'는 '덮다'라는 뜻이고, '毛冬'은 不能의 副詞라고 하였다.

이제까지 찬기파랑가에 대하여 김준영의 해독을 근거로 살펴보았다. 그 결과 고대국어 문법이나 이두 문법적인 측면에서는 그 해독이 타당할런지 모르지만, 문학적인 문맥에서 보면 맞지 않는 곳이 많다는 점을 지적하였다. 그렇더라도 이 노래에 대한 제가들의 평을 들어볼 필요가 있어 다음에 인용해 보고자 한다.

"新羅에서 이를 借名한 耆婆郎도 神界와 人間界를 자유로이 왕래 상통한 점에서 表訓大德이 아니었을까? 이렇게 추정하였지만 만일 시대성을 감안치 아니한 推量을 한다면 좀 억측일지 모르나 경덕왕대

이전의 화랑적인 인물 중에서 기파랑을 충담이 찬모한 것이라 한다
면, 그 神異的인 方法에 의하여 왕의 병을 치유시킨 明朗이나 또는
惠通과 같은 사람들도 이의 대상 인물이 될 수 있지 않을까? 이렇게
耆婆郞을 신이한 인물로 보고 본가의 내용을 위에서와 같이 秘密 神
呪的인 것으로 풀어보면 景德王도 이 노래를 其意甚高하다고 들었을
것이라 推思된다."4)

김종우는 찬기파랑가의 주인공 기파랑의 정체를 신계와 인간계를
자유로이 왕래한 表訓大德을 상징한 인물로 보았다. 아니면 明朗이
나 惠通 같은 인물로 볼 수도 있다는 것이다. 또 이 노래의 성격을
秘密 神呪的인 것이라 파악한 것이 특징이다.

"이 노래는 景德王이 作者에게 「들으니 그대가 지은 찬기파랑가의
뜻이 깊다 하던데 과연 그러한가」라고 물었을 때 과연 그렇다고 대답
했다는 것으로써 뜻이 깊다는 衆評이 있었던 것이므로 象徵 暗喩的인
노래라고 생각해야겠고, 또 景德王이 忠談에게 「그렇다면 나를 위하
여 理安民歌를 지으라」 하였다는 「그렇다면」이라는 말 속에는 國家나
政治에 관련된 耆婆郞에 대한 찬양을 뜻하는 것이지 개인적인 人格者
로서의 耆婆郞이 아니라고 생각한다."5)

김준영은 이 노래의 배경설화를 근거로 하여 국가나 정치에 관련
된 기파랑을 찬양한 것이지 개인적인 인격자로서의 기파랑을 찬양
한 것은 아니라고 하였다. 다시 말해서 이 노래의 성격을 참여시나
목적시로 본 것이지 개인 서정시로 본 것은 아니라고 하겠다.

---

4) 金鍾雨, 「鄕歌文學硏究」(二友出版社, 1978), p.98.
5) 金俊榮, 前揭書, pp.111~112.

"물론 耆郞을 찬양하고자 하는 의도가 源泉的으로 작용한 것이 사
실이지만, 거기에 假託하여 忠談은 그 무렵 衰退·弱化 일로를 걷고
있는 화랑단의 형세를 애석하게 여긴 나머지 미련과 아쉬움, 그것의
再生을 은근히 기대하는 마음으로 이 노래를 짓게 된 것이라 풀이하
였다. 이 의미 심장함 때문에 王도 其意甚高라 말한 것이라 짐작된
다."6)

박노준은 이 노래의 창작 동기를 어느 한 화랑의 인격과 위업을
찬양하기 위해서만 읊어진 작품이 아니라고 하였다. 화랑단의 變轉
弱化의 현상을 애통해 마지 않기 위하여 또는 그 탁월한 정신을 시
에서나마 재생시켜 보자는 충정에서 이 작품을 지었다고 하였다.

"찬기파랑가는 한 인물을 찬미한 영웅시가와 동궤로서 종교적인 儀
式歌의 속박을 벗어난 서정가요로서의 면모를 내포하고 있다. 그리고
耆郞의 생전 보다는 사후에 그 인물됨을 찬양한 점을 지적하고 싶다.
~ 中略 ~ 〈제망매가〉와 〈찬기파랑가〉는 모두 사후 인물에 대한 찬
양이라는 데에 공통점이 있다."7)

최철은 이 노래를 종교적인 의식가의 속박을 벗어난 서정가요라
하였다. 그러면서 이 작품의 제작 시기를 가파랑의 생존시가 아니
라 기파랑 사후에 그 인물됨을 찬양한 추모시라 하였다.

"향가의 해독이 단순한 논리적 검증이나 객관적 증명만으로 이루어
질 수 있는 성질의 것이 아님을 넌즈시 깨우쳐 주고 있는 것으로 받
아들여진다. 당초의 노래말에 더 가까이 접근하기 위해서는 어학적

---

6) 朴魯埻, 「新羅歌謠의 硏究」(열화당, 1989), p.231.
7) 최철, 「향가의 문학적 연구」(새문사, 1985), p.206.

해독과 동시에 문학적 서술 의미도 함께 간파해 나가야 할 줄 믿는
다. 그리고 향가 자체가 완벽한 표기 체계를 갖추었다고 보기 어렵기
때문에, 지나치게 語法的으로만 분석 검증하려 든다면 오히려 實意에
접근하는데 장애를 초래하게 될 수 있다는 점도 함께 지적해 둔다."8)

조평환은 여러 학자들의 찬기파랑가에 대한 해독을 비교 고찰하
면서 어학적 해독도 중요하지만 문학적 서술 의미도 중요하다는 것
을 강조하였다. 그리고 鄕歌가 그 기술 양식과 사상면에 있어서 三
國遺事와 佛典 등에 실려 전하고 있는 偈頌의 영향을 크게 받은 것
으로 보이기 때문에, 이에 관한 고찰이 선행되어야 향가에 대한 올
바른 이해와 해석이 가능하다고 하였다.

이제까지 찬기파랑가 해독에 대한 문제와 제가들의 작품 평설을
예로 들어 보았거니와, 다음에는 양주동의 해독을 근거로 해서 찬
기파랑가의 의미를 다시 한 번 생각해 보고자 한다.

제1,2구에서 "열치매/ 나토얀 드리"는 구름에 가렸던 달이 그 구
름 장막을 열어 젖히고 환한 모습을 드러냈다는 이야기이다. 여기
서 그 〈달〉은 주인공 기파랑의 훤칠하고 잘 생긴 모습을 상징해 준
다고 보아야 한다. 제3구에서는 "힌구룸 조초 쩌가는 안디하"라고
했는데, 이것은 그처럼 나타난 달이 그 자리에 머물러 있는 것이
아니라 흰구름 따라서 둥둥 떠다니고 있다는 이야기다. 여기서 '흰
구름'은 기파랑의 고결한 인품을 상징했다고 보는데, 전체 시행의
의미는 기파랑이 속세에 얽매이지 않고 현실을 초월해서 유유자적
하는 모습을 이처럼 표현했다고 본다.

제4,5구를 보면 "새파론 나리여희/ 耆郞의 즈싀 이슈라"라고 되었

---

8) 曹平煥, 讚耆婆郞歌 「鄕歌文學硏究」(一志社, 1993), p.436.

는데, 그 뜻은 새파란 냇물에서도 기랑의 면모를 찾아볼 수 있다는 이야기다. 결국 냇물도 비유법을 쓴 것으로 보면 냇물처럼 맑고 깨끗하고 부드러운 이미지를 기랑의 인품에서 찾아볼 수 있다는 이야기가 된다.

제6,7,8구는 "일로 나리ㅅ지벽히/ 郎이 디니다샤온/ ᄆᅀᆞ미 ᄀᆞ훌 좇누아져"라고 되어있다. 그 뜻은 이로부터 냇물의 조약돌에서도 기파랑이 지니고 있는 마음의 일부를 찾아볼 수 있으니 따르고 싶다는 이야기다. 그러면 조약돌은 무엇을 의미하는 것인가? 그야말로 조약돌의 생긴 모습대로 둥글둥글하고 원만한 기파랑의 인품을 비유했고, 그러면서도 그 내면 세계가 단단하기 이를 데 없다는 것을 비유법을 써서 나타내었다.

제9,10구는 "아으 잣ㅅ가지 노파/ 서리 몯누올 花判여"라고 되어있다. 그 내용은 잣나무 가지가 높아서 서리를 모르고 지내는 화랑의 우두머리란 뜻이다. 여기서 '花判'이란 말을 통해서는 기파랑의 신분과 계급을 나타내 주고 있으니, 화랑 중에서는 최고급 지도자라는 이야기다.

잣나무 가지가 높다는 것은 그처럼 높고 위엄있는 인품을 지녔다는 것이며, 서리를 모르고 지낸다는 것은 엄동설한에도 松柏처럼 변하지 않고 늘 푸르다는 것이니, 기파랑은 그처럼 지조와 절개를 중시하는 어른이라는 의미를 내포하고 있다. 이처럼 위엄고 권위를 자랑하는 기파랑을 두고 일부 학자들이 화랑 정신의 쇠미에 대한 한탄과 아쉬움과 미련을 노래했다고 보거나, 또한 기파랑의 武士的인 용모가 아닌 선비적, 구도자적, 성자적 모습을 노래해서 나약한 면을 보여주었다고 하는 것은 작품해석을 잘못한데서 오는 오류라고 보아야 한다.

이 작품을 자세히 고찰해 보면 기파랑은 고결하고 원만한 인품을 지녔으면서도 위엄과 권위를 자랑하고 송백처럼 변치않는 굳은 절개를 지녔던 인물로 평가된다. 이러한 제반 사정을 고려할 때 이 작품이 기파랑 사후에 제작된 추모시라고 단정하는 것은 재고되어야 할 사항이라고 본다.

(3) 운곡 원천석의 작품

弁巖山色靑彌靑	변암산 산빛은 푸르고 푸른데
雉岳雲光白又白	치악산 구름빛은 희고 또 희네
雲自如君獨等閑	구름은 절로 그대처럼 등한하나
山應笑我多忙迫	산은 응당 나의 바쁨을 웃어주리
結廬將欲向三峰	장차 오두막 짓고 삼봉으로 향하려 하는데
餌勢何煩奔九陌	어찌 번거로이 권세 낚아 서울로 향하리오
金屋朱門陷貴人	황금 지붕 붉은 문은 귀인을 빠뜨리나
松風皎月招閒客	솔바람 밝은 달은 한객을 불러주네
生涯自足一枚瓢	생애는 표주박 하나로 만족하고
身上元無三尺帛	한몸에는 원래 석자 비단도 없거니
若問窮居氣味長	만약에 누가 궁하게 사는 그 맛을 물으면
碧溪水外靑山隔	벽계수 밖에 청산이 세상을 가로막았다 하리.

이 작품은 元天錫의 〈次趙侍郎所寄詩韻〉이란 한시이다.

운곡 원천석은 1330년 고려 충숙왕 17년 7월 8일에 출생하고 90여세의 생을 누리었는데 별세한 날짜는 분명하지 않다. 그는 고려말 신흥사대부들과 비슷한 출생 배경과 사상적 기반을 지녔는데도 그들과는 달리 벼슬길을 단념하고 치악산에 은거하였다. 3형제

중 둘째로 태어나 어릴적 부터 수재라고 알려졌는데, 자신의 才智와 學問을 감추고 몸소 山田을 개간하여 농사를 지으면서 어버이를 봉양하였다.

운곡은 학문이 해박하고 도의가 높고 절의가 고결한 분인데, 생의 중반에 60세까지는 고려조에 몸담아 살았고, 나머지 30여년을 조선시대에 살았으나 은둔·독서·저술 생활로 일관하였다. 그러면서 목은 이색, 무학대사 등과 고유하면서 비운에 사라져간 고려조의 왕족, 명신, 용장들의 죽음을 애도하고 조선왕조가 창건되는 환란과 풍운을 직시하면서 많은 저서와 詩史를 남겼다.

운곡은 젊어서 태조 이성계와 동문 수학한 일이 있고 태조의 아들 방원이 등극하기 전에 방원에게 글을 가르친 적이 있었다. 그후 태종은 왕위에 오른 뒤 여러 차례 耘谷 선생을 불러 벼슬을 주려했으나 끝까지 응하지 않았다.

이때에 한 번은 太宗이 원주 치악산에 찾아왔으나 운곡 선생은 만나주지 않았다. 운곡은 태종이 찾아온다는 것을 알고는 노상의 강변에서 老嫗가 앉아 빨래하고 있는 것을 보고 말하기를 이 뒤에 사람이 찾아오거든 나는 왼쪽의 弁峀으로 가겠으니 그대는 내가 바른 쪽의 치악산중으로 가더라고 이야기해 달라는 부탁을 하였다. 과연 잠시 후에 왕의 행렬이 당도하여 운곡의 행방을 묻자 老嫗는 놀라면서 선생에 대한 신의를 지켜 그 말대로 가르쳐 주었으니 한마디로 왕에게 거짓말을 한 결과가 되었다.

老嫗는 그것을 황공무지하게 생각하고 곧 깊은 강물에 투신하여 죽음으로 사죄하였으니, 바로 이곳이 오늘에 이르기까지 嫗淵 또는 老嫗沼라 이름하여 충절을 상징하는 곳으로 전해져 오고 있다. 운곡 선생과의 약속과 임금에 대한 충성 사이에서 죽음을 택한 한 할머니의 갸륵한 충정을 기리기 위하여 沼 옆 바위에 嫗淵이라 새기고 몇 년 전까지도 초옥 제막을 지어 뜻있는 마을 사람들이 매해 제사를 지내왔으나 지금은 그 초막마저 없어지고 빈터에 잡초만이 무성하다.

그리고 노파가 거짓으로 가르킨 그 바위를 향방을 잘못 가리킨 곳이라 해서 橫指岩이라 전해져 온다. 太宗은 耘谷 선생의 뜻을 돌릴 수 없음을 알고 한 바위에 앉아 쉬었는데 그곳이 바로 太宗臺라고 하는 곳이다. 이곳은 위를 바라보면 험준한 치악의 높은 산줄기가 펼쳐있고 아래로 내려다 보면 물길이 嫗淵을 에워싸면서 흐르고 있다.

이곳에는 후에 樓閣을 세웠는데 그 안에는 〈駐蹕臺〉라고 새겨진 비석이 있고, 아울러 태종대에 대한 사적이 적혀있는 현판이 걸려 있다. 또 태종이 그곳에서 3일간 머물렀는데 끝내 운곡을 만나지 못하고 치악산을 넘어 還行할 때에 뒤를 돌아보며 절을 하였다는 拜向山이 있다.(全石萬의 「耘谷 元天錫」 참조)

또 한 고개를 넘어서면 피곤하고 침통하여 곤룡포를 벗어 나무에 걸고 쉬었다 하여 寃痛재로 명명한 곳이 있고, 마지막으로 고개를 넘어 치악산을 떠났다 하여 대왕재라고 불리우는 곳도 있다.

이제까지 운곡 원천석의 생애를 간단하게 살펴보았거니와 이러한 생애를 알면 운곡 문학을 이해하는데 큰 도움이 될 것이다. 위 작품 제1연을 보면 "변암산 산빛은 푸르고 푸른데/ 치악산 구름빛은 회고 또 희네"라고 하였다. 운곡은 태종을 피하여 치악산 고지(1,288m)의 비로봉 동쪽에 자리잡고 있는 변암으로 향하였다고 하는데, 이 작품에 나오는 변암은 바로 운곡이 태종을 피하여 갔던 그 바위인 것이다.

변암은 험준한 바위로 굴이 형성되어 있으며, 그 굴안에는 족히 사람이 기거할 수 있는 공간이 제법 넓게 이루어졌다. 굴안에 기거하면서 "암반에 우물을 파서 갈증을 면하고 산채를 거두어 시장기를 달랬다"(開穿石井光澆渴收拾山蔬具慰貧)라는 글이 지금까지 새겨져 내려오고 있다. 그 변암의 산빛은 푸르다 하였고 치악산의 구름빛은 희다고 대조법을 써서 나타내었다. 더욱이 〈靑彌靑〉〈白又白〉이라 한 표현은 반복법을 써서 더할 나위없이 깨끗한 자연의 아름다움을 시각적으로 느끼게 했다.

제2연에서는 구름은 절로 그대처럼 한가하나 산은 응당 나의 바쁜 생활을 웃어줄 것이라 하였다. 여기서는 〈구름〉과 〈산〉, 〈그대〉와 〈나〉, 〈한가함〉과 〈바쁨〉을 대비시켜 시적 효과를 나타내었다. 여기서 〈그대〉는 趙侍郎을 가리키는 것이고, 〈나〉는 운곡 자신을 가리키는 말이다. 조시랑과는 여러 번 시를 주고 받았는데, 그 趙侍郎을 서울로 보내면서 운곡은 "조공은 참으로 좋은 선비/ 어려서부터 문장이 이미 뛰어나다/ 모든 보배에 빛나는 아름다운 옥이고/ 뭇 향내에 으뜸인 그윽한 난초이지"라고 하였다.

제3연에서는 "움막집 얽은 것은 三峰을 향하려는 뜻이거늘/ 권세에 낚기어 어찌 九陌으로 달릴건가"라고 하였다. 이 구절에 대하여 崔光範은 "이에 자신의 지향점을 다시금 확인하고 있으니, 서울로 향해 권세를 쫓는 것이 아니라 三峰(치악산 서쪽)에 오두막 짓고 살려하는 것이다"라고 하였다. 이러한 구절을 통해서는 벼슬길에 나아가 부귀공명을 누리려는 생각은 없고, 오직 산야에 묻혀 살면서 幽閑한 隱者生活을 하겠다는 의지를 나타낸 것이다. 움막집 짓고 살겠다고 한 것은 바로 은자생활을 하겠다는 의지를 행동으로 보여준 것이다.

제4연에서는 "황금누각 붉은 문은 귀한 사람 빠뜨리기 일쑤이고/ 솔바람 밝은 달은 한가한 손 부르기 마련이다"라고 하였다. 여기서 〈金屋朱門〉은 높은 벼슬하여 고대광실 큰집에서 산다는 것이고, 그러한 생활은 사람을 버리게 마련이니 경계해야 한다는 뜻이고, 솔바람 밝은 달은 산야에 묻혀 사는 隱者들이 벗삼는 자연물이니 閒客을 부르게 마련이란 것이다. 이 제4연은 제3연의 내용을 부연설명하고 강조하는 역할을 하였다.

제5연에서는 "생애는 스스로 표주박 하나에 만족하고/ 몸에는 원래 세척의 비단도 없네"라고 하였다. 운곡의 청빈한 생활 태도를 그대로 보여주는 구절이다. 그 옛날 요임금 때의 소부·허유를 다시 만난 듯한 느낌이 든다. 그 옛날 허유는 요임금이 높은 벼슬을 준다고 하니까 더러운 소리를 들었다고 영수의 물가에 가서 귀를 씻었는데, 운곡은 태종이 높은 벼슬을 주려고 원주까지 찾아왔으나 치악산 변암으로 피신하여 바위굴 속에서 살았으니 소부·허유와 운곡은 시대와 국가만 달랐지 숨어살면서 청빈한 생활을 실천궁행했다는 점에서는 동격의 인물로 평가된다.

세간살이는 표주박 하나, 입을 옷이라고는 석자짜리 비단 한 조각도 없다고 하였다. 하여간에 그가 부귀공명을 부러워했다면 무엇 때문에 치악산까지 찾아온 태종을 피하여 변암으로 갔겠는가. 운곡의 높은 인격과 고결한 생활 태도를 미루어 짐작케 한다.

그리고 제6연에서는 "만약에 누가 궁하게 사는 그 맛을 묻는다면/ 푸른 시냇물 밖에 푸른 산이 이 세상을 가로막고 있다"고 하였다. 어떻든 시기와 갈등이 끊기지 않는 속세와 고요함과 한가로움만이 존재하는 은둔 세계 사이에는 마음의 벽이 중요시되겠지만, 실제로는 높은 산과 큰 강물이 그 사이를 막아서 교통하지 못하게 하기 때문에 가능한 것이다. 다시 말해서 저 벽계수와 청산은 자아와 속세 사이를 격리시켜 주는 고마운 장치로 인식되었던 것이다.

한마디로 이 작품은 시적 자아가 세속과는 단절된 상태에서 청빈하고 유한하게 은둔 생활하는 것을 자랑스럽게 여긴다는 의지가 표출된 작품으로 운곡의 인생관과 세계관이 여실하게 반영된 작품으로 간주된다.

(4) 시조의 한역화

(가) 雨歇長堤 草色多ㅎ니 送君南浦 動悲歌을
    大同江水 何時盡고 別淚年年 添綠波ㅣ라
    勝地에 斷腸佳人이 몃몃친줄 몰너라.

(나) 日暖코 風和ᄒ디 鳥聲이 喈喈로다
    滿庭落花에 閒暇히 누어스니
    아마도 山家 今日이 太平인가 ᄒ노라.

(가)는 정지상의 시조이고 (나)는 이규보의 시조이다. (가)는 六堂本 青丘永言에만 실려 있는데 얼핏 보아도 漢文懸吐體의 작품이란 것을 알 수 있다. 우선 먼저 정지상의 한시인 〈送人〉을 인용해 보자.

    雨歇長堤草色多   送君南浦動悲歌
    大同江水何時盡   別淚年年添綠波1)

1) 李丙疇, 「韓國漢詩選」(探求堂, 1985), p.39.

정지상의 시조와 한시를 비교해 보면, 한시의 기구와 승구는 ㈎시조의 초장이 되었다. 한시의 전구와 결구는 ㈎시조의 중장이 되었다. 그리고 ㈎의 종장은 한시에서 덧붙일 말이 없으니까 離別哀傷의 주제에 맞는 語句를 붙여 시조화한 것이다.

그러나 여기에도 문제는 있다. 정지상의 시조가 먼저냐, 한시가 먼저냐 하는 선후 문제가 논란의 대상이 된다. 만약에 시조가 먼저라면 어느 정도 우리말을 이용해서 자연스럽게 노래불렀을 일이지 그처럼 한시 전편이 시조 속에 그대로 들어와 적혔을 리 없다.

더욱이 鄭知常이 〈送人〉의 슬픔을 칠언절구의 짧은 한시형에 모두 노래할 수 있었기에 이는 일찍이 人口에 膾炙되었던 것이다. 그렇다고 한다면 그는 무엇이 부족해서 한시에 토를 달아 이를 다시 時調化할 필요가 있었겠는가.2) 그런 점에서 정지상의 시조라고 알려진 상기 작품은 후세인의 위작이라 보아야 한다. 그 다음은 ㈏에 대해서 생각해 볼 차례인데, 우선 먼저 이규보의 한시 〈春日訪山寺〉를 인용해 보자.

風和日暖鳥聲喧　　　垂柳陰中半掩門
滿地落花僧醉臥　　　山家猶帶太平痕

사실 시조의 한시화인지 한시의 시조화인지 구분 안가는 것이 이규보의 작품이다. 다시 말해서 그 선후 문제를 따질 수 없다는 이야기다. 왜냐하면 이규보의 시조는 바로 이규보의 한시를 교묘하게 의역해 놓았기 때문이다. 두 작품을 비교해 보면 시조의 초장에는 한시의 기구가 들어 있고, 시조의 중장에는 한시의 전구가 들어 있

2) 徐元燮, 「時調文學硏究」(螢雪出版社, 1982), p.81.

고, 시조의 종장에는 한시의 결구가 들어 있다.3) 또 이규보는 고려를 대표하는 문인이라 할 수 있으니, 그의 재능으로 보아 시조를 짓고도 남을 만하다. 그렇기 때문에 이 문제는 작품을 가지고 해결하기는 어렵고, 이규보가 생존했던 시대에 과연 시조 형식의 문학 형태가 존재했겠느냐 안 했겠느냐 하는 원론적인 문제를 따져 보아야 한다.

이규보는 1168년에서 1241년까지 생존했던 고려 시대의 정치가며, 문인으로 호를 백운산인 또는 백운거사라고 했다. 9세 때부터 작문에 능했고, 經史·百家·老佛의 문헌들을 모두 섭렵하여 한 번만 읽으면 기억하는 기발한 재사였다고 한다. 1189년(명종 19) 사마시에 장원, 左諫議大夫·翰林學士 등을 거쳐 1234년(고종21) 政堂文學, 이듬해에 參知政事 등을 역임하다가 1237년 守太保門下侍郎平章事로 致仕했다.

이렇듯 관계에 들어선 후부터는 벼슬에 누진, 비교적 순탄한 생애를 보냈다. 1·2차의 좌천과 귀양도 있었지만 짧은 기간이었고 글 한 수에 벼슬 하나를 얻은 문재로서 관운이 트였던 사람이다. 그의 저서로는 東國李相國集·白雲小說·麴先生伝 등이 전한다.

그러면 우리 나라에 성리학을 제일 먼저 받아들인 사람으로 알려진 安珦은 어떠한 인물인가? 그는 1243년에서 1306년까지 생존했던 고려 시대의 명신으로, 연경에 가서 〈朱子全書〉를 보고 손수 그 책을 베껴 왔다. 또 공자와 주자의 화상을 그려 가지고 돌아와서 주자학을 연구하였다. 朱子를 숭배하여 그의 초상을 항상 벽에 걸어 두고 주자의 호인 晦庵의 晦字를 따서 스스로 호를 晦軒이라 하였다. 이것은 주자의 저서를 보고 거기에 심취하였음을 단적으로

---

3) 李奎報, 東國李相國集, 卷第十四一張, 春日訪山寺.

증명해 주는 것이다.

안향은 이처럼 주자에 심취했고 주자를 존경했고 그의 학문을 철저하게 연구했던 인물이니 그를 우리 나라에 주자학을 받아들인 최초의 인물로 간주하는 것은 당연하다고 본다. 안향이 원나라로 가서 주자학을 접하게 된 해는 1286년(충렬왕 12)이니, 그때는 이미 이규보가 이 세상을 떠나고 없을 때라고 하겠다. 다시 말해서 시조를 형성한 계층들은 주자학을 그들의 생활 이념으로 신봉한 신흥 사대부들이고, 시조의 형성 원리는 바로 음향 오행설과 같은 이기론에 의하여 만들어 졌다고 보기 때문에 시조와 성리학과는 불가분의 관계에 놓여 있다고 해야겠다.

따라서 우리 나라에 성리학의 도래 이전의 시조 작품이란 것들은 그 시대의 진품으로 받아들일 수 없다는 것이 필자의 생각이다. 때문에 정지상과 이규보의 한시는 그 작자가 고려를 대표할 만한 시인인데다가 그 시 또한 유명하여 오래도록 인구에 회자되어 오는 동안 어느 好事家에 의하여 시조화 되었다고 보는 것이 타당한 입론이라고 하겠다.

그 다음은 우탁에 대하여 생각해 볼 차례다. 그는 1263년에서 1342년까지 생존했던 고려 말기의 학자로 자는 天章, 시호는 文僖라고 했다. 문과에 급제하고 寧海司錄으로 있을 때 고을에 妖神의 사당이 있어 민심을 현혹하므로 이를 없애고 監察糾正으로 있을 때 충선왕이 淑昌院妃를 밀통하매 흰옷을 입고 도끼와 돗자리를 들고 궐내에 들어가 極諫하고 물러났다. 그런 일이 있은 다음에 충숙왕이 그의 충의를 깨닫고 다시 불렀으나 사퇴하고 글을 벗삼아 살아 왔다.

이때 송나라에서 程子의 學이 처음 들어와 아무도 해득치 못하므

로 우탁이 문을 닫고 들어앉아 한 달을 두고 연구, 해독하여 후진
들에게 가르치니 이는 우리 나라 理學의 시초였다. 經史와 易學·
卜筮 등에도 통달했다는 것이고, 그렇기 때문에 세인들은 그를 가
리켜 易東先生이라 했다는 것이다. 다음은 그의 작품 2수를 인용해
보자.

　　㈎ 春山에 눈 노긴 ᄇ람 건듯 불고 간ᄃ 업다
　　　져근듯 비러다가 불리고쟈 마리 우희
　　　귀 밋티 히 무근 서리를 노겨 볼가 ᄒ노라.

　　㈏ 혼 손에 가시를 들고 쏘 혼손에 막ᄃ 들고
　　　늙는 길 가시로 막고 오는 白髮 막ᄃ로 치랴터니
　　　白髮이 제 몬져 알고 즈럼길로 오더라.

　　우탁의 작품 2수를 인용해 보았거니와 모두가 인생의 늙음을 한
탄하는 탄로가이다. 자연의 이법 즉 자연의 섭리를 그대로 노래하
고 있다. 그가 이처럼 인생의 허무를 노래하면서 자연의 섭리라고
가르쳐 주는 이유는 어디 있을까? 그는 누구보다도 경사백가와 역
학에 뛰어나고 심지어는 복서에까지 능통했기 때문이다.
　　우탁은 우리 나라에서 아무도 해득 못하는 정주학 즉 성리학을
연구하여 후진들에게 가르쳐 주었고, 그래서 세인들은 그를 일러
易東先生이라 불렀다고 하니, 그가 우리 나라에서 성리학의 대가로
서는 최초의 인물임에 틀림없다.
　　또한 필자는 다른 글에서 누누히 밝힌바 있지만, 3장 6구 12절
의 시조 형식은 천지인 삼재설이나 음양오행설과 같은 동양철학 즉
성리학의 원리에 의하여 만들어 졌다는 것을 다시 한번 강조해 둔

다. 다시 말해서 3장6구 12절의 시조 형식은 성리학의 대가가 아니고서는 그 형식을 창안해 낼 수 없다는 이야기다. 아울러 시조 형성기인 여말 선초의 모든 시조 작가들이 대부분 성리학에 조예가 깊었던 신흥 사대부였다는 점도 부정할 수 없는 사실이다.

소위 고려말 신흥 사대부라고 일컬어지면서 한두 수의 시조 작품을 남겼던 이조년, 성여완, 이색, 길재, 정몽주, 정도전, 원천석 등이 모두 성리학의 대가들 아닌가? 그런 점에서 상기 두 작품은 우탁의 진품임에 틀림없고, 더 나아가서 우리 시조 문학사에서 효시 작품을 찾아낸다면 상기 우탁의 시조 외에 더 거슬러 올라갈 만한 작품이 없다는 것을 첨언해 둔다.

그리고 3장 6구의 시조 형식이 하늘에서 떨어져 내려왔거나 땅에서 솟아 올라온 것이 아니고, 그렇다고 해서 우발적으로 생긴 문학 장르가 아니라고 한다면 누군가는 창안해 낸 이가 있을 것이다. 지금까지의 통설은 시조가 고려 중엽에 발생해서 그것이 차츰차츰 정제되었다가 고려 말엽에 완성되었다고 하는 주장이 지배적인데, 이러한 가설이 사실이라면 향가는 언제 발생해서 차츰차츰 정제되었다가 언제쯤 완성된 장르란 말인가?

이러한 물음은 경기체가, 가사, 고소설 등 타 장르의 발생에 대해서도 똑같이 적용할 수 있다. 다른 장르는 그 문학 형태가 발생해서 차츰차츰 정제되어 나가다가 어느 시기에 완성되었다는 학설이 필요 없는데, 왜 시조에만 그러한 허무맹랑한 가설이 필요하다는 것인지 도무지 이해가 안 간다.

또한 시조가 우발적으로 발생했거나 자연발생적으로 아무도 모르게 태어났다고 하는 논리도 성립 안된다. 그렇다면 시조는 누군가에 의해서 창안해 낸 문학 형태에 틀림없고, 그것은 마치 훈민정음

이 세종대왕과 집현전 학자들에 의해서 창제되었다는 논리와 마찬
가지이고, 그리고 그 시조 형태를 창안해 낼 수 있는 사람은 시조
의 형성 원리가 理學이나 易學의 원리에 의하여 만들어 졌다고 한
다면, 그 시조 형식을 창안해 낸 이는 성리학에 정통한 대학자일
수밖에 없다는 결론에 도달하게 된다.

그렇다면 시조 형식을 창안해 낸 이는 누구란 말인가? 필자는 고
려말의 대 성리학자요 시인이었던 우탁이 시조 형식을 창안해 낸
창시자라고 감히 단언하는 바이다. 왜냐하면 이 땅에 주자학 즉 성
리학을 들여온 이는 안향이지간, 그 성리학을 연구하고 해득해서
체계를 세우고 후진들에게 가르쳐 준 이는 우탁이기 때문이다. 얼
마나 그가 理學과 易學에 정통했으면 易東先生이라는 별호까지 얻
게 되었겠는가? 그는 3장 6구 12절의 시조 형식을 창안해 내고,
그 형식에 맞춰 시조를 지어서 전수했던 창시자임에 틀림없다고 생
각한다. 그리고 우탁의 위 작품 ㈎에 대하여는 다음과 같은 漢譯歌
가 전한다는 사실도 유의해 두어야겠다.

①春山解雪風 ②而今何處去 ③霎然借得來 ④願吹吾寝處 ⑤鬢上年久霜
⑥庶幾盡消除(李衡祥 ： 芝嶺錄)

두 작품을 비교해 보면 시조의 초장은 한시의 ①②구가 되었다.
시조의 중장은 한시의 ③④구가 되었다. 시조의 종장은 한시의 ⑤
⑥구가 되었다. 이렇게 따져 본다면 시조와 한시는 형식적 차이와
표현 문자상의 차이만 있을 뿐이지, 두 작품의 내용상에는 아무런
변개가 없다. 그러니까 우리말 시조를 한역했을 때는 위의 이형상
의 시처럼 되는 것이 당연하다고 생각한다.

16. 21세기 현대시조의 발전 방안

(1) 시조 문학이 대중들에게 소외당하는 원인

시조란 무엇인가? 시조는 고려 말경 유학자들에 의하여 만들어지고 가장 오랜 생명력을 지니면서 전승되어 오는 우리 민족 고유의 전통 시가다. 아울러 3·4조 또는 4·4조를 기본 율조로 하고, 우리 민족의 사상, 감정, 체험 등을 담기에 가장 알맞은 그릇으로서, 그 형식은 3장6구12절의 정연한 형태를 가진 정형시라고 하겠다. 영국에는 영시가 있고, 중국에는 한시가 있고, 일본에는 俳句가 있어 그들 나라의 시가를 대표하고 있듯이, 우리 나라에는 시조가 있어 우리의 시가 문학을 대표하고 있다.

또 다른 예를 들면 음악에는 국악이 있고, 미술에는 한국화가 있고, 무용에는 고전 무용이 있고, 복장에서는 한복이 있고, 음식에서는 한식이 있고, 의약에는 한약이 있고, 주택에서는 한옥이 있다고 한다면 문학에서는 시조가 있어, 가장 오랜 생명력을 지닌 우리 고유의 문학 형태요 전통 시가임을 자랑하고 있는 것이다.

이처럼 시조는 우리 민족의 겨레시요 가장 오랜 생명력을 지닌 전통 시가임에도 불구하고 일반 대중들에게 소외당하고 푸대접받고 있는 것이 현실 아닌가? 그것은 오직 시조 문학만의 문제는 아니요, 우리 문화 전반에 걸쳐서 우리 것이 푸대접 받는 시대 조류의 일환이라고 생각된다.

음악은 양악, 미술은 서양화, 무용은 발레, 의약은 양약, 복장은 양복, 가옥은 양옥에 밀려서 겨우 그 명맥을 유지해 나가는 정도이니, 우리 전통 문학인 시조라고 해서 서양에서 전래된 자유시에 밀리지 말라는 법은 없는 것이다. 그렇더라도 우리의 시조가 일반 대중에게 소외당해야 하는 원인이 어디에 있는지를 곰곰 생각해 보고자 한다.

첫째 TV나 비디오 등 영상 매체들이 발달해서 안방에 앉아 드라마나 음악을 즐길 수 있기 때문에 굳이 골치 아프게 책을 읽어야 할 필요성을 느끼지 않기 때문이다. 다시 말해서 일반 대중들이 책을 독서하기 보다는 TV를 시청하는 보다 간편한 방법을 선호하기 때문에 책을 읽어야 하는 독자층을 이들 안방 극장에 많이 넘겨준 것이 원인이 된다. 따라서 이러한 소외 문제는 비단 시조에 국한된 것이 아니고 문학 분야 전 장르에 해당하는 사항이라고 본다.

둘째 문학 분야 중에서 시조 문학은 그 형식면이나 내용면에서 전통을 고수하려는 성향이 짙은데, 반대로 현대인의 취향은 고정된 틀을 깨면서 자유분방하고, 새로운 변화를 요구하고, 다양성을 추구하기 때문에 대중들의 구미에 맞지 않아 시조보다는 그 형식면이나 내용면에서 자유자재로은 시, 소설, 수필 등을 선호하는 것으로 생각된다.

셋째는 국어교육 정책에 문제가 있다고 생각된다. 제6차 교육과정에 바탕을 두고 편찬했다는 고등학교 국어(상)책을 보면 총 376 페이지로 되어 있는 책에 작자 미상의 고시조 2편, 가람 선생의 현대시조 1편 등 총 3편이 실려 있는 정도이니, 우리 국민들을 의도적으로 시조에 대해서 무지한 사람을 만드는 것으로 생각된다. 이러고서도 시조를 우리의 국민 시조니, 민족 시가니, 겨레시니 하는 말을 사용할 수 있다는 것인지 심히 의심스럽다.

넷째는 시조를 써 봐야 아무런 실리가 없다는 점이다. 주지하다시피 현대인은 지극히 개인주의적이고 이기주의적인 면이 강하다고 생각된다. 그런데 시조를 써 봐야 대학 입시에 유리한 것도 아니고, 그렇다고 명예가 올라가는 것도 아니고, 비근하게 이야기하면 돈벌이가 되는 것도 아니니 대중들이 멀리하는 것은 당연하지 않겠는가. 이러한 시대적 추세인데도 여기에 모인 여러 시조시인들은 그야말로 시조가 좋아서 사명감을 가지고 시조를 쓰는 시조 시인이 되셨으니 참으로 훌륭하다고 생각된다.

다섯째는 우리 시조 시인들이 반성해야 할 문제다. 비록 불리한 여건이지만 독자들이 공감할 수 있는 작품, 독자들이 즐겁게 읽을 수 있는 작품, 그러면서도 문학성이 짙은 작품들을 많이 써낸다면 오늘날처럼 대중들이 외면하는 현상은 초래하지 않았을 것이다. 그런 점에서 우리 시조 시인들은 대중들과 함께 호흡하고 친근해질 수 있는 작품들을 쓰도록 노력해야 될 것이다.

이 말은 우리들이 대중들에게 영합하자는 이야기가 아니고, 그들이 시조를 좋아하고 가까이하게 만드는 것도 우리들의 책무라는 이야기다. 다시 말해서 시조의 저변 확대가 이루어지지 않는 것을 외부 환경 요건에서만 찾아서는 안되고, 우리 시조 시인들 자신에게도 어느 정도의 책임이 있다는 것을 자인하자는 이야기다.

(2) 시조 문학의 변천과 미래 사회에 대한 전망

시조 문학이 현재의 모습 그대로를 유지하지 않고 어떤 모습으로든 변화하리란 것은 과거의 시조 문학사를 살펴보면 미루어 짐작된다. 조선 시대의 고시조를 보아도 조선 시대 역사를 전기와 후기로 나누는 임진왜란 이전의 작품들과 임병양란을 겪은 이후의 시조들은 그 형태면이나 내용면에서 상당한 변화를 가져왔다. 마찬가지로 근대 개화기의 분수령이 되었던 1894년 갑오경장 이전의 고시조와 그 이후의 신시조 또는 개화시조 사이에는 똑같은 시조인데도 너무나 다른 모습을 지니고 있는 것이다.

이 갑오경장은 고종 31년 개화당이 집권한 후 재래의 문물 제도를 진보적인 서양의 법식을 본받아 고친 일로서 일명 갑오개혁이라고도 한다. 그 발단의 원인은 동학란을 계기로 한국에 침입한 일본이 청나라의 세력을 배경으로 하는 민씨 세력인 보수당을 없애고 한국의 정치사회를 혁신코자 한데서 비롯되었던 것이다.

이 갑오경장 이전의 고시조들은 음악과 결부되어 존재해 왔고, 그 이후의 시조들은 음악과 결별하면서 오로지 문학 형태로서만 존재해 왔으니 그 차이점이 크리란 것은 명약관화한 일이다.

그 이후 1945년 민족 해방기를 중심으로 이전의 일제 강점기에 발표되었던 시조들과 우리 나라가 독립하여 자유민주주의 체제 아래서 발표되었던 시조 작품들 사이에는 알게 모르게 커다란 변화를 가져왔던 것으로 생각된다.

또 1970년 이후 우리 나라가 급속한 산업화, 도시화 경향을 띠었고, 정치, 경제, 사회, 문화면에서 고도의 발전을 가져왔고, 특히 눈부신 경제발전을 가져왔는데, 그 70년 대 이전의 작품들과 그 이후 현재까지 발표되었던 작품들을 비교해 보면 상당히 다른 모습을 띠면서 발전해 왔다.

이처럼 시대 상황이나 사회 환경의 변화가 문학 작품에 주는 영향이 지대하다는 것을 증명해 보았다. 그러면 오늘날 우리들이 처하고 있는 사회 현상은 어떠한가? 50년 대의 빈곤 시대와 70년 대의 산업화 시대를 거쳐 세계적인 빈민 국가였던 우리들이 1인당 국민소득 1만불 시대에 진입하여 경제적인 부와 물질적인 풍요를 누리게 되었다.

그러한 과정에서 농촌을 떠나는 이농 현상이 급증하여 일손 부족 현상을 가져왔지만, 반면에 기계화 영농을 하게 되었고, 그곳에서도 과학 문명의 혜택을 입게 되어 도시와 농촌 간에 문화적 격차가 상당히 줄어드는 도농평준화 현상이 나타나게 되었다.

뭐니뭐니해도 우리 국민들이 피부로 직접 접하게 되는 가장 큰 변화는 전국의 도로가 주차장화 할 정도로 자동차 홍수 시대를 맞이했다는 것과, 많은 생활 분야가 자동화, 기계화, 고급화되어 생활이 편리해지고 삶의 질이 높아졌다는 것과, TV등 영상 매체의 발달로 가만히 앉아서 세계의 뉴스를 접하고 그들과 문화적 교류를 하게 되었다는 것과, 특히 컴퓨터의 발달로 사무 자동화와 출판 문화의 발달을 가져와 현대 과학 문명의 발달을 촉진하게 되었고, 그 결과 우리들의 일상 생활도 많은 혜택과 변화를 가져오게 되었다는 사실이다.

그리고 컴퓨터와 로봇 등의 인공두뇌, 멀티미디어 통신, 정보 폭발을 감당하는 소프트웨어 등의 발달로 우리들의 미래 사회가 어떻게 변할런지는 예측을 불허하는 상태에 이르렀다. 더욱이 생명 과학이니 우주공학이니 하면서 첨단 과학의 손길이 신비의 세계에까지 뻗치면서 우리들의 미래 생활이 어떠한 모습으로 전개될런지를 전망하기 어렵게 되었다.

이처럼 과학 문명의 혜택을 입었다는 이점도 있었지만, 상대적으로 그 부작용 또한 무시할 수 없는 경지에 이르렀으니, 예를 들면 사회 전반에 걸쳐서 안전 의식과 질서 의식의 결여, 생명 경시 풍조의 만연, 인간성의 상실, 집단 및 지역 이기주의의 출현, 장애아 문제, 노인 문제 등이 심각한 사회문제로 대두되었다.

또 한편으로는 환경오염 문제, 산업 공해에 의한 오존층의 파괴, 이로 인한 산성비의 위협 등이 서서히 우리들의 생명을 위협해 오고 있는 것이다.

그렇더라도 오늘날 고급스러운 것으로 분류되는 문화 및 여가 생활의 상당 부분이 대중화, 보편화 될 뿐만 아니라 적극적인 자아실현의 일부로서 이를 향유하려는 노력이 증폭되리라 예상된다. 아울러 산업화 시대의 대량 생산 및 대량 소비의 생활 양식은 어느 정도 지양되고, 21세기 디래 사회는 고차원의 자아실현을 중시하여 정신적·문화적 삶의 질을 중시하는 생활 양태로 변모하게 되리라고 전망해 본다.

이러한 사회 환경의 급격한 변화는 앞으로 21세기를 맞이해서도 계속해서 추구될 전망이고, 우리의 시조 문학 또한 이러한 사회 환경의 변화에 따라서 상당히 변모 발전하리란 것은 틀림없는 사실이다. 그것은 오늘날 발표되고 있는 현대시조 작품들과 과거 민족 해방기 전후나 개화기 시대에 발표되었던 작품들을 비교 검토해 보면 앞으로 50년 후 또는 100년 후의 미래 시조 작품들은 지금과는 상당히 다른 모습으로 변모되어 있으리란 것은 능히 짐작되는 바다.

(3) 현대시조의 발전 방안 모색

원래의 발표 주제는 "21세기에 있어서 시조 문학의 전망"이라고 되어있지마는 앞으로 10년 후 또는 100년 후의 시조 문학이 어떻게 변모될 것이라는 것을 전망한다거나 예측한다는 것은 상당히 어려운 문제이므로, 현대시조의 발전 방안을 모색하는 것으로 이 글을 대신하고자 한다. 여기서 가장 이상적인 방안은 앞에서 논의한 "시조 문학이 대중들에게 소외당하는 원인"을 잘 고찰해서, 그 원인을 제거하는 방법이 가장 좋으리라고 생각된다.

그러나 그 5가지 문제는 우리 사회의 구조적인 문제와 결부되므로, 우리 시조 시인들의 힘만으로는 그 원인을 제거하거나 개혁하기는 힘들고, 또 그것이 고쳐진다 하더라도 장시간의 노력과 투자가 필요함으로 그것을 처방으로 내세우기는 곤란하다고 하겠다.

그래서 기왕에 시조시인협회에서 추진해 왔던 사업들, 예를 들면 전국 시조백일장 대회 또는 시도 단위별 시조 백일장 대회를 1년에 2회 이상 열었으면 좋겠고, 아울러 전국 단위의 시조낭송 대회 또는 시도 단위별 시조낭송 대회를 1년에 2회 이상 개최한다면 시조의 저변 확대에 큰 도움이 될 것이다. 또 이왕에 실시해 왔던 각 지구별 "시조 짓기 교실" 운동을 통해서도 어느 정도는 소기의 성과를 거둘 수 있으리라고 생각된다.

그러나 시조가 발전할 수 있느냐 발전할 수 없느냐 하는 문제는 바로 일반 대중들이 친근하게 접근할 수 있느냐 아니면 지금처럼 시조는 어렵다고 생각하면서 시조와 함께 교감하기를 꺼리느냐에 달려 있다고 생각한다. 그래서 시조를 편의상 교양시조와 전문시조로 나누는데, 그렇게 2원화하지 않고서는 우리의 시조가 널리 보급

되고 발전된다는 것은 현실적으로 불가능하다고 판단되기 때문이다.

여기서 교양시조는 일반 대중들에게 시조 보급을 위한 방편으로 사용하고, 전문시조는 등단한 시조 시인들이 고도의 전문성과 문학성을 띠면서 자유롭게 시상을 전개해 나가는 그들 고유의 작품을 말한다. 그런데 문제는 쉽게 썼으면 교양시조, 어렵게 썼으면 전문시조라 할 수는 없는 일이고, 그래서 이 글에서는 다음과 같이 교양시조와 전문시조를 구분하는 기준을 설정해 보고자 한다.

1. 교양시조는 3장 6구 12절로 된 평시조에 한하고, 전문시조는 이러한 평시조를 포함해서 사설시조, 연시조, 연작 시조 등 현재 통용되고 있는 여러 형태를 모두 포괄하는 것을 의미한다.

2. 교양시조는 글자 맞추기에 해당하는 일종의 시조 놀이에 해당되고, 그러니까 자수율을 엄격하게 지켜야 하고, 전문시조는 시조가 지켜야 할 원칙 중에서 최소한의 것을 지키면서 자유로운 율격, 즉 개성적인 리듬을 형성해 가면서 쓰는 것을 말한다. 그런 의미에서 교양시조는 시조의 기본형을 초장 3·4·4·4, 중장 3·4·4·4, 종장 3·5·4·3으로 잡든, 초장 3·4·3·4, 중장 3·4·3·4, 종장 3·6·4·3으로 잡든 한 가지 원칙을 정해 주고 그에 맞추어 재미있게 시조 놀이도 하고 시조에 대한 흥미와 관심을 갖게 하려는데 목적을 둔다.

3. 교양시조는 우선 읽어서 재미있다는 느낌을 주어야 하니까 직설법으로 써도 좋고, 어떤 수사 기법을 사용한다면 직유법이나 의인법 정도를 사용하면 좋겠고, 전문시조는 은유와 상징을 포함해서 시인의 역량에 따라 온갖 수사법을 다 동원해서 재주껏 능력껏 쓰는 것을 말한다.

4. 교양시조는 사물에 대한 단순한 느낌 즉 서정적인 내용을 주로
   담게 하고, 전문시조는 서정성, 서사성, 교술성 등 시인이 담고
   자 하는 내용이면 무슨 내용이든지 다 담아서 쓰게 하는 것을
   말한다.

이렇게 몇 가지 기준을 설정하자고 제의했지만, 이것은 절대적인 것이 아니고 얼마든지 재론해서 고칠 수 있는 문제다. 다만 쉽게 썼으면 교양시조, 어렵게 썼으면 전문시조라고 하는 막연한 이야기를 지양하고 무엇인가 교양시조에 대한 개념과 기준을 설정해 두는 것이 필요하다는 것을 강조하고 싶다는 이야기다.

어떻든 대중들에게 시조를 보급하기 위해서는 그들이 시조를 접하기 쉬워야 하고 재미있어야 하기 때문에 교양시조는 오락성, 전문시조는 문학성에 악센트를 두고 두 가지 시조가 각자 역할 분담을 하면서 발전해 나가도록 최선의 노력을 기울여야 할 것이다. 한 가지 분명한 것은 오늘날처럼 일반 대중들이 시조를 외면하는 한 다가오는 21세기에도 시조의 발전을 기대하기 어렵다는 것을 다시 한 번 말씀드리면서, 이 문제에 대한 진지한 토의가 이루어지기를 진심으로 바라면서 또 하나의 말 잔치를 마치는 바이다.

제 2 부

·
·
·

작가 작품론

1. 임의 부재와 그리움의 미학

　문학 작품의 평가란 어떠한 가치 기준에 의한 판단 작용을 말한다. 그런데 그 문학 작품을 평가하는 기준은 여러 가지가 있을 것이다. 문학 작품을 해석해 보고 그것이 이해하기 쉬우냐 어려우냐에 따라서 좋고 나쁨을 구분해 보는 경우가 있겠고, 그 문학 작품을 읽었을 때 새로운 감동을 많이 받게 되느냐 그렇지 못하냐에 따라서 가치 평가를 내리는 경우가 있겠고, 아니면 작품의 주제나 시적 표현이 뛰어난가 그렇지 못한가에 따라서 작품의 질적 수준을 가늠해 보는 경우가 있을 것이다.

　그 밖에도 있었던 사실이나 있는 사실을 충실히 전달하는데 만족했느냐 아니면 풍부한 체험과 상상력을 발동해서 잘 형상화시켰느냐에 따라서 그 가치 평가는 달라지게 마련이다.

　필자의 판단으로 좋은 작품이란 ①참신한 비유와 상징 법을 쓴 작품 ②풍부한 체험과 상상력을 동원해서 쓴 작품 ③그러면서도 독자들에게 많은 감동을 주는 작품이라야 한다는 전제를 두고 싶다. 또, 이러한 감동 문제에 대하여 김대행은 "어떤 이야기가 문학적 감동을 주는 것은 이른바 문학의 상대성 원리 때문이다. 대상에 의한 자기 발견과 확인이 문학의 본질이므로 그 본질에 충실한 작품일수록 감동은 더하게 된다."(김대행의 「문학이란 무엇인가」 참조)라고 이야기한 바 있다.

이러한 전제들을 가치 평가의 기준으로 상정해 놓고 볼 때 윤향기 시인의 시집 「내 영혼 속에 네가 지은 집」의 작품들은 상당히 주목되는 바가 많다. 윤시인은 1991년 「문학예술」신인작품상에 당선되어 문단에 데뷔했으며, 일찍이 「그리움을 끌고 가는 수레」라는 2인 공동 시집을 출간해서 그 작품적 역량을 과시한 바도 있다.

엽서를 부칩니다.
흰 여백 그대로
겉봉엔 소인 대신
그리움만 찍고
눈물자욱까지
지웠지만
어젯밤 지던
가을빛은
지워지지 않습니다.
아마 저 부서져 내리는
빛깔이
내가 감싸지 못한
외로움인가 봅니다.
〈그대에게〉 전문

여기에 〈그대에게〉라는 작품을 인용해 보았거니와, 윤시인의 시적 발상은 임의 부재로부터 출발한다. 그가 그처럼 기다리는 〈임〉

이 자기 옆에 존재한다면 굳이 엽서를 부쳐야 할 리도 없고, 소인 대신 그리움만 찍어야 하는 어설픈 행동은 하지 않았을 것으로 생각된다. 이제 그 〈임〉이 부재한다는 것을 확인 시켜주는 작품들을 예로 들어보면 다음과 같은 것들이 있다. "잠이 오지 않는 밤엔 어둠의 깃으로 잠을 덮고/ 그대가 오지않는 밤이면 달빛을 세워 함께 걸어요"(하얀 밤) "그대가 떠난 것은 오지 않기 위하여 간 것이라지만/ 다시 오기 위하여 간 것처럼 보입니다."(어떤 예감) "그 사람 보고 싶은 생각이/ 소인 찍히는 소리로 걸려 있는/ 지금은 지상의 오후 5시"(그리운 이름이 흔들릴 때) 이처럼 윤향기의 시적 발상은 임의 부재로부터 출발하는데, 그러한 임의 부재를 중요한 소재로 다루고 작품화했다는 점에서는 만해 한용운의 작품들과 상통하는 바가 있다.

당신의 얼굴은 달도 아니건만
산 넘고 물 넘어 나의 마음을 비춥니다.

나의 손길은 왜 그리 짧아서
눈 앞에 보이는 당신의 가슴을 못 만지나요.

당신이 오기로 못 올 것이 무엇이며
내가 가기로 못 갈 것이 없지마는
산에는 사다리가 없고
물에는 배가 없어요.

뉘라서 사다리를 떼고 배를 깨뜨렸을까.
나는 보석으로 사다리 놓고 진주로 배 모아요.
오시려도 길이 막혀서 못 오시는 당신이 기루어요.

인용된 시는 만해 한용운의 〈길이 막혀〉라는 작품이다. 이 작품 속에서 만해는 "당신이 오기로 못 올 것은 무엇이며/ 내가 가기로 못 갈 것이 없지마는/ 산에는 사다리가 없고/ 물에는 배가 없어요." 라고 해서 임의 부재를 확인시켜 주었고, 역시 그 〈임〉을 안타깝게 만나 보고 싶어한다는 점을 나타내 주었던 것이다. 이러한 만해의 〈임〉에 대하여 그 임에 대한 해석이 각양각색이어서 갈피를 잡을 수 없지만 대체로 ①석가 ②조국 ③민족 ④자연이라는 설 등이 지배적이다. 이 문제에 대하여 필자는 만해의 〈임〉의 정체를 조국이라고 다른 글에서 밝힌 바 있지만, 이것은 이 글의 중요 논지가 아니므로 더 이상의 논의는 하지 않으려고 한다.

그렇다면 윤시인이 그렇게 그리워하는 〈임〉의 정체는 무엇인가? 그는 자기의 임에 대하여 〈그리운 이〉 〈그 사람〉 〈당신〉 〈그대〉 〈너〉 등 다양한 이름으로 부르고 있다. 이 문제에 대하여 채수영은 "그대에 대한 그리움은 윤시인의 시에 중심 축을 형성하는 기능을 다하면서 방사 구조의 역할을 맡고 있다. 때로는 어머니와 고향으로 변용 하기도 하고 책이라는 암시로 접근되기도 한다. 이는 시인의 삶이 여러 형태로 변화를 나타내는 체험 공간을 이루는 부분들의 부유물이 그대라는 미지칭으로 모아 두는 셈이다." (채수영의 작품 해설 「그리움과 변용의 미감」 참조)라고 이야기한 바 있다.

그러니까 채수영은 윤향기의 〈임〉을 〈어머니〉 〈고향〉 〈책〉 등이라고 점쳤던 것이다. 그러나 윤향기의 〈임〉은 그의 작품 자체 내에 이미 설명되어 있기에, 다른 데서 찾을 것이 아니라 그의 작품을 통하여 찾아내는 것이 가장 온당한 방법이라 생각한다. 그는 〈새벽〉이라고 하는 작품에서 "네가 온다./ 이름도 부르지 않고/ 가만히 / 내 옆에 앉는다./ 숨이 막힌다./ 부셔 눈을 뜰 수가 없다."라고 설명한 바 있다. 윤시인은 이 작품에서 자신의 임이 옆에 오면 숨이 막히고 눈이 부셔 뜰 수가 없다고 표현했다.

이러한 발언을 참고해 보나 그의 작품의 전반적인 것을 더듬어 볼 때 윤시인의 임은 다름 아닌 "지고지순한 존재"를 의미한다고 해석되어진다.

난 매일밤 발톱을 자른다.
톱니보다 더 날카로운
자존심을 자른다.
각질처럼 단단해진
습관을 자르고
창문을 두드리는
외로움도 자르다가
잘못 건드린 상처
상처 위에 빗 놓여진
그리움은 치료 중.
〈불치병〉 전문

위 작품은 윤시인의 〈불치병〉이란 시의 전문을 인용한 것이다. 여기서 그는 창문을 두드리는 외로움을 자르다가 잘못 건드려서 상처가 난다고 했다. 윤향기의 외로움은 위 작품의 제목 그대로 〈불치병〉이고, 그것이 불치병이기에 그 외로움이란 단어가 그의 작품 여러 곳에서 산견된다고 생각된다.

윤향기의 외로움은 어찌 보면 선천적인 것이고 반숙명적인 것이었다고 할 수 있겠다. 필자는 앞에서 윤향기의 〈임〉을 "지고지순한 존재"라고 파악한 바 있지만, 그처럼 지고지순한 존재를 현실 세계에서 찾아보기란 거의 불가능하다고 생각되기 때문이다.

그런데 윤향기는 그 지고지순한 존재를 줄기차게 찾아 헤매고, 그렇게 찾아 헤매지만 실제로 만나 볼 수 없기에 그의 외로움은 가중될 수밖에 없다는 생각이 든다. 그리고 이 외로움이라는 존재는 윤시인만의 것은 아니고 인간이면 누구나 공통적으로 느끼는 아픔이요 괴로움인 것이다. 다만 사람에 따라서 많이 느끼는 사람이 있는가 하면 적게 느끼는 사람이 있는 등 정도의 차이가 있을 뿐이다. 그런데 윤시인은 바로 그 고독을 많이 느끼는 사람 중의 하나이고, 그것은 실제로 없는 임을 찾아 헤매는 데서 오는 필연적인 결과라고 생각한다.

① 섬마을 분교에 있는 울오빠 배 안타도 철썩 밀려오던 외로움
(무선전화기)
② 어느 새벽 외로움도 식어가는 스윗치를 돌린다.　　　(순간온수기)
③ 아마 저 부서져 내리는 빛깔이 내가 감싸지 못한 외로움인가 봅니다
(그대에게)
④ 외로움만 가슴에 매달아 놓고 어느날 뉘이 오시면 차려 내겠네
(여수에서 1)
⑤ 나의 외로움은 바닷가에 섬처럼 남아 있고　　　(여수에서 2)

외로움이란 단어가 직접 들어가 있는 작품의 구절들을 찾아서 모아 본 것이다. 그러나 이러한 작업은 가시적인 것에 불과하고, 윤시인의 작품 전반에 흐르고 있는 정서가 바로 그 외로움이요, 그 외로움은 그의 작품 전반에 중요한 소재로 등장하고 있다는 사실을 중시해야 될 것이다.

그러기에 그의 작품 속에는 외로움이란 단어 외에 〈눈물〉〈슬픔〉

〈아픔〉〈울음〉〈오열〉〈공허감〉 등의 용어까지도 등장하게 되었다
고 생각한다. 더구나 그의 작품 〈소품〉을 보면 "고인 물을 퍼내듯
슬픔을 퍼낸다./ 빈듯하던 고여있고 빈듯하면 고여있고/ 반생을 퍼
내도 줄지 않는 저 슬픔을 어쩔거나/ 냇물로 넘쳐나 저수지로 가득
메운 저 슬픔을 어쩔거나 "라고 되어 있다. 그야말로 몇 행 안되는
짤막한 작품 〈소품〉속에 〈슬픔〉이란 단어가 세 번이나 사용되고 있
으니, 그의 외로움의 정서가 얼마나 지대한 것인가를 미루어 짐작
케 한다.

　다음은 고구려 제2대 유리왕이 지은 것으로 알려진 〈황조가〉를
살펴보자. 그 내용은 "펄펄 나는 저 꾀꼴새는/ 암수 서로 정답게 노
니는데/ 나의 외로움을 생각함이여/ 그 누구와 더불어 돌아갈고" 라
고 되어 있다. 이 노래는 그 제작 연대를 고구려 유리왕 3년, 즉
서력 기원전 17년으로 잡는 것이 통설로 되어 왔다. 그리고 그 작
품 제작 동기는 유리왕이 사랑하는 아내를 잃고서 그 외로움과 슬
픔을 억제하지 못하여 이 노래를 지었다고 한다. 이처럼 유리왕의
〈황조가〉를 참조해 보면 그 외로움의 정서 또한 윤시인만의 독특한
것은 아니고 그 옛날 상고 시대부터 있었던 인류 공통의 보편적 정
서란 사실이 증명되었다고 하겠다.

그대가 떠난 것은
오지 않기 위하여 간 것이라지만
다시 오기 위하여
간 것처럼 보입니다.

함께 입은 세월을 벗어
들고 떠난 가방 속엔

그리움만 꽉 채우고

그대가 말없이 떠난 것은
오늘도 돌아오기 위한
시작처럼 보입니다.
〈어떤 예감〉 전문

인용시를 보면 "함께 입은 세월을 벗어/ 들고 떠난 가방 속엔/ 그리움만 꽉 채운다"는 구절이 보인다. 필자는 윤시인의 작품 전반에 흐르고 있는 정서를 〈외로움〉이라고 간파한 바 있지만, 그것을 다른 말로 바꿔서 〈그리움〉이라 표현해도 하등의 문제될 것이 없다. 왜냐하면 만나 보고 싶은 〈임〉이 있는데, 그 임을 만나지 못하니 외롭게 되고, 또 외로우니까 그 지고지순한 〈임〉을 항상 그리워하면서 사는 것이 시적 자아의 입장이라고 생각되기 때문이다.

어쩌면 윤향기 시인이 그처럼 애태우며 찾고 있는 〈임〉은 현실계에 존재하는 임이 아니라 관념 속에나 존재하는 이상적 인간형이라고 해야 마땅할 것이다. 그런데도 그 임을 항상 그리워하면서 살게 되고 그러나 실제로는 만날 수 없는 〈임〉이기에 만나지 못하는 데서 오는 외로움을 느끼게 된다. 다시 외로우니까 〈임〉을 그리워하고, 그리워하는데도 만날 수 없으니 외로움을 느껴야 하는 이 모순과 역설의 구조가 윤향기 시작품의 한 유형을 이루고 있는 것이다.

한마디로 윤향기 시에서는 외로움이 곧 그리움이요, 그리움이 곧 외로움이라는 등식이 성립된다고 보아야 한다. 그밖에도 윤시인이 〈그리움〉이란 단어를 직접 사용한 구절들을 찾아보면 다음과 같은 것들이 있다. "내 그리움도 걸어 두면 파랭이꽃보다 진한 바람이 불어올지 몰라"(카페 이타리아에서) "온기를 잃더라도 그리운 이의 그리움이 되고 싶듯이"(그림) "흰 여백 그대로 겉봉엔 소인 대신 그리움만 찍고"(그대에게) "그리움을 긋는 삼각선 한 송이 해가 핀다."(일일선법) 등 그 외에도 더 많이 찾아볼 수 있었다.

그러나 그가 직접 〈그리움〉이란 단어를 사용하지 않았다 하더라도 그의 시집 「내 영혼 속에 네가 지은 집」 전체의 분위기가 온통 그리움의 정서로 물들어 있다고 생각한다. 흔히 만해 한용운을 〈임〉에서 시작해서 〈임〉으로 끝난 시인이라 통칭하고 있는데, 필자는 송헌 윤향기를 〈그리움〉으로 시작해서 〈그리움〉으로 끝날 시인이라고 명명하고 싶다. 그리고 채수영은 "윤향기의 시적 감성은 재치와 발랄성을 결합한 신선미를 잃지 않았다"라고 논술하였는데, 그것은 윤향기의 작품적 특성을 단적으로 표현해 준 것이고 필자도 이에 동감한다는 것을 첨언해 둔다.

그리고 지금까지의 논의를 밑받침 삼아 윤향기의 작품 세계를 "임의 부재와 그리움의 미학"이라 규정하면서, 윤시인의 작품들이 우리 시단에 밝고 아름다운 빛을 더해 주고, 그의 작품적 역량이 나날이 발전하기를 기대하면서 이 글을 마치는 바이다.

2. 불교적 인생관과 시심의 합일된 경지

　박상문 시인이 이번에 제2시조집 「봄 눈 트는 소리」를 낸다고 한다. 그가 첫 번째 시조집을 상재한 이후 실로 5년만에 다시 보여주는 쾌거라고 생각한다.

　이처럼 그가 꾸준히 시조 창작에 전념하는 것은 단순히 시조를 쓴다는 차원이 아니고 시조에 대한 철저한 사명감을 가졌기 때문에 가능한 것으로 풀이된다. 그렇기 때문에 불교에 대한 포교 활동, 대학 강단에서의 교육 활동, 서예가로서의 작품 활동 등 바쁜 생활을 하는 가운데서도 시조 창작에 남다른 정열을 보여주었고 그 결과 풍성한 결실을 맺게 되었던 것으로 헤아려 진다.

　그리고 한 시인이 작품 쓰는 자세를 두 가지 경우로 나누어 생각할 수 있는데, 첫 번째는 기교주의에 빠져서 언어의 마술사처럼 말장난을 해가지고 독자들을 현혹시키는 경우가 있겠고, 두 번째로는 기교는 부리지 않지만 언어를 조탁연마하고 각고 면려하여 성실하게 자신의 인생관이나 세계관을 전개해 나가는 경우가 있을 것이다.

　박시인의 경우는 후자에 해당된다고 하겠고, 이번에 출간하는 제 2시조집은 각 작품마다 우리말을 갈고 닦은 흔적이 역력히 나타난다는 점에서 상당히 반가운 현상이라고 하겠다.

　박상문 시인은 경남 거창 출생으로 동국대학교 국문학과를 졸업하고 동 대학원 석 박사 과정을 수료한 학구파이기도 하다. 그는 국문학은 물론 불교학에도 조예가 깊으며 시조집뿐만 아니라 수필집 『정신적 분출구는 어디에서 찾나』를 출간해서 문학적 성과를 거둔 사실도 있었다.

(1) 다양한 소재의 선택

시각 속에 어우러진
희뿌연 하늘색 빛

회색 빛도 같아 뵈고
재색 빛도 같아 뵈는

혼합된
유정무정(有情無情)석
제짝 찾는 음양빛.

푸르잖은 본래 물 빛
강물 깊어 푸르뵈듯

하늘 빛도 태초에는
푸른 빛도 재빛도 아닌

　무색(無色)천
　무시무종(無始無終)을
　분별심에 푸르빈다.
　　　　〈건곤〉 전문

　여기에 〈건곤〉이라는 작품 전문을 인용해 보았다. 건곤이라면 하늘과 땅을 상징적으로 달리 일컫는 말인데, 이 시에서 첫째 수는 천지가 혼융되어 구분할 수 없는 상태, 둘째 수는 하늘의 상태만을 노래한 것 같다. 첫째 수 초장에서 어우러진 희뿌연 빛깔은 건곤의 색깔이 어우러진 것이고, 그것이 어우러져 있기에 중장에서는 회색빛도 같아 뵈고 재색빛도 같아 뵌다고 했다. 멀리 바라다 뵈는 지평선을 상상해 보면 충분히 이해할 수 있는 색채들이다. 그리고 종장에서 혼합된 유정무정색은 건곤의 색깔이 어우러져 구분할 수 없는 상태이고, 제짝 찾는 음양빛이란 건곤 즉, 음양의 빛깔을 구분해서 식별할 수 있는 상태를 의미한다.

　그런데 여기 종장에서 눈에 띄이는 것은 〈有情無情〉이란 낱말이다. 그것을 불교 용어로 해석할 때 〈有情〉이란 살아서 희노애락의 감정을 가지고 있는 일체의 사람이나 동물들을 의미하고, 〈無情〉은 그 반대로 무생물이나 초목들을 일컫는 말이라고 하겠다.

　바로 이 작품 첫째 수에서 특기할 만한 것은 건곤의 색깔을 우리들의 감정 세계인 혼합된 유정무정의 색깔로 표현한 점이고, 이러한 용어의 사용은 그 밑바닥에 불교적 인생관이 자리 한데서 나난 결과라고 생각한다.

　둘째 수에서는 본래의 물빛은 푸르지 않은데, 강물이 깊게 되면 푸르러 보이는 것과 같다고 한 것은 하늘빛을 수식해 주는 말이다. 그 하늘빛도 태초에는 푸른빛도 아니고 잿빛도 아니었으며 무색천 무시무종이었는데, 인간들의 분별심 때문에 그것이 푸르게 뵌다는 것이다.

여기 종장에서 〈무색천〉이란 모든 색신이 물질의 속박을 벗어나서 心識만이 존재하는 정신적 사유 세계를 의미하고, 〈무시무종〉이란 시작도 없고 끝도 없다는 갈인데, 진리 또는 윤회의 무한성을 나타내 주는 말이다.

여기서도 한가지 언급하면 우리 범상인의 눈으로는 하늘빛이 푸른 빛으로 보이게 마련인데, 그것을 〈무색천〉 또는 〈무시무종〉이라 표현하는 것은 그것을 불교적 心眼으로 바라 본데서 나타난 결과라고 생각한다.

또 상기 작품에서 〈푸르러 뵈듯〉하지 않고 〈푸르 뵈듯〉한 것이나 〈푸르러 뵌다〉하지 않고 〈푸르뷘다〉라고 한 것은 시조의 운율을 맞추겠다는 의도적인 면도 있으나, 그 만큼 언어 조탁면에 상당한 관심을 보여주었다는 예증이 되고 있다.

한 생각 쉬어가는
화류촌(花柳村)에 해가 뜬다.

산너머 바다너머
음지에도 해가 뜬다.

닫혀진
문틈 새로도
느릿느릿 해가 뜬다.

축축한 뒷골목의
질곡에도 해가 뜬다.

앵두 빛 부푼 몸매
출렁이는 가슴이나

충혈된
욕정 속에도
햇빛은 떠오른다.
〈해 뜨는 음지〉 전문

끈끈한 지맥속에
응고된 젖줄기가

알속에 부리로서
껍질깨는 진통으로

솟구쳐
용솟음 치니
꽃송이를 이루고
〈샘〉 첫째 수

먼저 〈해뜨는 음지〉의 전문을 여기에 옮겨 보았다. 상식적으로 생각하면 음지는 해가 안 뜨고 햇빛이 닿을 수 없는 곳이다. 그런 데도 시적 화자는 그 음지에 해가 뜬다고 했고, 그 음지에 해당하는 것을 몇 가지 상징적으로 제시해 주었다. 〈화류촌〉, 〈산너머 바다 건너에 있는 음지〉, 〈닫혀진 문틈〉, 〈뒷골목의 질곡〉, 〈부푼 몸매나 출렁이는 가슴〉, 〈충혈된 욕정〉 등이 그 음지에 해당되는 것들이다 . 그러니까 그 음지는 실제로 자연 현상에서 나타나는 음지도 되겠지만, 사실은 우리 인간 생활에서의 그늘진 곳, 어두운 곳,

소외된 계층 등을 의미한다고 보아야겠다.

그렇다면 〈해〉가 상징하는 바는 무엇인지 그것을 알아차리는 문제는 그리 어렵지 않다. 그 음지를 밝게 해주는 것이니, 실제로 하늘에 떠 있는 태양일 수도 있겠고, 우리 인간 생활에서의 따뜻한 곳, 밝은 곳, 선택받은 계층 등을 의미한다고 볼 수 있겠다. 이 작품에서의 〈해〉는 희망, 성공, 은총, 발전, 향상 등 인간 생활에서의 긍정적인 면을 상징해 준다는 것이 필자의 생각이다.

그리고 시 창작에서 무엇보다도 중요한 것이 은유와 상징법을 쓰는 일인데, 박시인은 이처럼 은유와 상징법을 잘 써서 작품 창작에 임했다는 사실이 위 작품 〈해 뜨는 음지〉를 통해서 증명된 것이다.

다음 두 번째로 인용한 것이 〈샘〉의 첫째 수인데, 초장에서는 그 샘물을 응고된 젖줄기에 비유했고, 중장에서는 샘물이 지표면으로 솟아 올라오는 과정을 알속에 생성된 새가 껍질을 깨고 밖으로 나올 때의 진통과 아픔에 비유하여 표현했다.

그리고 종장에서는 그 샘물이 솟구치고 용솟음쳐서 이루어진 모습을 꽃송이에 비유해서 아름다운 이미지를 갖게 했다. 요즈음 항간에 발표되는 시들을 보면 감정을 직서해서 읽는 이에게 싱거운 느낌을 주는 작품들이 많은데, 박시인의 이러한 작품들은 비유나 은유를 잘 사용해서 시적인 성공을 거둔 경우라고 하겠다.

그러나 본 항에서 논의하려는 취지는 이러한 시적 표현의 성공 여부를 점검하려는 것이 아니고, 박시인이 취한 소재의 다양성을 실증해 보려는 데 있는 것이다. 그의 작품 전편에 불교적 체취가 물씬 풍기고 있는 것도 사실이지만, 그렇다고 해서 그의 모든 작품들이 불교적 사념으로만 일관된 것처럼 오해해서도 안된다는 사실을 증명해 보고 싶었던 것이다. 〈채밀봉〉, 〈보름달〉, 〈봄천둥〉, 〈뱃길 칠백리〉, 〈불망비〉 등 그 밖에 많은 작품들이 불교적 사념과 관련이 없다고 판단되었기 때문이다.

(2) 명승과 유적지에 대한 관심

산섶으로 둘러싸인
석회질로 뚫린 동굴

종유석 눈금 연륜
수억년의 응고 화석

억광년
석순의 돌꽃
생성연대 피어 있네.

굴 너덜 꼬불 꼬불
사자 이빨 흡사 닮아

그 속의 폭포 흘러
강섶으로 뚫린 물결

자연이
남긴 그림자
공간 속의 묘작일레.

풍만한 굴벽 난간
천연의 암벽 무늬

한 톨의 작은 밥알
인체 내부 종형하듯

황 갈색
돌 기둥 속에
용궁 누각 배회하네.

〈고씨등굴〉 전문

이 〈고씨동굴〉의 소재지는 강원도 영월인데, 박시인은 바로 그 고씨동굴을 소재로 하여 명승지에 대한 서정을 전개해 나갔다.

그 고씨동굴은 석회질로 되어 있다는 것이고, 종유석의 눈금을 통해서는 수억년 된 연못을 점칠 수 있다는 것이고, 그처럼 오래된 석순의 돌꽃들 또한 억광년된 그 생성 연대를 그대로 나타내 준다는 것이 첫째 수의 내용이다.

둘째 수에서는 동굴 안의 모습을 형상한 것으로 그 종유석이나 돌꽃들의 모습이 사자의 이빨 같다는 것이고, 그 안에는 폭포수가 흐르면서 하나의 물결을 이루는데, 거기에 비친 자연의 그림자가 공간 속의 묘작을 이루고 있다는 것이다.

셋째 수 또한 동굴 안의 모습을 그려 나갔는데, 풍만한 굴벽난간과 천연의 암벽 무늬가 아름답다는 것이고, 그리고 우리 몸속에서 밥알이 배회하듯 황갈색으로 된 돌기둥 안에 용궁누각 같은 것이 빙빙 돌고 있다는 것이다.

한마디로 이 작품은 영월에 있는 고씨동굴의 신비스러운 모습, 아름다운 정경, 수억년된 생성 연대 등을 사실적으로 묘사해서 그것이 자연의 걸작품임을 확인시켜준 데에 의미가 있다고 본다.

　　빼앗긴 영혼 위해 불을 지핀 불사조
　　천년이고 만년이고 비바람 칠지라도
　　명암 속 높이 선 독고(獨高) 훈풍으로 차있네.

　　논개의 쌍가락지 왜장 허리 끼어 안고
　　강물 갈린 투신 의기 구국의 혼이 되어
　　암흑기 한서린 절규 등대불로 서 있네.

　　혼동의 늪 속으로 기울리고 있을 때
　　미궁 속에 방황타가 일어선 의의로움
　　몸 던진 승화의 충만 빗돌 속에 서렸네.
〈촉석루〉 전문

　촉석루는 진주 남강변에 있고, 임진왜란 당시 의기 논개의 애국 충절의 정신과 관련된 역사 유적지이다. 그 역사적 사실을 작품화했다.

　첫째 수에서는 논개의 죽은 넋이 불사조라는 것이고, 그러한 존재는 천년 만년 비바람 칠지라도 우리의 역사 속에 우뚝 선 獨高로서 훈풍으로 가득차게 될 것이라는 이야기다.

　둘째 수에서는 의기 논개가 왜장을 꺼안고 남강물에 투신했던 사실과 그러한 논개의 정신이 구국의 혼이 돼서 우리 역사의 암흑기에 그 어둠을 밝게 해주는 등대불 역할을 다하고 있다는 내용이다.

　셋째 수에서는 그러한 논개의 의의로운 거사는 혼동의 늪 속으로 기울어져 가고 있을 때 미궁 속을 방황하다가 일어선 의의로움이란 것이고, 바로 그 몸을 던져서 자기를 희생시키면서 까지 구국 일념으로 불탔던 숭고한 정신은 승화되어 빗돌 속에 모두 기록되어 있다는 것이다.

한마디로 이 작품은 임진왜란 당시 의기 논개가 죽음으로 왜장에 항거했던 역사적 사실과 그녀의 애국 충절 정신을 기리는 데에 그 목적과 의의가 있다고 생각한다.

이제까지 본 항에서는 명승지인 〈고씨동굴〉과 역사 유적지인 〈촉석루〉를 소재로 한 작품을 살펴보았거니와, 그 밖에도 이러한 유형의 작품으로 〈오죽헌〉, 〈뱃길 칠백리〉, 〈마이산〉, 〈오세암〉, 〈설악 단풍〉 등 많은 작품들을 예로 들 수 있겠다.

박시인은 작품의 소재를 얻기 위하여 몸으로 찾고 발로 뛰면서 전국 유명한 명승지나 역사 유적지를 누비고 다녔는데, 그러한 노력이 그의 시세계 영역을 확대시켜 주는데 결정적 구실을 했다고 사료된다.

(3) 불교적 진리의 형상화

사람이 나고 죽음
한 쪼각 구름 일 듯

그 구름 본래부터
실체가 없었으나
우연히
새겨난 구름
본래대로 사라질 뿐.

지혜인 보는 눈엔
생사법도 초월되나

부질없는 공연함이
마음안에 가득차서

집착의 몰입 함으로
윤회 바퀴 못 면한다.

욕망의 인식 존재
생사의 근원되나

그 인식 허황 됨이
잘못인 줄 알고보면

한 집념
헛된 줄 아니
죽도 삶도 공적 하네.
〈무상〉 전문

여기에 나타나는 바와 같이 박상문 시인의 시에는 다분히 불교적 사물 관조가 청량한 가을 아침 풀잎에 아롱지는 이슬처럼 맺혀 있어 삼계육도가 도시 夢幻이라는 설을 다시금 음미케 한다.(김광수의 작품 해설 「현실을 초탈한 자아의 진면목」 참조) 작품의 제목 〈무상〉을 보아서도 짐작이 가는 바이지만, 이 작품은 더 설명 할 것도 없이 불교의 교리를 그대로 옮겨다 놓은 듯한 느낌이 든다.

첫째 수에서는 사람의 나고 죽음이 한 조각 구름이 일어났다가 사라짐과 같다는 것이고, 사람도 그와 같이 실체가 없다는 것으로 우연히 생겨난 구름이 사라지는 것처럼 사람도 본래대로 사라지게 마련이라는 내용이다.

우리가 인간의 한 평생을 하늘의 뜬구름에 비유하는 일이 많은데, 이러한 무상관이 불고의 전유물이 아니라 하더라도, 여기에 "그 본래부터 실체가 없다"고 한 진술 등을 통해서 볼 때 박시인의 이 작품은 철저하게 불교적 인생관에 바탕을 두고 쓰여진 작품이라는 해석이 가능하다.

둘째 수에서는 지혜인의 눈으로 보면 생사법도 초월할 수 있으나, 우리 인간들은 부질없는 공연함이 마음에 가득차서 거기에 집착하기 때문에 윤회의 바퀴를 벗어나지 못한다고 했다.

여기서 그 부질없는 공연함이 마음 안에 가득찼다는 이야기는 인간의 마음이 탐·진·치 등 삼독에 물들어 있는 상태를 의미한다. 그것은 집착에 몰입해 있기 때문이고, 그 집착에 몰입했기 때문에 사람들은 윤회의 수레바퀴를 면하지 못한다는 것이다. 윤회란 범부의 생명이 지옥계로부터 천상계까지 여섯 가지 苦界를 벗어나지 못하고 끝없이 돌아다닌다는 뜻이다. 또 사람, 초목, 동물을 막론하고 몸은 죽어 없어지더라도 영혼은 영원히 살아 다른 육체(물질)로 환생하여, 수레바퀴가 돌 듯이 멎지 않고, 여러 가지 환경과 생애에 새로 태어나 迷의 생사를 끝없이 되풀이한다는 뜻도 있다.

그러니까 이 작품 둘째 수는 불교의 윤회 생사관을 반영해서 인간들이 욕심과 아집을 버리고 선하게 살라는 교훈적 의미가 담겨 있다고 보아진다.

셋째 수는 작품의 내용 그대로 욕망의 인식 존재는 생사의 근원이 된다는 것이고, 그 인식의 허황됨이 잘못인 줄 알고 보면, 우리들의 한 집념도 헛되다는 것을 깨닫게 되어 생사 문제까지도 공적하다는 것을 알게 된다는 내용이다.

이 작품의 셋째 수는 불교의 공사상을 염두에 두고서 쓰여진 것이니, 우리 중생들이 일삼는 욕망, 투쟁, 갈등과 같은 문제들이 얼마나 부질없는 것인 가를 깨닫게 해준다는 데에 의미가 있다.

그 밖에도 이러한 유형의 작품들을 예로 들어보면 다음과 같은 것들이 있다.

"의상의 원심력 불씨 꺼지지 않고 죄는 妙蹟"(연주대) "감춰진 본래 성품과 전생 업태는 똑 같다"(업태) "전생의 숙업영인이 그대로 나타난다"(전생에) "예토가 정토로 바뀌어 진흙 속에 연꽃피고"(청동미륵불) "펼쳐진 청산자락 천진불의 옷자락이요"(오세암) 등 그 외에도 더 많이 찾아볼 수 있었다. 그 만큼 박시인의 불교에 대한 관심은 철저했던 것이고, 그의 작품 전반에 흐르고 있는 사상적 기저를 이루고 있었다.

이제까지 필자는 박시인의 시조집 『봄 눈 트는 소리』에 게재된 작품들을 ①다양한 소재의 선택, ②명승지(유적지)에 대한 관심, ③ 불교적 진리의 형상화 등 3가지 항목으로 나누어 살펴보았다. 그 결과 박상문 시인이 불교에 지대한 관심을 가지고 있었다는 사실을 확인했고, 그러면서도 그의 작품 세계가 불교적인 내용으로만 일관되고 있는 것이 아니라, 소재의 다양성을 추구하면서 다양한 서정 세계를 구축해 나가고 있다는 사실도 확인할 수 있었다.

이처럼 그의 시 세계 영역을 확대시키기 위하여 몸으로 찾고 발로 뛰면서 전국의 유명한 명승지나 역사 유적지를 탐방했다는 사실도 확인할 수 있었다.

그렇더라도 그가 인생의 의미를 해석하는 인생관이나 세상을 바라다보는 세계관 등이 모두 불교적 진리에 초점이 맞추어졌고, 그의 시 세계 또한 이러한 범주를 벗어나지 않는다고 판단되어, 이 글의 제목을 "불교적 인생관과 시심의 합일된 경지"라고 붙여 보았던 것이다. 이 말은 그의 작품 세계를 대변해 주는 결론도 된다는 점을 아울러 밝히면서, 그의 시작 활동이 우리 문단에 큰 빛을 더해 주기를 기대하면서 이만 무사를 마치는 바이다.

3. 자아의 삶에 대한 진실한 표현

　흔히 문학은 인생의 표현이요 사회의 거울이라고 한다. 그런 의미에서 H.Taine는 문학과 사회와의 관계를 중시하여 종족·시대·환경설을 주장하면서 문학을 사회의 산물로 생각했던 것이다. 또 Wellek과 Warren은 "문학은 사회제도의 하나로 그 매개 수단으로서는 사회가 만든 것인 언어를 사용하고 있다. 상징법과 운율과 같은 따위의 전통적 문학상의 의장은 그 본질 자체부터가 사회적이다."라고 이야기한 바 있다.

　이처럼 제가의 설을 빌리지 않더라도 문학은 그 시대 그 사회의 산물이기 때문에, 문학 작품 속에는 그 작품이 생산된 시대상과 사회상이 반영되기 마련이다. 여기서 향가나 고려가요의 예를 들어보면, 향가의 〈원앙생가〉는 신라가 삼국 통일 이후 그 시대 서민 사회에 뿌리내린 정토 신앙의 양태가 구체적으로 나타나 있고, 고려 노래 〈청산별곡〉에는 무신정권 시대나 몽고 지배하에서 신음하던 고려 민중들의 삶의 고뇌가 여실히 드러나 있다고 하겠다.

　이처럼 문학과 사회와의 관계를 중시하는 것은 이번에 제2시집

「봄달래」를 상재하는 김무길 시인의 경우도 예외가 아니라고 생각되기 때문이다. 그는 중국 연변 출신이며 연변대학 朝文系를 졸업하고 遼寧省朝師敎育科學硏究室 부교수로 재직하다가 정년 퇴직하여 시작에 몰두하고 있는 동포 시인이다. 이미 2백여 편의 시(시조), 수필, 극본, 평론 등을 발표한 일이 있고, 省級 및 國家級의 우수 작가상과 창작상을 수상한 적이 있고, 지난 1992년에는 한국 시조문학사의 초청을 받고 내한해서 첫 시집 「北間島」를 출간한 바도 있다.

  이처럼 김시인의 경력을 자세히 소개하는 것은 그의 작품 세계가 그가 성장하고 생활했던 중국을 무대로 했다는 특징을 지니고 있기 때문이다. 다시 말해서 김무길 시인의 작품 세계는 한국에 사는 국내 시인이라면 그러한 서술이 불가능하고, 중국에 거주하는 동포 시인이기 때문에 그러한 작품들을 생산해 낼 수 있었다는 점을 특별히 강조하고 싶다는 이야기다.

(1) 교육자로서의 사명감

나는 말한다
그 누구 앞에서도 떳떳이
나는 영광스러운 인민교원이라고

내 일찍
구수한 흙냄새 풍겨오는
산골 고향 마을에서
난생 처음 교단에 올라
감격에 목이 메었노라

열아홉살 첫교단은 그처럼 숭엄해…

정녕 그때로부터가 아니더냐
눈내리는 겨울날
입김으로 손을 불어가며
교수안을 짜는데
꼬끼요 닭이 첫홰를 치니
내마음 벌써 교단에 나선 듯

끼니만 때우면
발길은 학교로 돌아지니
무슨 매력이 그처럼 끌어당기느냐

~ 중 략 ~

심혈로 열어놓은 이 한길을
그 누가 막는다더냐?
세세대대 민족후대 취세우는
성스런 교육사업임에야

사람들이여
부러워하라
나는 말한다
그 누구 앞에서도 떳떳이
나는 영광스러운 인민교원이라고.

〈교원〉

김무길 시인의 약력을 보면 연변대학 조문계를 졸업하고 요녕성

조사교육과학연구실 부교수를 지낸 사실이 있다. 또 김시인은 그 자신이 "나는 교포로서 전혀 창작여가가 없을 정도로 드바삐 교수사업 40년을 마무리 짓자 꿈으로단 느꼈던 고향 방문길에 올랐다."라고 이 시집의 머리말에서 자신의 경력을 밝혀 놓았다.

그러니까 김시인은 40여 년 간 교육계에서 후진을 가르치다가 정년 퇴직한 교육자라는 것이고, 그러한 교단 생활에서의 체험을 생생하게 드러낸 것이 바로 위 작품이라고 생각한다. 누군가 "시란 인간의 체험을 언어로 기술한 것이다. 가령 「Iliad」나 「Macbeth」는 인간의 체험을 다루고 있는 것이 명백하다."라고 문학과 체험을 결부시켜 이야기한 사실이 있는데, 바로 위에서 인용한 〈교원〉같은 작품이 그러한 범주에 든다고 하겠다.

제1연을 보면 "나는 그 누구 앞에서도 떳떳이 영광스러운 인민교원이다"라고 말할 수 있다는 것이니, 교육자로서의 사명감과 자부심을 느끼게 한다. 요즈음 우리 주위에서는 교육계에 종사하면서도 사명감과 자부심이 없는 사람들을 많이 만날 수 있는데, 김시인의 작품은 이러한 사람들에게 부끄러움을 느끼게 하고 많은 깨달음을 주게 되리라.

제2연은 구수한 흙냄새 풍겨 오는 고향 마을에서 열아홉살 때에 교단의 첫발을 내디디게 되었다는 내용이다. 그러한 사실은 너무나 숭엄하고 감격해서 목이 메일 정도였다니, 그의 교직 생활은 단순한 직업이란 차원이 아니고 하늘이 내려 준 천직이었다는 것을 실감케 해준다.

제3연에서는 학생들을 가르치기 위해 교수안을 짜는데 첫닭이 울 때까지 골몰했다는 것이고, 그것도 눈 내리는 추운 겨울날 입김으로 손을 불어 가면서 교수안을 짰다는 것이니, 그가 처한 환경이 얼마나 어렵고 힘들었는가를 짐작케 한다.

제4연에서는 그러면서도 식사만 하게 되면 발길은 학교를 향한다고 하였는데, 그러한 사실을 시인은 무슨 매력이 그처럼 끌어당겼는지 모른다고 술회하였다. 그러나 필자의 단견으로는 그의 교직에 대한 사명감과 철저한 책임 의식이 그로 하여금 학생들을 가르치는 일에 전념케 했던 것이고, 그 무슨 특별한 매력이 있어서 그 매력 때문에 그처럼 열심히 교육 사업에 종사했던 것은 아니라고 생각한다.

이어서 김시인은 "체온도 덥히던 교단을 빼앗기고 보면 숨막히는 일생의 지옥임을" "심혈로 열어놓은 이 한길을 그 누가 막는 다더냐" "세세대대 민족후대 춰세우는 성스런 교육사업임에랴"라고 술회하면서 교직은 천직이란 사실을 재삼 강조하고 있는 것이다. 그러면서 맨 마지막 연에서는 "나는 말한다/ 그 누구 앞에서도 떳떳이/ 나는 영광스러운 인민교원이라고" 첫 연의 내용을 되풀이 강조하면서 수미쌍관법을 취하고 있다.

위 작품 외에도 그의 교직에 대한 관심이 절실하게 표명된 구절들을 찾아보면 다음과 같은 것들이 있다. "그는 풍파 많은 교단 위에서도 불변의 신념 지켜 만 40년"(나무야 솟아라 하늘높이) "선생님의 마음이란 학생이 성공하는 것/ 무릇 학생이 쓴 문장이라면 자기 것보다 더 귀중하게"(자기 것보다 더 귀중하게) "연필 하나 종이 한장 아껴쓰라는 선생님, 존경하는 우리 선생님"(우리 선생님) 등 그 밖에도 많은 예를 더 들 수 있다. 김시인의 작품을 대하면 그 자신의 삶의 기록을 진솔하게 표현한 것 같아서 한 작가의 전기문을 읽는 듯한 느낌이 들 때가 많다.

(2) 인물이나 사물들을 예찬함

세월은 구름처럼 아득히 흘러가고
열사의 아내는 팔십고개 넘어섰네
첫애기 잘 키우라 그 소리 남겨놓고
한 번 가신 내님은 어이하여 못오시나
아아, 이 땅우에 노을이 아침저녁 곱게 피니
가신님 그 모습이 사무치게 그리웁네.

흐르는 눈물로 옷고름을 적시면서
님의 당부 되새기며 의동아들 자래웠네
소리없는 세월 속에 젊음은 잃었어도
포개둔 첫날 옷은 옛날을 돌이키네.

추녀가 나래펴고 높이 나는 층집에서
열사의 아내는 남쪽 하늘 바라보네
님이 찾은 강산에서 만복을 누리자니
가신 님 그 모습에 사무치게 그리웁네.

〈열사의 아내〉

여기에 〈열사의 아내〉란 작품을 옮겨 보았다. 세월은 구름처럼 아득하게 흘러갔다는 이야기나, 열사의 아내 나이 팔십 고개를 넘어섰다는 내용들을 통해서 볼 때, 이 작품의 주인공은 일제 식민지 시대 조국 광복을 위해 몸바쳐 싸운 독립 운동가의 아내란 것을 미루어 짐작케 한다.

첫 애기 잘 키우라고 당부 말씀만 남겨 놓고 떠나신 님은 영영 돌아올 줄 모르니, 아침 저녁으로 곱게 피는 아름다운 노을만 바라

보아도 가신 임에 대한 그리움이 사무칠 수밖에 없는 것이다. 임 생각하느라 흐르는 눈물 때문에 옷고름을 적시면서 살아야 했고, 그러면서도 임의 당부 되새기면서 외동아들을 훌륭하게 잘 키워 냈다는 것이다. 세월은 소리 없이 허무하게 흘러가니 청춘은 잃어버렸지만 임이 입었던 첫날 옷은 잘 개어 둔 채로 보관되어 임 생각을 절로 나게 한다는 것이 둘째 연의 내용이다. 그처럼 고생은 하였어도 열사의 아내는 추녀가 높이 나는 층집에서 살게 되었고, 그처럼 좋은 집에 살게 되니 열사의 아내는 임 생각이 절로 나서 그가 떠난 남쪽 하늘을 바라보는 것이 일과처럼 되어버렸다는 것이다.

임의 애국심과 독립투쟁 때문에 조국은 광복을 맞게 되었고, 그 임이 찾은 강산에서 만복을 누리며 살자니 가신 임의 모습이 사무치게 그리워진다는 것이 셋째 연의 내용이다.

지금까지 〈열사의 아내〉란 작품을 자세하게 감상해 보았거니와, 이 작품의 주인공이 살아온 과정은 비단 이 한 사람에게만 해당되는 것이 아니라, 일제 시대 조국 광복을 위해 독립운동을 했던 모든 열사의 아내가 그처럼 외롭고 한스럽고 고통스러운 삶을 영위해 왔을 것으로 생각된다.

김시인은 이처럼 열사의 아내를 찬양했는데 그밖에도 〈바늘귀〉에서는 한족 처녀의 교양미를, 〈자랑하노라 그의 빛나는 공헌을〉에서는 한 여성기자의 빛나는 업적을, 〈시아버지의 미덕〉에서는 며느리가 시아버지의 사랑과 은혜에 대하여 찬양하는 내용을 담고 있다.

고국시인 그 명단에
내 이름도 자랑스레

얼마나 그 얼마나
애써온 숙망이냐

어엿이 시조시인협회
회원으로 나섰다.

호미로 밭김 맬 때
아버지의 소원이여

글짓기 아글타글
고진감래 덕분인가

내일의 새 지혜 닦으려니
발걸음이 급하다.

총칼에 흩어져간
구사일생 겨레들이

해외의 그 어디나
보람찬 발자취라

고국이 보낸 이 회원 수첩
손길처럼 다정해.

〈회원수첩〉

  김무길 시인은 그의 첫 시집 〈후기문〉에 "국제대학 총장을 지내신
고국의 황희영 박사님의 소개로 한국시조시인협회 명예회장이신 이

태극 박사님을 알게 되자 시조문학사의 초청으로 한국 시조시인 세미나에 참여할 수 있었다"라고 고국을 방문하게 된 과정과 시조시인협회 세미나 참가 사실을 술회해 놓았다. 필자도 바로 그 속리산 관광호텔에서 있었던 시조시인협회 세미나에서 김시인을 처음 만났는데, 그가 한국에 와서 보고 듣고 느낀 점을 이야기하면서 감격해 하는 장면을 목격한 사실이 있었다.

그러한 사실로 해서 김시인은 한국 시조시인협회 회원으로 정식 가입되었고, 그후에 중국 심양으로 돌아가서 기다리던 회원 수첩을 받게 되었고, 그러한 사실에 대한 감회를 시조 형식에 담아 놓은 것이 위 작품이라고 생각한다.

첫째 수에는 어엿이 한국 시조시인협회 회원이 된 사실과 고국 시인의 명단 속에 자신의 이름이 끼게 된 것을 무척 기쁘게 생각한다는 내용이 담겨 있다. 그것이 얼마나 절실한 희망 사항이었는가는 "얼마나 그 얼마나/ 애써온 숙망이냐."라고 토로한 중장의 내용이 그대로 증명해 준다고 하겠다.

둘째 수에는 자신이 글쓰는 사람 즉 시인이 된다는 것은 고생하시며 농사짓던 아버지의 소원이었다는 것이고, 자신도 글짓기 공부하느라고 아글타글했는데, 오늘의 이 소망 성취는 바로 그처럼 노력한 고진감래의 덕분이란 것이다. 그러니 내일의 새 지혜를 닦고 작품 창작에 열중하려니 발걸음이 바쁘게 되었다는 것이 종장의 내용인데, 이것을 달리 표현하면 그의 마음이 바쁘게 되었다고 표현해야 맞을 것 같다.

셋째 수는 총칼에 흩어져 구사일생으로 살아가는 겨레들이 해외 그 어디에 살면서도 꿋꿋하게 살아가고 보람찬 발자취를 남기고 있다는 내용이다. 그처럼 보람있는 일들을 하면서 살아가다 보니 고국에서 보낸 회원 수첩을 받게 되었다는 것이고, 그 회원 수첩은 고국 시인의 손길처럼 다정해 보인다는 것이 그의 솔직한 심정이라고 하겠다.

위 작품 〈회원수첩〉은 어떤 한가지 사물을 예찬한 것으로 파악되는데, 그 밖에도 〈목단강 치수의 노래〉〈과학야영대의 노래〉〈손녀편지〉〈관문산〉〈우리글〉 등이 이러한 범주에 드는 작품들이다. 김 시인의 작품 가운데는 이처럼 어떤 인물이나 사물들을 예찬한 작품들이 많은데, 그것은 세계를 긍정적으로 해석하고 인간을 사랑해야 한다는 인본주의가 그의 사상적 기저를 이루었기 때문인 것으로 풀이된다.

(3) 고국에 대한 향수

교포인 내가 고국에 와
반가운 까치 웃음소리에
아침 해돋이 바라보며
감격해 눈물짓습니다
허지만 고국에서 사는
당신들은 모르리라
어찌하여 그토록 감격하는가를…

교포인 내가 고국에 와
조상이 묻힌 선산에 올라
해외에서 살아 생전 유언대로
아버지의 유골을 여기에 안장하고
무덤 위에 엎디어 흐느껴 웁니다.

허지만 고국에서 사는
당신들은 모르리라
어찌하여 그토록 흐느껴 우는가를…

교포인 내가 고국에 와
대합실에서 신문 한 장 사들고
첫대면인 동포들 앞에서
소리 높여 시 한수를 낭송합니다
허지만 고국에서 사는
당신들은 모르리라
어찌하여 그토록 구애 없이 낭송하는가를…

교포인 내가 고국에 와
남색 하늘 저 한끝이 끊어져 막힌
절반하늘 고국을 쳐다보며
애간장이 타는 한숨을 짓습니다
허지만 고국에서 사는
당신들은 모르리라
어찌하여 그토록 한숨짓는가를…
〈당신들은 모르리라〉

외국에 사는 교포와 이민간 사람들은 그곳에 살면서도 언제나 고
국을 그리워하게 마련이다. 조국의 독립을 위해 일제 때부터 해외
로 이주한 동포들이나 아니면 70년 대 자발적으로 이민간 사람들이
라 해도 한번 떠난 조국을 그리워하면서 살아가기는 마찬가지다.
김무길 시인은 해방 이전 일제 때부터 남부여대하여 만주로 떠났던
것으로 생각되고, 그러한 그가 해방은 되었으나 분단된 조국에 와

보니 남다른 감회를 갖게 되었음이 분명하다.

여기 인용한 작품 〈당신들은 모르리라〉는 실제로 외국 이주 생활을 해보지 않고는 국내인으로서는 모르는 것이 많다는 것을 실감 있게 전개해 나갔다. 그 옛날 고산 윤선도 선생도 "어떻게 당신이 물고기들의 즐거움을 알겠는가. 당신이 물고기가 아닌데…"라고 설파한 사실이 있다. 하여간에 우리 인간들은 자신이 직접 경험해 보지 않고서는 남의 고충이나 어려움을 모르는 것이 당연할는지 모른다.

김무길 시인은 이러한 사실에 대하여 제1연에서는 "어찌하여 그토록 감격하는가를…" 제2연에서는 "어찌하여 그토록 흐느껴 우는가를…" 제3연에서는 "어찌하여 그토록 구애 없이 낭송하는가를…" 제4연에서는 "어찌하여 그토록 한숨짓는가를…" 조국에 사는 당신들은 모른다는 것을 4번이나 되풀이하였다. 실제로 제4연까지 밖에 안 썼으니까 4번 되풀이한 것이지. 시인의 심정은 수십 가지를 더 열거해도 오히려 부족하다는 생각이 들었을 것 같다.

본 항에서는 김시인이 고향을 생각하고 고국을 그리워하는 심정이 잘 드러난 작품들을 논의해 보려는 것이다. 이제 그러한 작품들을 예로 들어보면 "산속에 참다래가 하는 말이/ 내 달고 단맛에/ 사랑스러운 고향을 느껴라"(다래의 희망) "동구밖 배나무에 까치가 자주 깍깍/ 하얀벽 천정에서 거미가 줄을 치니/ 아마도 서울 손님이 틀림없이 올거야"(서울손님) "어린뼈 굵어져서 못잊는 고향/ 타향에 가도가도 고향은 가슴 속에"(고향) "세월의 만고풍상 다 이겨가며/ 너 드팀없이 단아한 그 한 자세로/ 온 세상에 고국의 슬기 펼쳐 가누나"(석굴암 본존 불상) "꿈으로 들려오던 고국 길이 열리더니/ 밤새워 배에 올라 뱃머리 진땀 빼도/ 조상의 발자국 찍힌 고국 방문

정겨워"(고국방문) 등이 있고, 그 밖에도 더 많은 예를 들 수 있지만 번거로울 것 같아 생략하고자 한다.

이제까지 김무길 시인의 작품 세계를 그의 제2시집 「봄달래」를 통하여 ①교육자로서의 사명감 ②인물이나 사물들을 예찬함 ③고국에 대한 향수 등 3가지 항목으로 나누어 살펴보았다. ①에서는 그의 교육자로서의 사명감, 열심히 교재 연구를 하는 모습, 학생들을 가르치는데 온 정열을 다바침, 교과지도 외에 인간적으로 맺어진 사제 관계, 제자들의 실력 향상에 감격하는 모습 등 여러 가지 사항들을 작품의 중심 소재로 삼고 있었다.

그러나 무엇보다도 감명 깊은 것은 교직에 대한 자부심이 대단하다는 점인데, 그것은 그 누구 앞에서도 떳떳하게 "나는 영광스러운 인민 교원"이라고 말할 수 있다는 것을 재삼 강조한데서 나타난다. 필자도 학생들을 가르치는 입장에 서 있기 때문에 우리 주변에서 "교직은 천직이다"라는 말을 자주 들어왔는데, 바로 김무길 시인 같은 분들을 머리에 떠올리고서 생겨난 명언으로 생각된다.

②에서는 인물들이나 사물들을 기리고 예찬한 작품들을 대상으로 삼아 논의해 보았는데, 먼저 인물들을 예찬한 경우를 보면, 예로 들었던 〈열사의 아내〉 외에, 정년 퇴직한 노교원, 한 우수 통신원, 저명한 조선족 시인, 우리 선생님, 한족 처녀의 미덕 등을 찬양하고 있었다. 이러한 작품들의 주인공은 우리 인간들의 모범이 되고 사표가 된다는 점에서 그 교훈적 가치가 제고된 작품들이라 하겠다.

다음 사물들을 예찬한 경우를 보면, 예로 들었던 〈회원수첩〉 외에 목단강의 치수, 손녀의 편지, 봄의 생명, 영광의 교원대오, 석굴암 본존불상 등을 예찬하는 작품들이 있고, 그 밖에도 더 많은 예를 들 수 있을 만큼 이러한 범주에 드는 작품들이 많다는 것을 밝혀 둔다.

김시인의 작품 가운데는 이처럼 어떤 인물이나 사물들에 대하여 그것을 기리고 예찬한 작품들이 많은데, 이러한 현상은 그가 긍정적 세계관을 가지고 인간을 사랑하는 인간애 정신이 밑바탕에 자리해 있기 때문인 것으로 풀이된다. 그렇다고 해서 김시인이 무조건 긍정적 세계관을 가졌다는 것은 아니고, 그도 불의나 부정을 보면 분연히 떨치고 일어나서 이에 항거하고 싸우는 비판의식이 강하다는 것을 여기에 첨언해 둔다.

③에서는 고향이나 고국을 생각하고 그리워하는 내용이 담긴 작품들을 대상으로 논의해 보았다. 그의 제1시집에서도 〈고국방문기〉에 해당하는 작품들이 긇았는데 제2시집에서도 제5부에 〈고국방문 전후 시편〉이란 항목이 있고, 여기에 실린 10여 편의 작품들이 모두 고향이나 고향에 대한 〈향수〉를 노래한 것들로 생각된다. 그의 제2시집을 보면 그 형식이 다양해서 〈낭송시〉 〈가사시〉 〈자유시〉 〈시조시〉 등의 여러 가지 형태들을 취하고 있는데, 이처럼 다양한 시 형태들을 구사하는 것도 김무길 시인의 장점들로 기록된다.

월하 이태극은 김무길 시인의 작품들을 그 자신의 삶의 기록이요 애국 충정의 표백이요 중국에 있는 동포들의 마음을 대변해 주는 것이라고 정의하였는데, 필자도 이러한 견해에 동의하면서 달리 "자아의 삶에 대한 진솔한 표현"이라고 명명해 보았다. 그의 작품 활동이 더욱 왕성해져서 제3, 제4의 시집이 나와 우리 문학사를 풍성하게 해주기를 바라는 마음 간절하다.

4. 생활 체험과 서정의 조화로운 경지

문학 작품과 그 작품을 생산한 저자와의 관계는 서로 분리시킬 수 없는 불가분의 관계에 놓여 있다. 그래서 〈글은 곧 그 사람이다〉라는 명언까지 생겨났던 것으로 안다. 이 말을 달리 표현하면 그 작자를 보면 그의 작품 세계를 알 수 있고, 그의 작품을 보면 그 작자가 어떠한 사람인지 알 수 있다는 이야기가 된다.

이러한 명제를 김두원 시인의 경우에 대입해 보면 그의 작품 세계를 통해 시인의 인간적 면모를 미루어 짐작할 수 있고, 시인에 대한 전기적 고찰을 하게 되면 그의 작품 세계를 이해하는데 커다란 도움이 된다.

김시인의 학력을 보면 전남대학교 의과대학을 졸업하고 전남대 대학원을 수료한 다음 신경외과 전문의 자격을 취득했으며, 1968년에는 학자로서의 자격까지 인정받는 의학박사 학위를 취득하였다. 1971년부터 김두원 신경외과 의원을 개설했는데, 이러한 본업 외에도 후진 교육에 관심을 두어 연세대, 전남대, 조선대 등에서 시간강사 및 외래 교수를 역임하였다.

또 전남의대 전임강사, 전남대 학생지도연구소 상담교수, 광주직할시 교육위원 등을 역임하여 교육자로서의 면모를 보여주었다. 학회 활동으로는 대한신경외과학회 이사, 호남신경외과학회 부회장 및 회장, 대한신경외과학회 부회장 및 회장 등을 역임하여 화려한 경력을 보여주었다.

문단 활동을 보면 1983년부터 한국 시조시인협회 회원, 한국 동시조문학회 회원, 1986년에는 호남시조문학회 부회장, 또 1988년부터는 호남시조문학회 명예회장으로 활동하면서 동시조 문학과 겨레시조를 계간으로 발행하여 시조시 발전에 이바지한 바 크다.

이처럼 시인의 다채로운 경력을 소개한 것은 그의 생활 체험이 작품 속에 알게 모르게 용해되어 독자들에게 공감대를 형성해 주고 있기 때문이다. 모든 창작 문학이 다 그렇듯이 시도 인간과 인생을 떠나서는 의미가 없다. 흔히 문학은 인간학이라고 하는데 이것은 곧 문학이 지닌 가장 큰 본질을 지적하는 말이다. 이미 있는 혹은 있을 수 있는 인생을 표현하고, 여기에 새로운 의미를 부여하는 것이야말로 문학의 영원한 과제인 것이다.(구인환의 「문학개론」 참조)

흔히 시는 체험의 형상화라 하고 체험의 합성이라고도 하는데, 김시인의 작품들은 이러한 생활 체험과 그 체험에서 생성되는 서정의 세계가 조화롭게 표출된 것이라 이해된다.

(1) 가족들에 대한 애틋한 사랑

① 소슬히 지는 잎새 창살 스쳐 시름겹다
　가을밤 속절없이 회포쌓여 깊어가고
　그리운 어머니 품속 마냥 안겨 보곺다. 〈그리움〉

② 향불 사루는 이밤에 님은 아니뵈고 눈물만
　남쪽 창밖 드락엔 달빛 가을 소리 담은 으능잎
　어머니 미소지으시던 얼굴
　心月로 떠오른다.　　　　　　　　　　　〈사모곡〉

　작품 ①은 제목 그대로 어머니에 대한 절실한 그리움을 노래한 것이다. 원래 그리움의 정서는 임을 자주 만날 수 있거나 함께 지내는 상태라면 잘 표출되지 않는 것이 일반적 현상이다. 그러니까 위 작품의 내용으로 미루어 보아 현재 어머니가 안 계시다는 사실을 알 수 있겠고, 〈가을밤〉이니 〈지는 잎새〉니 하는 말들을 통해서 시간적 배경은 깊어 가는 가을밤임을 알 수 있다.

　그 깊어 가는 가을밤에 어머니 생각이 간절하게 나서 시름겹다는 것이고, 그 옛날 어린 시절 어머니 품속에 안겨 지내던 것처럼 지금도 따스한 어머니 품속에 마냥 안겨 보고 싶다는 것이 서정적 자아의 희망이요 염원이다.

　작품 ②는 사모곡의 전문을 인용한 것인데, 그 제목이 시사해 주는 바와 같이 어머니를 생각하면서 지은 시조라고 하겠다. 필자가 위 작품을 시조라고는 했지만, 보통 우리들이 알고 있는 3장 6구 12절의 기본형과는 상당히 벗어나는 자유로운 형식을 취하고 있다. 그래서 이전부터 시조 형식을 이야기할 때는 〈정형이 비정형〉, 〈비정형이 정형〉이란 말을 썼던 것으로 안다.

　이 작품 역시 시간적 배경은 깊어 가는 가을 달밤이 되겠고, 공간적 배경은 그리움의 대상인 어머님이 안 계시는 「임의 부재」를 의미한다. 특히 이 작품에서 표현의 묘미를 느끼게 하는 것은 중장의 후구 「가을 소리 담은 으능잎」이다. 가을 소리는 청각적인 것이고, 노란 으능잎은 시각적인 것인데, 그 가을 소리가 으능잎에 담긴다고 해서 공감각 현상을 일으키고 있는 것이다. 그리고 종장에서는 어머니의 미소짓던 얼굴이 마음의 달로 떠오른다고 했다.

　신라 시대 충담사가 지은 〈찬기파랑가〉를 보면 그 첫 구절에 "열치매 나타난 달이 흰 구름 쫓아서 떠가는 것 아닌가"라고 되어 있는데, 여기서의 달은 그 그리움의 대상인 기파랑을 상징한 것으로 이해된다. 마찬가지로 김 시인의 작품 〈사모곡〉에 등장하는 달은 바로 그 그리움의 대상인 어머니의 미소짓던 얼굴을 의미한다고 하겠다. 이처럼 작품 속에 등장하는 달은 우리들의 마음을 편안하게 달래 주는 안락의 대상이요 바로 그리움의 대상이요 우러러 뫼셔야 하는 존경의 대상인 것이다.

　③ 아빠! 외쳐 달려드는 티없이 예쁜 얼굴
　　역겨운 나달에도 새로 맞는 삶의 보람
　　초롱한 눈동잘 보며 괴론맘을 식힌다.　　〈관계〉

　④ 根瑢아 아비에게 기쁨 주어 고맙다
　　네 엄마도 할머님도 흐뭇해 하신다
　　입학날 기다렸다가 출발의 정 다져 보리.　〈소식〉

　위 작품 두 편은 모두 김시인의 자녀와의 사랑 관계를 노래한 것이다. 첫째 작품은 딸하고의 관계이고 둘째 작품은 아들하고의 관계이다. 작품 ③에서는 발랄하고 티없고 예쁜 딸의 얼굴을 대하면서 역겨운 세월을 이겨내고 새로운 삶의 보람을 느끼게 된다고 했다. 좀더 구체적으로 설명하면 따님의 초롱한 눈동자를 바라보면서 온갖 괴로움과 역경을 이겨낼 수 있다는 것이다.

　우리들 부모된 자는 세상살이가 힘들고 괴롭다가도 무럭무럭 자라나는 자녀들과 그들이 열심히 공부하고 노력하는 것을 보면 쌓였던 피로는 봄눈 녹듯 없어지고 새로운 용기와 희망이 솟아나게 마련이다. 다시 말해서 자녀들의 성장과 발전은 부모들의 희망이요 미래를 밝혀 주는 등불인 것이다.

이처럼 자녀와의 사랑 관계를 노래한 작품에 "보고픈 딸의 사연 즐겨 읽어 반기는 아내/ 헤어져 사는 모녀 겹치는 그리움에/ 먼 하늘 떠가는 구름 바라보는 그 눈매"라는 내용의 〈편지〉라는 작품이 있어 김시인의 자녀 사랑에 대한 애틋한 정을 느끼게 한다.

작품 ④는 자랑스러운 아들이 그 어려운 대학 입시의 관문을 통과한 다음에 그 기쁨을 노래한 것 같다. 얼마나 기쁘고 감격했으면 〈根瑢아〉라는 환기법과 감탄법으로 서두를 시작했겠는가. 그리고 그 기쁨을 아무런 여과 장치 없이 「아비에게 기쁨주어 고맙다」라는 직설법으로 표현했다. 아버지인 자기 자신뿐만 아니라 네 엄마도 할머님도 흐뭇해 하신다는 중장의 내용에서 온 집안이 축제 분위기에 휩싸여 있음을 미루어 짐작할 수 있다.

그렇더라도 마냥 축제 분위기에 젖어 들떠 있을 수만은 없는 것. 입학식 날을 기다렸다가 다시 새출발의 심정과 각오를 다져 봐야 되겠다는 것이 종장의 내용이다. 사실 우리 한국 사회는 입학시험 시즌이 돌아오면 사회 분위기가 긴장되면서 모든 사람들의 관심이 입시생의 합격 여부에 매달려 있다.

그래서 당사자가 합격하면 그 집안은 축제 분위기가 되고, 만약에 떨어지면 온 집안이 침울하고 어두운 분위기 속에서 고통과 슬픔을 공유해야 했던 것이 지금까지의 실정이다. 오죽해서 입시 전쟁이니 입시 지옥이니 하는 말들까지 생겨났겠는가. 그러한 입시 전쟁에서 승리한 아들이니 얼마나 자랑스럽겠는가. 〈아비에게 기쁨

주어 고맙다〉라는 말이야말로 김시인의 솔직한 표현이요 감정일 것
이다. 한마디로 여기서 예로 든 작품 ③④는 김시인의 자녀 사랑
정신을 가장 잘 집약해서 표현해 준 좋은 시조라 생각한다.

(2) 임에 대한 그리움

① 그대 눈빛 다시 살아 뜨거이 타오르면
가녀린 가슴 열어 감싸 안아 드리리다
밤내내 도란거리며 불러브고 대답하고   〈이야기〉

② 어둠이 다가와선 빈 뜨락을 채우는데
둥근 달 고운 얼굴 돋아나는 기쁨이단
임인 양 갸웃하다가 숨박꼭질 하는가.   〈보름달〉

우리 옛시조에서는 〈임〉이라는 용어가 그 작자에 따라 다르게 해
석된다. 사대부 작품에서의 〈임〉은 당시의 임금을 뜻했고 기녀들의
작품에서는 그녀들이 사랑하는 남성을 지칭했다. 어떻든 사랑하는
대상을 우리들은 〈임〉이라 불렀던 것이고, 김시인의 작품에서도
〈임〉의 의미는 사랑하는 대상을 뜻하는 것으로 해석된다. 그리고
또 한가지 밝혀 두어야 할 사항은 남성 작가의 임은 반드시 여성이
고 여성 작가의 임은 반드시 남성이라는 공식이 성립되지 않는다는
점이다.

그 유명한 송강 정철의 〈사미인곡〉은 남성 작가의 작품이지만 작
품 속에서의 화자는 여성으로 변신하여 여성의 목소리를 내고 있었
다. 그리고 김소월의 〈임〉에 대하여 신상철은 다음과 같이 이야기
한 바 있다. "소월은 옛애기를 들려주며 자신을 키운 숙모를 '임'의

자리에 앉힌 것이다. 「못잊어」는 희영이가 1930년 가을 맏딸 결혼식을 큰집에서 치룰 때 소월과 나눈 대화 내용을 그대로 담은 것이요, 「초혼」은 소월의 단 하나의 벗이었던 김상섭의 죽음을 슬퍼해서 읊은 것이며, 「진단래꽃」은 외숙 경삼에 의해 버림받은 외숙모를 두고 읊은 것"이라고 설명한 바 있다. (신상철 지음, 「현대시와 님의 연구」 참조)

그러나 김소월 작품에서의 대상 인물이 누구였든 간에, 작품 속에서의 화자는 여성으로 변신하여 여성의 목소리를 내고 있었던 것이다. 마찬가지로 김시인의 작품 〈이야기〉에서도 여성 화자의 목소리를 내고 있었던 것이니, "가녀린 가슴 열어 감싸 안아 드리리다"라고 한 중장의 내용이 그것을 증명해 준다. 그 임의 존재가 얼마나 그리운 대상이었으면 밤내내 불러 보고 대답하고 하는 상황을 연출하겠다고 다짐했겠는가.

작품 ②에서도 이러한 패턴은 계속되고 있다. 초장은 어둠의 장막이 드리워진 밤을 나타내는 시간적 배경이고, 중장에서는 둥근 달이 임의 고운 얼굴처럼 중천에 떠서 기쁘다는 것이다. 그런데 그 둥근 달이 온 세상을 환하게 그리고 꾸준하게 밝혀 주지 못하고 구름 속에 가리어 나타났다가 숨었다가 하는 숨바꼭질을 하고 있었던 것이다. 그러한 상황을 임과의 관계에다 적용시켜 사랑하는 〈임〉이 가까이 다가오기도 하고 멀리 달아나기도 해서 곡예를 연출하는 데에 비유한 것이다. 그런 의미에서 보름달의 출몰하는 광경을 "임인 양 갸웃하다가 숨박꼭질하는가"라고 표현한 것은 그 이미지가 참신하고 절묘하다고 생각한다. 아울러 이 작품에서도 여성 화자의 목소리를 내고 있다고 생각되는데, 그것은 그 정서의 흐름이 섬세하고 우아하다고 생각되기 때문이다.

③ 연이어
다가오는

숨가쁜 상황 속에서도
늘 행복할 수 있는
時間으로 피어나는
單 한 번의 사랑을 위해

나는 꿈 속에서나마
이미 不惑이 된
너의 곁으로
달려가고 있다.

무지개처럼
영롱히 아른거리는
사랑을 배우던 때의
純潔한 너의 모습을
기억하며

나는
지금도
이따금 일손을 놓고
멀리 窓밖을 응시한다.   〈어떤 追憶〉

앞에서 인용한 작품들은 주로 정형시인 시조였는데, 이 작품은 자유시란 점이 특이하다. 특이하다고 표현한 것은 김시인의 작품 대부분이 시조 형식을 취했는데, 이 작품만은 자유시 형식을 취했기 때문이다. 하여간에 자유시와 시조시는 똑같은 시의 범주에 속하기 때문에 이 양자가 별개의 장르인 것처럼 생각하는 것은 큰 잘못이다. 다만 형식의 제약을 받는 것이냐 안 받는 것이냐 하는 차이점이 있고, 좀더 한국적인 형식을 선택하느냐 자유분방한 외래 형식을 선택하느냐 하는 차이점이 있는 것이다.

이 작품 〈어떤 추억〉은 제목 그대로 젊은 시절에 사귀었던 어떤 여인을 대상으로 삼았다고 생각된다. 그것은 둘째 연과 셋째 연에서 "행복할 수 있는/ 시간으로 피어나는/ 단 한 번의 사랑을 위해/ 나는 꿈속에서나마/ 이미 불혹이 된/ 너의 곁으로 달려가고 있다."라는 내용이 그러한 사실을 증명해 준다. 이어 불혹이 되었다고 하는 말에서 그 여인도 40세가 넘었음을 미루어 짐작할 수 있겠고, 꿈속에서나마 너의 곁으로 달려간다고 했으니, 아직도 그 여인을 잊지 못하고 그리워한다는 의미가 된다.

그러한 내용은 다음 연에서도 계속되어 무지개처럼 영롱히 아른거리는 사랑을 배우던 때의 순결한 너의 모습을 기억한다고 했다.

그리고 마지막 연에서는 "나는 지금도/ 이따금 일손을 놓고/ 멀리 창밖을 응시한다"고 했는데, 이 말은 한 여인을 위한 아름다운 추억속에 잠겨있는 모습을 상징적으로 표현한 것이다. 또 우리 인간들은 이러한 아름다운 추억들을 간직하고 되새기고 하면서 현실의 어려움을 극복해 내고 좀더 밝은 미래를 창조해 나가는 것이라 생각된다.

(3) 삶의 현장에서 체험한 내용

① 병앓이 짧은 기간 나아서 가는 女人
  나서며 짓는 미소 가벼운 발걸음도
  빛부신 生命의 숨결 간난 이긴 부활이여. 〈어떤 여인〉

② 언제쯤 생긴지도 모르는 아픔 안고
  야윈 아낙네가 문을 열며 다가선다
  어이해 이제 찾았느냐 하니 한숨만 뿜어내고 〈병원풍경 1〉

김시인의 직업이 의사라고 하는 것은 이 글의 서두에서 전기적 측면을 고찰할 때에 이미 밝혀졌던 바다. 1971년부터 김두원 신경외과 의원을 개설하여 많은 사람들에게 인술을 베풀었다는 것은 이미 잘 알려진 사실이다. 이러한 인술을 베푸는 외에 사회에 대한 봉사 활동에도 참여하였다. 1978년부터 지금까지 법무부 갱생보호위원 및 광주지방검찰청 선도위원직을 재임하였다. 그래서 범죄 예방 및 선도 보호 활동 그리고 지역사회 정화 활동에 크게 이바지하였다.

김시인의 본업은 인술을 베푸는 것이었으니, 그러한 직업 정신이 작품 세계에도 그대로 드러난다. 작품 ①은 어떤 여인의 병을 고쳐 준 다음에 거기서 오는 기쁨과 감회를 적은 것이다. 그 여인의 병이 얼마나 심각한 상태였는지 모르지만 짧은 기간에 완쾌되어 나갔다는 것이다.

그러니 그 여인의 입장에서는 병원을 나서면서 미소짓게 되었던 것이고, 그녀의 발걸음도 가볍게 되었다는 것이다. 김시인은 그러한 상황을 "빛부신 생명의 숨결/ 간난 이긴 부활이여"라고 표현했던 것이니, 병이 완쾌되어 새로운 삶을 살게 된 것을 종교적으로 승화시켜 〈부활〉이란 말로 표현한 것은 시어 구사의 모범을 잘 나타낸 것으로 풀이된다.

작품 ②또한 인술을 베푸는 가운데 벌어질 수 있는 상황을 사실적으로 묘사한 것이다. 사실 환자의 입장에서는 그 병의 씨앗이 언제쯤 생겼는지도 모르고 지내다가 그 병세가 악화되어서야 병원을 찾는 경우가 흔히 있다. 그러한 내용이 초장에 담겨 있고 그 병 때문에 야위고 힘없는 아낙네가 병원문을 열며 다가선다는 것이 중장의 내용이다.

그래서 어찌하다가 이제야 찾아왔느냐는 질문에 그 여인은 대답을 못하고 한숨만 짓더라는 것이 종장의 내용이다. 이 작품을 읽게 되면 병원을 찾는 많은 환자들의 영상이 떠오르게 되고, 그들이 정신적, 육체적, 경제적으로 고통받는 모습이 실감나게 그려져서 우리들의 가슴을 아프게 한다.

③ 피고름 매만지며 살아가는 긴긴 하루
　　지붕 위 피어나는 한송이 박꽃처럼
　　오롯이 바쳐서 예는 불사르는 나의 길　　　〈길 4〉

④ 고운 마음 맑은 눈빛 뜨거운 가슴으로
　　날마다 오르내리는 임들의 발자욱 소리
　　그리는 무지개 빛 꿈 공간 가득 담는다.　　〈현산 미술관〉

작품 ①은 제목 그대로 〈길〉에 대하여 노래한 것인데, 여기서의 길은 삶의 길 또는 삶의 방법이라고 해석하는 것이 좋을 것 같다. 피고름 매만지며 살아가는 긴긴 하루는 시적 자아의 하루 일과를 단적으로 표현해 준 것인데, 그만큼 인술을 베풀며 사는 일이 힘들고 고되다는 의미가 담겨 있다.

그러나 그 인술의 길은 힘들고 고되지만 지붕 위에 피어나는 한 송이 박꽃처럼 아름답고 보람된 일이기도 하다. 그래서 시적 자아는 "오롯이 바쳐서 예는 불사르는 나의 길"이라 했던 것이다. 그리고 작품 속에서의 시적 자아에 가장 가까운 존재가 그 작품을 생산한 작자라고 본다면, 결국 김시인은 자기 자신의 직업에 만족하면서 자신의 젊음과 정열을 불태워 왔다는 이야기가 된다.

작품 ②에서 〈현산미술관〉은 바로 김시인 자신이 건립한 문화 공간인 것이다. 그는 1980년 문화 재단을 설립하여 지역 사회 문화 예술 발전에 기여한 사람들한테 지금까지 9회에 걸쳐 현상 문화상을 수여하였다. 미술 부문과 문학 부문으로 나누어 시상식을 가짐으로써 지역 문화 창달에 크게 이바지하였다. 또 황금 2번지에 현산미술관을 개관하여 비구상 작가들의 상설 전시관으로 활용케 함으로써 이들의 창작 의욕을 고취시켰다.

그러니까 위 작품 〈현산미술관〉은 김시인 자신이 세운 미술관에서의 전시 장면과 그 작품들을 감상하면서 오르내리는 사람들을 보고 감회 어린 심정을 형상화한 것이다. 그 미술 작품 애호가들의 표정을 고운 마음, 맑은 눈빛, 뜨거운 가슴이라고 표현했다. 그들의 희망과 꿈을 무지개 빛 꿈이라 표현했던 것이고, 그 무지개 빛 황홀한 꿈을 30여 평 전시 공간에 가득 담아 보았다는 것이 위 작품의 내용이다.

(4) 불교적 진리의 구현

① 깨어진 기왓장 조각 천년 슬기 서리고
정성으로 향사루던 스님이 생각나고
부처님 저쪽 탑뒤에 숨었다가 나오실까.　　〈절터〉

② 한나절 틈을 내어 無爲寺로 향한 마음
극락전엔 정성스레 소망 깊는 목탁소리
山情에 묻힌 無說說이단 노을 보며 돌아온 길 〈일요일〉

　김시인의 작품 세계를 보면 종교적으로 불교에 대한 관심이 지대함을 알 수 있다. 뿐만 아니라 실제 종교 활동 상황으로도 1991년부터 광주, 전남 불교신도회 회장직을 맡아서 일해 왔다. 그러한 종교 활동을 통하여 이웃 사랑 운동을 전개해 나갔으며, 특히 불교사회복지법인 〈소향원〉의 이사장직을 맡으면서 불우 노인 복지사업에 남다른 관심과 헌신적인 노력을 기울였다. 그의 인생관이나 종교관이 이러한 만큼 그의 작품 세계에 불교적인 관심이 표명되는 것은 당연하다고 본다.
　작품 ①을 통해서는 인간 만사에 대한 허무감이나 무상감을 느끼게 한다. 그 옛날 화려하게 번창했을 어느 절간이 폐허가 되어 그 잔해들만 뒹굴고 있기 때문이다. 그런데도 초장에서는 깨어진 기왓장 조각에서 천년의 슬기가 간직되었음을 발견해 냈다. 중장에서는 정성스레 향을 사루던 스님들이 생각난다는 것이고, 종장에서는 아직도 그 옛날의 부처님이 탑뒤에 숨었다가 다시 나타날 것만 같다는 이야기다.
　작품 ②는 어느 일요일날 無爲寺를 참배하고서 돌아오는 길에 그 감회를 적은 것이다. 초장에서는 한나절 틈을 내어 무위사로 참배하러 간다는 내용이 밝혀졌다. 다 아시다시피 현대인은 주중이나 주말이나 가릴 것 없이 너무나 바쁜 생활을 영위하고 있다. 그 바쁜 가운데서도 일부러 시간을 내어 참배하러 간다는 것은 그만큼 김시인의 종교의식이 투철하다는 것을 보여준 것이다.

중장에서는 "소망깊은 목탁소리"라고 했으니, 실제로 극락전에 참배하여 의식을 거행하는 모습이 그려져 있다. 종장에는 불교 의식을 마치고 귀가하는 모습이 그려져 있는데, 이때 저녁 노을을 바라보면서 돌아와야 할 만큼 하루 해가 기울고 있었던 것이다.

그리고 종장 첫 구절에 〈無說說〉이란 불교 용어가 나오는데, 이 말의 출처는 〈白衣觀音無說說/ 南巡童子不聞聞〉이란 禪詩에 근거한 것이다. 여기서 〈無說說〉이란 불교의 최고 진리를 설했으되 설함이 없이 설한 것이란 뜻이니, 그야말로 오묘하고 심원한 뜻이 함축되어 있다고 생각한다.

위 작품 ①,②를 통해서는 김시인의 불교 의식을 점쳐 볼 수 있었던 것이고, 아울러 우리 사회에 대한 많은 봉사 활동이 바로 불교의 자비 정신을 그대로 실천궁행한 것이라는 결론을 맺게 된다.

이제까지 김두원 시인의 작품 세계를 (1) 가족들에 대한 애틋한 사랑 (2) 임에 대한 그리움 (3)삶의 현장에서 체험한 내용 (4) 불교적 진리의 구현 등 4가지 항목으로 나누어 살펴보았다.

우리들이 시적 대상을 논의할 때에 자연에 관한 것과 인사에 관한 것으로 크게 나누어 볼 수 있는데, 김시인의 관심은 주로 후자에 있었던 것으로 파악된다. 그래서 그가 관심을 가졌던 소재들은 가족 관계, 지난날의 추억, 병원에서 일어난 일, 그밖에 사회 봉사 활동을 하면서 느꼈던 점들이 주조를 이루고 있었다. 그리고 종교적으로는 불교에 대한 지대한 관심과 불교적 소재들을 작품으로 형상화시키고 있었다.

한마디로 김시인의 작품 세계는 그가 이 세상을 근면하고 성실하게 살아오면서 그 과정에서 만나고 이룩하고 느꼈던 감회들로 채워져 있었다. 그러니 우리 인생을 희망과 용기를 가지고 바라보는 긍정적 세계관과 불교적 자비관을 가질 수밖에 없었던 것이고, 그의 인생 행적은 그러한 인생관을 몸소 실천 궁행하는 하나의 과정이었다고 생각된다.

그리고 그의 소중한 인생 체험들은 시조라는 형식 속에 잘 간직되고 다듬어져 있었던 것이니, 그의 인생과 문학은 주객 일체, 물심일여의 경지에 이르렀다고 생각된다. 이제 갑년을 맞이하는 김시인의 앞날에 더 많은 정진과 풍성한 결실과 활기에 넘치는 건강이 늘 함께 하기를 기원하면서 횡설수설을 마치는 바이다.

5. 참신한 이미지와 뛰어난 상상력

한 작가의 작품 세계를 완전하게 이해한다는 것은 거의 불가능한 일이다. 왜냐하면 작품 세계는 여러 가지 면에서 종합적으로 고찰해야 하는데, 그 여러 가지 면에서 고찰하는 작업이 한 개인에 의해 같은 지면에서 동시에 이루어지기가 어렵기 때문이다. 그래서 같은 인물에 대한 작가론이나 작품론이 어느 단계에서 완성되어 종결된 예는 없고, 많은 연구자들에 의해 계속해서 나오게 되어 있는 것이다.

그리고 모든 작가들의 작품 속에는 그 작품의 생산자만이 알 수 있는 비밀스런 부분이 함축되어 있다는 사실도 감안하지 않으면 안 된다. Posnett는 "문학이란 산문이건 운문이건 간에 반성보다는 상상의 결과요, 교훈이나 실제적 효과보다는 될 수 있는 한 많은 국민에게 쾌락을 줌을 목적으로 하고, 특수한 지식이 아니라 일반적 지식에 호소하는 저술로 이루어진다."라고 정의한 바 있다.

그러니까 Posnett이 중요시한 것은 ①상상력 ②독자들에게 쾌락을 줌 ③일반적 지식에 호소하는 글 등이라 하겠고, 이러한 기준들

은 김남구 시인의 작품 세계에도 그대로 적용된다고 보아진다

김시인의 작품들을 면밀히 검토해 보면 과거 자신이 체험한 내용들을 형상화했으면서도 보통 사람으로서는 예기치 못하는 뛰어난 상상력을 발휘했고, 독자들에게 도덕성이나 교훈을 강조하는 내용보다는 어떤 사물에서 느끼는 정서에 호소하는 작품들이 많았고, 특수한 지식이 있어야 이해될 정도로 어려운 작품들이 아니라 어느 정도의 일반적 지식을 갖추고 있으면 누구나 이해할 수 있게끔 일반적 지식에 호소한 작품들로 구성되어 있다고 판단되었기 때문이다.

또 어떤 평론가는 시와 대상의 관계를 중심으로 시의 유형을 다음과 같이 5가지로 분류해 놓았다. ①대상에 대해 노래한 시 ②대상을 통해 시인의 마음을 나타낸 시 ③대상을 형상화한 시 ④대상을 재구성한 시 ⑤대상을 해석한 시 등. 이 중에서 대부분의 시인들이 선택하는 유형은 ②번이란 것이고, 그밖에 ③번과 ⑤번도 즐겨 쓰는 유형이라고 한다.

필자의 관견으로는 김시인의 작품 세계도 이러한 유형과 범주를 벗어나지 않는다고 생각되어, 그러한 전제 아래 앞으로의 작품 논의를 전개해 나가고자 한다. 그리고 필자는 문학의 개념을 ①우리 인간들의 삶과 삶의 지혜와 혼을 언어라는 매체를 통해서 담아 내는 독특한 그릇이다. ②문학이란 우리 인간의 사상, 감정, 체험, 상상력 등을 미적으로 표현한 언어 예술이다 라고 정의 내린 바 있다.

이러한 정의에 의하면 한 시인의 작품 세계란 결국 그 시인의 의식 세계와 정신 세계란 말이니, 김시인의 작품 세계를 이해한다는 말은 그의 정신 세계와 의식 세계를 진단해 본다는 이야기가 된다.

(1) 미래 지향적인 작품들

① 물이 깊어도
기꺼이 떠오른다

끝없는 무게로 오는
하늘을 괴고나니

누리에
찰랑거리며
힘오르는 웃음

물더미 궂은 일로
날개짓을 접을리야

길게 건져 올리는
예호바의 숨소리가

장작불
일렁이면서
수레바퀴 돌린다.

〈일출·2〉 전문

여기에 〈일출·2〉 전둔을 이용해 보았거니와, 그것은 소제목에서 밝혔던 바와 같이 미래지향적인 작품들을 논의해 보고 싶었기 때문이다. 미래지향적이란 말은 우리 인간들에게 희망과 꿈을 심어 준다는 이야기가 되겠고, 그러한 내용들은 주로 제1부에서 〈아침〉이란 소재를 통해서 형상화되고 있다. 예를 들면 〈아침〉〈일출·1〉 〈일출·2〉〈일출·3〉〈아침시장〉〈가을아침〉〈첫 추위가 오던 아 침〉〈겨울아침〉 등이 그것이다. 어떻든 위 작품 첫째 수 초장에서 "물이 깊어도 기꺼이 떠오른다"는 내용이나 중장의 "끝없는 무게로 오는 하늘을 괴고 나니"란 내용은 모두 일출의 황홀한 광경을 은유 적으로 표현한 것이다.

그리고 종장에서는 온누리를 환하게 밝히면서 떠오르는 아침해의 모습과 눈부시게 밝은 햇살이 찬란하게 출렁대는 모습을 그렸고, 아울러 아침해가 힘차게 떠오르는 모습을 〈힘오르는 웃음〉이라 표 현했는데, 이야말로 시조 종장의 묘미와 시적 표현의 효과를 아울 러 잘 살린 佳句라고 생각한다.

둘째 수의 초장에서는 "물더미 궂은 일로 날개짓을 접을리야"라고 했는데, 아침해가 떠오르는 모습을 하늘을 향해 훨훨 날아가는 새 의 날개짓에 비유한 것이고, 중장에서는 "길게 건져 올리는 예호바 의 숨소리"라고 표현했는데, 이는 그 성스러운 일출의 과정을 통해 서 창조주인 여호와 하나님의 숨소리까지 들을 수 있다는 이야기이 다.

그러나 무엇보다도 멋진 표현은 "장작불 일렁이면서 수레바퀴 돌 린다"라고 한 종장이라고 생각한다. 시뻘건 모습을 하고 떠오르는 아침해를 장작불에 비유한 것이나, 그것이 일렁거리면서 떠오르는 모습을 수레바퀴 돌린다고 표현한 것에서, 우리는 그 참신한 비유 와 뛰어난 상상력이 시에서 얼마나 중요하고 값진 것인가를 깨닫게 한다.

신구문화사에서 출간한 「국어국문학사전」을 보면, 조선 순조 때 의유당 김씨의 〈동명일기〉에 대하여, "묘사의 적확, 참신한 어휘 구사, 순수한 우리말의 표현을 통해 수필문학의 새로운 경지를 개척한 공이 있다. 특히 〈동명일기〉에 있어서 일출·월출의 장면 묘사는 극치를 이루고 있다"라고 적어 놓았는데, 필자는 김남구의 이 〈일출〉이란 작품을 읽고, 마치 의유당 김씨의 〈동명일기〉를 다시 읽는 듯한 느낌을 받았다. 다만 〈동명일기〉는 수필 형식을 취했고, 김시인의 이 작품은 시조 형식을 취했다는 점이 다를 뿐이다.

그 밖에 〈일출·1〉에서 그 일출의 광경을 "조그만 시인의 호흡으로/ 끌어올리는 원구"라고 표현한 것이나, 〈일출·3〉에서 역시 그 일출의 광경을 "어두운/ 휘장을 찢으며/ 일렁이는 비단폭"이라고 표현한 것은 그 이미지의 참신성이나 뛰어난 상상력 면에서 볼 때 김시인의 작품 빚는 솜씨가 상당한 경지에 도달했음을 증명해 준다.

> ② 이 무우 얼만기요
> 세 개 이천원은 받아야죠
> 좀
> 덜해 주세요
> 아이구 아침 마순데
> 어쩌나
> 가져가이소
> 푸념 묻은 돈지갑.
>
> 씀바귀 돌미나리 신선초 고들빼기
> 할머니
> 불로초 한단 더 주세요
> 아낙의
> 장바구니엔
> 젊은 남편의 건강이 담긴다.

〈아침시장〉 1, 2수

③ 불그림자 너울대는
으스름한 거리

엷은 파문으로
가라앉는 고요

한낮의
졸음을 털고
일어서는 부엉이.

〈밤〉 1수

④ 긴- 어둠의 행렬
무수한 무게로

하늘 끝에서
뭍을 향해 달음질치는

억겁의 울음
깝데기 벗어 던지고
은마(銀馬)로 비상(飛翔)한다.

〈밤바다〉 2수

예문 ②는 〈아침시장〉의 첫째 수와 둘째 수를 인용한 것이다. 우리 나라 재래 시장에서 흔히 볼 수 있는 광경으로 서민들의 삶의 모습과 애환이 잘 담겨져 있다. 첫째 수는 김장을 담그기 위해 〈무우〉를 홍정하는 모습으로 시장에서 일상적으로 주고받는 대화를 그대로 옮겨 논 것이다. "이 무우 얼만기요" "세 개 이천원은 받아야

죠”“좀 덜해 주세요”“어쩌나 가져가이소” 등의 대화는 먼 나라 이야기가 아니고 모두가 우리 자신들의 삶의 이야기인 것이다.

약간의 사투리까지 그대로 살린 대화체의 위 작품은 우리들을 다시 고향 마을로 인도하게 되고, 우리 나라 농촌 사람들의 따뜻한 인간미를 느끼게 되고, 소박하면서도 웃음을 잃지 않고 살아가는 우리 겨레의 끈질기고 희망찬 모습을 떠올리게 한다.

둘째 수 또한 부녀자들이 반찬거리를 만들기 위해 여러 가지 나물류를 사려고 흥정하는 모습이 그려져 있다. “씀바귀 돌미나리 신선초 고들빼기”란 말만 들어도 우리들은 군침을 삼키게 된다. “불로초 한단 더 주세요”하는 대화는 얼마나 정겨운가. 그러나 이 작품을 그냥 일상적인 대화 수준에 머물게 하지 않고 작품으로서의 가치를 고양시켜 주는 것은 각 수의 종장에 있다. 첫째 수의 종장 “푸념 묻은 돈지갑” 둘째 수의 종장 “아낙의/ 장바구니엔/ 젊은 남편의 건강이 담긴다”라는 표현의 묘미는 이 작품을 시로써 성공시켜 주는 중요한 구실을 하고 있다.

그리고 이 작품에서 주목해야 할 점이 3가지 있는데, 그것을 한마디로 요약하면 우리 시조에서 그동안 답습해 왔던 전통적인 것을 거부하고 새로운 것을 시도하고 있다는 점이다. 첫째로 첫 작품은 그동안 즐겨 써 왔던 관념적인 것을 거부하고 리얼리티에 충실하고 있다. 둘째로 사설시조에서나 이따금 써 왔지 평시조에서는 좀처럼 찾아볼 수 없었던 대화체를 시도했다는 점이다.

그리고 셋째로는 시조의 전통적 율격인 3장 4음보격의 음수율을 거부하고 자유시 형태의 은유를 취하고 있다는 점 등이다. 이러한 3가지 측면은 보수성이 강했던 시조 장르에 좀더 진보적이고 혁신적인 새바람을 불러일으킬 수 있다는 가능성을 보여주었다는 점에서 그 의의를 찾아볼 수 있다.

또한 ③과 ④는 미래지향적인 성격과는 거리가 멀지만 그 작품을 형상화하는 수법이 뛰어나다고 생각되어 여기에 인용하였다. 〈밤〉 1수에서 초장은 전등불로 환하게 밝혀진 밤거리를 묘사한 것이고, 중장은 밤이 깊어 가는 시간에 정적에 휩싸이는 것을 의미하고, 종장은 한낮에는 낮잠 자면서 졸고 있다가 밤이면 활동을 개시하는 부엉이의 생활 습성을 표현한 것이다.

〈밤바다〉 2수에서 초장은 온 세상이 어둠에 휩싸여 끝간데를 모르는 상태를 의미하고, 중장은 밤바다의 파도가 육지를 향해 포효하면서 달려오는 것을 의미하고, 종장은 그 무서운 파도가 암벽같은 곳에 부딪쳐서 치솟았다가 起泡를 형성하면서 날아가는 모습을 의미한다. 그런데 그 무서운 파도 소리를 억겁의 울음이라 표현했고, 포말되어 날아가는 것을 은마로 비상한다고 했는데, 이러한 표현에서 그 이미지의 참신성과 시상의 압축과 비약에 대한 묘미를 느낄 수 있어 여기에 소개해 둔다.

(2) 과거 회고적인 작품들

① 아지랭이
피어나는
제비꽃 마을에

너와 나의 만남은
양지꽃밭 산새였지

그리곤
우린 걸었지
노을지는 하늘길로.

산마루
양지녘에
각시풀 입에 물고

젖어가는 가슴으로
노래하며 걸었지

꼬오옥
잡은 새론 담에
그득한 네 향기.

까아만
눈썹 위에
아득한 숨소리가

소롯한 내음되어
가슴속에 져며 올 때

그대로
이드르르한
눈짓으로 출렁인다.

〈만남〉 전문

시인이 작품 속에서 어떠한 소재들을 선택해야 되는가 하는 문제는 전적으로 시인의 자유에 맡긴다. 자연을 소재로 삼을 수도 있고 인간사를 소재로 삼을 수도 있다. 인간사 중에서도 과거의 것, 현재의 것, 미래의 것 등 너무나 광범위하여 일률적으로 규정하기 어렵다. 예로 든 작품 〈만남〉은 과거 회고적인 성향이 짙은 작품이고, 그밖에도 〈문풍지〉〈추억〉〈고향〉〈귀향〉〈성묘〉〈난로〉〈3월1일〉〈한글날〉 등이 이러한 계열의 작품들로 간주된다.

우리 인간에게는 만남이 있으면 이별이 있게 마련이고, 그 이별에는 일시적인 이별도 있고 영원한 이별도 있다. 또 이별했다가는 다시 만날 수도 있는 것이다. 그런데 위 작품에는 만남에 대한 이야기만 있지 이별에 대한 이야기가 나오지 않는다.

그렇더라도 작품의 분위기를 살펴볼 때 그 만남 이후에는 이별이 있었던 것 같고 그러기에 그 만남은 아름다운 추억으로 시인의 가슴 속에 소중하게 간직되었고, 그 추억은 다시 살아나 이따금 시인을 꿈과 희망과 과거에 대한 향수를 동시에 지니게 했다고 본다.

그런데 김시인은 〈추억〉이란 작품 속에서 그 추억을 "상그런 고향 둔덕에/ 놀빛으로 바랜 상념"이라 했으니, 그 추억은 이미 퇴색해 버린 과거의 것이면서도 아름답기 그지없는 생각들이란 것을 나타내 주고 있다. 다시 위 작품 〈만남〉의 배경을 살펴보면 아지랭이 피어나는 제비꽃 마을이라 했으니, 시기와 갈등으로 점철된 속된 세상이 아니라, 평화와 사랑이 충만한 아름다운 세계였다는 것을 암시해 준다.

위 작품 첫째 수에서 너와 나의 만남은 양지 꽃밭 산새였다는 이야기나 너와 내가 노을지는 하늘길로 함께 걸어갔다는 이야기는 이미 그 배경이 우리들의 현실 세계가 아니고, 그야말로 꿈과 낭만과 아름다운 것들만 존재하는 이상적 세계라는 것을 나타내 주고 있다.

　그리고 이야기의 내용은 시적 자아의 유소년 시절 청순한 미모의 소녀와 만남을 가졌던 아름다운 추억이 주류를 이루고 있다. 그리고 둘째 수 초장에서 "산마루 양지녘에 각시풀 입에 물고" 노닐었다 라는 것은 얼마나 아름다운 장면인가? 중장에서는 "젖어가는 가슴으로 노래하며 걸었지"라고 했는데 마치 영화 속의 한 장면을 보는 듯하다.

　종장에서 꼬오옥 잡은 새론 맘이라 한 것은 두 주인공 사이의 비밀스런 약속을 의미하고 "그득한 네 향기"라 한 말에서 상대방이 여성임을 암시해 주고 있다. 이 작품에서는 두 주인공 사이의 만남의 관계가 우정이 아니라 연정 관계인 것을 전제해 두어야 하겠다.

　그리고 셋째 수에서 임의 아득한 숨소리라고 하는 청각적 현상이 소롯한 내음된다고 하여 후각적 현상으로 변용되면서 공감각 현상을 일으키고 있다. 또 주인공이 만나면 "이드르르한/ 눈짓으로 출렁인다"고 했으니 이쯤되면 둘 사이에는 구차한 말이 필요없었던 것이고, 이미 마음과 마음으로 통하는 이심전심의 관계가 성립되었음을 논증해주는 것이다.

　아울러 이 작품의 특징은 〈제비꽃〉〈각시풀〉〈이드르르한〉 등 순연한 우리말을 사용하여 좋은 작품을 썼다는 점과 〈꼬오옥〉〈까아만〉 등의 표현을 통해서 시조의 전통적 리듬을 살리는데 상당히 배려했다는 점과 우리말을 갈고 닦고 다듬고 한 흔적이 엿보인다는 점 등을 들 수 있겠다.

　종달이 하늘을 나는 들녘으로
　버들개지 춤추는 강가로 가자

　대지가 춤추는 벌판으로

쉬임없이 뛰어 오르는 바다로 가자

냉이, 쑥이 피어나는 밭두덩으로
송진내 기어나는 솔밭으로 가자

새소리 바람소리 어우르는 곳에
모두모두 손잡고 달려나가자

하늘의 비파소리 내려 퍼질 때
우리의 웃음 소리도 어우러 보자

〈머무르고 싶은 곳〉 전문

우선 이 작품의 특징은 시조의 정형을 벗어나 완전히 자유시 형태를 취하고 있다는 점이다. 김시인의 본령은 시조라고 생각되지만, 그 시조의 전통적인 율격을 거부하는 작품이 여럿 보였고, 심지어는 이 작품처럼 완전히 자유시 형태를 취한 작품들도 더러 있었다. 이 작품은 그 서술 어미로만 따져 보면 〈가자〉〈나가자〉〈보자〉 등 현재형을 취하고 있지만, 그 내용면은 과거 회고적인 성향이 짙다고 생각된다. 여기서 종달이 날던 들녘, 버들개지 춤추는 강가, 대지가 춤추는 벌판, 쉬임없이 파도치는 바다 등은 과거 시인의 유소년 시절 천진난만하게 뛰어 놀며 꿈을 키웠던 곳이다. 냉이, 쑥이 피어나는 밭두덩, 송진내 나는 솔밭, 새소리 바람소리 어우르는 곳 또한 시인의 뇌리에 생생하게 살아 있는 유소년 시절의 마음의 고향이다.

다시 말해서 이 작품에 등장하는 배경은 현대적 도시적인 냄새는 없고 원시적 향토적 냄새가 물씬 풍기는 자연 그대로의 낙원이란 점이다. 오늘날 우리들은 도시화 산업화의 여폐로 식수 오염, 대기 오염, 각종 인간 공해로 몸살을 앓고 있는데, 지금 시인이 제시한 위 작품의 배경은 이러한 공해나 오염 문제와는 전혀 관계없는 그야말로 깨끗하고 아름답고 순수하기 이를 데 없는 곳이다. 어쩌면 도연명의 〈도화원기〉에 등장하는 무릉도원에 비유할 수 있는 곳이다. 시인이 몸담고 있는 현실은 공해와 시기와 쟁투가 만연하는 속세라고 인식되었고, 시인이 "강가로 가자" "바다로 가자" "솔밭으로 가자" "손잡고 달려 나가자" 하면서 머무르고 싶었던 곳은 자연계 즉 이상 세계로 설정되었다.

　이러한 자연계 즉 이상 세계로의 지향 의식은 김시인의 시정신이 그 만큼 고상하다는 것을 의미 하고, 그러기에 김시인은 로만티시스트라는 별명을 들어야 할 것 같고, 그가 이처럼 동심의 세계에 노닐 수 있었던 것은 아동문학 연구 회원이라는 그의 관심 분야와도 밀접한 관계가 있다고 생각된다.

(3) 식물적 소재들의 형상화

하이얀 웃음으로
살포시 오셨어요

진주알 부서지는
비단길을 내려서

울아가
고운 손길에
달님으로 오셨어요.

한나절 졸음 털고
둑길로 오셨어요

달나라 공주님이
이슬로 내려서

울엄마
가슴 헤집고
풀꽃으로 오셨어요.

저만치 두어송이
하늘 애기 엮고요

달-무리 목에 걸고
밤길로 내려서

고요한
남대천가로
달구경을 나왔어요.

〈달맞이꽃〉 전문

여기에 〈달맞이꽃〉 전문을 인용해 보았다. 시조는 3장6구12절로 되어 있고 음수율은 3·4조 또는 4·4조로 되어 있다는 것이 지금까지의 통설이다.

위 작품 첫째 수의 음수율을 따져 보면 초장 3·4·3·4, 중장 3·4·4·3, 종장 3·5·4·4로 되어 있어 비교적 정격과 정형을 지킨 시조다. 예로 든 작품 〈달맞이꽃〉은 소제목에서 밝혔던 바와 같이 식물적 소재를 형상화한 작품이고, 그밖에도 제2부에 있는 작품 〈씨앗·1〉〈씨앗·2〉〈씨앗·3〉〈감〉〈국화를 노래〉〈야생화〉〈은행나무〉〈바람과 나무〉〈버드나무〉〈가로수〉〈겨울나무의 변〉 등은 식물적 소재들을 제재로 삼았다는 점에서 예의 〈달맞이꽃〉과 같은 계열의 작품들로 간주된다.

멕시코가 원산지인 달맞이꽃은 백색의 꽃잎이 넉장인 사판화인데 여름철 석양녘에 피었다가 다음날 아침에 햇빛이 난 후에는 오므라드는 습성이 있다고 한다. 위 작품 첫째 수에서는 그 달맞이꽃에 의인법을 적용해서 하이얀 웃음을 띠고 오셨다는 것이고, 그것도 진주알이 부셔지는 비단길로 내려오셨다는 것이고, 우리 아가에게는 꿈과 희망의 상징인 달님이 되어 오셨다고 했다.

그런가 하면 둘째 수에서는 달맞이꽃이 낮에는 오므라드는 습성을 의인화하여 한낮의 졸음을 털고 둑길로 오셨다는 것이고, 밤에는 이슬이 많이 내리니까 달나라의 공주님이 이슬로 내려왔다는 것이고, 4장의 꽃잎이 활짝 핀 모습을 우리 엄마의 가슴을 헤집고서 예쁘고 아름다운 풀꽃으로 피어났다고 표현했다.

그리고 셋째 수에서는 저만치 두어 송이 피어 있다고 했는데, 여기서 〈저만치〉는 자아와 대상과의 거리를 의미한다. 하늘 애기 엮는다는 말은 우리 독자들을 상상의 세계로 빠져들게 하지만 그만큼 달맞이꽃이 예쁘고 아름답다는 것을 상징적으로 나타낸 것이라 보아야겠다.

중장에서는 달-무리 목에 걸고 밤길로 내려왔다고 했는데, 이 역시 달맞이꽃의 아름다움을 환상적으로 표현한 것이고, 종장에서는 고요한 남대천가로 달구경을 왔다고 했는데, 이 달맞이 꽃이 피어 있는 장소가 바로 남대천가 둑길이라는 것을 의미해 준다.

그리고 맨끝 구절에서 "달구경을 나왔어요"라고 했는데 이것은 예의 이 꽃이 바로 달을 맞이하고 구경하기 위해서 피어난 〈달맞이꽃〉이란 것을 은유적으로 표현한 것이다.

필자는 이 작품을 읽고 환상적인 분위기에 젖어 들어 시를 읽는다는 생각이 들지 않고 한편의 아름다운 동화를 읽는다는 느낌을 받았다. "살포시 오셨어오" "달님으로 오셨어요" "둑길로 오셨어요" "풀꽃으로 오셨어요"하는 말법은 시적 표현이라기 보다는 동화적 표현이라 보아야 한다. 〈진주알〉〈비단길〉〈공주님〉〈달무리〉〈풀꽃〉 등의 시어들은 얼마나 아름다운가? 김시인이 동심의 세계 순수 서정의 세계를 지향하고 있음이 이 작품을 통하여 여실하게 드러났다고 본다.

(4) 기독교적인 인간애 정신

동기야 고마웠다. 늠늠한 네 모습에
담모퉁이 돌아돌아 풀꽃 뜯던 고사리손
어언간 믿음직하게 총머리를 잡았구나.

떠나가던 옷자락에 묻혀가던 마음들을
구비구비 사래 틀어 하나님께 맡겨보니
훈훈한 연병장에는 푸르른 함성만.

한밭 벌 상아탑이 휴전선을 지켜갈 때
부모형제 잠든 방에 주님 또한 지키리니
돌 얼고 별 어는 밤도 무지개빛 곱구나.

자정이 지나도록 붓끝이 영그는 밤
지금쯤 너는 단꿈을 꾸고 있는지
새날에 불끈 솟는 힘 노래되어 퍼지리.

환난은 인내를
인내는 연단을
연단은 소망을 이룬다 앎이러니
주시여
붙잡으소서
사랑하는 조카를.

<사랑하는 조카에게> 전문

이 항목에서는 김시인의 인간애 정신이 얼마나 절실한가를 가늠해 보고자 한다. 인간애 정신에는 부모 처자에 대한 사랑도 있고, 가까운 친족에 대한 사랑도 있고, 제자에 대한 사랑도 있고, 우리의 사회 구성원 모두에게 보내는 사랑도 있을 것이다. 이 시집에서 제3부의 <비내리는 교정> <눈내리는 교정> 제4부의 <나의 두아들아> <월하> <약속> <청소부의 하루> <고사장> 등을 살펴보면 위에 열거한 인간애 정신이 골고루 나타난다.

위에 예로 든 작품은 제목 그대로 사랑하는 조카에게 무한한 애정을 쏟아 붓고 주님의 가호가 있기를 기도하고 있는 것이다. 초장을 보면 "동기야 고마웠다."라는 말로 말머리를 시작했는데, 이러한 돈호법 사용에서 친근감을 느끼게 된다. 그 다음은 담모퉁이에 앉아 풀꽃이나 뜯던 고사리 손에 어느새 총머리가 쥐어졌다는 것이고, 어엿하게 성장해서 국방을 담당하는 늠늠한 조카의 모습을 보니 믿음직스럽다는 것이 첫째 수의 내용이다.

둘째 수 초장에는 처음 입대하게 돼서 떠나보낼 때의 가족들의 애틋한 심정이 나타나 있고, 중장에는 그러한 정성들을 한데 모아 사래를 틀어서 영원한 구원자이신 하나님께 맡긴다는 것이고, 종장에서는 그러한 덕분에 훈련을 받으면서 군 생활을 잘하는 씩씩한 조카의 모습을 그려내었다.

셋째 수의 초장에서는 학업을 연마하던 학생의 입장에서 전방을 지키는 군인이 되었음을 나타내었고, 중장에서는 부모 형제 또한 주님의 가호를 받아 편안하게 지낼 수 있다는 이야기이고, 종장에서는 그러한 하나님의 지켜 주심 때문에 돌이 얼고 별이 얼어붙는 겨울밤에도 무지개 빛 희망 속에 살아가게 된다는 내용을 담고 있다.

넷째 수 초장에서는 자정이 넘도록 잠자지 않고 글쓰는 일에 열중하는 시인의 모습이 그려져 있고, 중장에서는 지금쯤 군 생활을 하는 조카가 깊은 단잠에 떨어져 있을 시간이란 것이고, 종장에서는 새날이 되면 역시 희망과 꿈을 가지고 힘차게 살아갈 수 있다는 내용을 "노래되어 퍼지리"라고 표현하였다.

다섯째 수 초장에서는 환난은 인내를 인내는 다시 연단을 가져오게 된다는 것이고, 중장에서는 몸과 마음을 닦는 그 연단은 소망은 이룬다는 것을 알게 될 것이라는 이야기고, 종장에서는 주님에게 다시 한번 조카의 건강과 무운을 비는 것으로 끝맺고 있다.

필자는 이 항목의 제목을 "기독교적 인간애 정신"이라고 붙여 보았거니와, 그 인간애 정신에는 기독교적인 것 외에도 유교적인 것, 불교적인 것, 도교적인 것, 그밖에 인간의 존엄성을 최상의 것으로 생각하는 휴머니즘적인 것 등이 있을 것이다.

그러나 필자가 김시인의 인간애 정신을 굳이 기독교적인 것이라고 표현 한데는 그의 작품 속에 알게 모르게 기독교적인 분위기가 감돌고 있다고 생각되기 때문이다. 그렇다고 해서 김시인의 작품 세계에 유교적인 내용이나 불교적인 내용이 전혀 배어 있지 않다는 이야기는 아니다. 다만 그 농도면에서 기독교적인 색채를 훨씬 강도 있게 표출했음이 감지되었다는 이야기다.

우선 위 작품만 살펴보아도, 둘째 수 중장의 "구비구비 사래 틀어 하나님께 맡겨보니", 셋째 수 중장의 "부모 형제 잠든 방에 주님 또 한 지키리니", 다섯째 수 종장의 "주시여/ 붙잡으소서/ 사랑하는 조카를"이라는 내용 등은 김시인의 의식이 기독교적인 세계관과 종교관에 자리해 있음을 증명해 준다.

그 다음 〈새날〉의 둘째 수를 보면 다음과 같이 되어 있다. "자시에 꿈을 틔운/ 에덴의 배암이여/ 덜익은 지혜로/ 수치를 잉태하였으니/ 선악과/ 내려 주리던/ 여호바의 음성만"이라고. 바로 이러한 작품은 성경 속에 있는 말씀을 그대로 옮겨 놓았다는 생각이 들 정도로 기독교적인 색채가 짙게 풍긴다. 그밖에 〈일출·2〉 〈겨울나무의 변〉 〈이사〉 〈기도원〉 〈비오는 크리스마스〉 등에서는 기독교적인 용어나 의식을 찾아볼 수 있어서 같은 계열의 작품들로 간주된다.

이제까지 김남구 시인의 작품 세계를 (1) 미래지향적인 작품들 (2) 과거 회고적인 작품들 (3) 식물적 소재들의 형상화 (4) 기독교적인 인간애 정신 등으로 나누어 살펴보았다. 그 결과 김시인의 작품 세계가 다양하기 이를 데 없다는 것을 느꼈고, 또 그가 이 시집의 〈머리글〉에서 밝혔던 것처럼 생활 속에서 얻어지는 상념들을 우리 전통 시가의 운율에 담아 보려 했다는 사실을 확인할 수 있었다.

그러한 과정에서 김시인은 사물을 애정 어린 따뜻한 눈으로 바라

보고, 특히 자라나는 세대들에게 꿈과 희망과 용기를 불어 넣어 주려 했고, 현대적인 문명의 세계보다는 오염되지 않은 자연 그대로의 순수 서정의 세계를 지향하고 있다는 사실이 확인되었다.

그는 동심의 세계를 지향하고 있었고, 긍정적 인생관을 가지고 있었고, 인간의 존엄성을 최상의 것으로 생각하는 인간애 정신을 가지고 있었다고 본다. 이처럼 따뜻하고 긍정적인 인생관을 갖기까지는 무한 사랑을 그 이념으로 하는 기독교적 정신과 종교관이 그의 정신 세계에 지대한 영향을 끼쳤을 것으로 사료된다.

그리고 김남구 시인의 작품에서 주목할 점은 다음과 같이 몇 가지로 요약될 수 있다. ①시조형의 자유화 ②새로운 율격의 창조 ③대화체의 어법 사용 ④우리의 고유어 사용 ⑤과감하고 참신한 비유 ⑥이상 세계에 대한 지향 등 여러 가지가 있을 것이다. 그러면서도 작품 하나 하나에 온 정성과 심혈을 기울어 갈고 닦은 흔적이 역력하고, 특히 시조의 종장에서 참신한 이미지와 뛰어난 상상력을 발휘한 점은 높이 평가되어야 한다고 본다. 김시인의 앞날에 더 많은 정진과 풍성한 수확이 열매가 맺기를 기대해 본다.

6. 전통과 현대와 애절한 가락의 조화

제천의 터주대감 月汀 李鍾塡 시인이 두 번째 시조집을 낸다고 한다. 그는 일찍이 제천 한수에서 출생하여, 그 지방에서 공무원 생활로 정년을 마쳤고, 저천문학회 및 내제문화 연구회를 창립하는 등 우리 문화 발전에 이바지한 바가 많다.

특히 우리 시조 문학에 깊은 관심을 두어 충청일보 신춘문예에 당선된 바 있고, 다시 시조 문학지를 통해서 추천 과정을 거치는 등 한 번만 넘어도 되는 관문을 두 번씩 통과하는 정열을 보여주었다. 꾸준히 시조 창작에 온 정성을 다 바쳐 이번에 두 번째 시조집을 내게 되었는데, 이 시조집을 받아 보면 앞부분의 서시를 빼놓고는 모두가 단수 시조로 되었다는 점이 특징이라고 하겠다.

시조는 고려말 안향이 중국에서 성리학을 들여온 다음에 발생한 것으로 되어 있고, 그렇기 때문에 시조 형성기의 작가층을 보면 대부분이 성리학자 즉 여말 신흥 사대부들로 구성되었다. 그래서 많은 사람들이 시조는 고려말 신흥 사대부의 이념을 담기 위하여 생겨난 문학 형태라는데 인식을 같이 하고 있다.

시조 형성기가 고려말 성리학의 수입과 관련이 있고 그 시대의 작가층이 거의가 성리학자들이라고 한다면, 3장 6구 12절로 구성되어 있는 시조 형태도 성리학의 원리에 의하여 해명하는 것이 바람직하다고 생각된다.

평시조로 출발한 시조 문학 형태는 그 이후 발전의 발전을 거듭하여, 평시조 이외에 엇시조, 사설시조 등이 출현하게 되었고, 최근에는 자유시 형태를 닮은 연시조형이 성행하게 되었다. 그러나 아무리 많은 시조 형태가 출현했다 하더라도 시조의 본령은 평시조이지 그 밖에 다른 것이 중심이 될 수 없다는 것을 강조하고 싶다. 그것을 사람으로 비유해서 말하면 종가집 즉 종손집에 해당되는 것은 평시조 즉 단시조라는 이야기다. 그러니 이종훈 시인이 단수 시조만 써서 시집 한 권을 낸다고 하는 것은 시인 스스로 시조의 본령을 지키겠다는 의미가 되겠고, 또 시인 스스로 시조에 대한 정통파임을 자부하는 메시지가 된다고 하겠다.

(1) 수몰민의 사향 의식

① 청풍호 출렁이면
애틋하게 살아나는 정

저 바닥엔 내 발자국 남고
어머님 한숨 서린 곳

두고서
봇짐 싸 메고
울며 떠난 이향 길

삶의 뿌리 끊긴
부서진 꿈조각들

뒤 돌아볼 땅도 없이
물 퍼런 서름을 둔 채

바람만
분통 터뜨린
끝이 없는 흐느낌.

대 물린 무덤 헐어
불사른 조상님들

어머니도 또 순희도 뺏긴
가진 것 하나 없이

하늘 땅
못 가진 통곡
다 잃어버린 빈 가슴.

<다 잃어버린 빈 가슴> 전문

　인용 작품은 <序詩>인데 <水沒民>이라는 부제를 달아 놓았다. 원래 <서시>나 <서문>은 그 책의 성격을 집약해서 드러내 주는 구실을 한다고 보면, 이 작품 또한 이 시조집의 성격을 대변해 주는 역할을 한다고 본다.
　그런 의미에서 이 작품 하나만 감상해 보아도 이 시집 전체의 흐름과 주제를 파악할 수 있게 된다. 그리고 이 시인은 이 작품을 통하여 수몰민의 아픔을 노래하고 있는데, 이 시인 자신이 수몰민이라는 점에서 그 아픔의 심도가 더욱더 절실할 수밖에 없다는 생각이 든다. 필자는 이 시인한테서 다음과 같은 이야기를 들은 바 있다.

"이북에서 넘어온 이산가족은 언젠가 남북통일만 되면 자기 고향에 가볼 수 있다는 희망이 있는데, 댐으로 인해서 고향을 등지고 떠난 사람들은 그 고향이 물 속에 잠겨 버렸으니 영원히 가볼 수 없다는 점에서 남북 이산가족보다도 더 비참하다"고 이야기하는 것을 직접 들은 바 있다.

이 시인은 충주댐 건설로 인해서 자신의 고향이 바다와 같은 물 속에 잠겨 버리게 되었던 것이고, 그러니 그 충주댐에 있는 청풍호가 출렁이기만 해도 애틋한 정이 다시 살아나게 된다는 것을 첫째 수 초장에서 노래했다. 바로 그 중장에서는 애틋한 정의 내용들이 설명되어 있다. 그 청풍호 물 속을 들여다보면, 저 밑바닥엔 내 지난 날의 발자국도 남아 있을 것이고, 어머님의 한숨도 그대로 서려 있을 것이라는 이야기다. 그처럼 애틋한 정이 서린 고향 땅을 두고서 봇짐 싸 메고 울면서 떠났다고 하는 것이 첫째 수의 내용이라고 하겠다.

그러면 둘째 수의 내용은 어떠한가? 삶의 뿌리가 끊겨 버려 부서진 꿈조각들만 남았다는 것이고, 뒤돌아볼 땅도 없이 시퍼런 물만 질펀하게 채워져 있다는 것이고, 그러니 바람만 분통 터뜨리면서 끝없이 흐느긴다고 했는데, 실제로 분통 터뜨리면서 흐느끼는 존재는 이종훈 시인 자신이라고 보아야 한다.

그리고 셋째 수에서도 그 서러운 사연들이 계속해서 이어진다. 대물린 조상님들의 산소를 헐어서 불살라야 했다는 것이고, 가장 귀한 존재인 어머니도 가장 그리운 존재인 순희도 모두 **빼앗겨** 버렸다는 것이고, 심지어는 하늘 땅 모두 **빼앗겨** 버려 다 잃어버린 빈 가슴만 덩그렇게 남아 있다는 것이니, 누구나 이러한 상황에 처하게 되면 망연자실해질 수밖에 없다는 생각이 든다.

이 작품의 내용이 얼마나 비극적인가 하는 것은 〈한숨〉〈울며 떠난〉〈부서진〉〈서름〉〈분통〉〈흐느낌〉〈잃어버린〉〈통곡〉 등의 용어들이 동원되었다는 점에서도 능히 짐작되는 바다. 한마디로 이 작품은 시인 자신이 수몰민으로서의 비극적 상황을 노래했다고 볼 수 있겠는데, 이것을 달리 이야기하면 노래했다기보다는 통곡했다고 보는 편이 더 정확한 표현일 것이다.

② 물에 쫓겨 고향 떠날 때
허물고 간 그 담장 밑에

기다림에 목이 늘어진
서러운 앉은뱅이꽃

수몰된
고향 지키느라
피멍이 든 작은 가슴.

〈앉은뱅이 꽃〉 전문

③ 둥지 잃은 뻐꾸기가
힘없이 고향을 운다

멧대추 반볼 붉고
추석달 둥글 때면

고향을
잊어버리자고
수몰 뻐뻐꾹 목이 멘다.

〈수몰 뻐꾸기·1〉 전문

예문 ①은 〈앉은뱅이꽃〉 전문을 인용해 본 것이다. 그 앉은뱅이 꽃은 물에 잠겨 고향을 떠날 때 허물고 간 담장 밑에 피어 있다는 것이고, 그 앉은뱅이 꽃은 떠나간 사람들이 되돌아오기를 기다리느라고 서러운 모습을 하면서 목을 길게 늘어뜨리고 있다는 것이고, 그 앉은뱅이 꽃은 수몰된 고향을 지키느라고 작은 가슴에 피멍까지 들었다는 것이 위 작품 ②의 내용이다.

그러나 여기서 앉은뱅이 꽃은 작자 자신의 모습으로 환치시킬 수 있고, 그렇게 되면 시인 자신은 고향이 그리워서 목을 길게 늘어뜨리고 있다는 이야기가 되겠고, 그 수몰된 고향이라도 지키기 위해서 가슴에 피멍까지 들었다는 처절한 고백을 한 것으로 풀이된다.

이종훈 시인이 자신의 고향을 얼마나 그리워하고, 잃어버린 고향에 대해서 안타까워하는가 하는 점은 다음 작품만 읽어보아도 그대로 증명된다. "명절이 돌아오면 꿈길이 닿는 그곳/ 지번은 있는데도 고향은 간 곳 없어/ 온밤을 물가만 서성이다 꿈을 잃고 밤을 샌다."(수몰민의 꿈)

여기에 〈수몰민의 꿈〉이란 작품을 인용해 보았거니와, 온밤을 물가만 서성이다 꿈을 잃고 밤을 샌다고 하는데, 그 이상 무슨 설명이 필요하겠는가. 설명을 덧붙이면 오히려 사족이 되고 불필요한 췌언이 된다는 것을 깨달아야 할 것이다.

다음은 작품 ③에 대하여 생각해 보자. 이 작품의 초장에서는 둥지 잃은 뻐꾸기가 고향을 생각하며 힘없이 운다고 했다. 그런데 그

뻐꾸기가 멧대추 반볼이 붉고 추석달이 둥그렇게 떠오르는 가을철이 오면, 뻐꾸기는 도리어 그 고향을 잊어야겠다고 생각하면서 목메어 운다는 것이다.

이 작품에서 종장의 내용은 약간은 역설적이라는 생각이 든다. 고향이 그리워서 우는 게 아니고, 고향을 잊어버리자고 목메어 운다고 표현했기 때문이다. 이것은 무엇을 의미하는가. 고향을 잊지 않고서는 너무나 괴로워서 도저히 견딜 수 없기 때문에 고향을 잊어야겠다고 역설적으로 표현한 것이다. 어떻든 이 작품에서 둥지 잃은 뻐꾸기는 시인 자신을 은유한 것이다. 그리고 종장에서 고향을 잊어버리자고 했는데, 이것은 표면적인 의미이고 실은 고향을 절대로 잊을 수 없다는 것을 강조한 것이라 보아야겠다. 왜냐하면 그 끝부분에 〈목이 멘다〉라고 했는데, 정말로 잊기를 원했다면 목이 멘다는 표현을 쓸 리가 없겠기 때문이다.

(2) 전통적 정서의 유로

① 깊은 밤 고요속에
소록소록 눈 쌓이면

등 너머 요란한 개소리
눈 속에 묻혀지고

온 마을
불다 꺼져도
대낮같이 환하다.

〈눈오는 밤〉 전문

② 앞마당에 멍석을 깔고
하늘 가득 별을 헤면

모깃불 시나브로
타다 말다 밤을 새고

더위도
촉촉히 내리는
밤이슬에 잠든다.

〈여름 밤〉 전문

어떤 것이 전통적 정서인가 묻는다면 한마디로 대답하기는 곤란하다. 그러나 전통적 정서는 서구적인 것보다는 한국 고유의 것이어야 하고, 미래지향적인 것보다는 과거 회고적인 정서가 주류를 이룬다고 하겠다. 특히 작품의 배경이나 소재들이 우리 전래의 것으로 이루어졌을 때, 그 속에서 우러나는 감정들은 자연히 전통적 정서로 인식될 수밖에 없다.

여하튼 이종훈 시인의 작품집을 읽어보면 처음부터 끝까지 한국적 정서 즉 전통적 정서를 담지 않은 것이 없다. 그만큼 그는 기질적으로 조선조의 선비 정신을 본받고 그것을 생활화하고 작품으로 형상화시키는데 온갖 심혈을 기울인 것으로 생각된다. 이러한 전통적 정서가 유로된 작품으로 우선 ①〈눈오는 밤〉을 예로 들어보았다. 이 작품의 초장에는 그 시간적 배경이 뚜렷하게 드러나 있으니, 눈오는 겨울철에서 그것도 고요로운 깊은 밤이란 이야기다.

그런가 하면 중장에서는 등 너머에서 요란하게 개 짖는 소리가 들려 오다가 눈 속에 묻혀 버린다고 했는데, 이것은 그 공간적 배경이 한적한 농촌 마을이란 것을 그대로 일러주고 있다. 그런데 종장에서는 온 마을에 불이 다 꺼졌는데도 도리어 대낮같이 환하다고 했으니, 그 함박눈이 얼마나 많이 쏟아져 쌓였는가를 간접적으로 제시해 주고 있다.

왜냐하면 눈이 조금밖에 내리지 않았을 때는 그 캄캄한 겨울밤이 대낮처럼 밝아질 수 없다고 보기 때문이다. 이 작품을 읽고 조용히 감상하면 우리들 독자는 자신도 모르게 어린 시절 고향 마을로 되돌아가게 되고, 따라서 푸근하고 아름다운 정을 느끼게 되고, 과거를 되돌아보는 듯하면서도 실은 새로운 희망과 미지의 세계에 대한 아련한 꿈을 갖게 된다는 점에서 이 작품은 이미 그 나름의 시적 성과를 거두었다고 생각된다.

작품 ②는 〈여름 밤〉의 전문을 이용한 것이다. 초장에서는 앞마당에 멍석을 깔고 여름 밤하늘에 가득 찬 별들을 헤아린다고 했다. 시골에서 유소년 시절을 보낸 사람치고 이러한 경험을 해보지 못한 사람은 별로 없을 것이다.

그런가 하면 중장에서는 모깃불이 시나브로 타다 말고 밤을 샌다고 했다. 해방 이후 우리 나라가 산업화 공업화되기 이전의 농촌 생활상을 여실하게 그려내었다. 낮에는 파리 등살에 몸둘 바를 몰라 했고, 밤이면 모기한테 물려서 밤잠을 제대로 이루지 못했던 일이 주마등처럼 지나간다.

그런데 종장에서는 더위도 촉촉히 내리는 밤이슬에 잠든다고 했던 것이다. 제아무리 모기가 극성을 부려도 더위도 잠드는 판에, 사람인들 잠 안들 수 있겠는가. 밤하늘의 별을 헤아리면서 모기와 더위하고 씨름을 하다 보면 사람도 자연히 잠들게 된다는 이야기인데, 낮에는 활동하고 밤에는 휴면을 취해야 하는 자연의 이법을 그 무엇으로도 막을 수 없다는 것을 은근하게 나타낸 것 아닌가.

  그러나 이처럼 기성 세대들이 고생을 하면서 느꼈던 정서들을 요즈음의 젊은 세대들은 도저히 경험해 볼 수 없다는 점에서 한편으로는 아쉬운 생각도 든다. 된장국이나 김치찌개보다는 피자나 햄버거를 더 좋아하는 신세대들을 어떻게 설명해야 될지 그저 막막할 따름이다.

　③ 산너머 외딴 초가집
　　언제나 비어만 있고

　　옥양목 바래 널은
　　찔레꽃 긴 울타리

　　솔 숲엔
　　뻐꾸기 온종일
　　목이 메어 울었다.
　　　　　　　　　　　〈외딴집〉 전문

　④ 동구 밖 느티나무
　　세월도 그네 느려

　　창포를 머리에 꽂고
　　치마자락 나부끼면

　　초닷새
　　밤 하늘에 뜬
　　금박 박은 갑사 댕기
　　　　　　　　　　　〈그네〉 전문

우리들은 지금 출판 문화 부문의 발달로 많은 문학지와 개인 시집 등을 접하면서 살게 되어 있다. 서울에 있는 대형 서점들을 찾아가 보면 현기증이 날 정도로 많은 책들이 쏟아져 나와, 언제 어떻게 이 책들을 읽어서 소화해 내야 할지 막연한 생각이 들 때가 있다. 어쩌면 우리들은 정보화 산업화 시대에 살고 있는 것이 아니라 출판물 홍수 시대에 살고 있다는 느낌이 들 정도다.

어떻든 결론부터 이야기하면 그 출판물 홍수 시대를 이룬 것이 나쁘다는 뜻은 아니다. 어떤 시집을 읽어보면 저도 모르고 남도 모르게 써 놓은 시집들이 판을 치고 있기 때문에 문제라는 것이다. 솔직히 말해서 저도 모르고 남도 모르게 써 놓은 작품들이 아무리 쏟아진들 그게 무슨 소용 있는가?

좀더 직설적으로 이야기하면 같은 시대를 살아가는 현대인이 그 작품을 읽어서 잘 모르겠다고 한다면, 아마 백년 후 천년 후 사람들한테는 더 이해가 안가서 캄캄해질 것이다. 그런 작품들을 써 놓고 더 잘났다고 떠들어대는 사람들이 있으니, 우리들은 대기오염 공해, 식수오염 공해 시대에 살아가고 있을 뿐만 아니라 출판 공해 시대에 살아가고 있다는 점도 분명하게 인식해야 할 것이다.

이처럼 난해시라는 미명 아래 사이비 시가 난무하는 시대에 이종훈 시인의 작품들을 대하면 우리들에게 신선한 충격을 준다. 읽어서 이해가 잘 가고 부드럽고 진솔하게 써 놓은 것이 이종훈 작품 세계의 특징이라고 하겠다.

본 항에서 예로 든 작품 ③은 우리 나라 산간 지방의 외딴집을 소재로 해서 그 집의 분위기와 상황을 카메라로 찍어낸 듯이 그려내었다. 외딴집의 사람들은 일하러 나갔는지 모두 나가 버려 텅 비어 있다는 것이고, 그래도 찔레꽃 울타리에 옥양목이 널려 있는 것을 보면 사람들이 살고 있다는 이야기가 되겠고, 소나무 숲 속에서는 뻐꾸기만 온종일 뻐꾹뻐꾹 울어대면서 누구를 부르느라고 목이 메일 정도라고 하니, 이보다 더 사실적으로 생동감 있게 그려내기는 어렵다고 생각된다.

다음 작품 ④는 음력 5월5일 단오날에 미모의 여인이 그네를 뛰는 모습을 형상화 한 것이라 보아진다. 우리 농촌에서 그네를 뛰려면, 그 그네를 대부분 동구밖에 있는 커다란 느티나무에 매달아 놓았었다. 다만 이 작품에서는 굵다란 새끼줄로 매단 것이 아니라 세월로 그네를 느려뜨렸다고 한 데에 묘미가 있는 것이다.

중장에서는 창포를 머리에 꽂고 치마자락을 나부낀다라고 했는데, 원래 단오날에는 우리네 여인들이 창포물에 머리를 감고 세수를 하면서 邪鬼를 쫓던 전래의 풍습이 있었다는 것을 염두에 두어야 한다. 그런데 이 작품에서는 그 창포물로 머리를 감는 것이 아니라 창포를 머리에 꽂고 치마자락을 나부끼면서 그네를 뛴다고 한 것이 다를 뿐이다.

또한 그네 뛰는 여주인공은 머리에 창포를 꽂았을 뿐만 아니라 금박이 한 갑사 댕기까지 매고 있었다는 것이니, 그녀의 얼굴을 직접 본다는 것은 구차스러운 일이고, 보나마나 최상의 미인임에 틀림없다고 상상되어진다. 왜냐하면 이 작품에서 그네 뛰는 여인을 직접 묘사하지는 않았지만, 그 동원된 소재들을 통해서 간접적인 묘사 방법으로 미인이라고 생각할 수밖에 없게끔 그려 놓았기 때문이다. 더구나 그녀는 그네를 뛰면서 초닷새 밤하늘을 훨훨 날아다닌다고 묘사해 놓지 않았던가.

지금까지 〈외딴집〉이나 〈그네〉라는 작품을 통해서 이종훈의 작품 세계가 전통적인 정서로 일관하고 있다는 것을 논의해 보았거니와,

그가 이처럼 우리의 전통적 정서에 집착하는 것은 그렇게 하는 것만이 우리 한국인의 자존심을 지키는 한가지 방법이요, 또 자신에게 부과된 사명이라고 생각했기 때문에 가능한 것이다.

(3) 시심과 여심의 어울림

① 망국 여한 낙화할 때
절벽도 갈라지고

천년 한 사비에 남아
못 떠난 넋으로 울어

고란사
예불 소리가
삼천 혼을 재운다.

〈낙화암〉 전문

② 백운암 겨울길엔
낙엽위로 비가 내리고

비구니 젊음을 재운
빛 바랜 가사 자락

시공을
두드리는 목탁
부연 끝에 지는 낙수

〈白雲菴〉 전문

본 항에서는 기행 시조에 대하여 논의해 보려는 것이다. 다른 사람들도 마찬가지이지만 시인은 특별히 여행을 즐겨 한다고 생각된다. 그래서 자연과 대화하게 되고 조국강산을 사랑하게 되고, 우리 문화유산에 대해 남다른 관심을 갖게 된다. 아울러 여행하면서 보고 듣고 느끼고 배운 것을 자기가 좋아하는 장르에 담아 보려고 노력한다.

여기에 인용한 〈낙화암〉이나 〈백운암〉도 시인의 이러한 여심과 시심이 조화를 이루어 산출된 작품들이라고 하겠다. 먼저 작품 ①에 대하여 생각해 보자. 초장에서는 망국 여한 낙화질 때 절벽도 갈라진다고 했는데, 한 나라가 망하는 그 비극적 상황에서 어디 갈라지는 것이 절벽 뿐이었겠는가. 7백년 가까운 역사를 존속시켜 왔던 백제의 사직이 일거에 무너지는 것을 이처럼 표현했을 것이다. 중장에서의 〈천년한〉이란 말은 굳이 천년이라고 시간적 제한을 둘 필요가 없다. 백제가 망한 사실은 그대로 영원한 〈한〉이라 할 수 있고, 그 영원한 한이 사비성의 넋으로 남아 떠나지 못하고 운다는 것이다.

그런데 그 사비성을 떠나지 못하고 우는 넋들은 백제가 망하던 날 낙화암에 올라가서 백마강에 몸을 던졌던 삼천 궁녀의 넋들이라고 해야겠다. 그러니 천년 이상 울면서 떠돌았던 그 넋들을 잠재울 수 있는 것은 고란사의 예불 소리밖에 더 있겠는가. 그러한 사연이 위 작품의 종장을 이루었다고 하겠다.

이러한 역사적 사실은 다시 〈백마강〉이라고 하는 작품에서 "한이 모여 쌓인 모래 목 놓아 우는 강물/ 낙화암 진달래가 피흘려 떨어질 때/ 애절히 백제를 부르며 숨겨간 혼령들"이라고 망국의 한을 거듭해서 한탄하기에 이르렀던 것이다.

작품 ②는 〈백운암〉이란 사찰을 보고 그곳에서 보고 듣고 느꼈던 것을 시적으로 형상화 한 것이다. 초장에서는 시간적 배경과 공간적 배경을 제시했는데, 시간적 배경은 겨울철이란 것이고, 공간적 배경은 백운암으로 올라가는 길이라고 하였다. 그런데 그 겨울길에 낙엽 위로 비까지 내린다고 했으니 스산한 분위기임을 직감하게 된다. 이어서 절에 가보니 불도에 정진하기 위하여 자신의 젊음을 불태운 비구니 여승의 빛 바랜 가사 자락이 낡아 보였다는 것이다. 그리고 종장에서는 스님의 목탁이 시공을 두드린다고 했다. 그 목탁과 예불은 현세와 내세를 넘나들면서 이루어지는 수행 방법이란 것이고, 그 시간 부연 끝에는 이러한 깊은 사연을 아는지 모르는지 무심하게 낙수물만 뚝뚝 떨어지고 있었다는 것이 종장의 내용이라고 하겠다.

이종훈 시인의 작품 세계를 보면 그가 얼마만큼 불교에 심취했는지 모르지만, 그 불교에 대하여 상당히 호감을 갖고 불교적 인생관에 근접해 있음을 어렴풋하게 느끼게 된다. 여기서 예로 든 〈백운암〉 이외에도 〈풍경〉 〈갓바위〉 〈낙산사〉 〈산사의 밤비〉 〈산사가는 밤길〉 〈산사에서〉 〈무암사〉 〈색즉시공〉 〈선창을 열고〉 〈성경스님〉 등은 이 시인의 불교적 인생관이 자연스럽게 표출된 작품들로 간주된다.

본 항에서는 기행 시조들을 논의하겠다고 했는데, 위에서 예로 든 작품①, ②가 기행 시조의 전형을 보여준다는 의미는 아니다. 다만 여행하면서 보고 듣고 느끼는 가운데 이러한 작품들을 산출했다고 보아서 본 항에서 논의했던 것이다.

(4) 계절적 소재들의 형상화

① 화롯불 돋우고 앉은
겨울 깊은 한 고비에

창 앞에 푸른 대는
눈오기만 손을 꼽고

망울 번
섣달 분매가
가만 가만 보낸 향기

〈盆梅〉 전문

② 노을이 지나간 뒤
달을 보고 붉힌 얼굴

옷깃을 스치어도
옆눈 한 번 못주던 그

내 고향
순이를 닮아
촌스럽게 웃는다.

〈복사꽃〉 전문

이종훈 시인은 다정다감한 분이라 4계절의 변화에 따라서 그때그
때 일어나는 정감들을 3장 6구의 시조 형식에 담아왔다.
이러한 작업은 시인이 우리의 자연을 사랑했기 때문에 가능한 것

이고, 이처럼 자연 애호시를 썼던 일은 조선조 유학자들의 작품에서도 발견하게 된다. 세종 때 맹사성의 〈강호사시가〉, 성종 때 정극인의 〈상춘곡〉, 명종 패 송순의 〈면앙정가〉, 선조 때 정철의 〈성산별곡〉 등은 모두 우리의 자연을 주제로 했거나 소재로 한 작품들이라고 하겠다.

특히 고산 윤선도의 〈오우가〉 〈어부사시사〉 〈산중신곡〉 〈산중속신곡〉 등은 우리 나라 자연 애호시의 절정을 이루었다고 할 만큼 많은 평자들에 의하여 최고의 찬사를 받았다. 이러한 선조들의 영향을 받아 이종훈 시인도 우리의 자연을 사랑했고, 단지 사랑만 한 것이 아니라, 그것들을 작품으로 형상화 해서 자연 시조의 맥락 관계를 짚어 볼 수 있게 하였다.

그러면 이종훈 시인의 자연애호 사상이 점철된 것으로 파악되는 작품 ①〈분매〉에 대하여 논의해 보자. 초장에서는 화롯불 돋우고 앉은 겨울 깊은 한 고비라고 했으니, 이 작품의 계절적 배경이 한겨울 추울 때라는 것을 제시해 주었다. 그러면서 지금의 기성세대들에게는 은근하게 향수 같은 것을 느끼게 한다. 왜냐하면 요즈음은 아무리 궁벽한 산간 마을이라 하더라도 나무를 때서 난방을 하고 화롯불을 쬐면서 추위를 이겨내야 하는 곳은 거의 없기 때문이다.

우리 기성세대들은 〈화롯불〉이라는 이야기만 들어도 아련한 추억 같은 것을 느끼게 되지만, 오늘날의 신세대들은 〈화로〉라는 기구조차 대할 수 없게 되었고, 국어사전이나 박물관 같은 곳에나 가야 찾아볼 수 있게 되었으니 격세지감이 든다고 이야기하지 않을 수 없다.

그 다음 중장에서는 공간적 배경을 제시해 주었으니 창 앞의 푸른 대나무는 눈오기만 손을 꼽아 기다린다는 것이다. 그러니 그 공간적 배경은 자신의 집이란 이야기가 되겠고, 그 집 창문 앞에는 늘 푸른 대나무가 몇 그루 서 있다는 것이 상상되어진다. 창 밖에는 푸른 대나무 방안에는 망울 번 분매가 놓여 있다고 하니 얼마나 고전적이고 아름다운 분위기인가.

그런데 종장에서는 망울 번 섣달 분매가 가만 가만 향기를 보내 준다고 했다. 매화는 그 고결한 기품이 군자와 같다고 해서 〈蘭〉〈菊〉〈竹〉과 더불어 예로부터 사군자라고 일컬어 오지 안았던가. 또한 우리 옛시조에서는 그 매화를 우국지사에 비유하여 노래부르기도 했다. 아니면 고고하고 지조 있는 선비의 기품에 비유하기도 했는데 그런 점에서 이 작품의 소재인 〈분매〉는 이 작품의 작자인 이종훈 시인을 대변해 준다는 생각이 들었다.

다음은 예로 든 작품 ②〈복사꽃〉에 대하여 생각해 보자. 그 복사꽃을 초장에서는 "노을이 지나간 뒤 달을 보고 붉힌 얼굴"에 비유했으니 얼마나 참신하고 적절한 비유인가. 그런데 그 붉힌 얼굴이란 부끄러워서 얼굴을 붉혔다는 뜻이 중장에 설명되어 있다. 그래서 중장에서는 "옷깃을 스치어도 옆눈 한 번 못 주던 그"라고 의인법을 써서 표현했던 것이다. 그야말로 이 작품에서의 복사꽃은 수줍음 잘 타는 청순한 시골 소녀로 환치되었다는 데에 그 묘미가 있다고 하겠다.

그리고 종장에서는 그 복사꽃이 활짝 피어 만개한 모습을 "내 고향 순이를 닮아 촌스럽게 웃는다"라고 표현했다. 복사꽃을 수줍음 잘 타는 청순한 시골 처녀에 비유하고 있으니, 그 복사꽃이 만개한 모습을 촌스럽게 웃는다고 표현한 것은 너무나 당연하다는 생각이 든다.

“복사꽃 살구꽃 아기진달래”라는 노래가 있기는 하지만, 복사꽃하면 왠지 고향 마을을 생각나게 한다. 그래서 여기에 소개한 〈분매〉나 〈복사꽃〉은 이종훈 시인의 귀향 의식, 귀전원 의식, 자연애 의식 등이 자연스럽게 유로된 작품으로 간주된다. 더구나 〈분매〉는 고결한 조선의 선비를, 〈복사꽃〉은 수줍음 잘 타는 조선의 여인을 비유하고 있다는 점에서, 이 두 작품은 우리 조선 사람들을 상징적으로 나타내 주는 대표작이라 할만 하다. 그 밖에도 시인의 자연애 의식이 표출된 작품으로는 〈입춘〉〈조춘〉〈소춘〉〈개나리〉〈봄날엔〉 등 제2부에 있는 대부분의 작품들이 같은 계열의 것들로 간주된다.

(5) 단수 시조의 묘미

① 잡을 수도 머물 수도 없어
가야만 하는 絶命을 안고

그 悲壯한 絶緣의 외길
魂魄마저 부수어 버리는

통곡도
눈물도 아닌
沼를 이룬 퍼런 사연.

〈폭포〉 전문

② 천년을 세워둬도
무량으로 다스리고
말없이 옷을 벗고
흰눈을 덮고 누운

무거운
목숨을 안고
함묵마저 잊고 선 산.
〈山〉 전문

시조의 본령은 단수 시조이고, 그 단수 시조의 묘미는 자유시로서는 흉내낼 수 없는 내재율에 있다. 이종훈 시인이 그처럼 단수 시조를 고집하면서 시조집 한 권을 내는 것은 그러한 단수 시조의 묘미를 한껏 발휘해 보고, 그것을 우리들 독자들에게 보여주려는데 그 의도가 있다고 생각한다.

먼저 〈폭포〉라는 시조를 보면 그 초장에서 잡을 수도 머물 수도 없어 가야만 하는 絶命을 안고 있다고 했다. 이 초장은 물의 운명, 그것도 절대 절명을 노래한 것이다. 그 물의 흐름은 누가 잡을 수도 없는 것이고, 누가 멈출 수도 없는 것이니, 그야말로 전진, 앞으로만 가야 하는 절명을 안고 있다고 하겠다.

중장에서도 같은 내용은 되풀이된다. 그 앞으로만 가야 하는 절명은 아주 비장한 절연의 외길이란 것이고, 그것이 천애절벽에 떨어지는 모습은 혼백마저 부숴 버릴 정도가 된다는 것이다. 그런데 종장에서는 무엇이라고 표현했는가. 통곡도 눈물도 아닌 시퍼런 사연이라고 했다. 여기서 〈통곡〉은 그 우렁찬 폭포 소리를 의미하고, 〈눈물〉은 폭포가 떨어지면서 안개처럼 자욱하게 퍼지는 물방울들을 의미한다. 상식적으로 이야기하면 통곡 소리와 같은 폭포 소리와 눈물과 같은 운무가 끼는 것은 당연한데, 작품 속에서는 통곡도 눈물도 아니라고 했다. 그렇게 표현한 것은 통곡이나 눈물은 하나의 과정이고 시퍼런 沼를 이룬 것은 결과이기 때문이다.

그런데 문제는 그 커다란 웅덩이를 보고 "沼를 이룬 퍼런 사연"이라고 한 데에 있다. 그 퍼런 사연이란 한의 덩어리나 시퍼렇게 멍든 가슴을 의미한다. 그렇기 때문에 통곡도 눈물도 아니라고 한 것은 표면적으로는 부정해 본 것이고, 실제로는 가슴이 시퍼렇게 멍들 정도로 통곡을 하고 눈물을 뿌렸다는 이야기가 된다.

시조의 묘미는 3장 6구밖에 안되는 짧은 형식에 그처럼 심오한 내용과 자연의 섭리를 담아 내는 데 있는 것이다. 아울러 이 작품의 클라이막스는 "통곡도 눈물도 아닌 沼를 이룬 퍼런 사연"이라고 한데에 있으니, 시조는 짧은 형식에 이러한 파장을 지니고 있기 때문에 단순한 외형률이 아니라 내재율도 함께 지니고 있다고 보는 것이다.

다음은 작품 ②〈山〉에 대하여 생각해 보자. 초장에서는 천년을 세워 둬도 무량으로 다스린다고 했다. 그 〈무량〉이란 헤아릴 수 없이 긴 시간 또는 끝이 없는 시간을 의미하는 것이 아닌가? 그처럼 영원한 시간을 말없이 지내 오면서도 어디 표정 하나 까딱하지 않고 언제나 그 자리에 그 모습대로 서 있으니 천년을 무량으로 다스린다는 표현이 적절하다고 하겠다.

그리고 중장에서는 겨울철 낙엽이 다 지고 흰눈만 쌓인 모습을 그렸던 것이고, 종장에서는 그러한 산의 모습을 보고서 무거운 목숨을 안고 침묵마저 잊고 산다고 표현했던 것이다. 여기서 무거운 목숨을 안았다느니, 침묵마저 잊고 산다느니 한 것은 작자의 인생관, 세계관이 함축된 것이다.

어쩌면 이 작품에서의 〈산〉은 작자 자신의 삶의 모습을 은유해서 표현한 것인지도 모른다. 우리 인간의 목숨은 얼마나 질기고 힘겨울 정도로 무거운가. 그러면서도 해야 할 말을 다 못하고 침묵을 지켜 가면서 살아야 한다는 것이 우리 인생인 것이다. 아니 이러한 삶의 태도는 바로 이종훈 시인 자신의 삶의 태도라 해도 과언이 아니다. 그러니 이 작품에서의 산은 산 자체로만 보아서는 안 되고, 그 산이 바로 우리 인생이요 시인 자신이라는 데까지 확대 해석해야 한다.

이 작품의 종장에서 시인은 함묵마저 잊고 산다고 했다. 그 함묵마저 잊고 산다는 삶의 태도는 이미 문학의 차원을 넘어 철학의 세계에 돌입했다고 볼 수 있다. 이처럼 철학의 세계까지 담아 낼 수 있다는 것이 우리 시조의 시조다움이요 특히 단수 시조의 특징이라고 하겠다. 결론적으로 이처럼 흐름〔流〕이 있고, 굽이〔曲〕가 있고, 마디〔節〕가 있고, 풀림〔解〕이 있다는 데에 그 묘미와 가치가 있다는 것을 다시 한 번 강조해 둔다.

이제까지 이종훈 시인의 두 번째 시조집 「이 길로 가면」에 게재된 작품들을 (1) 수몰민의 사향 의식 (2) 전통적 정서의 유로 (3) 시심과 여심의 어울림 (4) 계절적 소재들의 형상화 (5) 단수 시조의 묘미 등 5항목으로 나누어 살펴보았다. 그 결과 이 시인은 우리 전통 시가인 시조를 창작하는 시조시인이면서, 수몰민으로서 그 수몰민의 아픔과 비극을 노래하는 수몰 뻐꾸기처럼 울면서 살아간다는 것을 알게 되었다.

그렇기 때문에 이 시인의 작품 속에 등장하는 수몰 뻐꾸기는 바로 이 시인 자신을 대변해 주는 상징적 존재라고 보아야 한다. 그리고 이 시인의 전체 작품에 흐르는 정서는 한국적 정서 곧 전통적 정서라고 할 수 있다. 현실 세계와 미래 세계를 노래한 것보다는 과거 회고적이요 과거 지향적인 것을 노래한 것이 많았기 때문에 그의 정서는 자연적으로 전통적일 수밖에 없고, 그런 의미에서 조선의 선비 정신을 그대로 반영해 준 작품들이 많았다고 생각된다.

이종훈 시인하면 바로 조선조의 올곧은 선비들을 떠올리게 되는 것은 바로 그의 인생과 그의 작품 세계가 그러하기 때문이다.

한편 이 시인은 우리 나라의 자연과 우리의 문화유산을 사랑한다는 것이 작품 속에 그대로 드러났다. 그래서 이런것들을 보고 듣고 느낀 가운데 특징적인 것들을 작품화해서 기행 시조로 남기는 작업을 했다. 우리의 자연, 우리의 문화, 우리의 역사를 사랑한다는 것은 그만큼 우리 나라를 사랑한다는 이야기가 된다.

또 사찰이나 불교에 대해서도 상당히 애정 어린 눈길을 주었는데 그러한 불교적 인생관도 그의 작품 세계를 형성하는데 많은 영향을 주었을 것으로 생각된다. 그리고 형식면에서는 단수 시조를 고집했는데, 그것은 단수 시조의 구조와 율격과 묘미를 파악하고 그것에 상당한 매력을 갖고 심취한데서 연유한 것이다. 현대어로 조직했으면서도 그 3장 6구의 틀 속에 전래의 홍청거리는 멋과 리듬과 정서를 교묘하게 짜 맞추었다. 그런 점에서 이 글의 제목을 "전통과 현대와 애절한 가락의 조화"라고 붙여 보았던 것이다. 아무튼 이번에 출간되는 이종훈 시인의 제2시조집이 우리 시조단에 많은 빛을 더해 주고 시조 문학 발전에 크게 이바지해 줄 것을 기대하면서 장황한 논의를 마치고자 한다.

7. 사랑과 그리움의 언어미학

문학이란 무엇인가. 인간의 삶과 체험과 상상력을 언어를 매체로 하여 재구성한 것이다. 그러기에 허드슨 같은 이도 '시는 언어를 매개로 하는 인생의 표현'이요, '상상과 감정을 통한 생명의 해석'이라고 했던 것이다. 이처럼 인간과 문학은 밀접한 관계에 놓여 있는데, 그 중에서도 문학 작품은 그 작품을 생산한 작가의 개성과 인생관을 그대로 드러낸다는 점에서 작가 연구와 작품 연구를 동시에 수행하는 것이 관례로 되어 왔다.

다시 말해서 그 작가를 알면 그의 작품을 쉽게 이해할 수 있고, 그 작품을 잘 해석해 보면 그 작가의 인간성까지 미루어 짐작할 수 있다는 것이다. 그런 의미에서 김문자 시인의 작품 세계도 시인 자신의 삶에 대한 진솔한 표현이요, 거기에 사용된 언어도 시인 자신의 개성적인 말법으로 이루어졌다는 것을 알 수 있다.

김문자 시인은 여주에서 출생해서 그곳에서 학업을 닦고, 그곳 여주를 지키고 사랑하면서 살아가는 향토 시인이다. 일찍이 학창 시절부터 문학에 뜻을 두고, 문학에 대한 열정을 갖고 시 쓰는 수련을 계속해 왔는데 사회적인 경성에 연연하지 않기 때문에 문단 데뷔라는 절차를 미루어 왔다. 그러다가 주위 사람들의 권유도 있고, 이왕이면 통과 의례를 거치는 것이 좋다고 생각해서 1995년 「순수문학」지를 통하여 뒤늦게 입문하였다.

그러나 그의 작품을 면밀히 검토해 보면 문단 연조가 많은 분들에 비해서 결코 뒤지지 않는 단단한 구조와 언어미학을 지니고 있음에 놀라게 된다. 누군가 시는 자연을 노래했건 사회 현실을 노래했건 아니면 시인의 사상과 감정을 노래했건 어디까지나 인간의 究竟的인 표현이 되어야 하며, 생명의 내면과 영혼을 울려 주는 것이 되어야 한다는 이야기를 하였다. 그런 점에서 김문자의 작품들은 진솔한 표현법과 언어의 절제미를 통해서 독자들의 심금을 울려 주고 있으니, 나름대로의 시적 성과를 거두었다고 생각한다.

(1) 소녀다운 청순한 사랑의 노래

① 그 사람 앞에 서면
얼굴 붉어졌네

그 사람 앞에 서면
가슴 뛰었네

할말이 많았는데
아무 말 못하고
옷섶만 감아쥐었네

그 사람 옆에 서면
싱그러운 솔내음

그 사람 옆에 서면
풋풋한 해초 내음

아 부끄러워
내 마음 들킬까봐
땅만 보았네
〈첫 사랑 그 사람〉

작품 ①은 〈첫 사랑 그 사람〉의 전문을 인용한 것이다. 이 작품이 독자들에게 공감을 얻게 되는 것은 인간이면 누구나 젊은 시절에 이런 경험을 갖게 되는 보편타당성을 지녔기 때문이다. 그 사람 앞에 서면 얼굴이 붉어지고, 가슴이 뛰고, 할 말은 많은데 아무 말 못하고, 옷섶만 감아쥔다고 하였다. 비록 아무 말 못하고 옷섶만 감아쥘망정 얼마나 아름답고 청순한 자태인가?

요즘처럼 물신 주의에 물들고 인간성을 상실해 가는 시대에도 이처럼 아름다운 만남이 이루어지는 것인지 궁금하지 않을 수 없다. 그 사람 옆에 서면 싱그러운 솔내음이 나고, 풋풋한 해초 내음이 나고, 그리고 부끄러워서 바로 쳐다보지 못하고 땅만 내려다본다고 하였다. 그야말로 청순한 미덕을 갖춘 조선 시대의 여인상을 보는 듯하다.

요즘은 사랑이나 결혼도 다분히 이해 관계로 맺어지는데, 이처럼 순수한 사랑, 풋풋한 사랑을 어디 가서 찾아 볼 수 있을런지……. 시대에 역행하는 점이 있다 하더라도 21세기 젊은 남녀들의 만남도 바로 이러한 감정과 자세를 가지고 만났으면 하는 소박한 바램을 가져 본다. 그리고 이 작품은 다분히 회고적이요 고백적인 성격을 지녔다고 하겠는데, 이러한 체험 문학을 통해서는 시인의 아름다운 심상과 순수한 정신 세계를 감지할 수 있다고 본다.

    ② 당신을 처음 만났을 때
    나는 장님이 되었습니다.

    당신이 건네준
    황금빛 지팡이 하나

    눈부심에 눈을 뜰 수 없어
    그저 잡고 따라 갑니다

    높은 산
    깊은 물이어도
    그냥 잡고 따라갑니다

    당신 앞에 영원히 눈 못 뜨는
    나는 장님입니다
                    〈사랑은 장님〉

  이 작품을 통해서는 참사랑이 어떠한 것인가를 우리들에게 보여
주고 있다. 물건에도 가짜와 진짜가 있어서 세상 사람들을 혼란시
키듯이, 사랑에도 분명 참사랑과 거짓 사랑이 존재하는 것이다. 그
참사랑을 실현시키려면 어느 정도는 맹목적이어야 한다는 것을 위
작품은 가르쳐 주고 있는 것이다.
  한용운님의 「님의 침묵」을 읽어보면 무조건 임을 생각하고, 그리
워하고, 보고 싶어하면서 헌신적인 사랑을 노래하고 있는데, 위 작
품 〈사랑의 장님〉을 읽어보면 마치 한용운의 〈임〉을 다시 대한다는

느낌이 들 정도로 절대적인 사랑을 노래하고 있다.

그래서 당신을 처음 만났을 때 시의 화자는 장님이 되어 버렸다는 말로 서두를 꺼내었다. 둘째 연에서는 당신이 건네준 지팡이 하나가 있다고 했는데, 그 황금빛 지팡이야말로 임께서 주신 사랑의 메신저(messenger)라고 생각한다. 얼마나 그 사랑이 황홀했으면 눈부심에 눈을 뜰 수가 없어서 그저 잡고 따라갔다고 했겠는가. 그 임께서 인도하는 곳이 험난한 높은 산, 생명의 위협을 느끼는 깊은 물이라도 그냥 잡고 따라갔다는 것이다. 그래서 자기 자신을 사랑 앞에 영원히 눈 못 뜨는 장님이라고 지칭했던 것이다.

어떤 사람은 이 작품의 내용과 같은 사랑을 맹목적인 것이라고 비하할는지 모르겠지만, 필자는 이것을 순수한 사랑, 절대적인 사랑이라 이해하고 싶다. 그리고 인간이 인간다워지는 것도 이러한 참사랑, 희생적인 사랑을 실천 할 때만이 가능하다는 것을 현대인들에게 일깨워 주고 싶다.

김문자의 작품을 대하노라면 마치 친한 친구를 앞에 앉혀 놓고 대화하듯이, 아무런 부담감 없이 읽고 쉽게 이해할 수 있어서 좋다. 어떤 시인의 작품을 읽어보면 추상글이라는 미명 아래 저도 모르고 남도 모를 이야기를 늘어놓은 것들을 접하게 되는데, 이런 것들 중에는 고도의 문학성을 지닌 좋은 작품들도 있겠지만, 대부분 시인 자신이 허세를 부리고 독자들을 우롱하기 위해서 쓴 속임글이 많다는 것을 인식해야 된다.

이야기를 할 때 허세를 부리고 불필요한 말을 많이 늘어놓는 사람들은 사기꾼일 가능성이 많은데, 글에서도 쓸데없는 내용들을 많이 늘어놓고 불필요한 수사법을 많이 동원하는 것은 십중팔구 속임글일 가능성이 많다고 생각된다. 그처럼 속임글 쓰는 사람들이 판

을 치고 좌지우지하는 세상에 김문자 시인처럼 진솔한 글쓰는 사람
을 대할 수 있다는 것은 불행 중 다행이라 아니할 수 없다.

  ③ 봄 햇살
    보리밭 이랑
    아지랑이 몸짓이다가

    여름 한나절
    소나기 지나간 하늘가
    쌍무지개였다가

    늦 가을
    빈 들녘
    허수아비다가

    끝내는
    겨울 바람에 흩어지는
    빈 메아리
              〈사랑은〉

  이 작품은 김문자 시인 나름대로 〈사랑〉에 대한 정의를 내린 것
이라 이해하고 싶다. 그 사랑을 봄햇살 내리쬐는 보리밭 이랑 사이
의 아지랑이 몸짓이라 하였고, 여름 한나절 소나기 지나간 하늘가
에 뜬 쌍무지개 같다고 하였다.

  그런가 하면 늦가을 빈 들판에 홀로 서 있는 허수아비에 비유하
였고, 끝내는 겨울 바람에 흩어지는 빈 메아리 같다고 하였다. 그런
데 조선 시대의 시조 시인 이명한은 다음과 같이 사랑에 대한 정의

를 시조 한 수로 노래한 바 있다.

思郎이 엇쩌터니 둥고더냐 모지더냐
길더냐 져르더냐 발일넌야 즈힐너냐
各別이 긴 줄은 모로터 씃간듸를 몰너라

이처럼 사랑에 대한 정의를 사람마다 다르게 내리고 있는 것은 그것을 한마디로 규정지을 수 없는 복잡 미묘한 것이요 정체 불명의 것이기 때문이다. 김문자 시인은 그 사랑을 보리밭 이랑 사이의 아지랑이 같다고 하였고, 소나기 지나간 후의 쌍무지개 같다고 하였다.

그런데 그 아지랑이란 어떠한 존재인가? 청명한 봄날 들판에 나가 보면 예외 없이 아지랑이가 어른거린다. 아른아른하는 것이 사람들의 마음을 들뜨게 하지만 실제로 쫓아가서 잡으려고 하면 잡히는 것이 없다. 바로 아지랑이처럼 실체가 없는 것이 〈사랑〉이란 존재라는 것을 위 작품은 일깨워 주고 있는 것이다.

그러면 쌍무지개란 어떠한 존재인가? 여름날 소나기가 한줄기 지나간 다음에 먼 하늘을 바라보노라면 오색찬란한 무지개가 떠 있다. 그것을 바라보노라면 아름답고 황홀하고 환상적이다. 그리고 많은 사람들은 헛된 일인 줄 알면서도 달려가서 그 무지개를 잡고 싶어한다. 사랑이란 바로 그러한 쌍무지개와 같다는 것이 김문자 시인의 인식이라고 하겠다. 이어서 시인은 그 사랑을 늦가을 빈 들녘의 허수아비 같다 하였고, 겨울 바람에 흩어지는 빈 메아리 같다고 하였다.

그렇다면 빈 들판의 허수아비는 어떠한 존재인가? 오곡백과가 무르익을 때는 이것을 지키기 위해서 들녘에 서 있지만, 그 곡식을 모두 거둬들인 다음에도 빈 들판을 지키고 서 있는 것이 허수아비의 존재다. 사랑이 이처럼 빈 들녘의 허수아비와 같다고 하는 것은 사랑의 대상인 〈임〉이 실재하거나 실재하지 않거나 오직 그 〈임〉을 위해서 헌신적으로 존재하고 무한정 기다리고 있다는 것을 의미하는 것이다.

　마지막 연에서는 끝내는 겨울 바람에 흩어지는 빈 메아리 같다고 하였다. 빈 메아리 같다고 하는 것은 어디 〈사랑〉에만 해당되는 이야기이겠는가? 이 세상 모든 것, 즉 삼라만상은 공허한 존재에 불과하다는 것은 이미 널리 알려진 사실이다. 이것을 불교의 〈반야경〉에서는 "色卽是空 空卽是色"이란 말로 표현하였다. 사랑이 빈 메아리와 같다고 하는 것은 바로 이러한 우주 만물과 자연 현상의 섭리에 의하여 공허하기 이를 데 없다는 것을 인식한 결과라고 생각된다. 이 〈사랑은〉이란 작품은 그 참신한 시상과 뛰어난 비유가 돋보여서 성공한 작품이라 평가된다.

(2) 고독과 그리움의 정서

① 노을 빛
저리도 아름다운 것은
떠난 뒤에 찾아 올 어둠 때문이리

이 아름다운 세상에서
내가 사랑한 것은
바람이며 물이었어라

베갯가에 뒤척여

잠 못든 세월
끝내 눈 뜨지 못한 무지

두고 떠날 세상에서
남기고 갈 것은
허무

보내고 맞아야 할
저 아름다운 노을 앞에서
내가 외로운 까닭은

아름다운 노을은 지고
그 추억만이
어둠 속에 남아있기 때문이리
〈노을 지나간 뒤에〉

이 항목에서는 고독과 그리움의 정서가 표출된 작품들을 찾아 감
상해 보고자 한다.

인간은 근원적으로 무엇인가를 막연하게 기다리고 그리워하면서
살게 되어 있는데, 그것은 인간이 영적인 동물이기 때문이다. 그런
데 그 만물의 영장인 인간은 막연한 향수와 그리움 같은 것을 지니
게 되어 있다. 그러한 그리움은 인간이 고독하기 때문이고, 그 고독
함을 느끼게 되면 무엇인가를 그리워하면서 살게 된다. 때문에 고
독과 그리움의 정서는 똑같은 것이라 볼 수는 없지만 그림자의 양
면처럼 항상 붙어 다니게 되어 있다.

그런데 김시인은 저녁 노을 빛이 아름다운 것은 떠난 뒤에 찾아
올 어둠 때문이라고 하였다. 그 칠흑 같은 어둠 속에 살게 되면 황

홀하고 아름다운 저녁 노을이 그리워질 것은 당연한 이치가 아니겠는가?

그리고 이 아름다운 세상에서 자아가 사랑한 것은 바람과 물이었다고 하였다. 이 〈바람〉과 〈물〉은 자연을 대변한 것이라 생각되고, 그렇기 때문에 이와 유사한 자연물들, 예를 들면 달, 소나무, 목련꽃 등 아름다운 자연이면 모두 사랑의 대상에 포함시켰을 것이라 생각된다. 그 다음 "베갯가에 뒤척여 잠 못든 세월" "두고 떠날 세상에서 남기고 갈 것은 허무"라고 하였는데, 이런 부분은 고독의 정서를 여과 없이 표출시킨 것이라 보아진다.

그렇기 때문에 시적 자아는 보내고 맞아야 할 저 아름다운 노을 앞에서 내가 외로운 까닭은, 아름다운 노을은 지고 그 추억만이 어둠 속에 남아 있기 때문이라고 하였다. 여기서 아름다운 노을이 진다는 것은 허무감을 느끼게 되고, 그 추억만이 남아 있다는 것은 그리움의 정서를 말하는 것이니, 이 작품은 고독과 허무와 그리움의 정서가 복합되어 표출된 서정시라고 하겠다.

　② 거울 속에 여자가 있다.
　그 찬란한 젊음
　어디다 내어버리고
　낙엽 같은
　고독을 다듬고 있다.

　질기게 살면서
　시공의 대가로
　건져올린
　목숨 하나

삭정이로 남아 사그는
들풀 같은
목숨 하나
〈자화상〉

〈자화상〉이란 작품을 인용했는데, 이 작품은 제목 그대로 김문자 시인 자신의 이야기를 상징적으로 나타낸 것 같다. 우선 자기 자신의 실상을 떠올리기 위하여 거울 앞에 서서 확인하고 이야기의 실마리를 꺼내었다.

그 옛날 젊은 시절의 아름다운 모습을 찾아볼 수 없었기에 그 찬란한 젊음을 어디다 내어버리고 낙엽 같은 고독을 다듬고 있느냐고 자탄하였던 것이다. 끈질기게 살아오면서 그 시공을 지켜 온 대가는 부지해 온 목숨 하나, 이제 그 왕성했던 젊은 시절의 아름다운 모습을 찾아볼 수 없었기에 삭정이로 남아 사그러드는 존재라고 표현하였고, 그러면서도 끈질기고 가녀리게 목숨을 부지해 왔기에 자기 자신을 들풀 같은 존재라고 지칭했던 것이다. 이 작품 〈자화상〉에서 시적 자아는 자기 자신을 낙엽 같은 고독을 다듬는 존재라 하였고, 질기게 살면서 건져 올린 목숨이라 하였고, 삭정이로 남아 사그러드는 가녀린 존재라고 했는데, 이러한 표현은 그의 삶이 순탄하지도 않았고 화려하지도 않았다는 것을 은유적으로 표현한 것이다. 그야말로 힘겹고 어렵게 살아왔다는 것을 느낄 수 있었고, 그러하기에 이 작품 전반에 흐르는 정서 또한 외로움의 감정이 주조를 이루었다고 보아야 할 것이다.

③ 6·25 직후
실직하고 누워계신 아버지의 몫까지

식솔을 거느리시느라
야윈 어깨 삭아내린 베적삼

아들 못 낳으신 서름
뒷곁에서 뒤돌아 훔치시던
야윈 어깨의 들먹임
그때는 몰랐습니다

어느 여름
천둥 번개 속 몹쓸 바람
들이질할 수밖에 없는
숙명의 못 박고
당신은 떠났습니다

이제 잊어야 할 세월
허나 당신의 아픔 나의 슬픔되어
외로운 등에 기대려 했지만
닿을 수 없는 거리

어머니
삶의 의미는 무엇입니까
당신에게 묻고 싶습니다
〈어머니의 초상〉

이 작품 〈어머니의 초상〉은 김시인의 유년 시절에 겪었던 어머니
의 모습을 떠올리면서 그려 나간 한 폭의 그림 같은 초상화라고 하
겠다. 이야기의 실마리는 1950년 대 6·25 직후로 거슬러 올라간

다. 실직하고 누워 계신 아버지의 몫까지 다하느라고 야위어진 어깨와 삭아 내린 베적삼이 애처롭게만 보였던 어머니가 아니었던가. 게다가 그 어머니는 아들 못 낳으신 설움 때문에 남 몰래 어깨를 들먹이면서 우신 적이 한 두 번이 아니라는 이야기다.

그런데 그 고생만 하시고 어렵게 사시던 어머니가 어느 여름날 천둥 번개 속 몹쓸 바람 때문에 이 세상을 떠나게 되었다는 것이고, 그것은 시인의 가슴에 도리질할 수밖에 없는 숙명의 못을 박아 놓는 일이 되었다는 것이다.

그런데 넷째 연에 와서는 그것은 잊어야 할 세월이라 하였고, 당신의 아픔이 자신의 슬픔으로 전이되었다 하였고, 외로운 등에 기대려 했지만 닿을 수 없는 거리감을 느낀다고 하였다.

그리고 마지막 연에 와서는 어머니에게 삶의 의미가 무엇인지 묻고 싶다고 하였다. 그러나 "삶의 의미가 무엇이냐"는 이 질문은 어머니에게만 물은 것이 아니고, 시인 자신에게도 물은 것이고, 더 나아가서 이 세상 모든 사람들에게 물은 것이라고 확대해석하고 싶다.

그렇더라도 이 질문에 대해서 정답을 내려 줄 사람은 아무도 없으니 답답한 노릇 아닌가? 이 작품은 김시인 자신의 어머니에 대한 절실한 그리움을 나타내었고, 아울러 그 어머니의 전철을 따라간 자신의 모습까지 한 번쯤 되돌아보는 기회를 가졌다는 데에 그 의미가 있다고 본다.

(3) 참신한 비유법을 쓴 작품들

① 봄햇살

입마춤에
옷고름 푸는 여인

모진 광풍 찬 서리에
입 다물고 버틴 정절

봄바람
입마춤에
절로 푸는 옷고름

몸달아 푸는 고름
뉘라서 막겠는가

님 뵈올
하얀 속살
옷고름 푸는 여인아
〈목련꽃〉

시는 원래 자연이나 인생을 노래하는 장르라고 생각한다. 특히 우리 선인들은 자연을 즐겨 노래했고 그러한 전통성은 현대 시인들에게도 면면히 이어져 왔다. 이러한 자연시에는 그 자연의 아름다운 경치를 잘 묘사한 서경시가 있고, 그 자연에서 느끼는 미적 감상을 노래한 것도 있고, 그 자연물을 통해서 우리 인간들의 무엇인가를 상징해서 나타낸 것들도 있다.

여기 인용한 작품 〈목련꽃〉은 제3의 경우라고 하겠는데, 그 목련꽃이 단순한 자연물이 아니라 무엇인가를 상징적으로 나타냈다는 이야기다. 시의 성공 여부는 그 표현 방법에 있어서 상징과 비유를 얼마나 참신하게 나타냈느냐의 여부에 달려 있다고 본다. 이러한 상징과 비유에 대하여 이기반의 견해를 들어보면 다음과 같다.

"상징은 원관념이 생략된 은유법이다. 「소녀들의 장미 동산에 있는 女王장미」라고 하면 은유이지만, 시인이 단순히 그가 취급하는 사랑의 성질을 암시하기 위하여 장미를 지시한다면 그것은 상징이 된다. 예를 들면 「저 少女는 장미꽃이다」라고 하면 장미의 특질은 소녀에게 轉化된다. 그러나 다른 어떤 것을 대신하는 것으로서의 대상이나 사건을 생각할 때 우리는 상징이란 용어를 쓰는 것이다. 그러므로 상징은 의미를 지적하는 기호이다."(李基班 : 韓國 現代詩 硏究 參照)

비유와 상징의 차이는 원관념의 존재 여부와 크게 관련된다는 사실을 알 수 있다. 원관념이 나타나 있으면 비유, 생략되었으면 상징이라는 것이다. 그러면 이러한 논리에 의해서 인용 작품 〈목련꽃〉을 생각해 보자.

제1연에서 그 목련꽃을 봄햇살 입맞춤에 옷고름 푸는 여인이라 한 것은 상징보다는 은유 쪽에 가깝다. 그리고 제2연에서는 모진 광풍 찬서리에 입 다물고 정절을 지키는 여인이라 했다. 또 제3연에서는 봄바람 입맞춤에 옷고름을 절로 푸는 여인이라고 했다. 제4연에서는 "몸달아 푸는 옷고름 뉘라서 막겠는가"라고 하여 자연의 섭리는 인위적으로 막을 수 없다는 의지를 나타내었다.

그리고 마지막 연에서 이 목련꽃은 임을 만나기 위해서 하얀 속살을 드러내 놓는 여인이라고 한 것은 역시 은유법을 사용한 것이다. 한마디로 많은 사람들은 은유와 상징을 별개의 것이라 생각하지만, 필자는 은유법도 광의의 상징에 속한다고 본다. 이 작품에서 그 목련꽃을 "임을 만날 때 옷고름 푸는 여인"에 비유한 것은 김시인의 시적인 안목이 그만큼 참신하고 탁월하다는 것을 실증시켜 주었다는 점에서 큰 의미를 부여하고 싶다.

② 푸른 숲
나뭇잎 사이
하얀 웃음
향기로 오는 이는

가슴엔 온통
가시투성이
아픔에도 하얀 웃음
향기 띄우는 구나

초여름
숲 속에서
꾸던 하얀 꿈

유월이 오면
너는
언제나
내 그리움
대신 피우는
아카시아꽃

〈아카시아꽃〉

이 작품은 제목 그대로 〈아카시아 꽃〉을 노래한 것인데, 주로 의인법과 은유법을 사용해서 작품을 생동감 있게 표현했다. 제1연에서 푸른 숲 나뭇잎 사이 하얀 웃음은 초여름 아카시아 꽃이 만발한 모습을 그렇게 은유한 것이다. 그 아카시아 꽃이 만발했을 때 향기가 온 천지를 진동하는 모습을 다시 의인법을 써서 "향기로 오는 이"라고 지칭하였다.

제2연에서는 아카시아 나무에 가시가 많이 돋아난 것을 "가슴엔 온통 가시투성이"라 했고, 그러면서도 하얀 꽃이 만발하고 아름다운 향기를 내뿜는 것을 "아픔에도 하얀 웃음/ 향기 띄우는구나"라고 하였다. 제3연에서는 "초여름 숲속에서/ 꾸던 하얀 꿈"이라 했는데, 이 역시 아카시아꽃을 은유한 것이고, 제4연에서 "너는 언제나/ 내 그리움/ 대신 피우는/ 아카시아꽃"이라 한 것은 의인법을 써서 표현한 것이다. 여기서 "내 그리움/ 대신 피우는/ 아카시아꽃"이라 한 것은 표현의 묘미를 느낄 수 있어서 좋았고, 전체적으로 의인법과 은유법을 조화롭게 구사한 점 또한 이 작품의 가치를 돋보이게 해 준다고 생각한다.

③ 오롯이 솟는 정
겹겹이 벗겨든
헤픈 여인

담장 밖
드러내 놓고

지나가는
남정네 홀리는
못된 계집

찰나의
쾌락으로
영혼 흐리는
농염의
눈길

아
화냥끼 도는 저 몸짓
어쩌면 좋아

〈오월의 장미〉

비유법을 사용하되 다른 사람들이 쓰지 않는 그 나름의 독특한 수법을 우리들은 참신한 비유라고 한다. 이 작품에서는 〈오월의 장미〉에서 오롯이 솟는 정이 있다고 보았고, 그 붉은 빛깔을 띠고 요염하게 핀 장미꽃을 겹겹이 벗겨 든 헤픈 여인에 비유하였다. 그리고 담장 밖에 가지를 뻗치면서 핀 모습을 보고는 드러내 놓고 남정네 홀리는 못된 계집이라 하였다.

또한 그 장미꽃에서 찰나의 쾌락을 즐기기 위하여 영혼을 흐리는 농염한 눈길이 있다고 하였으니 얼마나 새로운 발견인가? 과학자들의 눈보다도 더 예리한 데가 있다고 생각된다. 오월의 장미가 그처럼 남정네 홀리는 못된 계집이라 생각되었고, 남정네 홀리는 요염한 눈길을 가졌다고 보았으니, "아! 화냥끼 도는 저 몸짓/ 어쩌면 좋아"라고 자탄할 수밖에 없었던 것이다.

이 작품에서 그 오월의 장미를 "헤픈 여인" "화냥끼 있는 여자" "남정네 홀리는 못된 계집"이라 지칭한 것은 김문자 시인 나름의 개성적인 안목을 가지고 발견한 새로운 경지라고 생각된다. 아울러 그 독창적인 안목과 참신한 비유법의 구사는 이 작품의 가치를 상승시켜 주는 중요한 요소가 되었다고 사료된다.

이제까지 김문자 시인의 작품 세계를 ①소녀다운 청순한 사랑의 노래 ②고독과 그리움의 정서 ③참신한 비유법을 쓴 작품들의 3가지 항목으로 나누어서 살펴보았다. 그러나 그 한정된 지면에 그 다양하고 폭넓은 작품 세계를 어찌 다 이야기 할 수 있겠는가? 그렇더라도 김문자 시인의 작품에 특징적인 면을 이야기한다면 ①여성적인 섬세한 정서의 표출 ②사랑과 그리움을 바탕으로 한 정한의 노래 ③삶의 체험을 형상화한 작품들이 많음 ④말을 아끼고 절제하는 창작 태도 ⑤고향 여주에 대한 애향 의식 ⑥꾸미거나 허세가 없는 진솔한 표현 ⑦지조와 정절을 중시하는 조선 시대의 여인상 등 여러 가지를 들 수 있을 것이다.

김문자 시인은 서두르지 않고 차근차근 문학적 수련을 쌓으면서 작품을 창작해 왔다. 그렇기 때문에 문단 연조가 많은 분들에 비하여 결코 뒤지지 않는 단단한 구조와 언어미학을 창출해 냈다고 본다. 이제 뒤늦게 첫 시집을 내는 김문자 시인에게 진심으로 축하드리고, 아울러 더욱 건강하시고 더욱 노력하셔서 개인적인 업적은 물론 여주문학, 나아가서는 한국 문학 발전에 크게 이바지해 주기를 간절히 소망하면서 무사를 마치는 바이다.

8. 고향 사랑과 자연 사랑의 정신

김상직 시인은 경기도 이천 출신으로 이천에서 성장해서 이천을 사랑하면서 살아가는 향토 시인이다. 그의 약력을 보면 지방 공무원으로 근무한 바 있으며, 「월간마을」의 현지 기자 생활을 하였다. 일찍이 문학에 뜻을 두고 문학 수업을 열심히 하였으며, 그래서 「한맥문학」 신인상으로 문단에 데뷔하였다. 현재는 한맥문학 동인, 자유시협 회원, 한국문협 회원으로 작품 활동과 문단 활동을 활발하게 수행하고 있는 실정이다.

이처럼 성실하고 유능한 김상직 시인이 첫 시집 「패랭이꽃의 침묵」을 상재한다고 하니 우선 축하 드리고, 더구나 필자가 김시인의 작품 세계를 이야기하게 되어 기쁜 마음 감출 수 없다. 우선 그의 작품을 접해 보니, 그를 직접 만난 적이 없는데도, 십년지기를 만난 것처럼 친근감을 갖게 된다. 그것은 그의 작품을 통하여, 김시인이 자연을 사랑하고, 고향을 사랑하고, 사람을 사랑하고, 꽃을 사랑하고, 우주 만물을 사랑하는 정신이 충만하다는 것을 확인하였기 때문이다.

하여간에 소쉬르는 언어 기호를 시니피앙(記意)과 시니피에(記票)로 구분하였다. 즉 음성적 형식과 그러한 음성적 형식이 지시하는 의미 내용으로 구분하였다는 점이다. 그런데 시의 언어는 단순히 일상적이고 문법적인 기표와 기의에 의존하는 것이 아니라, 이차적인 기표를 만들고 거기에서 새로운 의미를 창출해 낸다는 데에 특징이 있는 것이다. 이때 이차적인 기표를 은유, 상징, 이미지라는 용어로 표현할 수 있겠는데, 김시인의 작품에서는 이러한 시의 언어가 어떻게 형상화되고 있는지 몇 가지 항목으로 나누어 살펴보고자 한다.

(1) 나그네 의식이 드러난 작품

묵언의 길을 간다
강과 산과 들녘을 지나
방황의 길을 간다

하늘과 땅의 공간에서
초라한 길손으로 간다

머무를 곳
쉴 곳도 없는
끝없는 방황의 굴레
몸부림을 치며 간다

밤과 낮을 잃어버린
세월을 밟으며 간다

고독에 울며
치닫던 성난 함성도
때로는 지쳐
잠이 들던 날

길손은 잔잔한 여운을 남기고
떠난 이 자리에는
무지개 꿈이
서려있을 것만 같은

그래서
길손은 오늘도
긴 여정을
시작하려는가 보다

〈바람〉

위 작품은 〈바람〉이란 시 전문을 인용한 것이다. 특히 인용시는 이 시집에서 제일 먼저 나오는 작품이기에 序詩的인 역할을 한다고 본다. 사실 〈바람〉의 속성 자체가 어느 한곳에 안착하는 것이 아니라 부단히 떠돌아야 하는 존재이기 때문에, 인간으로 말하면 여기저기 떠돌아다니는 나그네에 비유될 수 있는 것이다. 그 바람이 묵언의 길을 간다고 했고, 산과 들을 지나 방황의 길을 간다고 하였다. 이러한 바람이 둘째 연에 오면 〈길손〉으로 환치되고, 머무를 곳도 쉴 곳도 없는 끝없는 방황의 굴레를 몸부림치면서 간다고 하였다.

여기서 〈길손〉은 나그네를 의미하고, 그러한 나그네는 바로 김시인 자신이라 할 수 있고, 우리 인간 모두를 지칭하는 대명사라고 확대 해석해 볼 수도 있다. 그 길손은 고독에 울면서 치닫기도 하고, 때로는 지쳐서 잠들기도 하고, 잔잔한 여운을 남기면서 떠나가기도 한다.

그러나 이러한 길손에게 절망적인 사연만 있는 것이 아니라, 희망적인 무지개 꿈도 서려 있기에 또 다시 길손은 기나긴 인생의 여정을 계속해서 가고 있는 것이다. 그러니 잘난 사람이나 못난 사람이나 성실하게 살아가는 사람이나 세상에 물의를 일으키면서 살아가는 사람이나 긴 안목으로 보면 이 세상에 잠시 머물다가 가는 나그네에 불과한 것이다. 더 심하게 이야기하면 정처 없이 떠돌아다니는 한줄기 바람이라 해도 지나침이 없는 것이다.

초록빛 꿈이 피어나던 시절
하늘과 땅 그리고 자연
모두가 내 소유의 것들
꿈은 구름처럼 석양에 부풀어
아름다운 꽃을 피울제
콧노래 부르며 걷던 오솔길

세월은 무언의 행보를 쉬지 않는데
어느 덧 꿈은 조각구름이 되고
꽃은 색을 바래며 허탈한 웃음을
짓는다
삶에 얽매이고 부대끼며 세파에
뒤엉키고

웃고 울며 표류하는 나그네
가자 삶의 여정을

시들지 않으려는 숲의 몸부림
고독한 바보의 자화상에서
꿈을 잉태하는 나그네.

〈세월 그리고 나〉

위 작품은 3연으로 구성되어 있는데, 제1연에서 "초록빛 꿈이 피어나던 시절"이나 "하늘과 땅 그리고 자연" 등이 모두 자신의 소유라고 생각했던 시절은 김시인의 꿈 많던 소년 시절로 보아야겠다. 그 소년 시절의 꿈은 구름처럼 석양에 부풀어 아름다운 꽃을 피우게 했기 때문에, 김시인은 콧노래 부르며 오솔길을 걸어 보기도 하고 즐거워서 산야를 헤매 보기도 했을 것이다. 그야말로 꿈 많고 청순하던 김시인의 소년 시절이 선하게 보이는 듯하다.

제2연의 내용은 세월은 말없이 계속해서 흘러갔다는 것이고, 자신의 꿈과 포부는 구름 조각처럼 깨어졌다는 것이고, 아름다운 꽃을 피우게 했던 소년 시절의 꿈은 빛을 바래며 허탈한 웃음을 짓게 했다는 것이다. 그래서 꿈을 키우며 살던 소년 시절이 아니라, 삶에 얽매이고 세파에 시달리면서 살아야 하고, 조금은 성숙한 현실적인 생활인으로 돌아간 김시인을 만나게 된다.

제3연에서 시적 자아는 울고 울며 표류하는 나그네라고 표현했는데, 이것은 김시인의 나그네 의식을 단적으로 드러낸 구절이라고 생각된다. 그래도 시들지 않으려고 몸부림을 치면서 살아야 하고 계속해서 꿈을 잉태하면서 살아야 하는 것이 외로운 자신의 자화상이라고 하였다. 이 작품에서 자신을 "웃고 울며 표류하는 나그네" "꿈을 잉태하는 나그네" 등으로 표현한 것은 자신 뿐만 아니라 우리 인간들 모두가 이 세상을 살아가는 나그네에 불과하다는 것을 상징적으로 나타냈다고 보아진다.

(2) 고향 사랑 의식이 드러난 작품

당신은 나의 포근한 어머니
그 속에서
내 어린 시절의 꿈을 키우며
최초의 아름다운 추억을 만들었습니다.

들녘에서 들려오는 풀벌레와
새들의 노래소리와 시냇물 소리는
어머니의 고운 자장가였습니다.

지금도 귀 기울이면
아련히 여울지던 앞산의
메아리가 있습니다.

흩어진 들꽃 무리의 아름다운
향기는 어머니의 진한 체취로
그리움을 더해만 갑니다.

어미소의 기인 울음도
물레방아의 정겹던 모습도
이제는 어머니의 옛 품속에서
추억으로 남아 노래하고 있습니다.

〈고향의 노래〉

위 작품은 〈고향의 노래〉 전문을 인용한 것이다. 여기서 김시인
은 고향을 포근한 어머니로 인식했고, 그 속에서 어린 시절의 꿈을

키우며 아름다운 추억을 만들었다고 하였다.

그러면 어머니란 어떠한 존재인가? 그 어머니는 자신을 감싸주고 이해해 주고 사랑해 주고 항상 보살펴 주는 존재이다. 다시 말해서 무한 사랑을 베풀어주는 존재가 어머니인 것이다.

김시인은 자신의 고향 이천을 "포근한 어머니"로 인식했던 것이고, 그 고향 땅에서 들려 오는 풀벌레 소리와 새들의 노래 소리와 시냇물 소리를 어머니의 고운 자장가라고 인식했던 것이다.

그런가 하면 귀 기울이면 아련히 여울지던 앞산의 메아리는 어머니의 사랑스런 음성처럼 느꼈고, 흩어진 들꽃 무리의 아름다운 향기는 어머니의 진한 체취라고 인식하였다. 심지어는 어미 소의 기인 울음, 물레방아의 정겹던 모습까지 어머니의 품속에서 추억으로 남아 노래한다고 하였으니, 고향에 대한 그리움과 사랑과 추억을 이보다 더 절실하게 노래할 수는 없다고 생각된다.

수정처럼 맑은 개여울에서
물고기 벗하며 멱감던 고향
원두막 개똥참외 향기나는 단내음
초가지붕 박덩이가 달빛에 소담하다
쑥대 피워 모기 쫓던 옛 이야기 밤이 깊고
별빛에 아스런히 잠이 들던 옛고향.

칡넝쿨 나무가지 엮어 집짓고
머루, 딸기 따서 놀던 소꿉친구여
그리운 시절 오지 않을 옛고향
땅거미 지는 노을 언덕에 올라
들녘을 줄달음쳐 부르던 노래
지금은 어이해 들리지 않고

　　그대들의 체취만 맴을 도느뇨.
〈옛 고향〉

　이 작품은 제목에 나타난 그대로 옛고향에 대한 추억을 노래하고 있다. 수정처럼 맑은 개여울에서 물고기 벗하며 멱감던 일, 원두막에서 향내 나는 개똥참외 먹던 일, 초가지붕 위의 박덩이가 달빛 아래 그림처럼 달려 있는 모습 등은 우리 나라가 산업화 근대화되기 이전의 전형적인 농촌의 풍경이라고 하겠다.

　다시 말해서 김상직 시인이 성장하던 이천의 농촌만 그러한 것이 아니라 우리 나라의 농촌 전체가 그러한 전근대적인 모습을 띠고 있었던 것이다.

　이처럼 전근대적인 모습을 띤 농촌이요 옛고향이기는 하지만 시인에게는 정겹고 그리운 추억의 고장인 것이다. 그러한 옛고향에서 시인은 쑥대 피워 모기를 쫓아가면서 옛이야기를 듣던 일과 반짝이는 별빛 아래서 아스라히 잠들던 일이 아름다운 추억으로 간직되어 시인을 동경과 그리움의 세계로 빠져들게 하였다.

　그밖에 칡넝쿨이나 나뭇가지 엮어서 집 짓고, 머루, 딸기 따먹으며 놀던 소꿉친구들, 땅거미 지는 노을 언덕에 올라 줄달음치며 노래 부르던 일 등은 빼놓을 수 없는 옛고향에 대한 추억이 아니겠는가.

　그러나 되돌이킬 수 없는 옛날의 일이기에 시인은 "그리운 시절 오지 않을 옛고향" "지금은 어이해 들리지 않는고" "그대들의 체취만 맴을 도느뇨"라고 하면서 회고조의 노래를 부르고 있는 것이다. 이 작품 외에도 "흙살마다 아버님 손길/ 듬뿍 배인 정든 땅/ 저 세상 가셨어도 잊지 못하는/ 개너머 뙈기밭/ 정든 뙈기밭"(개너머 밭)같은 싯귀에서는 시인의 고향에 대한 정이 얼마나 절실한가를 가늠해 주는 좋은 예라고 하겠다.

(3) 아름다운 꽃을 형상화한 작품

해맑은 들국화 자그만 아이여
냇가에 피어서 그 뉘를 기다리나
속삭이는 가을 노래 동심에 안기어서
추억은 한잎 두잎 무심코 날리누나

노오란 들국화 귀여운 소녀야
들길에 피어서 그 뉘를 기다리나
아무도 찾지않는 무정한 세인이여
외로운 들녘 바람 얼굴을 스치누나.

미소를 머금은 외로운 여인아
호올로 피어서 그 뉘를 기다리나
들녘에 속세 떠난 어여쁜 여인이여
가냘픈 모습만이 갈바람에 떠누나

〈들국화〉

제3부는 〈엉겅퀴꽃〉〈목련꽃〉〈창포꽃〉〈메밀꽃〉〈억새꽃〉 등 아름다운 꽃들을 형상화하였다. 위 작품은 〈들국화〉의 전문인데, 그 들국화를 의인법을 써서 "아이→소녀→여인"이라고 호칭하였다. 그래서 제1연에서는 해맑은 들국화를 작은 아이라 불렀던 것이고, 냇가에 피어서 누구를 기다리느냐고 했던 것이고, 속삭이는 가을 노래가 동심에 안긴다고 했던 것이다.

제2연에서는 노오란 들국화를 귀여운 소녀라 했고, 들길에 피어서 그 누구를 기다리느냐고 하였다. 그래서 한적한 곳에 외롭게 피어 있는 들국화를 아무도 찾아 주지 않는다고 한탄하였고, 외로운 들녘 바람만 들국화를 스쳐 지난다고 하였다.

제3연에서는 들국화를 미소 머금은 외로운 여인으로 보았고, 홀로 되어서 그 누구를 기다린다고 하였다. 그처럼 외따로 피어 있는 들국화를 속세 떠난 여인으로 보았고, 가냘픈 모습이 가을 바람에 한들거린다고 하였다. 이 작품에서 시인은 들국화를 기다리는 사람에 비유한 점이 특이하고, 그 외도 동심에 젖은 아이, 귀여운 소녀, 가냘프고 외로운 여인으로 인식한 점은 시인 나름의 개성적인 안목을 지녔기 때문에 가능하다고 본다.

황록색 자루꽃
연못가에 피었네

수줍음 없는 사내
雄性을 드러내며

육칠월 비스듬히
사알짝 내밀었네

칼날 같은 잎사귀
사내 닮은 꽃

도랑가에 피었네
보란 듯이 피었네
〈창포꽃〉

창포는 건망증이나 번민증에 약으로 쓰이는 약초이다. 또 건위제, 진통제, 살충제 등으로 쓰이기도 한다. 그런가 하면 창포 잎과 창포 뿌리를 우려서 만든 창포물은 단오날에 여기에 머리를 감고 세수하면 邪鬼를 쫓는다는 전설이 전해 온다. 위 작품 〈창포꽃〉은 그것이 피어 있는 장소, 색깔, 모양. 성질 등을 잘 파악해서 형상화한 것으로 파악된다.

그 창포꽃이 피어 있는 장소는 연못가나 도랑가이고, 그것이 피는 계절은 육칠월이고, 피어 있는 모습은 보란 듯이 피었다고 하였다. 창포꽃의 색깔은 황록색이고, 모양은 자루처럼 생겨서 자루꽃이라 하였고, 그 피어 있는 자태는 비스듬히 사알짝 내밀었다고 하였다. 그 창포꽃의 성질은 "수줍음 없는 사내/ 雄性을 드러내며" "칼날 같은 잎사귀/ 사내 닮은 꽃"이라는 구절에서 잘 나타난다. 다시 말해서 창포꽃은 그 모양새나 성질이 남성적이라는 이야기다. 앞에서 논의한 〈들국화〉는 가냘픈 모습의 여인이라 했고, 여기서 논의한 〈창포꽃〉은 수줍음 없는 사내로 인식했다는 점에서 두 작품은 대조적이라 할 수 있다.

(4) 임사랑 정신이 드러난 작품

동구 앞 산 넘어 강가 있었네
그대와 둘이서 거닐던 이곳

강물은 흘러 헤어지건만
우리는 사랑을 기약했었지
세월은 강물 따라 흘러간데도
그대 입술 눈동자는

내 가슴에 있네

동리 앞 길 따라 냇가 있었네
그대와 둘이서 사랑하던 곳

냇물은 흘러흘러가지만
우리의 사랑은 변치 않았지
냇물은 세월 따라 흘러간데도
그대 작은 속삭임은
내 가슴에 있네.

〈그대 내 가슴에〉

　인간 세계에서 사람을 사람답게 하는 가장 큰 요소는 사랑의 정신을 지니고 있다는 점이다. 그 중에서도 가장 순수하고 아름다운 것이 임을 위한 사랑이라고 하겠다. 그 옛날 사대부 시가에서 노래한 임은 대부분이 임금을 지칭한 것이고, 일제 시대는 조국을 임이라 불렀고, 종교인들은 석가나 예수를 임이라 불렀지만, 대부분의 사람들은 사랑하는 대상을 〈임〉이라 부르는 것이 상례화 되었다. 김상직의 작품에서도 〈임〉을 위한 헌시가 많은데, 그 작품들을 자세히 읽어보면 지난 날에 사랑했던 한 여인을 그리워하는 것으로 일관되었다.

　위 작품에서 제1연은 그 임과 사랑을 나누던 장소를 의미한다. 동구앞 산 넘어 강가가 둘이서 사랑을 나누던 곳이라 하였다. 제2연에서는 그 임과의 언약과 추억을 노래하고 있다. 강물은 흘러가면서 헤어지지만 우리는 헤어지지 말자는 사랑을 약속했다는 것이다. 그러나 세월은 강물 따라 흘러갔다는 것이고, 그대의 입술과 눈동자만 추억으로 남아 있다고 노래하였다.

　제3연 또한 그 임과의 사랑을 나누던 장소를 의미한다. 동리 앞 길 따라 냇가가 있었는데, 그곳이 임과의 사랑을 나누던 장소라고 하였다. 그 냇물은 흘러갔지만 둘 사이의 사랑은 변치 않았다는 것 이고, 그러나 이제는 그대의 작은 속삭임만이 추억으로 남아 있다 고 하였다.

　김시인의 이 작품을 통해서는 사랑은 아름다운 것, 그리운 것, 순 수한 것, 언제나 추억으로 남아 잊혀지지 않는 것이라는 개념을 인 식시켜 주었고, 이것은 인간들의 보편적 정서라는 것을 확인시켜 주었다는 점에서 의의가 있다.

지난 시절 돌아보면
생각나는 사람
그러나
지금은 내 기억 속에 희미한 사랑
어쩌다 옛생각에 잠기울 때면
이 세상 어느 곳에 행복할 사람

기약없는 우리 만남
미련은 남아
그대 이름 고운 모습
잊지 못해요

어제도 아니 잊고
오늘도 그리운 사람
어데선가 달려와
내 가슴에 안기울 사람

나는 기다리리
그대 맞아 옛사랑을 노래하리
사랑하는 그리움에
내 연인이여!

〈연인〉

이 작품은 제목 그대로 연인에 대하여 노래한 것이다. 연인은 이성 지간을 의미하고 서로 떨어져 살지만 항상 그리워하고 만나 보고 싶어하는 존재이다. 또 과거에는 사랑하는 사이였지만, 현재는 그렇지 못한 관계에서 그리워하는 사람을 연인이라 할 수 있다.

이 작품의 경우는 후자에 해당된다고 보겠는데, 그래서 지난 시절 돌아보면 생각나는 사람이라 하였다. 또 현재는 만날 수 없으니까 기억 속에 희미한 사랑이라 하였고, 어쩌다 생각해 보면 이 세상 어느 곳에선가 행복하게 살아가고 있을 사람이라 하였다. 언제 다시 만나게 될지 기약조차 없다 하였고, 아직도 미련은 남아 그대의 이름과 고운 모습을 잊지 못한다고 하였다.

언제나 잊혀지지 않아 어제도 그리워했고 오늘도 그리워한 사람, 어데선가 달려와서 가슴에 안길 것만 같다고 하였으니, 임에 대한 간절한 사랑이 이보다 더 절실하게 표현되기는 어렵다고 생각한다. 그래서 마지막 연에서는 "나는 기다리리/ 그대 맞아 옛사랑을 노래하리"라고 하였는데, 이 작품 전체가 바로 옛사랑을 주제로 해서 노래한 연가에 해당되는 것이다.

이밖에도 다른 작품에 "어쩌다/ 당신이 내 곁을 떠난다 해도/ 나는 당신을 잊지 못합니다" "당신은 나의 아름다운 한송이 꽃입니다/ 당신은 나의 연인 사랑합니다"라는 구절이 있음을 볼 때, 김시인의 연인에 대한 사랑은 그의 작품 세계를 형성하는데 중요한 요소가 되었다고 생각한다.

(5) 가족애 정신을 노래한 작품

흰눈이 바람에
창가를 두드리면
그 옛날 고생 많던
우리 맏형수

그 곱던 옛모습
파란 속에 묻혀지고
인고의 주름살
가시지 않을 아픔

철 없던 지난 세월
불효했던 시동생
썩어도 진토 되었을
형수 가슴 속

어떻게 삭히오리
가엾은 우리 형수

가시 돋힌 겨울 바람
매섭게 불어오면
부엌 틈새 우는 소리
눈물짓던 우리 형수

〈형수님〉

김상직 시인에게는 유달리 가족애 정신을 노래한 작품이 많다. 〈형수님〉〈부부〉〈아내〉〈나의 아내여〉〈딸에게〉〈부모〉 등이 그러한 예이다. 위 작품은 〈형수님〉을 인용한 것인데, 춥고 가난하고 어려웠던 시절의 형수님을 생각하면서 노래부른 것이라고 하겠다. 흰 눈이 많이 내리던 겨울밤, 그 겨울 바람이 창가를 두드릴 때 형수님은 그 옛날 고생을 많이 하였다는 것이 제1연에 나타나 있다. 그 곱던 얼굴 모습은 파란 속에 사라지고, 인고의 주름살만 늘어나서 가슴 아프다는 것이 제2연의 내용이다.

철없던 지난 시절에 형수님 속 상하게 해 드린 일이 괴롭다는 것이고, 너무나 속을 끓여서 형수님 가슴 속은 썩어서 진토가 되었을 것이라 한 것이 제3연의 내용이다. 제4연에서는 그 속상하는 일을 어떻게 삭힐 수 있었겠는가 반문하면서 불쌍하고 가엾은 우리 형수라고 지칭하였다.

그리고 마지막 연에서는 그 폭풍한설 겨울 바람이 매섭게 불어오면, 형수님은 부엌 틈새에서 울었고, 눈물을 흘리셨다는 내용으로 끝맺었다. 지난날의 우리네 여인들은 철저한 유교 윤리와 남존여비 사상 때문에 숨 한 번 크게 못 쉬고, 구속과 핍박 속에서 살아온 것이 현실이었다. 게다가 가난 때문에 고생 고생하면서 눈물과 한숨으로 지샌 것이 그들의 공통된 생활 방식이었다.

그렇기 때문에 가난과 괴로움과 파란 많은 생애를 보냈다고 하는 김시인 형수님의 삶은 우리들 전시대의 여인들 대부분이 겪었던 시대적 산물이었다고 생각한다면 조금은 위안이 되리라 생각한다.

　　　수 많은 사람 중에
　　　그대 만남은

실오라기 같은 연분
정으로 이어간다

인생 여정 모진 세파
나누며 삶을 잇고

가는 세월 넋두리에
토닥이는 부부의 정

잔주름 연륜처럼
덧없이 쌓여지면

남 모를 은은한 정
깊어가는 부부 사랑
〈부부〉

인간의 만남 중에서 부부의 인연보다 더 귀하고 값진 것은 없다는 생각이 든다. 인간 만사가 사람의 뜻대로 안되기는 하지만, 특히 남녀가 만나서 결혼하는 문제만은 하늘의 뜻이 많이 내포되었다고 하겠다. 그래서 옛부터 우리 선인들은 남녀가 만나서 결혼하는 것을 천정배필이니 천생연분이니 하는 말로 표현했던 것이다.

이러한 의미가 위 작품 제1연과 2연에 내포되었다고 하겠는데, 수많은 사람 중에 그대 만남은 실오라기 같은 연분이 있기 때문이라고 한 것은 바로 옛사람들이 일컫던 천생연분이란 말과 상통하는 데가 있다. 불교에서는 지나가다가 옷깃만 스쳐도 전생의 연분이 있다고 표현할 정도이니, 이 세상에서 부부로 만나 평생 동안 생사고락을 같이한다는 것은 보통의 인연은 아니라고 생각한다.

　제3연과 4연에서는 부부의 정을 나누고 고락을 같이 한다는 의미를 나타내었다. 그것을 인생 여정 모진 세파를 함께 극복하며 삶을 이어간다고 하였고, 가는 세월 넋두리에 토닥이는 부부의 정이라 표현했던 것이다. 제5연과 6연에서는 그러면서 인생은 덧없이 늙어 가고 부부의 정은 은근히 깊어 간다는 것을 나타내었다.

　그것을 잔주름 연륜처럼 덧없이 쌓여진다 하였고, 남모를 은은한 정이 깊어 가는 것을 부부의 사랑이라 표현하였다. 한마디로 이 작품을 읽어보면 부부의 생활이 어떤 것인가를 실감 있게 나타내었는데, 어떤 인연으로 해서 만나게 되고, 인생 여정의 생사 고락을 함께 나누고, 그러면서 해로하다 보면 부부의 정도 깊어지게 마련이란 것을 순차적으로 나타내었다.

　이제까지 김상직 시인의 작품 세계를 ①나그네 의식이 드러난 작품 ②고향 사랑 의식이 드러난 작품 ③아름다운 꽃을 형상화한 작품 ④임사랑 정신이 드러난 작품 ⑤가족애 정신을 노래한 작품 등으로 나누어 작품을 해석하고 감상해 보았다. 그러나 단시간 내에 주마간산격으로 살펴본 것이니, 작품의 진수는 보지 못하고 나무만 보고 숲을 보지 못한 격이 되지 않았을까 걱정된다.

　그렇더라도 김시인의 작품을 읽고 느낀 점은 자연이나 인간을 사랑하는 정신이 밑바탕에 깔려 있다는 점, 인간은 근원적으로 고독한 감정을 지니고 있다는 점, 무엇인지 그리워하고 찾아 헤매는 나그네 의식을 지니고 있다는 점, 청소년 시절에 보고 듣고 경험한 것들에 대한 아름다운 추억을 지니고 있다는 점, 근대화, 산업화된 현대 감각을 지향하기보다는 지난 날의 전통적 정서에 기대고 있다는 점 등을 간파할 수 있다.

　특히 다양한 소재를 작품화한 점, 자유분방하게 시상을 펼쳐 나간 점, 각 작품을 공들여 쓰는 정공법을 선택한 점, 의미의 전달과 시상의 통일을 중시한 점, 수사와 기교보다는 진솔한 표현을 하기에 주력한 점 등은 김시인의 작품적 특성이라 해도 좋을 것이다. 그는 자연을 사랑하고 고향 사람을 사랑하고, 가족을 사랑하는 시인이라 생각되었기에 이 글의 제목을 "고향 사랑과 자연 사랑의 정신"이라 붙여 보았다. 이제 첫 시집을 발간하는 김시인에게 다시 한번 축하의 박수를 보내드리고, 앞으로도 좋은 작품 많이 쓰는 시인이 되기를 기원하면서 이 글의 결론을 맺는다.

9. 여주문학의 현재와 미래

여주문학의 현재 상황과 미래에 대한 전망을 이야기하려면 우선 먼저 여주문학의 흐름부터 이야기하는 것이 순서라고 생각된다. 그렇게 하려면 자연적으로 여주문학의 시발점을 찾아내야 하고, 그 시발점을 더듬어 보면 고려 시대 白雲居士 이규보의 문학에서 이야기의 실마리를 풀어 나가지 않을 수 없다. 그런데 고려 시대는 이규보 이외는 다른 문인들이 없었으니 무슨 영문인지 모르겠고 다만 아쉽고 안타깝다는 말로 대신할 수밖에 없다.

그러나 白雲居士 이규보는 신라를 대표하는 문인이 최치원, 조선 시대를 대표하는 문인이 윤선도, 근대문학을 대표하는 문인이 한용운이라면 고려 시대를 대표하는 문인으로는 이규보를 꼽을 수 있다는 점에서 문학사적으로 중요한 의미를 갖는다.

그리고 조선 시대의 문학 장르로는 국문시가나 국문소설이 있었고, 한문시와 한문소설이 있었는데, 이러한 장르의 작품을 써낸 분으로서 여주 사람은 한 사람도 찾을 수 없었으니 그야말로 무슨 영문인지 모르겠고, 고려 시대의 경우와 마찬가지로 아쉽고 안타깝다는 말로 대신할 수밖에 없다.

다시 근대 일제 강점기로 내려오면 소설가 柳周鉉이 있어서 여주 문학의 긍지를 갖게 한다. 그러나 柳周鉉 선생 한 분 이외는 이렇다 할 문인이 없었고, 1975년에 이르러서 원용문이 월간문학 신인상에 시조 작품 〈사슴기〉가 당선되어 문단에 나옴으로써 여주문학의 맥이 이어진다.

그 뒤를 이어서 송길자 시인이 1982년 「시문학」에 시조 〈간이역에서 구름을 보며〉가 추천되어 문단에 나왔고, 다시 1989년에는 강태희 교장이 「농민문학」을 통하여 아동문학으로 등단함으로써 여주문학은 활발하게 발전해 나갈 기반을 닦아 놓았던 것이다. 그리하여 현재는 한국문인협회 여주지부 회원들과 재경 여주문인회원을 합쳐서 20여명의 문인들이 여러 장르에 걸쳐서 작품 활동을 전개하고 있다.

(1) 이규보의 삶과 문학

이규보는 1168년(의종 22)에 태어나서 1241년(고종 28)까지 생존했던 고려 시대의 재상이며 문인이다. 본관은 黃驪(現驪州)이고 자는 春卿이고 호는 白雲居士이다. 이규보는 출생 후 4세까지는 개경에 거주하다가 成州(현 成川) 守로 나간 부친을 따라 4세부터 7세까지는 성주에 살았고 7세 때에는 다시 개경으로 돌아와 이때부터 한문을 배웠다.

글을 배우면서 탁월한 재질이 드러나기 시작하여 9세에는 이미 屬文할 수 있게 되어 사람들이 奇童이라 칭하였다. 11세에는 문하성 省郎들이 그의 시재를 시험해 보고 모두 탄복하였다는 전설이 있다. 14세 때에는 私學의 하나인 誠明齋의 夏課에서 시를 빨리 지어 선배 문사로부터 기재라 불렸으며 장래가 촉망되었다. 이때 그의 희망은 장차 문한직을 맡아 문명을 날려 크게 입신출세하는 것이었다.

성명재 생활은 이규보가 1차로 사마시에 응시했던 16세까지 약 2년 반 동안 계속되었으며, 그는 16, 18, 20세 등 3차나 사마시에 응시했다가 계속 낙방하고 22세에 비로소 장원으로 합격하였다. 16세부터는 4, 5년간 자유분방하게 지냈으며, 기성 문인들인 江左七賢과 의기가 소통하여 그 모임에 출입하였다.

이들 가운데서 吳世才를 가장 존경하여 그 인간성에 깊은 공감과 동정을 느끼었다. 시험에 합격하였으나 곧장 관직에 나가지 못하게 되자 25세 되던 해 개경의 천마산에 들어가 시문을 지으며 세상을 관조하면서 지냈다.

莊者의 無何有之鄕의 경지를 동경하였는데, 白雲居士라고 하는 호는 이 시기에 지은 것이라고 한다. 인간 집단 속에 얽매어서 군신부자의 윤리에 묶여 있는 유학에 비하여 우주를 좁게 여기며 無下有鄕에 노닐고자 하는 즉 인간을 속박하는 모든 규제에서 벗어나 완전한 자유를 누리려는 노장적 생활을 지향했던 江左七賢들에게 매료되어 이규보는 도가적인 가치를 중시하게 되었던 것이다. 26세 (1193) 때에는 개경에 돌아와 지난 시절과는 달리 빈궁에 쪼들리게 되었고 수년 내의 無官者의 처지를 한탄하게 되었다.

25세 시에는 「白雲居士語錄」 및 「白雲居士傳」을 지어 자신의 행장에 대한 견해를 밝혔다. 호는 대체로 거처하는 곳을 호로 정하거나, 애완하는 물건을 호로 정하거나 지향하는 인생의 목표를 호로 정하는데, 白雲이라는 호는 所志以名한 것이기 때문에 그의 인생관이 잘 드러난 작명이라고 본다. 1197년에는 趙永仁, 임유, 崔詵 등 최충헌 정권의 요직자들에게 구관의 서신을 보냈다. 거기에서는 그 동안 진출이 막혔던 문사들이 적지 않게 등용된 반면 그는 어릴 때 부터 문학에 조예를 쌓았음에도 30세에 이르기까지 불우하게 있음 을 통탄하고 일개 지방 관리로라도 취관시켜 줄 것을 진정하였다.

그러나 宦路에 진출하기로 결심한 후 문신들의 천거만으로는 곤 란함을 깨닫고, 집권자 최충헌에게 접근을 시도하여 행사가 있을 때마다 詩文을 지어 바쳤으므로 이규보는 최충헌의 마음에 들게 되 었고, 그러한 덕분으로 32세에 全州牧司錄 겸 掌書記로 임명되었 다.

그 직에서 1년 4개월만에 면관된 후 1202년에는 東京과 청도 운문산 일대의 농민 폭동 진압군의 修製員으로 자원 종군하였다. 그리고 1년 3개월만에 귀경하였을 때는 行賞될 것을 은근히 기대하 였으나 이루어지지 않았다. 여기서 좌절감을 느끼게 된 그는 문필 의 기능과 중요성에 대해 자부심이 컸었던 데에 대하여 특히 자괴 하였다. 1207년에는 李仁老, 李公老, 李允甫, 金良鏡, 金君綏 등과 겨루었던 〈茅亭記〉가 최충헌을 대단히 만족하게 하여 直翰林으로 權補되었다.

이규보가 직한림으로 권보된 40세부터 致仕하던 70세까지는 그 의 仕宦期로 여러 가지 관직에 누진되었다. 몇 차례의 우여곡절을 겪었으나 최씨 정권 하에서 國祖의 高文大冊과 외국에 보내는 書表 등을 혼자 담당하여 최씨 정권에 봉사하였다. 이 기간에 이규보가 역임했던 관직을 연대순으로 적어 보면 다음과 같다.

丁卯(40세):直翰林院에 권보되다.

壬申(45세):정월에　千牛衛錄事參軍事가　되다.　6월에　다시　直翰林
　　　　　　　院을　겸하다.

癸酉(46세):최충헌 부자 앞에서　詩才를　보인 후 12월　司宰丞에　오
　　　　　　　르다.

乙亥(48세):右正言知制誥가　되다.

丁丑(49세):右司諫知制誥에　제수되고　紫金魚帶를　하사　받다.

己卯(52세):봄에　전년의　八關賀表事件으로　탄핵을　받아　파직되었
　　　　　　　다가 4월에　桂陽都護副使에　임명되다.

庚申(53세):6월에　試禮部郎中起居住　知制誥로　임명되다.(최우가
　　　　　　　집권하게　되었기　때문이다.)

辛巳(54세):6월에　寶文閣待制知制誥에　임명되다.

癸未(56세):12월에　朝散大夫　試將作監이　되었고　待制는　그대로　였
　　　　　　　다.

乙酉(58세):12월에　左諫議大夫가　되었고　딴 직함은　그대로　였다.

丙戌(59세):12월에　祭酒에　즉진되다.

戊子(61세):정월에　中散大夫判衛尉事가　되어　딴 직함은　그대로　가
　　　　　　　졌고　春場同知貢擧가　되어　합격자를　뽑다.

庚寅(63세):11월　고향에　八關會行事時의　사건으로　위도로　유배되
　　　　　　　다.

壬辰(65세):4월　正義大夫　判秘書省事　寶文閣學士　慶成府右詹事　知
　　　　　　　制誥에　제수되다.

癸巳(66세):6월　銀青光祿大夫　樞密院副使　左散騎常侍　翰林學士　承
　　　　　　　旨에　임명되었다.

乙未(68세):정월에　太子小傅가　되다.　12월　參知政事　修文殿太學士
　　　　　　　判戶部事　太子太傅가　되었다.

丙申(69세):5월에　春場知貢擧가　되어　합격자를　선발하다.　乞退表
　　　　　　　를　올렸으나　불허하다.

丁酉(70세):12월에　金紫光祿大夫　守太保　門下侍郎平章士　修文殿太

學士 監修國史 判禮部事 翰林院事 太子太保로 치사하다.

이처럼 그의 관직 생활을 보면 문관으로서의 전생애가 훌륭하게 완성되었음을 미루어 짐작할 수 있다. 바로 이러한 사환기에는 이규보도 放曠無檢을 버리고 신료 사회에 적응하고자 노력하여 겸손하고 온공한 태도로 타인에 대한 비난과 공격을 삼가했다.

이러한 입조심, 謙恭, 守分, 謹愼은 혼탁한 시대에 관직을 누리기 위해 필요한 처세술이었다. 이러한 처세가 주효하여 능력을 발휘할 수 있는 기회가 주어졌고 순탄한 승진을 거듭하여 相國의 지위까지 오를 수 있었다.

그간에 최충헌이 사망한 다음에는 최이가 집권하였는데, 그 최이에 대해서도 절대적 공손 관계를 유지하였다. 일체의 주견을 가짐이 없이 다만 문필기예의 소유자로서 최씨가 요구하는 모든 것을 충실히 집행하는 것 그것만이 택할 길이라는 것을 알고 실천하였다. 그러한 10여 년간은 최씨 정권의 홍륭기이기도 하려니와 그가 고관으로서 확고한 기반을 다졌던 기간이기도 하다.

그래서 1237년 守太保門下侍郎平章事·修文殿 太學士 監修國史 判禮部事 翰林院事太子大保로서 치사하게 되었는데, 그가 치사한 70세부터 74세 까지는 다사다난했던 무신집권 시대를 70년간 살아오면서 겪었던 일, 생각했던 일들을 토대로 인생을 총결산하고 대단원의 막을 내린 시기였다.

특히 말년에 이규보에게 감격적이었던 것은 최이에 의하여 그의 문집이 발간될 수 있다는 점이었다. 문필로서 양명하고 관리로서 현달하고 그의 문집이 후서에 오래도록 전해질 수 있게 되었으니, 그의 생애의 기본 목적은 달성된 셈이었다.

그렇더라도 만년에 이규보가 추구했던 정신 세계는 유가적 獨善其身과 불가적 空門無欲과 도가적 隱逸이 한데 혼융된 경지였으며, 그 중에서도 죽기 직전에는 불교에 더욱 경도되어 〈능엄경〉 읽기를 권장하였다.

그리고 만년에는 시, 거문고, 술을 좋아하여 三酷好先生이라 불렀다는 점도 아울러 첨언해 둔다. 그의 문집으로는 「동국이상국집」이 전하고, 그밖에 작품들을 열거하면 〈국선생전〉 〈老巫篇〉 〈東明王篇〉, 〈白雲居士語錄〉 〈白雲居士傳〉 〈白雲小說〉 〈淸江使者玄夫傳〉 등이 전한다.

사실 이규보의 한시는 그 양적인 면에서 방대하다고는 알려졌지만, 정확한 편수는 파악되지 못한 상태다. 그렇더라도 이 글에서는 그의 농민시 한편을 감상해 봄으로써 그의 의식 세계의 일면이나마 고찰해 보고자 한다.

비 맞으며 이랑 사이에 엎드려 김을 매니
겁고 추한 형용이 어찌 사람 모습이랴만
왕손 공자들아 깔보지 마라
부귀와 호사가 농가로부터 나오나니

푸른 햇곡식 수확도 않았는데
아전들 벌써 조세 거두려 성화일세
힘써 농사지어 富國함이 우리 손에 달렸는데
어찌 이리도 극성스레 침탈하나

이 작품은 이규보의 〈代農夫吟二首〉라는 한시를 인용한 것이다. 원래 고려의 사회계층은 지배 계층과 피지배 계층으로 대별하고,

지배 계층을 다시 상류와 중류로 피지배 계층을 하류와 천류로 구분함이 일반적이었다.

이 가운데 하류 계층의 대부분과 천류 계층의 일부는 농업에 종사하였고, 농업이 사회 유지에 절대적인 중요성을 띠고 있던 시기이므로 이규보가 농민에 대하여 어떤 생각을 가지고 있었는가 하는 점이 위 작품에 나타났다고 하겠다. 농민들이 들에 나가서 일하는 모습을 바라보노라면 그것이 아름답게 느껴질 때도 있기는 하지만, 대부분 그 모양이 추하고 볼품없게 보이기 마련이다.

그것이 위 작품 1수에서 비맞으며 이랑 사이에 엎드려 김매는 모습을 보면 그 검고 추한 모습이 어찌 사람답게 보이겠느냐는 말로 농부들의 외형을 묘사하였다. 그러나 그처럼 볼품없고 고생만 하는 농부들을 王孫公子들이라고 해서 깔보지 말라고 하였고, 그 이유는 부귀와 호사가 그 농민들로부터 나오기 때문이라고 하였다. 농민들에 대하여 감사할 줄 알라는 애민 의식이 그대로 나타난 작품이라고 하겠다.

그 다음 제2수에서는 푸른 햇곡식을 아직 거둬들이지도 않았는데, 아전들은 벌써 조세를 걷어 가려고 성화를 부린다고 하였다. 王孫公子들의 부귀호사를 뒷받침 해주는 농민들인데도, 곡식이 익기 전부터 관리들의 조세 독촉이 심하다는 것이다. 그리고 힘써 농사 지어 나라를 부강하게 만드는 것이 농민들의 손에 달려 있는데, 어찌 이다지도 극성스럽게 침탈하느냐고 하면서 稅吏들의 가렴주구를 통탄했던 것이다. 이처럼 농민들의 입장을 대변하고 탐관오리들의 수탈 행위를 규탄한 것을 보면 이규보의 농본주의 사상과 애민 의식이 얼마나 절실하였는가를 짐작케 해준다.

(2) 柳周鉉의 삶과 문학

류주현은 1921년 경기도 여주에서 柳基夏와 具理谷 여사 사이의 3남 2녀 중 둘째 아들로 태어났다. 조부 류세열은 항일 의병 운동과 성리학으로 이름이 높았는데, 그 당시 의병 대장이었던 세열씨를 검거하려는 일제의 감시를 피해 여주를 떠나게 되었다는 것이다. 1928년 7세 때는 경기도 양주군 노해면 상계리에서 조부로부터 한학을 배우기 시작했고, 1933년에는 양주공립보통학교를 졸업하였다.

그 뒤 집을 떠나 원산, 청진, 웅기 등지를 방랑하였다. 1939년 18세 때는 일본 동경으로 건너가 고학하였으며, 1943년에 조도전 대학 전문부 문과에서 수학하였다. 1944년 3월에는 趙點鳳과 결혼하였고, 상계보통학교 교사 생활을 하다 상경하여 여러 가지 사업에 손댔으나 실패하였다.

그러다가 1948년 27세 때 단편 〈번요의 거리〉가 白民誌에 당선되어 발표됨으로써 문단에 데뷔하게 되었던 것이다. 1950년 29세 때는 단편 〈군상〉과 〈퇴근시간〉을 발표하였고, 9.28 수복 직후부터 국방부 기관지 〈국방〉을 郭夏信과 함께 편집하였다. 1951년 1.4후퇴 때는 가족을 서울에 둔 채 피난하였는데, 피난지 대구에서 마해송, 조지훈, 박목월, 최정희, 박두진, 방기환 등과 더불어 공군문인단 창설에 참가하여 기관지 〈창공〉의 편집 간사를 맡았다.

1952년에는 피난지 대구에서 黃俊性 주관의 월간지 〈신태양〉의 편집에 참가하였다. 이 무렵에 육·공군 戰線從軍을 빈번히 하였고, 이무영, 박영준, 김동리, 정비석, 구상, 조연현씨 등과 친교를 갖게 되었다. 1953년에는 서울로 올라와서 전쟁 이전에 거주하던 중구

인현동 집으로 복귀했고, 1955년에는 생활 형편이 극도로 어려운 가운데 단편 〈산성의 拒火〉〈노염〉〈流轉24時〉〈人間落穗〉 등을 발표하였다. 그러면 박연희씨가 쓴 "세월이 흐르면 잊을까"라는 글을 잠시 인용해 보자

"경기도 태생인 묵사는 늘 표정이 온화했다. 말 수도 적었다. 검은 테 안경을 쓰고 있었다. 아무리 반가운 사람을 만나도 별로 사치스럽게 인사를 하지 않았다. 목에다 힘을 준 듯한 표정으로 끄덕이는 정도였다. 묵사의 천성이라고 나는 생각했다. 안경 때문인지 자칫하면 거만한 사람으로 오해받기 쉽다고 느꼈다. 내 짐작이 틀리지 않았다. 몇 달 지나자 김광섭 선생이 간접으로 묵사의 사직을 권고해 왔었다. 젊은 사람이 거만하다는 것이 그 이유였다. 내가 아무리 변명을 해도 소용이 없었다. 대연관이라는 곰탕집에서 점심을 나누고 나서 묵사와 석별했다. 종로 2가 쪽으르 쓸쓸히 걸어가던 묵사의 뒷모습을 나는 지금도 잊을 수 없다."1)

默史 柳周鉉의 인간적 면모에 대하여 알아보았거나 그야말로 조선 시대의 선비 기질을 그대로 나타낸 분이라고 생각한다. 누구를 만나도 반가와하지 않고, 말 수도 적고, 목에다 힘을 준 듯한 표정을 했으니, 거만한 사람이라고 오해받을 것은 뻔하지 않는가. 그처럼 천성이 곧고 윗사람에게 아첨할 줄도 모르고, 비사교적 성품이고, 술도 못 마셔 외롭게 지냈다는 것이 그의 연보에 적혀 있다. 1958년에는 동생 光鉉씨가 군복무 중 사고로 죽었는데 이 사고를 소재로 단편 〈오디 하나〉를 썼고, 단편 〈언덕을 향하여〉로 제6회 아시아 자유 문학상을 수상하였다.

---

1) 吳仁文編, 柳周鉉研究(도서출판 서울, 1992), p.140

1959년에는 인현동에서 서울 서대문구 홍제동으로 이사했으며, 단편 〈장씨일가〉〈노처녀〉〈過去에 사는 사나이〉〈風俗과 女心〉〈戱曲 四題〉 등을 발표하였다. 흔히 이 작가의 제1기로 정리되는 이 무렵까지는 강한 사회 의식을 가지고 인간과 사회의 부조리를 테마로 하여 작품을 썼다. 1960년 무렵에는 별세 때까지 거주한 서울 서대문구 홍제동 21의 14번지로 이사했으며, 신경쇠약으로 고생하면서도 창작 활동을 계속하였다.

1964년 43세 때는 단편 〈六人共和國〉〈엄청난 執念〉 중편 〈南漢山城〉을 발표하고, 장편 〈父系家族〉을 國際新聞에 연재하였다. 그리고 치열한 역사 의식을 가지고 민족의 痛史를 실록대하소설로 형상화한 〈조선총독부〉를 신동아지에 연재하였다.

1967년에는 인간과 집단 사회의 관계를 중대한 스케일로 형상화했다는 평가를 받은 〈조선총독부〉 전 5권과 〈대원군〉 전 3권이 출간되었는데, 독자들의 뜨거운 반응을 불러일으켰다.

1968년 47세 때는 〈조선총독부〉로 제8회 韓國出版文化賞 著作部門 본상을 수상하였고, 그 〈조선총독부〉 국어판을 일본 講談社에서 번역하여 간행하였다. 그리고 곽종원, 황순원, 임옥인, 방기환, 김윤성, 윤병로, 김수명 등과 함께 日本 문화계를 시찰하였다.

1970년에는 단편 〈鏡子의 집〉을 발표하였고, 그 이전에 만든 〈류주현선집〉 전 6권을 전 10권으로 보완 간행하였다. 1973년에는 20여 년간 주간으로 있던 〈신태양사〉를 퇴임했고, 장편 〈대치선생〉을 서울신문에 연재했으며, 〈류주현역사소설군대전집〉 전 10권을 간행하였다.

1974년 53세 때는 중앙대학교 예술대학 문예창작과에 출강하였으며 한국소설가협회를 창립하고 초대 회장에 취임하였다. 이처럼

줄기차게 창작 활동을 한 柳周鉉에 대하여 韓戊淑은 강인한 끈기와
정열의 소유자라고 하였다.

　　"내가 그에 대한 경탄을 아끼지 않는 것은 그리 바빠하거나 일에
쫓기는 인상을 전연 느끼게 하지 않으면서 그 많은 작품을 쓴 끈기와
정열에 있다. 또 다작하는 작가에게 흔히 있을 수 있는 안이성이 조
금도 없는 그의 성실성과 그 관심의 다양성도 놀라 왔다. 어느 작품
을 보아도 쫓겨서 써 넘긴 흔적은 없고 구성력의 특이성이라든가 골
똘히 조탁하는 매끌진 문장의 특징은 흐트러진 일이 없었다. 역사 소
설을 써 본 경험이 있는 사람으로 그의 깊은 역사 지식에도 놀라지
않을 수 없다. 얼마나 피나는 공부를 했을까. 물론 소설은 역사 그
자체는 아니지만 엄연한 기록이 있는 이상 어찌 창의와 상상만으로
작품을 쓸 수 있겠는가."2)

　인용문은 柳周鉉의 작품 쓰는 태도에 대해서 언급한 것이다. 다
작하는 작가에게서 흔히 발견되는 안이성도 없고 그의 성실성과 관
심의 다양성이 놀랍다는 이야기다. 그리고 그 많은 역사 소설을 써
내기 위해서는 역사에 대한 깊은 지식이 밑받침되어야 한다는 것이
고 그러기 위해서는 묵사가 역사에 대한 피나는 공부를 했다는 것
이 감지된다고 하였다.

　1975년에는 중앙대학교 예술대학 문예창작과 교수로 취임했으
며, 한국소설가협회 주관으로 서울 사직 공원에 김동인 문학비를
건립하였다. 그리고 소설가협회에서 한국소설문학상을 제정하여 시
상하였다. 1976년 10월에는 대한민국문화예술상 본상〔大統領賞〕을
수상하였으며, 문고판 단편집 외 여러 작품을 추가하여 "류주현역사

---

2) 상게서, p.143.

소설군대전집"을 전 15권으로 보완 간행하였다. 1977년에는 인간의 영혼과 본질성, 내재적 존엄성 등을 주제로 다루기 시작한 제3기 문학의 대표작으로 꼽히는 〈죽음이 보이는 眼鏡〉을 한국 문학에, 단편 〈어느 하오의 혼돈〉을 文學思想에 발표하였다. 그리고 1982년 62세 시에 병세 악화로 서울 서대문구 홍제동 자택에서 생을 마감하였다.

이제까지는 주로 柳周鉉의 생애와 작품 활동에 대하여 알아보았는데 다음에는 그의 문학관이 어떠한지를 그의 글을 통하여 알아보자.

"현대인들은 다분히 具象畵보다는 抽象을 좋아하는 경향이 있는 줄 알고 있다. 구상화에서는 거기 표현된 것 이상을 발견하거나 인식할 수 없지만 추상화를 바라보고 있으면 달리 많은 비약을 거쳐 또 새로운 추상을 心眼에 담을 수가 있는 까닭이다. 문학도 마찬가지다. 이미지의 비상을 느낄 수 있는 작품이라야 현대인이 사랑할 것이다. 작가에게서도 그것을 무시할 수는 없다. 작가뿐만 아니라 모든 인간에게도 그 정도의 추상성은 있어야 한다. 그렇더라도 나는 내가 자꾸 남을 속이고 있는 것 같아 미안함에 사로잡힐 때가 많다. 내실 없는 허명의 作戱가 무서워지기만 한다. 허명과 오만과 고집을 지니고 있는 나로서도 그렇다."3)

柳周鉉의 〈文學散策〉이란 글에서 인용했는데 글 쓰는 것을 그림에 비유하여 설명하였다. 구상화보다는 추상화에서는 많은 비약을 할 수 있고 도 새로운 추상을 心眼에 담을 수가 있어서 좋다는 것이다. 문학도 마찬가지로 이미지의 비상을 느낄 수 있어야 현대인

---

3) 상게서, p.183.

들이 사랑할 것이라는 이야기다. 이렇게 추상이 좋기는 하지만 자꾸 남을 속이고 있는 것 같아 미안하다는 것이고, 내실 없는 허명의 作戲가 될까 두렵다고 하였다. 이렇게 이야기한 柳周鉉은 정말로 솔직해서 좋다고 생각한다.

이 글을 발표한 것이 1976년인데 그때나 이때나 남들이 이해하기 쉽게 쓴 글이 있고 무슨 뜻인지 모르게 구름 잡는 이야기를 써 놓은 글이 있다. 좀더 자세히 이야기하면 그림에도 구상화가 있고 추상화가 있듯이, 글에도 구상문이 있고 추상문이 있다는 이야기다. 구상화는 구체적으로 정확하게 묘사하는 그림이고 추상화는 추상적으로 부정확하게 묘사해서 그림을 보는 이에 따라 얼마든지 다른 해석을 내릴 수가 있다.

마찬가지로 구상문은 읽는 이가 이해하기 쉽게 친절하고 정확하게 쓰는 글이고, 추상문은 읽는 이가 무슨 뜻인지 못 알아먹게 불친절하고 부정확하게 쓰는 글이다. 어떻든 추상글이라고 해서 다 나쁘다는 것은 아니고, 작가가 저도 모르고 남도 모르게 쓴 글이 나쁘다는 이야기다.

요즈음 추상글이라는 미명 아래 엉터리 글, 허황된 글, 속임수 글을 써 놓은 것이 많은데, 우리들은 이러한 글들을 경계해야 한다. 柳周鉉 선생은 이러한 사이비 글들의 폐단을 미리 예견하고 참된 글을 쓰라는 의미에서 자신의 문학론을 전개했으니 선견지명이 있는 선각자라고 감히 지칭하는 바이다.

"그 무렵에 「조선총독부」도 함께 쓰고 있었는데 그것은 다분히 자료적인 실록 소설이니까 친구의 호의를 빌어 태반의 자료 수집과 정리를 위촉했기 때문에 작업은 훨씬 수월했지만 그 대신 한꺼번에 근 2백 매씩을 잡지에 연재해야 되는 관계로 늘 벼락일을 했다. 매달 밤을 새 가며 몰두하다 보면 으레껏 코피를 쏟았다. 하룻밤에 드링크 병이 여남은 개씩 쌓였다. 나중엔 음식을 못 먹어 이번에는 집사람이 애원하기를 자식 새끼들 하고 오래 살아 줘야지 그러다가 무슨 일 생기면 떼거지 난다면서 만년필을 감춰 버린 일이 아마 네 번인가 쯤 되는 것으로 기억된다. 신경이 쇠약해져서 어떤 날에는 한의사를 불러 침을 20개씩 맞은 다음 시작하기도 했으니까 「大院君」과 「朝鮮總督府」를 쓸 때야말로 가장 비장한 투쟁적 자세였다."4)

인용문은 柳周鉉의 "習慣은 변하고"라는 글에서 따온 것인데, 묵사의 문학에 대한 정열이 얼마나 치열한가를 그대로 나타내 주는 대목이다. 그의 말을 더 인용해 보면 "나는 성미가 퍽 느린 것 같지만 급할 때는 정신을 못 차리도록 급하다. 그래서 그 날 예정한 분량을 못 쓰면 조바심이 나서 견디지를 못한다. 그래서 그렇게 극한적인 작업을 하면서 매번 한 두 편의 단편도 어김없이 발표했었다."라는 고백을 하였다.

이렇듯 柳周鉉은 밤을 새워 가면서 글을 쓰느라고 코피를 흘린 적이 많다는 것이며, 매일 밤 피로 회복제를 마시느라고 드링크 병이 여남은 개씩 쌓인다고 하였다. 심지어는 음식을 못 먹을 정도로 쇠약해져서 부인이 만년필을 감춰 버린 적도 여러 번 있었다고 하니 이쯤 되면 그냥 소설가가 아니라 문학에 대해서 미친 이라고 할 만하다. 그런 의미에서 필자는 柳周鉉 선생을 文章狂이라 부르고 싶다. 그리고 선생의 문학에 대한 사랑과 집념을 배우고 실천하는 것이 우리 후진들의 도리라고 생각한다.

다음은 그의 대하실록소설 〈朝鮮總督府〉에 대하여 논의해 보고자 한다. 소설 〈朝鮮總督府〉는 1964년부터 1967년까지 3년에 걸쳐서

---

4) 상게서, p.185.

발표된 대하장편소설이다. 이 작품은 〈新東亞〉에 연재되면서 독자들의 관심을 끌기 시작했고 대번에 문제작으로 클로즈업되고 전 5권으로 출간되기에 이르렀다. 그 〈조선총독부〉란 20세기 전반기에 일제가 우리 민족을 식민통치 하면서 지겹고 악랄하게 착취하고 괴롭히던 원흉들의 총본산 아닌가?

그 〈조선총독부〉를 제재로 하여 일제 식민통치의 잔악성을 구체적으로 보여주었고, 수많은 애국자들과 친일파들이 어떤 동기와 상황 속에서 애국과 매국을 했는지 인간적 측면에서 형상화해 나갔다. 이 역사물은 근 2천여 명의 실존 인물을 동원하면서 생생한 현실을 구사해 나간 엄청난 스케일에 놀라게 된다. 거기다가 단순한 역사소설이라기 보다도 실록 소설들로서 등장 인물들의 성격을 여실하게 제시해 보려는 노력이 전 작품 속에 일관되었다는 점에서 독자들의 관심을 한층 높게 한다.

① 그는 이또오 히로부미 명치유신의 일등공신 일본 역사상 초대의 내각총리 대신으로 네 번이나 수상 자리에 앉았던 원로, 칠십 기망으로 정계 뒷자리에 도사리고 있다가 제나라 영토보다 얼마 작지 않은 한반도를 집어삼키는 대업을 위해서 나이를 무릅쓰고 자청해 나온 야심에 찬 정략가. 아니 그는 삼천리 강토 2천만 백성 위에 군림한 왕관 없는 제왕이다.

② 허허, 다 허사가 되었단 말인가. 단군 이래 연면 몇 천년인가. 조선조는 몇 백년을 이었던가. 이제 제 나라의 임금 대신 외인 총독 치하에서 살아야 하는가. 그 많은 백성이 그렇게 울부짖고 그 많은 의인들이 그토록 아까운 목숨을 바쳤는데 하늘은 저렇게 푸르고 산하는 저렇게 아름다운데 이제 이 나라는 망했다는 것인가. 조선총독부, 일인 총독이 저들을 위해서 한민을 다스리고 저들을 위해서 이 강토를 개발하고 저들을 위해서 조선 놈들은 살 테면 살아보라는 조선총독부.

예로 든 인용문은 소설 〈조선총독부〉의 일부를 인용한 것인데, ①은 침략자의 원흉 이또오 히로부미에 대하여, ②는 일제 식민통치의 총본산이었던 조선총독부에 대해서 묘사한 것이다. ①에서 이또오 히로부미는 명치유신의 일등 공신이요, 일본 역사상 초대의 내각 총리 대신이요, 네 번이나 수상 자리에 올랐던 원로라고 하였다. 그러나 그 이또오 히로부미는 제나라 영토보다 얼마 작지 않은 한반도를 집어삼키는 대업을 이룩한 야심에 찬 정략가요, 2천만 백성 위에 군림한 왕관 없는 제왕이라는 것이다.

그 이또오 히로부미는 일본 측에서 보면 위대한 영웅이요, 역사를 빛낸 위인이 되겠지만, 한국 측에서 보면 나라를 강탈한 원흉이요, 극악무도한 대역 죄인이라 하겠다. 그래서 일본 측에서는 그를 근대사의 빛나는 영웅으로 기록하고 추앙하였으며, 일본 지폐에까지 그의 얼굴을 새겨 넣어서 기리고 있는 것이다.

그러나 우리 민족에게는 천추에 한을 품게 한 일제 원흉의 총 우두머리란 것은 자타가 공인하는 사실이고, 이 소설에서는 백주에 이 강토를 집어삼키고 이 민족의 뼈에 사무친 원성을 한 몸에 지닌 이또오의 추악상을 사실적으로 그려내기에 심혈을 기울였던 것이다.

어쨌든 이또오는 을사조약과 한일합방을 간악한 수법으로 성취해 낸 인물이며, 이 땅에다 조선총독부란 뻔뻔스러운 간판을 내걸고 36년간의 몸서리치는 식민통치를 자행하는데 결정적 역할을 했던 간흉이란 것을 이 소설은 분명하게 가르쳐 주고 있다. 그러면 작자 류주현이 작품 〈조선총독부〉에 대하여 이야기한 글을 인용해 보자.

"성장한 나는 작가가 됐다. 도전할 산봉을 찾다가 〈조선총독부〉라는 거대한 대상과 부딪쳤다. 붓을 들고 여러 번 망설였다. 한라산 산록에 서서 그 우람한 산세와 아득한 정상을 보는 것처럼 좌절감으로 현기증이 일었다. 그러나 나는 써야 한다고 스스로를 매질했다. 당돌한 도전이지만 한 조가로서의 필생의 작업으로는 〈조선총독부〉 만큼 우리에게 처절하고 또 경건한 人間의 역사가 달리 없음을 알고 있었기 때문이다.

따라서 이 작품은 그 수법이 〈조선총독부〉라는 거대한 주체를 대상으로 다큐멘터리의 형식을 수용함으로써 인물 개체에 보다는 그 집단과 행적에다 앵글을 잡고 實存人物들을 실명 그대로 등장시키는 모험을 피하지 않았다. 작품의 의도는 처음부터 명확하다. 1900년 초 대한제국 멸망의 전후로부터 시작해서 1945년 일본 제국이 멸망하는 순간까지의 우리 時空에 군림했던 〈조선총독부〉와 일본인과 그리고 한국인과 한민족에 관련된 동서양 여러 나라 여러 민족을 대상으로 현대의 잔혹하고 슬픈 〈人間의 歷史〉를 부릅뜬 눈으로 응시하고 파혜치고 형상화하기에 비장한 씨름을 했다."5)

잠시 작가의 변을 인용해 보았거니와 이 작품 〈조선총독부〉는 지난 날 우리들을 지배했던 일본인들에게 하나의 숙연한 반성을 촉구하는 고발적인 성격을 지녔던 것이다. 한편 국내 독자들에게는 다시는 이러한 어처구니없는 현실이 이 땅 위에 벌어져서는 안되겠다는 엄숙한 교훈을 남겨 주었을 것으로 믿는다. 그러면서 우리가 계승해야 할 민족주의의 향방을 뚜렷이 제시해 주었다는 점에서 이 작품의 문학사적 의의는 크다고 본다.

---

5) 상계서, p.286.

(3) 현대 문인들의 작품 세계

1994년에는 한국문인협회 여주지부가 탄생되어 정식으로 인준을
받았고, 그 이듬해 12월에는 「여주문학」 창간호를 발간하였다. 여
기에는 문협여주지부장 원용문의 발간사와 조무호 문화 원장의 축
사와 박용국 여주군수의 축사가 서두에 실리고, 여러 문인들의 많
은 작품들이 게재되었다. 이 많은 작품들을 일일이 논급할 수는 없
고, 다만 운문에 한해서 몇몇 시인들의 작품을 소개하고 감상하는
것으로 만족하고자 한다.

누가 치는 팽이기에
세상이 온통 이리 도나.

지구는 안에서 돌고 태양은 밖에서 돌고
달은 해의 꼬릴 잡고 물은 불의 꼬릴 물고
정신은 물질을 쥐고 희비 서로 엉켜서도
돌고 도는 맴돌이 갈피 모를 소용돌이
萬有의 中心을 잡느라 하늘도 혼자 빙빙 돌고

해지는 생의 기로에
한결같이 나도 도네.

위 작품은 송길자의 "바람부는 날에"를 인용한 것이다. 송길자 시
인은 1982년 〈시문학〉지의 추천으로 문단에 데뷔했으며 「달팽이의
노래」라는 시집을 상재한 바 있다. 위 작품은 사설시조 형태를 취
했는데 그 구성은 3연으로 나뉘어졌고 이것을 시조에서는 초·중·

종 3장이라고 한다. 그 초장에서는 누가 치는 팽이이기에 세상이
온통 이리 도느냐고 자탄 겸 반문하였다. 팽이는 그 팽이를 치는
사람이 있어서 빙빙 도는 것이다. 그것도 아주 빠른 속도로 돌고
있는 것이다.

마찬가지로 이 세상도 누군가 팽이 치는 사람과 같이 치는 사람
이 있기에 빙빙 도는 것이 아니겠느냐고 반문하였다. 지구가 돌고
태양이 돌고, 달은 그 태양의 꼬리를 잡고 돌고, 물은 불의 꼬리를
잡고 돈다고 하였다. 그런데 그 돌고 도는 것들이 질서정연하게 돈
다면 얼마나 좋은가? 그것들이 뒤엉켜서 도는 모습을 희비가 서로
엉켜서 돌고, 돌고 도는 맴돌이 갈피를 모를 소용돌이라고 하였다.

그래서 萬有의 중심을 잡느라고 하늘도 혼자서 빙빙 돈다고 하였
다. 그러니 詩人이라고 해서 홀로 돌지 않을 수 있겠는가? 그 자신
도 해 지는 생의 기로에서 한결같이 돌고 돈다고 하였으니, 세상
만사가 다 돌고 도는 것인데 자기 자신이라고 해서 홀로 초연할 수
없다는 것을 은근히 실토한 것이라 보아진다.

그러나 시인은 단순히 이 세상 모든 것이 돌고 돈다는 것을 일깨
워 주기 위해서 이 작품을 쓴 것이 아니고 이 세상에 비정상적으로
돌아가는 것들, 이를테면 부조리와 모순, 부정 축재, 권력형 비리,
약육강식의 논리, 가치관의 혼돈 등 이런 것들을 고발하고 비판하
는 시각에서 이 작품을 썼을 것으로 사료된다.

비가 온다
봄비가 온다
노송 숲 계곡에
보슬보슬 비가 내린다

잔디는 평화스럽게
파릇파릇

새소리도 간간히 노래하고
청학 같은 노송은 하늘로
나래를 파닥인다

진달래
향수의 내음은 고운데
서성이는 갈대 숲은
흐느끼는 웃음소리

산천엔
비가 온다
봄비가 내린다

이일섭의 "봄비가 오는데"라는 작품을 인용해 보았다. 그는 시전 문지 「시와 시론」에 추천 받아 등단했으며, 시집 「내가 부르던 그 이름은 아니었어라」를 이미 출간한 바 있다. 여주문협 부지부장으로 활동하면서 작품 창작면에서도 왕성한 의욕을 보여주었다. 위 작품은 〈봄비〉가 오는 장면을 보고 무엇인가 애상적인 느낌이 있어 아름다운 자연과 비감한 자신을 대조시켰다. 노송들이 우거진 계곡에 보슬비가 내리는 장면, 평화스럽게 파릇파릇 잔디가 올라오는 장면, 간간히 들려오는 새들의 지저귐, 청학 같은 노송들이 하늘로 뻗쳐오른 장면, 진달래에서 풍기는 향수의 내음 등은 아름다운 자연 풍경 등을 묘사한 것들이다.

그러나 서성이는 갈대숲에서 흐느끼는 울음 소리를 감지한 것은 시인 자신의 비감한 심정을 그대로 드러낸 것이라고 보아야겠다. 이처럼 비감한 심정을 암시적으로 나타내기 위하여 마지막 연에서는 수미쌍관법을 취하면서 "산천에 비가 온다/ 봄비가 내린다"는 말을 되풀이하면서 작품의 말미를 마감하였다.

장날은
나룻배 타고
읍내로 간다

사공의 뱃머리엔
보리쌀 콩 팥 참깨 들깨 고추
자루자루 올망졸망 모여
장터로 간다

뱃바닥 가운데쯤
송아지 강아지 퇴끼새끼 돼지새끼
망태기에 싸여
강 건너 간다

파장은
술주정이 파안대소하고
쇠시랑 호미 낫 글겅이
흰 고무신 고등어 썩은 갈치 한손
나룻배에 즐레즐레 모여 춤을 춘다
아득히 먼 옛날 같은
40년 전 남한강 중류쯤
이런
나룻터가 있었는데.

서영수의 "나룻배의 장날"이란 작품을 예로 들어보았다. 서영수는 건국대 국어국문학과를 졸업했으며 1961년 「자유문학」지에 1회 추천을 받은 바 있다. 그 뒤 상당 기간의 공백기를 가졌다가 1990년 다시 「농민문학」에 시가 추천되어 등단의 과정을 거치었다.

위 작품은 그 옛날 여주대교가 건설되기 전에 나룻배를 이용해서 사람들이 왕래하던 시절 여주 장날의 모습을 사실적으로 묘사한 것이다. 그 당시는 시인의 소년 시절이었고 그 감수성 깊던 소년 시절에 직접 보고 듣고 체험한 것을 다시 리바이블해서 형상화해 낸 것이다. 그래서 제1연에서는 자동차를 타고 장 보러 가는 것이 아니라 나룻배를 타고 읍내로 간다고 하였다. 제2연에서는 장날에 시골 사람들이 들고 가는 농산물들을 열거하였고 제3연에서는 가축의 종류들을 열거하였다. 그리고 제4연은 장보기를 마치고 되돌아오는 장면을 묘사한 것인데 사람들은 술에 취하여 왁자지껄하고 파안대소하고 즐거운 표정을 짓는다는 것이다.

그리고 장보러 갈 때에 가지고 갔던 농산물이나 가축들 대신 호미, 낫, 글겅이, 흰 고무신, 고등어, 갈치 등을 사 가지고 돌아온다는 것이다. 얼마나 그 표정들이 즐거웠으면 즐레즐레 모여서 춤을 춘다고 했겠는가?

어떻든 시인은 40년 전 남한강 중류 여주의 이런 나룻터가 있었다고 했는데, 지금은 과학 문명이 고도로 발달해서 자동차를 이용해서 장터로 가고 그 장꾼들이 사 가지고 오는 물품들도 현대화된 고급 물품들을 사 가지고 돌아오게 되니 그야말로 호랭이 담배 먹던 시절의 이야기라 아니할 수 없다.

지금 50대나 60대 이상의 기성세대들은 대부분 이 작품에서 언급된 것처럼 장 보러 가던 모습들을 직접 보고 듣고 체험하면서 살아왔다. 때문에 그러한 생활 모습이 비록 덜 발달되고 불편한 일면을 지니기는 했지만, 사람들 사이에는 훈훈한 정감이 흐르고 정신적으로 풍요로왔다는 사실에 일말의 향수를 느끼게 된다. 그래서 그 옛날이 더욱더 그리워지고 위 작품과 같은 회고적이고 향토색 짙은 작품을 즐겨 쓰게 되는 지도 모를 일이다.

긴 여행길에 나선
나그네

흘러가는 구름
어느 곳에 떼어놓고

힘겹게 매달려
내리막길 들어섰다

옷깃에 닿으면
녹아 사라질
진눈깨비
청승 다 들어주면서

귓가를 울리는
그 목소리
기적 소리에 싣고서

길고 어둡던 터널
숨막히게 달려나와

자유로이 만끽할
넓은 들판

기적 소리 따라
또 달려보리라.

인용시는 정기명의 〈여행길〉이란 작품이다. 정기명은 월간 「문예사조」지에 추천을 받아 문단에 데뷔했으며 문협 여주지부 외에 한국자유시인협회 회원으로 활동하고 있다. 여기 인용한 〈여행길〉이란 실제로 낯선 땅을 여행하는 여행길도 되겠지만 한편 인생이란 나그네 길을 은유해서 표현한 것으로 헤아려진다.

제1연에서 긴 여행길에 나선 나그네란 말이 그것을 밑받침해 주고 있다. 제2연에서 흘러가는 구름 어느 곳에 떼어놓았다는 이야기는 하나의 멋이다. 긴 여행을 하노라면 떼어놓는 것이 어디 흘러가는 구름뿐이겠는가? 사랑과 미움, 명예와 재산 기타 인간 만사 번잡한 것들을 모두 떼어놓고 여행할 경우도 생기지 않겠는가? 또 힘 안들이고 편안하게 여행할 때도 있겠지만 힘겹게 갈 때도 있는 것이고 오르막길을 올라가야 할 때도 있겠지만, 내리막길을 내려와야 할 때도 있는 것이다.

제4연의 내용도 하나의 멋이요 시적인 기교이다. 긴 여행을 하노라면 진눈깨비의 청승을 들어줄 때도 있다고 하였다. 그러나 만월의 밝고 환한 미소를 대할 때도 있지 않겠는가? 또 때로는 귓가를 울리는 그 목소리, 즉 임의 목소리를 함께 싣고서 기차를 타고 여행 할 때도 있는 것이다. 그런가 하면 길고 어두운 터널을 숨막히게 달려나와야 할 때도 있는 것이다.

한마디로 이 작품은 한 나그네가 기차를 타고 여러 가지 경험을 하면서 긴 여행을 하듯이, 시적 자아가 여러 가지 모험과 희비애락을 체험하면서 인생이란 나그네길을 가고 있다는 것을 암시적으로 표현하였다. 그러면서도 시상의 통일을 가져오고 말을 아끼고 절제하였고, 독특한 비유법을 사용한 것이 이 작품의 특징이요, 장점이라고 생각한다.

가을이 오면
내 마음 풍성해져요
울긋불긋 물이 들어요
들판에 익은 곡식
모두 내꺼 같아요

산속에 산속에
누가 살고 있길래
저리도 고운 물감
뿌려 놓았을까

가을은
누가 주인이길래
저리도 고운 물감
뿌려 놓았을까

가을은
누가 주인이길래
아름다운 그림을 그려서
나에게
선물로 주었을까

가을을
내 맘 속에 깊숙히 간직하고 싶어요
곱게 물든 들판을 딩굴고 싶어요
아름다운 그림 속에 들어있고 싶어요.

이문현의 〈가을이 오면〉이란 작품을 인용하였다. 이문현은 1989년에 전국 주부 백일장 시 부문에서 수상하였고 1990년에는 여주군 주부 백일장 시 부문에서 수상하였다. 위 작품은 동시인데 그러기에 그 서정과 언어 구사면이 어린이다운 특징을 나타내고 있다. 제1연에서 "가을이 오면/ 내마음 풍성해져요/ 울긋불긋 물이 들어요"라고 했는데, 우선 그 말씨가 어린이 말법으로 되어 있는 점이 친근감을 갖게 한다.

그리고 "울긋불긋 물이 들어요"는 오곡백과가 익어 가는 모습을 형상화한 것으로 묘사의 참신성을 보여주었다. 제2연에서는 산속에는 누가 살고 있길래 저리도 고운 물감을 뿌려 놓았을까라고 했는데, 이것은 가을 산들이 아름답게 단풍든 모습을 형상화한 것이다. 그리고 제3연에서는 가을 경치의 아름다운 모습을 조물주가 자기에게 준 선물이라 인식했고, 제4연에서는 그 아름다운 가을 풍경 속에 시인 자신이 동화되고 싶다는 희망을 나타내었다. 그래서 시적 자아는 자신의 마음 속에 가을을 간직하고 싶다고 하였고, 그 가을 들판에서 딩굴고 싶다고 하였고, 그 아름다운 그림 속에 들어 있고 싶다고 하면서 청순하고 낭만적이고 자유분방한 시심을 나타내었다.

황혼녘 들판에 서서
어디론가 떠나버린

내 영혼을 찾는다

의지와는 상관없이
역행하는 운명 앞에
손에 잡히는 건
늘 바람뿐이었다

물이 물 속을 흐르듯
일상이 되어버린 고독

지푸라기라도 잡아보려고
허우적거리는
내 모습 가여워

가다간
털썩 주저 앉고 싶은 연민
꿀꺽 삼키고
이방인으로
다시
긴 여행의 길을 가는 나그네.

인용시는 김문자의 〈삶〉이란 작품의 전문이다. 김문자는 1995년도에 월간 「순수문학」지에 추천을 받아 문단에 데뷔하였다. 위 작품 〈삶〉은 시인 자신의 서정이 물씬 풍기는 작품으로 자신의 고독과 허무를 암시적으로 나타내었다.
제1연에서 시적 자아는 황혼녘 들판에 서서 어디론가 떠나 버린 자신의 영혼을 찾는다고 했는데, 이 제1연의 내용만 보아도 시인 자신은 안정감을 찾지 못하고 정신적 방황을 하고 있음을 눈치채게 한다. 그가 이처럼 방황해야 하는 이유는 제2연에 나타나 있다. 의지와는 상관없이 역행하는 운명 때문이라는 것이고, 그래서 손에 잡히는 것은 늘 바람뿐이라고 하였다. 여기 제2연에서의 〈바람〉은 바로 〈허무감〉을 지칭하는 것이라 보아진다.

그래서 제3연에서는 〈고독〉이 일상화되어 버렸다 하였고 제4연에서는 지푸라기라도 잡아 보려고 허우적거리는 모습이 자신의 실상이라고 하였다. 그러니 가다가 그만 주저앉고 싶은 생각도 들었을 것이 아니겠는가? 그러면서도 그러한 허무와 고독을 떨쳐 버리지 못하고 자신의 삶의 일부로 삼아야 하는 것이 시인에게 주어진 현실이라고 하겠다. 어떻든 시인은 이 세상과 융화되지 못하고 그저 이방인으로서 다시 인생의 긴 여행을 떠나야 하는 나그네라고 자기 자신을 지칭하였다.

이러한 나그네 의식이 어디 김문자 시인만이 갖고 있는 개인적인 것이라 할 수 있겠는가? 이 세상 모든 사람들은 잘났거나 못났거나 빈부귀천 할 것 없이 모두가 이 세상에 잠시 왔다가는 나그네에 불과한 것이다. 한마디로 이 작품은 김문자 시인의 삶을 그대로 투영시켜 잘 걸러 낸 작품이라 생각되고, 그러면서도 고도의 기법을 사용해서 작품의 품위를 높여 주었다고 생각되고, 읽는 이에게 뭉클한 감동과 깨달음을 주는 문학성 짙은 작품이라고 생각한다.

이제까지 6분의 작품을 인용하면서 해설하고 감상해 보았거니와, 그 작품 수준면에서 나름대로의 개성과 기법을 사용해서 일가를 이루었다고 생각한다. 이러한 문인들이 있는 한 여주문협의 장래는 밝고 여주문학의 발전은 그 옛날 이규보 시대나 최근의 柳周鉉 시대의 명예를 되찾을 수 있다고 생각한다.

그리고 일일이 언급을 안해서 그렇지 이 밖에도 많은 문인들이 있어 여주문학의 미래를 밝게 해 준다. 특히 시에서는 김동환, 김정인, 민경성, 박광태, 박찬수, 배성규, 성홍환, 임춘봉, 이영철, 이만준 등의 작품이 돋보이고 수필에는 구홍서, 박종숙 아동문학에는 강태희, 소설에는 신세묵이 있어 21세기 여주문학의 미래는 탄탄대로를 걸을 것이라 기대된다.

10. 고산의 우리말 사랑 정신과 의미

(1) 고산의 생애와 문학 활동

고산 윤선도는 우리 古典詩歌의 제1인자요 시조를 잘 쓰는 時調詩人이라고 알고 있지만, 막상 그에 대해서 이야기해 보라면 해남 연동의 유물관에 그의 유품들이 많다는 것과 만년에 은둔 생활을 했던 보길도의 경치가 아름답다는 이야기 외에는 더 이상 자세한 내력을 아는 사람들은 많지 않다. 그래서 이 글에서는 그의 생애와 문학 활동에 대하여 알아보고, 고산의 우리말 사랑 정신과 의미를 되새겨 보고, 아울러 그의 작품에 어떠한 특성이 있기에 오늘날 최고의 평가를 받게 되었는지 점검해 보고자 한다.

고산은 1587(선조 20) 음력 6월 22일 한성의 연화방에서 출생하였다. 이곳은 오늘날의 서울 종로구 연지동에 해당한다. 선생의 자는 約而 호는 孤山 또는 海翁이다. 여기서 선생의 호를 孤山 또는 海翁이라 하였는데 어떻게 해서 그러한 호를 갖게 되었는지 그 유래부터 잠시 살펴보자. 먼저 孤山에 대해서 알아보면 선생은 楊

州 孤山村에 자주 들린 적이 있었고, 그것이 계기가 되어 호를 孤山이라 하였다.

이 문제에 대하여 국사 편찬 위원인 방상현 교수의 설을 인용하면 다음과 같다. "古文書集成에 의하면 戶口單子에 奴婢田畓의 文記가 있어 윤선도가 水石洞과 깊은 관계가 있었음을 알 수 있으며, 호가 孤山으로 작명된 것으로도 孤山村에 살았던 사실을 알 수 있다. 그러면 孤山은 어디인가? 이 산은 지금의 퇴매재산이라 추정된다. 지금부터 30년 전만 하여도 여름 복더위 장마철에 이 지역을 연상하여 보면 쉽게 산명이 떠오른다.

한강에 홍수가 일어 강물이 범람하면 미음, 석실, 조운, 가재울, 일패, 이패, 삼패는 온통 물바다가 되고 말며, 특히 가운리와 조운은 물로 들판이 뒤덮여 있어 수석동은 사면이 물에 잠기고 다만 퇴매재산이 물 가운데 솟아 있을 뿐이다. 홀로 선 이 산을 윤선도는 자기 마음에 비유하여 山名을 따서 孤山이라 하였다고 볼 수 있다. 외로이 홀로 남아 있는 물 가운데 이 산은 바다 가운데 있는 듯 작으면서도 높은 산이었다. 당쟁에 휘말리어 외로운 마음은 윤선도의 심정을 잘 끌어 앉은 산이라고 생각하였다. 작은 산 같지만 長松과 奇岩絶壁이 있는 名山이 바로 孤山이라 하겠다."(풍양신문 제302호. 1996. 1. 1)

그러니까 孤山이란 호는 선생이 거처했던 남양주시 수석동에 있는 퇴매재산에서 유래된 것이다. 그 水石洞은 孤山村 그 퇴매재산은 孤山이라 하면서 자신의 호로 삼았던 것이다. 바로 이 孤山村에 기거하면서 그 유명한 시조 〈夢天謠 三章〉을 짓기도 하였다.

그 다음은 〈海翁〉의 의미에 대하여 생각해 볼 차례다. 고산 윤선도는 1638(인조 16) 영덕현에서 생애의 2번째 귀양살이를 한 적이 있었다. 이 유배는 1년만에 사면되었는데, 그 이후 10여년 동안은 주로 부용동, 수정동, 금쇄동, 문소동 등지에 은거하면서 詩歌生活을 하였다. 특히 보길도는 山紫水明하여 芙蓉洞이라 명명하고 格紫峰 아래에 집을 짓고는 樂書齋라 이름하였다.

이곳에서는 아름다운 경치를 탐사하여 각각 자연의 형상에 따라 적절한 이름을 붙였는데, 곧 薇山, 山隱屛, 赫曦臺, 五雲臺, 獨登臺, 賞春臺, 升龍臺, 回水臺, 石田臺, 石室, 靜成庵, 洗然亭, 朗吟溪 등이 그것이다. 이때 부용동에서는 先祖 傳來의 富力에 힘입어 황무지를 개간하였고, 대규모의 토목공사를 하였고, 25개의 亭子를 건립하면서 富豪 自娛하는 생활을 하였다.

때로는 낚싯배에 의지하여 섬 주위 바다 위를 돌아다니면서 아름다운 경치를 감상하는 일과 고기잡이하는 일로 소일하였다. 이처럼 海島에 숨어살면서 유유자적하는 생활을 하고 고기 잡는 생활을 하였기 때문에 자신의 호를 〈海翁〉이라 하였던 것이다. 바로 이 부용동에서 海翁生活을 하는 가운데 불후의 명작을 남긴 것이 1651년 65세 때 지은 〈漁父四時詞〉 40首였다.

다시 幼年生活로 되돌아가면 孤山은 어려서부터 타고난 성품이 특이하고 총명하기 이를 데 없었다고 한다. 생김새가 고상하고 기상이 엄숙하여 보는 사람마다 그가 보통이 아님을 알았다는 것이다. 그가 觀察使 惟幾의 앞으로 양자를 들어간 것은 여덟 살 때였다. 처음에는 이 사실을 즐거워하지 않았으나, 나중에는 倫儀와 宗事의 막중함을 깨닫고 양부모 섬기는데 온갖 정성을 기울였다. 孤山이 공부한 과정과 시험에 합격한 내력을 보면 11세 때에는 山寺에 가서 학업에 열중하였고, 17세 때에는 進士 初試에 합격하였고, 20세 때에는 승보시에 장원급제하였다.

그후 뒤늦게 40세 때에는 別試初試에 급제하고 鳳林大君과 麟坪大君의 사부가 되어 그의 일생 중 가장 화려한 황금시대가 열리게 되었다. 그래서 여러 관직을 역임하게 되었는데, 그 중요한 것들만 들어보면 50대 이전에는 工曹佐郎, 戶曹正郎, 司僕寺僉正, 漢城府尹, 關西京試官, 世子侍講院文學, 星山縣監 등을 역임하였다. 그리고 60대 중반에 와서 成均館司藝, 禮曹參議, 僉知中樞府事, 工曹參議 등을 역임하였다.

이처럼 여러 관직을 두루 역임했지만, 議政府와 六曹의 책임자 자리에는 임명되지 못하였으니, 그것은 윤선도가 당시의 집권 여당인 西人에 속하지 못하고 만년 야당인 南人에 속해 있었기 때문이다. 그래서 당쟁에 휘말려 30대 초반, 50대 초반, 70대 중반 등 3번에 걸쳐 도합 18년간의 유비 생활을 하게 되었던 것이다.

이러한 유배 생활 기간 외에는 서울에 머물러 있지 않고 주로 해남 남쪽에 있는 금쇄동이나 현재 완도군에 속하는 보길도에 숨어살면서 유유자적하는 생활을 하였다.

이제 孤山의 문학 활동 상황을 알아보면 그의 한시는 주로 〈孤山先生遺稿〉第一卷에 실려 있다. 여기에는 漢詩 252篇 358首가 전하며, 나머지 第六卷에 漢詩 8篇과 4篇의 賦가 게재되어 있다. 이들의 종류를 구분하면 五言古詩, 五言律詩, 五言排律, 五言絶句, 七言古詩, 七言律詩, 七言絶句, 回文, 集古 등 다양한 형태를 보여준다. 또 14세 때 〈自國島回舟〉라는 작품을 짓기 시작하여 그가 他界하기 2년 전 83세 때 〈仝何閣〉이란 작품으로 마지막을 장식하였으니, 그의 全生涯가 作品 活動 期間이었다 해도 지나친 말은 아니다.

그 다음 〈孤山 先生 遺稿〉卷六 下別集에 실려 있는 시조 작품들을 개관하면 제일 먼저 〈山中新曲〉이 나온다. 이 〈山中新曲〉은 〈漫

興〉6首, 〈朝霧謠〉1首, 〈夏雨謠〉2首, 〈日暮謠〉1首, 〈夜深謠〉1首, 〈饑歲歎〉1首, 〈五友歌〉6首 등 도합 18首가 된다. 이어서 〈山中續新曲〉2首가 나오는데 〈秋夜操〉1首, 〈春曉吟〉1首가 그것이다. 그 다음 순서로는 〈古琴詠〉1首, 〈贈伴琴〉1首, 〈初筵曲〉2首, 〈罷宴曲〉2首가 된다. 그리고 〈漁父四時詞〉가 春夏秋冬 각 10首씩 40首로 되어 있고, 다음은 〈漫興〉第六首로 대치된 〈漁父詞 餘晉〉이 나온다. 계속해서 〈夢天謠〉3首, 〈遣懷謠〉5首의 순서로 되어 있다. 이렇게 해서 孤山의 國文詩歌는 도합 75首가 된다.

(2) 노래를 좋아하고 즐겨 지음

고산은 1616년(광해군 8) 겨울에 당시 예조 판서 이이첨, 의정 박승종, 왕후 형 유희분 등의 忘君負國의 죄상을 규탄하는 상소를 올린 적이 있었다. 이것을 〈丙辰疏〉라고 하는데, 이 상소문을 올린 것이 문제가 되어 자신은 그해 세모에 함경도 경원 땅으로 유배가게 되었고, 부친 惟幾도 관찰사직에서 물러나게 되었다.

그래서 그 慶源配所에서 1년, 다시 경남 기장으로 移配된 다음 그 機張配所에서 7년 등 도합 8년간의 지루한 귀양살이를 하였다. 이러한 流配生活이 孤山의 30대 일이라면 다음은 50대에 와서 두 번째의 귀양살이를 겪게 되었다. 그가 벼슬을 그만두고 歸鄕한지 만 1年이 되어 갈 무렵, 1636년(인조 14) 12월에 丙子胡亂이 일어났던 것이다. 王亂의 상처가 채 가시기도 전에 또 한 번 거대한 戰禍의 소용돌이 속으로 휘말려 들어갔다.

이때 孤山은 鄕族·家僮 數百을 모아 주야로 배를 타고 임금을 구하기 위하여 강화도로 달려갔다. 그러나 1637년(인조 15) 1월

29일 마침내 강화도에 도착했을 때는 그곳이 이미 함락되어 있었다. 그래서 하는 수 없이 뱃머리를 돌려 海南으로 돌아가서 行在所를 찾아가려고 마음먹었다. 이처럼 孤山이 江都 近處까지 왔다가 서울을 지척에 두고도 임금께 달려가 문안드리지 않은 것이 죄가 되어 1638년(인조 16) 6월 영덕현에서 두 번째 귀양살이를 하게 되었던 것이다.

孤山은 丙子胡亂 이후 다시는 당시의 세상에 나아가 벼슬할 뜻이 없어졌다. 人間萬事를 사절하고 尋山入海하여 泉石이 뛰어난 곳에 살았다. 그 위에 정자를 짓고 引流種樹하여 山水의 즐거움을 맛볼 수 있었다. 거기에다 琴笛과 歌舞하는 이를 두고는 稀調緩節을 연습시켜 때때로 듣고 보면서 감상하였다. 그렇게 해서 고독한 마음을 달래고 답답한 심정을 풀 수 있었던 것이다.

그러니까 孤山이 귀양살이 하던 기간에는 주로 독서와 詩文을 창작하는 일로 지루하고 답답한 시간을 보냈었다. 한편 중앙 정계에 진출하지 못하고 금쇄동이나 보길도에서 은둔 생활을 할 때는 자연미를 탐구하는 일, 바닷가에 나가서 고기잡이하는 일, 그 다음에는 우리말 노래를 짓고 부르는 일에 종사하면서 소일하였다.

이 집은 진실로 능히 나로 하여금 훌쩍 세상을 버리고 홀로 서서 날개가 나서 신선이 되어 올라가는 뜻이 있게 하면서도, 끝내 또한 나로 하여금 부자 군신의 윤리에서 벗어나지 않게 하고, 능히 나로 하여금 물에서 낚시질하고 산을 갈고 하는 흥취와 거문고를 켜고 장구를 두드리는 즐거움을 오로지 하게 하야, 끝내 나로 하여금 옛 선현들의 꽃다운 자취를 우러르게 하고, 옛날 훌륭한 왕들의 남긴 문화를 노래하고 읊조리게 하니, 이것이 마음에 드는 것이 아니겠는가?1)

---

1) 孤山遺稿 卷五 下 金鎖洞記. P.28.

위 글은 孤山의 〈金鎖洞記〉의 일부를 인용해 본 것이다. 그 내용을 보면 "능히 나로 하여금 물에서 낚시질하고 산에서 밭을 갈고 하는 홍취와 거문고를 켜고 장구를 두드리는 즐거움을 오로지 하게 한다"고 하였다. 은자로서의 고산의 생활은 산에 가서 밭 갈고 바다에 가서 낚시질하면서 생활했다는 것이 그대로 드러난 것이다.

또 거문고를 켜고 장구를 두드리는 생활을 오로지 한다는 것을 보면 실제로 악기를 다루는 솜씨가 상당한 경지에 이르렀음을 증명해 준다. 그리고 옛날 훌륭한 왕들의 남긴 문화를 노래하고 읊조리게 한다고 하였으니, 고산의 은자 생활은 시를 읊조리고 노래를 부르고 하는 것이 생활화 되었음을 나타내 준다.

東方에 옛부터 漁父詞가 있었는데, 누가 지었는지 모르지만 옛시를 모아서 곡조를 이룬 것이다. 이것을 읊조리면 강바람 바다 비가 어금니와 뺨 사이에 생겨나며, 사람으로 하여금 홀연히 세상을 버리고 홀로 서려는 뜻을 갖게 한다. 그래서 농암 선생도 좋아하여 싫증을 느끼지 않았고, 퇴계 선생도 탄상해 마지않았다. 그러나 음향이 서로 응하지 않고 말뜻이 아주 갖추어져 있지 않음은 대저 옛것을 모으는데 얽매였기 때문에 옹졸한 홈을 면하지 못한 까닭이다. 나는 그 뜻을 부연하고 속된 말을 써서 漁父詞를 지었는데, 4시를 각 1편으로 하고 그것을 10장으로 하였다. 내가 腔調나 음률에 있어선 함부로 자부하여 云謂할 수 없고, 또 江湖道에 있어서는 더욱 함부로 은근히 寄托할 수 없으나, 맑은 못과 넓은 호수에서 조각배로 손과 더불어 노닐 때에 같이 노를 저으며 노래 부르면 또한 상쾌한 일이다. 이후의 江湖의 閑逸한 선비들도 이런 心期를 반드시 함께 하지 못할 것이니, 千百世에 서로 매우 성해질 것이다.2)

---

2) 孤山遺稿 卷六下 別集歌辭. P.14.

孤山의 〈漁父四時詞〉 跋文을 인용해 보았다. 이 글을 통해서는 고산의 문학관을 어느 정도 추출해 낼 수 있다고 본다. 그는 전대의 〈漁父詞〉에 대하여 〈音響不相應〉〈語義不甚備〉라고 비판하였다. 이것은 詩에 있어서는 리듬과 율격을 중요시한 발언이고, 그러면서도 나타내고자 하는 語意에 구김살이 있어서는 안되겠다는 것을 강조한 것이다.

그밖에 우리가 짚고 넘어가야 할 것은 〈用俚語 作漁父詞〉했다는 사실이다. 그 당시 士大夫 중에서 한문에 중독되지 않은 사람이 없었으며, 한문으로 글을 쓰지 않으면 자신의 품위가 크게 손상된다고 생각하던 시절에, 우리말 우리글을 사용하여 〈漁父詞〉를 지었다고 하는 것은 國語意識, 自我意識, 主體意識 등이 누구보다도 투철했었다는 것을 실증해 주는 좋은 예다.

그래서 김사엽 같은 이는 孤山으로 말미암아 조선어의 미가 발견되었고 조선어를 예술적으로 승화 앙양시켰다고 찬사를 보냈던 것이다. 그리고 고산은 "맑은 못과 넓은 호수에서 조각배로 손과 더불어 노닐 때에 같이 노를 저으며 노래 부르면 또한 상쾌한 일이다"라고 하였다. 이러한 글들을 통해서 孤山은 조각배를 타고 유람하는 생활, 즐겨 노래 부르는 생활로 소일하였다는 것을 짐작케 해 준다.

魏詩에 이르기를 「동산에 복사나무 있으니 그 열매 먹으리로다. 마음에 근심이 있는지라 내 노래 부르고 소리하나니. 내 마음 알지 못하는 이 노래하고 소리하는 나를 교만하다 이르고, 그리고 말하기를 爲政者 그들의 所爲가 옳거든 그대는 그 무슨 말인가 하나니. 내 마음의 근심이여 그 뉘 알랴 그 뉘 알랴. 저들은 어찌 정사의 그릇됨을 생각하지 않는가」라고 했다. 杜子美의 시에선 읊기를 「어찌 江海에서 소쇄히 세월을 보낼 뜻이 없으리요마는, 살아 堯舜같은 임금을 만났으니 차마 곧장 永訣치 못할레라. 同學의 늙은이들에게 웃음을 사도 호방한 노래는 더욱더 激烈해지리다」라고 했다. 대저 내가 咨嗟·咏歎하는 나머지 나도 모르게 소리를 내어 노래하곤 하니 어찌 同學들의 희희덕거리는 비웃음과 「그대는 그 무슨 말인가?」式의 비난이 없을까 마는 그러나 내 스스로도 마지 못하는 것이다. 이것이야말로 이른바 「내 옛사람을 생각하노니 진실로 내 마음을 알았도다」라는 것이니라.3)

위 글은 1652년 고산의 나이 66세 때 지은 〈夢天謠〉 三章의 발문을 인용한 것이다. 이 〈몽천요〉는 은퇴해 있던 고산이 효종 3년에 왕으로부터 特召되어 上京하였을 때 楊州 고산에 머무르면서 지은 것이다. 이러한 내용은 이 발문의 끝 부분에 "壬辰五月初十日 芙蓉釣叟 病滯孤山識"라는 구절을 통해서 알 수 있다. 이때 효종은 17년만에 入京한 孤山을 반겨 하였으나 朝臣들은 그를 배척하고 훼방하였다.

그러니 〈夢天謠〉 제1장에서 〈玉皇〉은 총애가 깊으신 孝宗을 가리키는 말이고, 〈羣仙〉은 당시의 반대편인 西人들을 가리키는 말이다. 하여간에 위 글 〈夢天謠〉 발문을 보면, "대저 내가 咨嗟·咏歎하는 나머지 나도 모르게 소리를 내어 노래하곤 하니"라는 구절이 나온다. 고산이 얼마나 노래를 즐겨 부르고 즐겨 지었으면 나도 모르게 소리를 내어 노래하곤 했다는 이야기가 나오겠는가?

그리고 이처럼 노래 부르고 노래를 짓고 하는 작업을 내 스스로도 마지 못하는 것이라고 해서 고산의 음악에 대한 열정은 천성적이라는 것을 나타내 주었다.

---

3) 孤山遺稿 卷六下 別集歌辭. PP.15~16.

소리는 或이신둘 므움이 이러ᄒ랴
므움은 或이신둘 소리롤 뉘ᄒᄂ니
므움이 소리예 나니 그룰 됴하ᄒ노라.

〈贈伴琴, 全文〉

　이 작품은 1645년 고산의 나이 59세 때 지어 權伴琴에게 준 것이다. 伴琴의 본명은 海인데, 거문고를 잘 탔으므로 호를 伴琴이라 했다. 거문고를 가지고 훌륭한 소리를 낼 줄 아는 이는 있어도, 그 마음까지 훌륭하기는 어렵고, 또 훌륭한 마음을 지닌 사람은 혹시 있어도 그것을 거문고 소리로 나타낼 만한 사람은 별로 없다는 것이다.

　그런데 權伴琴은 훌륭한 거문고 솜씨에 그야말로 깨끗한 마음씨를 지녔으니 그를 좋아하게 되었고, 이 시를 지어 그에게 바친다는 것이다. 이만하면 孤山의 사람 보는 안목과 음악의 수준을 가늠하는 솜씨가 어느 정도인지 헤아리고도 남을 만하다. 權伴琴의 거문고 타는 솜씨가 전문가 이상의 실력을 지녔고, 孤山은 그 실력을 꿰뚫어 볼 수 있는 높은 안목을 지니고 있었던 것이다.

　　"그는 마음과 곡조가 조화에 은근히 합치됨이 많고, 일곱 줄이 온갖 소리를 굴려내니, 이는 모두 방촌 사이에서 생긴 일이다. 내가 그것을 들을 때마다 고기 맛을 잊곤 했다."4)

　시조 〈贈伴琴〉에 대한 孤山의 해설을 인용해 본 것이다. 그는 마음과 곡조에 은근히 합치하는 데가 있고 七絃琴을 치면 온갖 소리를 다 굴러 나오게 한다는 것이다. 그러나 權伴琴의 音樂 水準을

---

4) 多君心曲暗合造化 七絃百囀 皆方寸間事 余每聽之 忘味 金鎖洞病儂

이 이상 더 찬양할 수는 없다. 그런데 위 시조를 보면 "마음이 소리에 나니 그를 좋아한다."고 했다. 孤山은 예술을 해도 그 예술 자체만 가지고 논하는 것이 아니라, 그 사람의 됨됨이까지 함께 따지고 있다. 그가 〈五友歌〉를 노래할 때도 자연의 순수성만을 강조하지는 않았다. 오히려 水·石·松·竹·月의 그 윤리적 가치를 높이 샀던 것이다. 孔子도 일찍이 "사람으로서 인자하지 않으면 禮는 해서 무엇하랴"고 갈파한 일이 있다. 사람의 本性이 仁하지 않으면 禮儀고 音樂이고 소용이 없다는 뜻이다.

그러니까 이 〈贈伴琴〉을 통해서는 음악에 대한 솜씨도 훌륭해야 되지만 그 음악을 하는 사람의 心性 또한 훌륭해야 된다는 것을 강조했다고 보아진다.

ㅂ렷던 가얏고롤 줄연저 노라보니
淸雅호 녯소리 반가이 나느고야
이 曲調 알리업스니 집겨노하 두어라

〈古琴詠, 全文〉

시조 〈古琴詠〉을 전부 옮겨 본 것이다. 이 시조는 〈古琴詠幷序〉라고 하는 글의 내용을 그대로 축약해 놓은 것인지, 아니면 〈古琴詠〉을 먼저 짓고 거기에 序文을 붙인 것인지 그 선후 관계는 자세히 알 수 없다. 그 〈古琴詠幷序〉의 끝 부분을 보면 "更賦古風一篇以寫此琴之壹鬱"이라고 하였다. 고산은 무엇인가 답답한 생각이 들면 노래를 짓거나 부르고 또 악기를 다루었다는 것을 증명해 주는 구절이다.

초장에서는 버렸던 가야금을 줄 얹어 놀아 본다고 하였다. 버려진 가야금일망정 가야금은 가야금이기 때문이다. 버려지기는 했지만 그 어느 가야금보다도 훌륭하다고 생각되었기 때문이다. 그런데 중장에서는 淸雅한 옛소리가 반갑게 난다고 하였다. 멀어지기는 했지만 그 가야금은 淸雅한 소리를 낼 수 있는 훌륭한 악기였기 때문이다. 바로 그 淸雅한 옛소리를 그 옛날처럼 낸다는 점에서 반갑다는 말로 표현하였다.

그러나 종장에서는 또 다시 실망적인 이야기가 나온다. 이 곡조 알아주는 이가 없어서 도로 집껴 놓아 둔 것이다. 그 악기를 자주 써 먹지 않고 그 옛날처럼 집 속에 넣어서 한 구석에 버려둔다는 것이다.

한마디로 이 작품은 훌륭한 인재가 등용되지 못하는 안타까운 현실을 〈古琴〉에 비유하여 노래한 것이라 보아진다. 어쩌면 經綸을 갖춘 尹善道 자신을 古琴에 비유한 것인지도 모르겠다. 孤山의 생애를 살펴보았을 때 이미 단 사실이지만 그는 출사의 기간보다는 유배와 은둔의 기간이 훨씬 길었다. 儒學者로서 立身出世하고 經世濟民의 뜻을 펼쳐 보려는 것이 그의 꿈이었는데, 당시의 시대적 상황은 고산의 뜻을 받아 주지 않았다. 그러니 출사와 유배 기간 이외는 주로 은둔 생활을 했던 것이고, 그 은둔 기간의 심정은 〈壹鬱〉 즉 〈답답함〉 그것이었던 것이다.

그러니 그 답답한 심정을 어떠한 방법으로든 풀어야 되지 않겠는가? 그러한 연유로 자연미를 감상하고 자연 사랑의 의미가 담겨 있는 작품들을 양산하게 되었다고 생각한다. 아울러 음악을 생활화하고 악기를 전문가 이상으로 다루고 우리말 노래를 지어 불렀다고 생각한다. 그것이 그 유명한 〈漁父四時詞〉를 비롯해서 孤山의 時調 75首를 낳게 되었다.

(3) 노계 시조와의 비교

孤山의 作品世界를 이야기하다가 갑자기 노계 박인로의 시조를 논하는 것은 孤山 作品만 놓고는 비교의 대상이 없기 때문에 그것이 얼마나 좋은지를 가늠할 수가 없기 때문이다. 많은 사람들이 孤山 尹善道를 短歌의 제1인자라 하고, 그의 작품을 문학적 가치가 높다고 평가하지만 막상 어떤 점이 훌륭한지를 이야기하라면 제대로 이야기하지 못하는 것이 현재의 실정이다.

그래서 그 훌륭한 점을 이야기하기 전에 타인의 작품을 미리 생각해 보고 비교해 본다면 훨씬 효과적일 것이라는 생각이 들어서 노계의 시조를 예로 들어보고자 한다. 그것은 마치 우리의 고소설 〈흥부전〉에서 그 주인공 흥부가 얼마나 착하고 복 받은 사람인가를 강조하기 위해서 최악의 인물 놀부를 등장시켜 대조시켰고, 〈사씨남정기〉에서는 그 주인공 謝氏가 현모양처다운 최선의 여인임을 그리기 위해서 특별히 간악하고 질투와 시기심이 강한 喬氏를 대립적인 인물로 내세웠던 경우와 마찬가지라고 하겠다.

그러나 이 글에서는 노계 박인로의 작품이 그 문학적 가치 면으로 볼 때 뒤떨어진다는 것을 보여주기 위해서 인용한 것은 아니고, 고산은 특별히 우리말 우리글을 애용해서 작품을 썼는데 노계는 한자 숙어와 고사 성어를 너무 많이 써서 생경하기 이를 데 없다는 것을 강조하기 위하여 예로 들었음을 미리 밝혀 둔다. 또 노계는 1561년에 출생해서 선조 때에 주로 살았고, 고산은 1587년에 출생해서 인조 때에 주로 활동했으나 거의 동시대를 살다간 인물이란 점에서 비교의 대상으로 삼았다.

父母 섬기기를 至誠으로 섬기리라
鷄鳴에 盥漱ㅎ고 煖寒을 뭇ᄌ오며
날마다 侍側奉養을 沒身不衰ㅎ오리라
　　　　　　　　　　　　　〈父子有親, 3〉

삼강오륜은 유교의 이념을 대표하는 덕목이다. 그 삼강오륜 중에서도 맨 처음 나오는 것이 〈부자유친〉이니, 그만큼 부자간의 천륜 관계를 중시한 것이라고 하겠다. 노계는 바로 그 〈부자유친〉 항목을 시조 형식에 담았던 것이며, 그것도 같은 주제를 가지고 5작품이나 쓰는 열성을 보였던 것이다.

노계는 유년 시절 대자연의 품속에 안겨 산야의 뻐꾸기를 벗삼아 노닐면서 대시인의 꿈을 키워 나갔다고 한다. 그가 만년에 전원에 묻혀 살면서 그 유명한 노계 가사 7편을 짓고 시조 60여 수를 창작한 것도 이러한 유년 시절의 정서적 생활이 밑받침되어 나타난 결과이리라.

하여간에 위 작품 초장에서는 부모 섬기기를 지성으로 섬기겠다는 이야기고 중장에서는 아침 일찍 일어나 세수하고 부모님의 안부를 여쭙겠다는 이야기며, 종장에서는 날마다 모시고 받들기를 자기 몸이 다하도록 해서 말지 않겠다는 이야기다. 여기서 어려운 한자 말을 다시 생각해 보면 鷄鳴은 닭우는 새벽이란 뜻이고, 盥漱는 세수하고 양치질한다는 뜻이고, 煖寒은 덥고 추움을 묻는다는 것이니 부모님의 안부를 여쭙는다는 뜻이다.

또 侍側奉養은 옆이 모시고 받들어 섬긴다는 뜻이고, 沒身不衰는 자기 몸이 다하도록 쇠하지 않겠다는 것이니 끝까지 부모님을 잘 봉양하겠다는 뜻이 담겨 있다. 특히 중장의 내용은 〈小學〉이나 〈禮記〉에 나오는 〈昏定晨省〉을 시조화한 것인데, 저녁에는 부모님의 잠자리를 보아 드리고 아침에는 일찍 일어나 밤 사이의 안부를 묻는다는 자식으로서의 도리를 노래하였다.

　이 작품은 그 주제가 〈부자유친〉이기는 하지만, 무슨 도덕책이나 수신 교과서를 대한다는 느낌이 들며, 평소에 별로 접하지 않는 어려운 한자 숙어를 남용해서 생경하고 무미 건조하다는 느낌을 갖게 한다.

　　夫婦 삼길적의 하重케 삼겨시니
　　夫唱婦隨ᄒ야 一家天地 和ᄒ리라
　　날마다 擧顔齊眉을 孟光ᄀ게 ᄒ여라
〈夫婦有別, 4〉

　부부유별이란 부부간에는 분별함이 있어야 된다는 이야기다. 부부 사이뿐만 아니라 남녀간에도 뚜렷한 구분을 지어서 우리 선인들은 〈男女七歲不同席〉이란 말을 좌우명처럼 실천해 왔다. 부부유별이란 남편이 할 일과 아내가 할 일이 따로 있고, 남편으로서의 위치와 아내로서의 위치가 따로 있고, 남편이 지켜야 할 예절과 아내가 지켜야 할 예절이 따로 있다는 뜻이다. 이것을 확대 해석하면 남녀 유별로 가게 되는 것이고 조선 시대는 이러한 유교 이념이 철저하게 지켜져서 남존여비 사상이 지배하게 되었고, 남녀 차별화 정책을 범사회적으로 실천했던 것이다.

　위 작품에서 어려운 한자말을 보면 夫唱婦隨는 아내가 남편에게 순종하여 따른다는 뜻이고, 一家天地는 한집안이라는 天地, 곧 자그마한 사회를 가리키는 말이고, 擧顔齊眉는 밥상을 높이 들어 눈썹과 가즈런하게 올린다는 뜻이다. 그런 의미에서 〈顔〉은 〈案〉의 잘못이라고 본다.

우리들은 흔히 남녀가 만나서 부부되는 것을 〈天生緣分〉〈天定配匹〉이란 말로 일컫고 있는데, 바로 그러한 내용의 중요성이 위 작품 초장에 담겨 있다. 그러니 〈夫唱婦隨〉해서 일가와 천지를 화평케 하는 것이 부부간의 도리라는 것을 중장에서 강조하고 있다. 그처럼 부창부수하고 남편 공경하는 방법으로 제시한 것이 "날마다 擧顔齊眉를 맹광같게 하여라"라고 하는 종장의 내용이다.

여기서 孟光은 중국 東漢時代의 여자로 梁鴻의 아내라는 이야기가 전한다. 그녀는 남편 梁鴻과 더불어 霸陵山中에 살았고, 그 남편이 들에 나가서 농사일을 할 때에 음식을 날랐는데, 늘 밥상을 눈썹과 가지런 하도록 높이 들어 남편 앞에 바쳤다는 것이다.

한마디로 이 작품은 부부가 화합할 것을 강조했고 특히 여인들에게는 맹광과 같은 훌륭한 아내가 되라고 권유한 점이 훌륭하다고 생각된다. 그러나 이미 살펴본 바와 같이 〈夫唱婦隨〉〈一家天地〉〈擧顔齊眉〉 등의 한자 용어나 고사 숙어를 남용한 점은 이 작품의 가치를 그만큼 평가 절하하게 되어 안타까운 마음 금할 수 없다.

兄弟 내실적의 同氣로 삼겨시니
骨肉至親이 형제ᄀ치 重홀넌가
一生에 友愛之情을 ᄒ몸 ᄀ치 ᄒ리라

〈兄弟友愛, 1〉

형제 우애 즉 형제지간에는 사랑하는 마음이 있어야 된다는 이야기다. 이러한 덕목은 너무나 평범하고 잘 아는 실천 윤리로서, 이것을 굳이 노래로 지어 부르고 교육적으로 강조하는 것 자체가 무의미할는지 모른다. 또 이 세상에는 형제지간에 남들이 부러워할 정도로 화목하게 지내고 우의가 돈독한 사례들을 많이 보게 된다. 그러나 형제지간에 불목하고 서로 싸우는 경우도 많이 있는데, 그 원인은 대부분 재산 싸움 때문이란 것이 다음과 같은 노래에서 증명된다.

일찍이 송강 정철은 그의 〈훈민가〉에서 "江原道 百姓들아 형제숑소ᄒᆞ디마라/ 죵쥐밧쥐는 엇기에 쉽거니와/ 어디가 또 어들 거시라 흘긋할긋 ᄒᆞᆫ다"라고 노래한 바 있고, 노계 자신도 〈兄弟有愛〉라는 항목 ②에서 "爭財에 失性ᄒᆞ야 同氣不睦마라 스라/ 田地와 奴婢는 갑슬주면 살련이와/ 아모려 萬金인들 兄弟살더 잇ᄂᆞ냐"라고 노래하여, 재산 문제로 동기 간에 불목하는 이들이 많다는 것을 암시해 주고 있는 것이다.

그런데 노계는 형제지간의 우애가 돈독해야 하고 중요하다는 것을 강조하기 위해서 위 작품의 초장에서는 同氣로 태어났다는 사실을 먼저 상기시켜 주었다. 그리고 중장에서는 자신의 뼈와 살같이 지극히 가깝다는 뜻으로 骨肉至親이란 말을 썼고, 종장에서는 한평생 友愛의 정을 나누기를 한 몸같이 하라는 말로 마무리하였다.

한마디로 이 작품은 형제간의 우애를 강조하기 위하여 쓴 〈五倫歌〉로서, 그 의도하는 바는 상당히 좋으나 〈骨肉之親〉이니 〈友愛之情〉이니 하는 생경한 한자 숙어를 써서 읽는 이에게 절실한 감동을 주는 것이 아니라 무슨 선전 구호를 대한다는 느낌을 갖게 한다.

幸玆秉彝心이 古今업시 다이실쇠
爰輯舊聞ᄒᆞ야 이삼편 지어시니
嗟哉後生들아 살펴보고 힘서ᄒᆞ라
〈總論, 2〉

노계의 〈五倫歌〉를 보면 〈父子有親〉 5수, 〈君臣有義〉 5수, 〈夫婦

有別〉 5수, 〈兄弟有愛〉 5수, 〈朋友有信〉 2수 등 도합 22수로 되어 있고, 별도로 〈總論〉이 3수로 되어 있다. 그런데 총론 첫째 수에서는 천지간 만물 중에 사람이 가장 귀하다고 하였고, 사람이 가장 귀한 것은 五倫이 있기 때문이라 하였고, 사람이 그 五倫을 지키지 않는다면 금수와 다를 바 없다고 하였다. 그야말로 앞에서 노래한 〈五倫歌〉를 열심히 읽어보고 그대로 실천하기를 권장하고 있는 것이다.

위 작품은 그 〈總論〉의 둘째 수인데 먼저 어려운 한자말부터 생각해 보자. 幸玆秉彝心은 다행히도 도덕을 지키는 마음, 곧 天性이란 뜻이고, 爰輯舊聞은 이에 옛날 들은 이야기를 모았다는 뜻이고, 嗟哉란 말은 감탄사로서 별 의미가 없는 낱말이다.

다시 작품의 내용을 살펴보면 초장에서는 다행히 사람의 도덕심은 고금 없이 다 있다는 이야기고, 중장에서는 옛날에 들었던 이야기들을 모아서 〈五倫歌〉 23편을 지었다는 이야기고, 종장에서는 후생들이 이 〈五倫歌〉의 내용을 잘 살펴보고 그대로 실천해 달라고 권유하였다.

여기서 한가지 의문되는 것은 노계의 〈五倫歌〉는 실제로 22편밖에 안 되는데, 노계의 이 작품을 보면 23편을 지었다고 하니 한편이 모자란다는 점이다. 그 원인을 찾을 길이 없고 혹시 후세로 유전되는 과정에 1편이 일실 되지 않았나 하는 생각을 하게 된다. 또 五倫歌 22편에 총론의 첫째 작품을 더해서 23편 지은 것으로 해석할 수도 있다. 위 작품을 보면 우리말 노래를 지은 것인지 한자말 노래를 지은 것인지 구분되지 않을 정도로 어려운 한자 숙어를 많이 사용하였다. 그래서 독자들에게 친근감을 주지 못하고, 딱딱한 한문 공부를 시키려는 의도가 다분히 내포되었다는 생각을 갖게 하였다.

江頭에 屹立ᄒ니 仰之예 더옥 놉다
風霜에 不變ᄒ니 鑽之예 더옥 굿다
사람도 이 바회 ᄀᆞᆺᄒ면 大丈夫인가 ᄒ노라
〈立巖, 2〉

노계의 〈立巖〉이라는 작품을 인용해 보았거니와, 이 〈立巖〉은 10수로 된 연시조인데 인용된 작품은 둘째 수이다. 이 작품에는 그 당시 旅軒 張先生이 永川郡 북쪽 立巖에 寓居해 있었는데 노계가 일찍이 從遊하면서 旅軒을 대신하여 이 노래를 지었다는 해설이 붙어 있다.

旅軒은 仁祖 때의 학자 張顯光으로 1595년(선조 28) 학문과 덕행으로 천거되어 공조참의, 이조참판, 대사헌, 공조판서, 지중추부사 등 전후 20여 차례 관직에 임명되었으나 모두 사퇴하고 오로지 학문 연구에만 전념했던 분이다.

이제 이 작품을 생각해 보면 초장에서는 강가에 우뚝 솟아 있는 〈입암〉을 우러러보니 더욱 높아 보인다고 하였다. 중장에서는 바람과 서리를 맞아도 변치 않기에 그것을 뚫어 보니 더욱 굳다는 것을 알게 되었다는 것이다. 그러니 사람도 이 바위처럼 더욱 높아 보이고 더욱 굳어 보인다면 그런 사람을 대장부라 할 수 있다는 것이 종장의 내용이다.

「論語」를 보면 孔子의 제자 顔淵이 「仰之彌高 鑽之彌堅」이란 말을 했는데, 위 작품 초장의 내용은 안연이 말한 앞부분을 풀어서 쓴 것이고, 중장의 내용은 안연이 말한 뒷부분을 풀어서 쓴 것이다.

우러르면 더욱 높고 뚫어 보면 더욱 단단한 〈입암〉이라고 하는 바위는 바로 그 지방에 寓居해 있던 張顯光 선생의 학덕과 인품을 은유적으로 표현한 것이라 볼 수 있다.

그러나 이 작품은 한자 숙어를 많이 사용한 정도가 아니라 아예 한문 문장에다 우리말 토를 달아 놓은 漢詩文이 되어 버렸으니, 이런 작품을 기준으로 삼는다면 노계를 漢學에 능통한 유학자라고는 할 수 있지만, 우리말을 사랑하고 우리말 노래를 지은 詩人이라고 보기에는 어딘가 석연치 않은 점이 있다는 것을 부언해 둔다.

(4) 고산 작품의 특성과 의미

앞 단락에서는 노계의 시조에서 한자어구나 고사성어를 지나치게 사용해서 노계 자신이 우리말 사랑 정신보다는 외래 문물을 더 숭상한다는 것을 알게 되었다. 반면에 본 항에서는 고산의 시조를 통하여 그가 얼마나 우리말을 사랑했고 우리말을 갈고 닦았고 우리 문자인 훈민정음을 사용해서 작품을 쓰려고 노력했는지를 실증해 보려고 한다. 아울러 고산 작품의 특성이 무엇인지 그리고 그러한 고산의 작품이 어떠한 가치와 의미를 지니는지에 대해서도 논의해 보고자 한다. 그러나 고산의 작품을 해설하기 이전에 제가들의 평을 먼저 들어보면 다음과 같다.

五友歌는 그의 시조 중에서도 특히 유명한 것이다. 시조도 이까지 오면 갈 곳까지 다 이른 감이 있다. 벌써 이 이상은 시조로서는 더 나가기 어려울 것이다. 더욱이 제3수의 石友歌에 이르러서는 저 딱딱한 無覺冷情한 것도 여기서는 따뜻한 생명있는 열정을 가지고 우리의 품안에 안겨 오는 듯하다. 실로 자연은 고산으로 인하야 그 美를 휠씬 더 發揚하고, 사람은 孤山으로 인하야 자연을 정당히 이해하고 휠씬 더 接近할 수 있었던 것이다.5)

조윤제의 논설을 인용했는데, 이것은 고산의 〈五友歌〉를 두고서 평가한 내용이다. 그 〈五友歌〉를 일컬어 시조로서는 더 나가기 어려운 경지에 이르렀다고 하였고, 특히 〈石友歌〉는 저 딱딱한 無覺冷情한 것도 여기서는 따뜻한 생명있는 열정을 가지고 우리들의 품 안에 안겨 온다고 했으니 그야말로 최대의 찬사를 아끼지 않았던 평가라고 본다. 다음은 김사엽의 견해를 들어보자.

고산으로 말미암아 조선어의 미가 발견되었고 조선어를 예술적으로 승화 앙양했다고 본다. 송강이 이미 그 가사를 통하여 더 없이 아름다움을 밝혀 놓았거니와 고산에 이르러 한결 더 깊이 넓게 되고, 캐 내어 그 雅麗함을 천명하였다. 한문이란 밀림 속에서 유교라는 정글 속에서 우리말을 찾기란 그 당시에 있어서 至難하다기 보다 不可能에 가까운 공부이었을 것인데 대담하게도 이것을 시험해서 훌륭히 성공하였다.6)

김사엽은 고산으로 말미암아 조선어의 미가 발견되고 조선어를 예술적으로 승화 앙양시켰다고 하였다. 특히 한문과 한자어를 숭상하고 우리말과 우리 문자를 천시하던 시절에 고산이 순수하게 우리 말과 우리 문자를 부려서 작품을 썼으니 더욱 높게 평가되어야 한다는 것이다.

그 작품의 品致와 技巧를 논하면 〈遣懷謠〉〈雨後謠〉는 정서를 진솔히 咏出한 것도 좋지만 표현이 유창하여 막힘이 없다. 초년의 作이지만 秀技를 나타내고 있다. 그러나 후일의 作에 비하면 기교의 흔적이

---

5) 趙潤濟, 韓國詩歌史綱(乙酉文化社. 1954), P.338.
6) 金思燁, 改稿國文學史(正音社. 1954), P.429. ·

많다. 〈山中新曲〉〈山中續新曲〉〈漁父四時詞〉 같은 대표작에는 수법이 원숙하여 이른바 기교를 초월한 기교로 표현되어 어려운 것을 걸러낸 平易와 복잡한 것을 씻어낸 簡素로 그의 특징을 나타내고 있다. 그리하여 用辭의 品致는 단가는 소박하면서도 淡泊, 平明하면서도 簡潔하며 장가는 유창하면서도 清高, 平易하면서도 詳悉하다.7)

李在秀는 고산 작품의 기교를 보면 정서를 진솔하게 영출한 것도 좋지만 표현이 유창하고 막힘이 없어 좋다고 하였다. 고산 작품은 그 수법이 원숙하여 기교를 초월한 기교로 표현했다는 것이다. 그러니 어려운 것을 걸러 낸 平易와 복잡한 것을 씻어 낸 簡素가 고산 작품의 특징을 이루었다는 것이다. 이제 先學들의 論評을 알아보는 것은 이 정도로 하고 다음은 실제로 고산의 작품을 예로 들면서 그 문학적인 특성과 의미를 되새겨 보는 기회를 갖고자 한다.

　　산슈간 바회 아래 뛰집을 짓노라ᄒ니
　　그 모른 놈들은 욷는다 ᄒ다마는
　　어리고 햐암의 뜻의는 내분인가 ᄒ노라
〈漫興, 1〉

이 작품은 1642년(인조 20) 금쇄동에서 지은 〈산중신곡〉 중에 〈만흥, 1〉을 인용한 것이다. 〈만흥〉은 전부 6수로 되어 있는데 이 작품은 그 첫째 수이다. 병자호란이란 대전란과 치열한 당쟁을 겪고 난 후 모든 것을 초월하고 산중에 묻혀 살고자 하는 의도가 잘 나타나 있다고 본다. 이 작품의 초장을 보면 산수간 바위 아래 띠집을 짓는다고 하였고, 중장은 그 뜻을 모르는 남들은 웃긴다고 이

---

7) 李在秀, 尹孤山研究(學友社. 1995), P.53.

야기할 것이라는 내용이고, 종장에는 어리석은 시골 사람의 마음에
는 이것을 자기 분수라고 생각한다는 내용이 담겨 있다.

그러면 왜 고산은 산수간 바위 아래 띠집을 짓는다고 했는가? 그
띠집은 정계에서 은퇴한 사람 즉 隱者가 살아가는 집을 의미한다.
그 띠집에서 살겠다는 이유는 대전란과 당쟁을 심하게 겪은 이후이
니까 세상은 시끄럽고 남을 비방하는 투쟁과 갈등의 장소로 인식됐
고 산수간은 조용하고 누구의 간섭도 받지 않으면서 편안하게 살
수 있는 안식의 공간이라 인식됐기 때문이다.

좀더 직설적으로 이야기하면 임금이 계시는 중앙 정계에 진출하
면 당파에 눈이 먼 사람들이 이전투구의 싸움을 벌이고 있으니까
고산과 같은 양심적인 선비로서는 그것을 감당해 내기 어려워 조용
히 산야에 묻혀 자연과 더불어 살면서 자연을 감상하고 자연을 노
래하면서 살겠다는 의지를 나타낸 것이다.

그러나 남들은 고산의 이처럼 깊은 뜻을 모르지 않겠는가? 그래
서 "고산이 웃기네"라고 이야기할 수 있다는 것이고, 그렇더라도 세
상 명리에 밝지 못한 고산으로서는 이것을 자기 분수라고 생각하면
서 살아가겠다는 것이다.

이 작품을 읽어보면 李在秀가 밝혔던 것처럼 기교를 초월한 기교
를 구사해서 어려운 것을 걸러 낸 平易와 복잡한 것을 씻어 낸 簡
素로 그 표현의 특징을 삼았다고 생각된다. 얼마나 우리말과 우리
문자를 잘 부려서 하나도 꾸민 흔적 없이 자연스럽게 써냈는가? 이
것이 고산 작품의 특징이라고 생각한다.

물론 여기에도 〈山水〉니 〈鄕闇〉이니 하는 한자말이 들어 있기는
하지만, 그것들을 〈뫼와 물〉이니 〈시골뜨기〉니 하는 말로 대치했을
때, 오히려 작품의 스타일을 완전하게 구길 수밖에 없기 때문에 그

정도의 한자말 사용은 우리 국어의 구조상 어쩔 수 없는 문제라고 생각한다.

> 보리밥 풋ㄴ믈을 알마초 머근후에
> 바횟긋 믉ㄱ의 슬카지 노니노라
> 그나믄 녀나믄 일이야 부롤줄이 이시랴
>
> 〈漫興, 2〉

이 작품은 〈산중신곡〉 중의 〈만흥〉 둘째 수이다. 우선 내용을 살펴보면 초장에서는 소박하고 절도 있는 생활을, 중장에서는 〈五友歌〉에서처럼 〈水〉〈石〉 등 자연을 벗하여 즐겁게 지내는 생활을, 종장에서는 그밖에 다른 일이야 부러워할 것이 없다고 강조하면서 초·중장에서의 내용을 재삼 확인시키고 있다.

그리고 이 작품에서의 시적 발상은 논어 〈述而篇〉의 "飯疏食飮水 曲肱而枕之 樂亦在其中矣 不義而富且貴 於我如浮雲"의 내용과 상통하는 데가 있다. 이 작품에 대하여 이재수는 "극히 평범한 詩想을 솔직 순박하게 표현한 점이 좋다. 그리고 보리밥 풋나물은 鄕土的인 구수한 味覺을 如實히 나타내었을 뿐 아니라, 漢詩나 다른 時調에서 보기 드문 말이며, 孤山이 아니라면 可能性이 없는 純朝鮮的 感觸을 가진 말이다. 漢學者인 孤山이 이런 말을 그의 時調 創作上에 구사하여 그 效果를 十二分 나타내었다는 것은 그가 얼마나 단가에 능수 능란하였던 것인가를 엿볼 수 있다."8)라고 하였다.

윤성근은 이 작품에 대하여 또 다른 입장에서 논의하였으니, "띠 집이 정치적 패배자의 집이라면, 보리밥 풋나물은 그의 음식이다.

---

8) 上揭書, P.60.

평민으로서의 음식인 것이다. 알맞게 먹고 하는 일 없이 바위 끝 물가에서 실컷 노는 것이다. 이러한 생활은 그에게 분명 벼슬살이와 대립적 의미를 가진다. 그밖에 다른 딴 일은 곧 관리로서의 생활이다."9)라고 하였다.

이 작품은 인간 세상의 부귀영화를 외면하고 오직 자연미를 사랑하면서 유유자적하는 생활을 하겠다는 것이 주된 의도라고 하겠다. 그러나 윤성근이 이야기했던 것처럼 정치적 패배에 대한 쓰라린 감정을 자연에 몰입함으로써 보상받으려 했던 것도 틀림없는 사실이다. 그 작품의 동기야 어떠하든 간에 이 작품 역시 순수한 우리말을 잘 부려서 쓰고 특히 鄕土色 짙은 용어들을 잘 구사해서 國語美의 진수를 보여주었다는 데에 의미가 있다고 본다.

잔들고 혼자안자 먼뫼홀 브라보니
그리던 님이오다 반가옴이 이러호랴
말슴도 우움도 아녀도 몯내됴하호노라

〈漫興, 3〉

그야말로 자연 사랑의 극치를 이룬 작품이다. 이 작품 하나만으로도 고산은 대시인의 자리에 올라설 수 있다는 생각이 든다. 초장에서는 "잔들고 혼자 앉아 먼 산을 바라본다"고 하였다. 여기서 우리는 진실로 자연을 즐길 줄 아는 한 인물을 만나게 된다. 원래 맛을 즐길 줄 아는 이는 술도 혼자서 마시고, 사색을 즐길 줄 아는 이는 산책도 혼자서 한다. 아마 자연을 즐기는 일도 실은 자기 혼자서 할 수 있어야 어느 경지에 올라섰다고 할 수 있을 것이다.

---

9) 윤성근, 윤선도 작품집(형설출판사. 1972), P.14.

그런데 중장에서는 이러한 自然愛好思想이 절대 불변의 것임을 암시해 준다. 사실 인간 만사 중에서 가장 반가운 일은 실제로 그리던 임을 만나게 되었을 때다. 그 그리던 임을 만났을 때보다도 더 반갑다고 한 것은 자연 사랑의 극치를 이룬 표현이다. 다시 종장에서는 "말씀도 웃음도 아녀도 못내 좋아한다"고 했다. 이것은 모든 세속적인 이해 관계를 초월하여 至高至純한 마음으로 사랑한다는 것이다. 그야말로 수수한 사랑, 더할 나위 없이 아름다운 사랑임을 의미해 준다. 〈物我一切〉〈物心一如〉의 경지라고 할까. 자연 속에 완전 동화되어 그 거리감이라곤 찾아볼 수 없다. 다시 되풀이하거니와 자연 사랑의 극치를 이룬 작품이다.

그리고 이 작품에서는 자연에 대한 지은이의 사랑이 티없이 깨끗하다고 느껴지게 된다. 그것은 이 작품에서 꾸민 흔적이라곤 전혀 찾아볼 수 없기 때문이다. 〈무기교의 기교〉라고 할까. 고도의 표현 기교를 발휘하여 차라리 작품의 기교가 없었던 것처럼 생각케 된다.

또 그 당시 모든 선비들이 한자말을 숭상하던 시대에 우리 고유어, 즉 배달말을 완전하게 구사하여 작품을 썼다는 것도 특기할 만한 일이다. 위 작품에 어디 생경하고 딱딱하고 고티나는 한자말이 섞여 있는가? 훌륭한 작품은 〈배달말 발상법〉에서 출발되어야 한다는 것을 그대로 입증케 해준 좋은 작품이라고 생각한다.

江山이 됴타흔들 너분으로 누얼느냐
님군 은혜롤 이제 더옥 아노이다
아므리 갑고쟈 흐야도 히올 일이 업세라

〈漫興, 6〉

孤山은 〈漫興〉 1~5까지 노래하면서 자연과 더불어 사는 생활이 자기의 분수에 맞고 한없이 좋다고 하였다. 그러나 그처럼 강산에 누워 유유자적하면서 살아가는 것도 자기의 분수로 살아가는 것이 아니고 임금의 은혜로 살아간다는 것을 강조하기 위하여 위 작품의 초장은 설의법을 써서 표현하였다.

중장에서는 임금의 은혜를 이제 와서 더욱 잘 알겠노라고 했는데, 이것은 두 가지 경우를 생각해 볼 수 있다. 하나는 이렇게 순수하고 아름다운 자연을 벗하면서 살 수 있게 해준 임금이 진심으로 고맙다는 것이고, 다른 하나는 금쇄동에서의 산중 생활이 좋기는 하지만 자신을 높은 벼슬자리로 불러 주지 않는 임금에 대하여 섭섭한 감정이 있다는 것을 역설적으로 표현한 것이라 보아진다.

필자는 전자의 경우보다는 후자의 경우가 맞다고 생각하는데, 그것은 "아무리 갚고자 하여도 할 일이 없어 못 갚는다"는 종장의 내용에서 미루어 짐작케 해준다.

여기서 할 일이란 무엇인가? 무슨 벼슬자리 하나 주어야 할 일이 생기는 것이지, 아무 관직도 주지 않는 상태에서는 할 일이 없게 되는 것은 당연한 이치이고, 그렇게 되니까 임금의 은혜를 갚을 방법마저 없게 되는 것은 당연하지 않겠는가.

이 작품에서 임금에게 은혜를 갚는다고 하는 것은 벼슬길에 나아가 임금의 일을 돕는 것이니, 고산은 자연 속에 묻혀 사는 것이 세상없이 좋다고 누누히 강조하면서도 한편으로는 임금이 높은 벼슬자리로 불러 주기를 은근히 기대하고 있음을 위 작품을 통하여 나타내었다.

〈어부사시사〉 발문을 보면 이 작품으로 어부사 여음을 삼는다고 하였는데, 그만큼 이 〈만흥〉 6수의 비중이 높다고 하겠다. 다시 말해서 어부사시사를 읊어 가는 중간 중간에 이 작품을 반복해서 창한다고 하는 것은 벼슬자리에 나아가고 싶은 감정이 절실하다는 것을 거듭해서 나타낸 것이라 사려된다. 이 작품에는 〈강산〉이니 〈은혜〉니 하는 한자말을 사용했는데, 이런 말들은 완전하게 우리말로 동화되어 우리말 이상으로 친근감을 주고 사용 빈도가 높다는 것을 고려한다면 하등에 문제될 것이 없다는 점도 부언해 둔다.

　　비오눈더 들회가랴 사립닷고 쇼머겨라
　　마히 미양이랴 잠기연장 다스려라
　　쉬다가 개는날 보아 스래긴밧 가라라
〈夏雨謠, 1〉

〈하우요〉는 여름철 장마 때 이에 대한 느낌이 있어서 노래했다는 뜻이다. 그 여름철 장마 때에 들에 나가서 농사일을 할 수 있겠느냐, 그것을 할 수 없으니 사립문 닫고 대신 소먹이는 일이나 하라는 권유의 뜻이 담겨 있는 것이 초장의 내용이다. 아무리 지루한 장마비도 언제까지나 계속해서 내릴 수는 없지 않겠느냐, 그러니 비오는 동안에는 집에 들어앉아서 쟁기와 연장을 잘 다스려 쓸 수 있도록 만들어 두라는 것이 중장의 내용이다. 이처럼 쇠죽이나 쑤어 먹이고 쟁기나 연장을 잘 손질해 두었다가 날이 개게 되면 사래 긴 밭을 갈도록 하라는 것이 종장의 내용이다.

한마디로 이 작품은 장마 때 田家農事에 관한 것을 그리고 있지만, 너무나 자연스럽게 이야기하듯이 써 나가서, 즉 딱딱한 점이 없이 술술 잘 나타내서 읽는 이에게 전연 부담감을 주지 않는다. 그 원인은 어디에 있는가? 그야말로 순수한 우리말을 잘 부려서 작품을 썼기 때문이고, 우리말을 갈고 닦아서 미적 감각을 나타냈기 때문이고, 기교를 안 부린 듯 하면서도 실상은 독자들이 눈치 못 채게 기교를 부려 자연스럽게 써 나갔기 때문이다.

또 이 작품은 단순히 〈여름장마〉에 관한 것을 노래한 것 같지는 않고 그 속뜻은 당시의 조정과 세태를 빗대어 풍자한 것이라 볼 수 있다. 〈마히〉는 "당쟁이 심한 험상군은 조정"을, 〈개는 날〉은 "조정이 다시 바로 잡힌 상태"를 은유한 것이라 볼 수 있다. 따라서 사립문 닫고 소 먹이는 일이나 쟁기와 연장을 다스리는 일은 장차 光明한 세상에 나가서 활동할 준비와 실력을 쌓아 두라는 의미로 해석할 수 있다.

또 이 작품은 英祖朝人 李在가 지은 시조 "샙별 디고 죵달이 떳다 사립 닷고 쇼머겨라/ 마히 매양이랴 장기 연장 다스려라/ 쉬다가 개는 날 보아 술애 긴 밧 갈아라"와 비슷한 데가 많으니, 작품의 선후 관계를 따져 보면 누가 누구의 작품을 모방했는지는 저절로 드러나는 문제라고 하겠다.

> 심심은 ㅎ다마ᄂ 일업술손 마히로다
> 답답은 ㅎ다마ᄂ 한가홀손 밤이로다
> 아히야 일즉자다가 동트거든 닐거라
>
> 〈夏雨謠, 2〉

산중에서 여름철 비오는 날의 한가한 심정을 읊은 노래다. 초장에서는 심심은 하지마는 별로 할 일이 없는 때가 장마 동안이라고 하였다. 아무리 바쁜 여름철이라 하더라도 장마비가 오는데 들에 나가서 일할 수는 없으니까 집에서 쉬게 되고, 집에서 쉬게 되니까 심심하다는 이야기다.

중장에서는 답답은 하지마는 한가한 시간을 보낼 수 있는 것은 밤이라고 하였다. 어둡고 답답하고 무엇 하나 제대로 보이는 것이 없으니까 답답한 생각은 들지만, 그렇기 때문에 한가롭게 지낼 수 있다는 것이 중장의 내용이다. 그러니 공연히 헛시간 보내지 말고 일찍 자다가 날이 새거든 일어나서 부지런히 일하라는 것이 종장의 내용이다.

다시 말해서 일없는 장마 때나 한가한 밤이라고 해서 무의미한 시간이 아니니, 일찍 잠잤다가 즉 충분한 휴식을 취했다가 다음날 일찍 일어나서 일하는 것도 생산적이라는 것을 암시적으로 나타내었다.

이 작품에 대하여 윤성근은 "일없는 장마, 한가한 밤, 이러한 시간은 자신이 벼슬에서 물러나 있는 시간이다. 그러므로 심심하기도 하고 답답하기도 하다. 동이 터서 일할 수 있는 시간이 되면 곧 벼슬할 때가 되면 일찍 일어난다는 뜻이다."10)라고 하였다. 한마디로 이 작품에서는 일찍 잠자는 것도 즉 충분한 휴식을 취해 두는 것도 내일의 활동을 위해서는 필요하다는 것을 강조하였다. 이것은 고산이 장차 벼슬길에 나아가게 되면 활발하게 정치 활동을 할 수 있도록 힘을 축적해 두어야 한다는 이야기로도 받아들여진다. 또 이 작품이야말로 한자말을 섞지 않고 순수 국어를 사용해서 좋은 작품을 빚어냈다는 평가를 받아야 마땅하다고 본다.

브람분다 지게 다다라 밤들거다 블아사라
벼개예 히즈려 슬크지 쉬여보자
아희야 새야오거든 내좀오 찌와스라

〈夜深謠〉

---

10) 上揭書, P.18.

〈야심요〉는 제목 그대로 깊은 밤에 생각난 것을 노래로 불러 본 것이다. 그 깊은 밤에 바람이 세게 부니 지게문을 닫으라 하였고, 밤이 깊이 들었으니 다시 말해서 잠잘 때가 되었으니 불을 끄라고 하였다. 이처럼 지게문을 닫고 불을 끄라고 하는 이야기는 그야말로 실컷 쉬어 보자는 의미가 담겨 있는 것이다.

그래서 중장에서는 벼개를 베고 드러누워 실컷 쉬어 보자는 내용을 전개해 나갔던 것이다. 그런데 종장에서는 아이야, 날이 새거든 내잠 와서 깨워 달라고 부탁까지 하였으니 그야말로 누군가 와서 잠을 깨워야 할 정도로 푹 쉬어 보겠다는 의지가 담겨 있는 것이다. 이러한 종장의 의미에 대하여 윤성근은 "바람과 밤은 활동을 제한하는 요소이니 이를 피해 실컷 쉬다가 날이 새면 곧 활동을 제한하는 요소가 물러가면 활동을 재개하겠다는 의미가 담겨 있다."11)고 하였다.

어떻든 밤이 깊어 오니 만사를 다 잊어버리고 잠이나 실컷 자 보자는 의미가 담겨 있고, 시골에서 夙興夜寐하는 순박한 생활 습관이 그대로 나타난 작품이라고 생각된다. 이 작품에는 〈지게〉〈히즈려〉〈슬크지〉 등의 고유어가 사용되었는데, 이런 낱말들은 현대에는 잘 쓰이지 않지만 전혀 거부감을 주지 않고, 오히려 우리 국어의 독특한 맛을 느끼게 하는 역할을 한다는 점에서 좋다고 생각되었다.

> 구룸빗치 조타ᄒ나 검기를 ᄌ로한다
> ᄇ람소리 묽다ᄒ나 그칠적이 하노메라
> 조코도 그츨뉘업기는 믈뿐인가 ᄒ노라
>
> 〈五友歌, 2〉

---

11) 上揭謠, P.19.

옛부터 친구는 가려서 사귀라고 했다. 고산은 자연이라고 해서 무조건 호감을 갖지는 않는다. 〈구름〉〈바람〉 등에 대해서는 부정적 반응을 보였다. 구름은 검기를 자주 해서 싫고, 바람은 그칠 적이 많아서 사귈 수가 없다는 것이다. 그 밖에도 〈구름〉에 대하여 "빅운이 좃차오니 녀라의 므겁고야"(춘사10. 종장), "구름 거둔 후의 흰빗치 두텁거다"(동사1. 초장)라고 노래한 바 있다. 구름을 좋지 않은 이미지로 썼다는 점에서는 마찬가지다.

다음 〈바람〉에 대하여는 "ㅂ람분다 지게 다다라 밤들거다 블아사라"(야심요. 초장), "엄동이 디냐거냐 셜풍이 어듸가니"(춘효음. 초장), "무단훈 된ㅂ람이 힝혀아니 부러올가"(동사5. 종장)라고 노래한 바 있다. 역시 〈바람〉에 대하여 좋은 이미지로 쓴 것은 아니다.

그러나 이러한 〈구름〉〈바람〉 등에 대하여 언제나 부정적 자세를 취했던 것만은 아니다. "머흔 구름 혼티 마라 셰상을 ㄱ리온다"(동사8. 중장), "녀롬ㅂ람 명홀소냐 가는대로 비시겨라"(하사3. 중장) 등에서는 호의적 반응을 보인 것으로 간주된다. 그리고 종장은 이 작품의 결론 부분이다. 깨끗하고도 끊임없이 흐르는 물은 자기의 벗이라는 것이다. 여기서 물은 "깨끗한 존재" "쉬지않고 전진하는 존재"를 의미한다. 종장은 고산의 윤리관을 짐작케 해주는 핵심 단락이다.

그러면 고산은 왜 〈물〉을 가리켜 자기의 벗으로 삼을 수 있다고 노래했는가? 세상에는 더러운 존재, 연속성이 없는 존재가 너무 많기 때문에 물처럼 깨끗해야 하고 물처럼 끊임없이 흘러가는 존재라야 자기의 벗으로 삼을 수 있다는 것을 강조하기 위해서다. 그리고 이 작품을 읽게 되면 너무나 자연스럽고 아름답다는 생각을 갖게 되는데 그것은 우리말을 잘 부려서 쓰면 그처럼 자연스럽고 아름다운 작품이 될 수 있다는 것을 실증시켜 주는 좋은 예라고 하겠다. 그런 점에서 이 〈水友歌〉는 국어미의 진수를 보여주는 전범이라고 생각된다.

고즌 므스일로 퓌며서 쉬이디고
플은 어이ᄒ야 프르ᄂ닷 누르ᄂ니
아마도 변티 아닐손 바회뿐인가 ᄒ노라
〈五友歌, 3〉

이 작품도 앞부분에는 부정의 대상을 열거하고, 종장에서 자기의 벗을 소개하는 수법을 썼다. 꽃은 아름다워서 많은 사람들의 눈길을 끌긴 하지만 쉽게 져 버리니 좋지않다는 것이다. 그러나 "강촌 온갓고지 먼빗치 더옥 됴타"(춘사. 종장)에서는 상당히 호의적 반응을 보였다고 하겠다. 그런데 중장에서 소개한 풀도 영속성이 없어 벗으로 삼을 수 없다는 것이다.

그렇더라도 "방초롤 불와보며 눈지도 뜨더보자"(춘사7. 초장)에서는 풀에 대하여 좋은 이미지를 가졌던 것으로 생각된다. 어떻든 고산의 입장에서는 쉽게 변질되어 버리는 사물들이 싫은 것이다. "퓌며서 쉬이디고" "프르ᄂ닷 누르ᄂ니"는 쉽게 변질된다는 것을 의미하는 말이다. 그래서 바위에 대하여는 호감을 가졌던 것이고, 그 바위는 "변하지 않는 존재"로 인식됐던 것이다.

일반적으로 바위하면 우리는 〈불변의 것〉〈침묵을 지키는 것〉〈무표정한 것〉〈무게가 있는 것〉〈꾸밈이 없는 것〉〈강인한 것〉 등 여러 가지 이미지를 생각할 수 있다. 그런데 고산은 〈불변의 것〉으로 인식했던 것이고, 그 변하지 않는 본성 때문에 바위를 벗으로 삼아야겠다는 것이 종장의 내용이다.

이 작품 또한 그냥 이야기하듯이 써 내려갔지만, 너무나 거침이 없고 유려하고 자연스러워서 이상할 정도다. 전연 꾸민 흔적이 없이 자연스럽게 쓰는 것, 기교를 안 부린 듯 하면서도 실은 고도의 기교를 부린 것, 우리갈을 잘 부려서 아름다운 작품을 빚어내는 것 등이 고산 작품의 특징이요 장기라고 생각한다.

슬프나 즐거오나 올타ᄒᆞ나 외다ᄒᆞ나
내몸의 ᄒᆡ올일만 닫고닫글 뿐이언뎡
그 밧긔 녀나믄 일이야 분별ᄒᆞᆯ줄이시랴
〈遣懷謠. 1〉

孤山의 청년기 작품으로 그 당시는 광해군이 재위하던 시절이었으니, 간신 이이첨이 나라의 권세를 잡고 마음대로 휘두르던 때이었다. 그래서 자기의 뜻에 닿도록 모든 일을 종용했고 남을 속이고 진실을 가리곤 했다. 더욱이 자기 당파 사람들을 널리 심어 심복으로 만들어 놓았고, 자기의 뜻에 거스리는 자가 있으면 가차없이 귀양보내거나 추방해 버렸다.

이에 孤山은 忠憤을 이기지 못하여 대대로 녹을 받는 집안에서 임금이 위태로운데 그냥 앉아서 보고만 있을 수 없다고 생각하여 그 유명한 丙辰疏를 올리기에 이른 것이다. 丙辰疏는 1616년(광해군 8) 겨울 당시 예조판서 이이첨의 죄상을 규탄하는 상소문이다. 이때 孤山의 나이 30세 밖에 안 되었으나 그 말이 매우 격렬하여 조정 대신들이 두려워했었다고 한다. 孤山은 이 병진소 올린 것이 원인이 되어 1616년 세모에 慶源으로 유배 가게 되었고, 부친 惟幾도 관찰사직에서 물러나게 되었던 것이다.

바로 그 경원 유배지에서 당시의 회포와 심정을 노래한 것이 위 작품 〈견회요〉이다. 공연히 조정 일에 간섭하였다가 비참한 귀양살이를 하게 되었으니 그에 대한 감회가 없을 수 있겠는가? 그래서 孤山은 슬프나 즐거우나 옳다 하나 그르다 하나 내가 할 일만 닦고 닦을 뿐이라고 하였다.

다시 말해서 남의 일에는 일체 관여하지 않겠다는 뜻이다. 그러한 의지가 종장에 나타났으니 그밖에 나머지 일이야 근심 걱정할 것이 있겠느냐고 했던 것이다. 그 당시 유배지에서의 참담한 심정이 그대로 유출된 작품이라고 생각한다.

이 작품을 읽어보면 그냥 생각나는 대로 느낀 대로 쉽게 써 내려간 것 같다. 그러나 이와 같은 작품을 어찌 쉽게 써 내려갈 수 있겠는가? 평상시에 우리말에 대한 애정을 갖고 열심히 갈고 닦은 덕분이라고 생각한다. 또한 시 쓰는 기법과 수련을 꾸준히 함양한데서 나온 결과라고 생각한다. 그리고 순수하게 우리말만 부려서 갈고 닦아 작품을 썼기 때문에 읽는 이는 쉽게 받아들이게 되고 진솔함을 느끼게 되고 공감대를 형성하게 된다고 생각한다.

이제까지 고산 윤선도의 시조 작품을 실제로 예를 들어서 해설하고 감상하여 보았다. 그 결과 순수한 우리말을 잘 부려서 아름다운 작품을 빚어냈다고 본다. 다시 말해서 어려운 한자 숙어와 고사 성어를 거의 사용하지 않았다. 그래서 그의 작품적 특성을 어려운 것을 걸러 낸 平易와 복잡한 것을 걸러 낸 簡素라고 할 수 있었던 것이다. 그렇다고 孤山이 한자말을 전혀 쓰지 않았다는 이야기는 아니다. 그가 사용한 한자말은 딱딱하고 생경한 한자말이 아니라, 우리말로 완전히 동화되어 버린 한자말, 우리말 이상으로 친근감을 주고 그 사용 빈도 수가 높은 한자말, 우리 국어의 구조상 어쩔 수 없이 써야 하는 한자말에 한해서 미적 감각을 돋울 수 있는 한자말을 사용한 것이 고산 작품의 특성이라고 하겠다.

또 한가지는 〈히즈려〉〈슬크지〉〈지게〉 등 고어를 사용했는데, 거부감을 주는 것이 아니라 우리 국어의 고유한 맛을 느끼게 했고, 때로는 향토색 짙은 고유어를 사용해서 우리 민족의 소박미와 전통미를 느끼게 한 점도 孤山 作品의 특성이라고 생각한다. 고산 작품을 읽어보면 그야말로 생각나는 대로 느낀 대로 쉽게 써 내려간 듯한 느낌을 받게 되는데, 그것은 우리말에 대한 애정을 갖고 갈고 닦은 데서 나온 결과라 생각되고, 아무런 꾸민 데가 없이 자연스럽게 썼기 때문이고, 솔직 순박한 표현을 해서 읽는 이에게 감동을 주기 때문이고, 기교를 안 부린 듯 하면서도 고도의 수사법을 사용해서 표현의 묘미를 느끼게 해주기 때문이다.

어떻든 훌륭한 작품은 배달말 발상법에서 비롯돼야 하는 것이니, 고산 작품은 순수한 우리말을 잘 부려서 작품을 빚어냈고, 우리말을 갈고 닦아서 국어미의 진수를 보여주었고, 아울러 우리의 문자인 훈민정음을 애용해서 최고 수준의 작품을 창작했다는 데에 커다란 의미를 부여해야 마땅하다고 본다.

■ 저자/ 원용문

1938년 경기도 여주 출생

서울대학교 국어국문학과 졸업

고려대학교 대학원 석·박사 과정 졸업

경상대학교 교수, 고려대학교 강사 역임

황산시조 문학상(1990), 일봉문학상(1991) 수상

한국 시조학회 부회장, 문협 경기도 지회 부지회장

시조시인, 문학박사, 한국 교원대 교수

저서 ·윤선도 문학연구(1989), 고전문학논해(1992)

　　 ·여름일기(시조집, 1985), 신록 앞에서(시조집, 1993)

　　 ·선택받지 못한 사람(수필집, 1990),

　　 ·만나보고 싶은 얼굴(수필집, 1992)

　　 ·우리 역사 탐방기(기행 수필집, 1995)

문학의 해석과 방법

1997년 7월 30일　제1판 제1쇄 발행

지은이 · 원용문

펴낸이 · 박영희

펴낸곳 · 以會文化社

　　　　㉾140-150 서울시 용산구 갈월동 6-9

　　　　전화 : 02) 318-7912　팩스 : 02) 755-2191

등　록 · 제1-1342

ISBN · 89-8107-058-X

정가 : 10,000원